2023

中国年选系列

中国作协创研部　选编

2023年中国

短篇小说

精　选

长江出版传媒　长江文艺出版社

图书在版编目（CIP）数据

2023 年中国短篇小说精选 / 中国作协创研部选编
. —— 武汉：长江文艺出版社，2024. 1
（2023 中国年选系列）
ISBN 978-7-5702-3378-6

I. ①2… II. ①中… III. ①短篇小说－小说集－中
国－当代 IV. ①I247.7

中国国家版本馆 CIP 数据核字(2023)第 218583 号

2023 年中国短篇小说精选
2023 NIAN ZHONGGUO DUANPIAN XIAOSHUO JINGXUAN

责任编辑：雷 蕾 王 虎　　　　　责任校对：毛季慧
封面设计：胡冰倩　　　　　　　　　责任印制：邱 莉 胡丽平

出版：长江出版传媒 长江文艺出版社
地址：武汉市雄楚大街 268 号　　　　邮编：430070
发行：长江文艺出版社
http://www.cjlap.com
印刷：武汉市新华印刷有限责任公司

开本：680 毫米×980 毫米　　1/16　　　印张：18.125
版次：2024 年 1 月第 1 版　　　　2024 年 1 月第 1 次印刷
字数：296 千字

定价：43.00 元

编选说明

　　每个年度，文坛上都有数以千万计的各类体裁的新作涌现，云蒸霞蔚，气象万千。它们之中不乏熠熠生辉的精品，然而，时间的波涛不息，倘若不能及时筛选，并通过书籍的形式将其固定下来，这些作品是很容易被新的创作所覆盖和湮没的。观诸现今的出版界，除了长篇小说热之外，专题性的、流派性的选本倒也不少，但这种年度性的关于某一文体的庄重的选本，则甚为罕见。也许这与它的市场效益不太丰厚有关。长江文艺出版社出于繁荣和发展文学事业的目的，不计经济上一时之得失，与我部合作，由我部负责编选，由他们负责出版，向社会、向广大读者隆重推出这一套选本，此举实属难能可贵。

　　这套丛书的选本包括：中篇小说选、短篇小说选、报告文学选、散文选、诗歌选和随笔选六种。每年一套，准备长期坚持下去。

　　我们的编辑方针是，力求选出该年度最有代表性的作品，力求选出精品和力作，力求能够反映该年度某个文体领域最主要的创作流派、题材热点、艺术形式上的微妙变化。同时，我们坚持风格、手法、形式、语言的充分多样化，注重作品的创新价值，注重满足广大读者的阅读期待，多选雅俗共赏的佳作。

　　我们认为，优良的文学选本对创作的示范、引导、推动作用是非常重要的，对读者的潜移默化作用也是十分突出的。除了示范、引导价值，它还具有文学史价值、资料文献价值、培育新人的价值，等等。我们不会忘记许多著名选本对文学发展所起到的巨大作用，我们也希望这套选本能够发挥它应有的作用。

这套书由中国作家协会创作研究部编选，具体的分工是：

中篇小说卷由何向阳、聂梦同志负责；

短篇小说卷由贺嘉钰、贾寒冰同志负责；

报告文学卷由李朝全同志负责；

散文卷由王清辉同志负责；

诗歌卷由李壮同志负责；

随笔卷由纳杨、刘诗宇同志负责。

中国作协创研部

目 录

辑三

辑四

辑一

不可能死去的人

鲁　敏

1

　　前往义爷家的路上，我步子迈得很慢，一路上都在思考，接下来将要如何交谈。每次回乡拜会义爷，都是这样，怀着一种像是冒险的心理，心虚又尽量勇敢地与他侃侃而谈，谈论周成山。

　　从小我们就知道，在东坝这里，提到周成山这个名字，要十分小心，因为有禁忌，你绝对不能用一种他仿佛已不在人间的语境语态，虽然早在半个世纪之前，就从南方传回他意外溺亡的消息。但那不是真的，在东坝，这是一个公理：周成山是不可能死的。尤其在义爷面前，在他那一辈人面前，哪怕就是含糊其词、顾左右而言他地跳过周成山这个名字，也是绝对不可以的。与之相反，你得结结实实、十分自信地讲一个故事，一种逻辑，或干脆就陈述一个事实，来推演和证明周成山的在世。这样的重任，从上一辈，接续到我们这一辈，尤其会落在往返于家乡与远方的东坝游子身上，大家总认为，在外面走动的人，会有更多渠道获知周成山的最新情况。

　　由于父母都已被接到南方同住，这些年我已回来得很少。每次回乡，都深刻感受到时间所主宰的变动，以小时候扔石子打水漂的池塘为例，眼见着它，水线从深到浅，漂过死鱼，河水发臭，干涸见底，到上次回来，已扔满各种垃圾。可今天一看，它居然又成了清水一汪，还围起一圈讲究的木栏杆。我在倒映着树丛和天空的池塘边站住，回想上一次跟义爷是如何谈起周成山的，即使这次不能达成什么新的导引，起码不要与往昔有矛盾之处。

2

上一次回东坝是七八年前了，是秋季，算是特地回来报告关于周成山的最新情况。信息来自黄海。

黄海是谁？是周成山当年工作单位的直接上司，某编号工厂下属设计所的主任。最初传回东坝的周成山死讯，就是发自这位主任。据说，黄海主任本人的生命现也接近终点，最多个把月，应当挨不到寒露。可能因为我同在南方，也可能因为乡人高看我一眼，总之诸多在外发达的东坝游子中，我被义爷点到名，代表东坝人前去探看黄海主任。

实际上，东坝这边与黄海主任的联系，40多年来陆陆续续地从未断过。东坝人以一种固执的长情，隔上一段时间，就会借着年节，捎带些土产山货，借着亲热问候的掩护，试图从他的口中，套取出周成山的真正去向。东坝人，尤其义爷那一辈人坚信，在黄海主任的大脑深处，一定深藏着事实的真相。只是出于某种特别高级、远远超出东坝人这个层次的绝密原因，打死也没法透露。现在嘛，不用打死，黄土已快到他头顶了。是时候了，黄海主任会对东坝人说出实情，只要派个人上门，略加引导，然后张开耳朵听着就行。

黄海主任住在干休所一楼，带个小院子，院里一圈无人打理的乱草与灌木，屋子里被旧东西塞得满满的，书、报纸、鞋盒子、行李箱、铁皮罐、长军靴、陶花盆和瓷脸盆，甚至自行车，进入他的房间得穿过狭长的甬道，床边挤挨着两张凳子，坐下来说话时，由于离主人太近，连视线都没地方投放，只能抛到院里那无甚风景的乱草丛了——那也比看着黄海主任要自在一些。他的眼睛布满白翳，白翳边交缠着血丝血筋，眼睑肥大沉重，好像一架来自时间深处的废旧望远镜。

床的另一边是一溜儿仪器，还有位护理员。后者看看我，又看看表，说最多给我一个小时，然后穿过甬道离开了。黄海主任做了一个拍床的动作，幅度很小："死在自己家里，挺好。"我一时不知如何接口，勉强找个地方放下月饼和水果，寒暄着说了一些早日康复之类的假话。他把眼睛朝向我："小周，周成山的事，我已经讲了19遍，除了当时向上级报告、总结安全教训时的两次，其他的，都是因为你们东坝来人。来一次，我讲一遍。1971 年的 9 月 12 日，星期天下午，小周独自到西大坝水库去游泳，不幸发生意外。"他攒着劲，讲半句，歇下，再攒，讲下半句。

我没吭声，只报以愿闻其详的请求的笑。这显得不近人情。可的确，我想听到他亲口再讲第 20 遍，最后一遍。老人明白了，他把头歪向一边，示意我用吸管给他补一点水分。

"当天晚上 6 点多，单位食堂正开饭的时候，传来消息，有人在西大坝水库的小树林边，发现堆放着的衣服鞋子和眼镜，裤兜里有钥匙和浴室证，才查出是他。我们分两路，一路组织捞人，同时派人去他宿舍，一切正常，洗好的衣服还在阳台滴水。手表搁在床头柜上。一本《物种起源》打开盖在书桌上，边上有读书笔记。没有找到遗书之类，只有一些信件。出于谨慎，后来也仔细读了。你们东坝一个落款'积庆'的人，有好几封。其次是有位姓田的女同学，有点谈朋友的意思，只是话还没说开。询问各方面人员，他才分配过来不久，虽不太相熟，但没有人觉得异常。我们也知道他是游泳健将，可淹死的从来都是会水的。西大坝那一边，连着找了两天，都没有发现他。有人分析意外原因，可能是卡在大坝闸口底部，那里有两块石料被冲歪了，形成一个鱼嘴式的槽口。但水坝左、中、右三个闸门，当天都没有开放，并无吸力，就算真被卡住，尸身呢？也有人认为水库某处有一个不为人知的窄小漏水口，他从那里给挟带到水库外头，流入下段的灌溉水区，继而漂到沿途哪个分岔水道。后面有一两个月，我们都在关注下段各河道，始终没有消息。所里后来替他置了一个墓地，放的是他的衣物。"

就这么些内容，黄海主任说了足有一刻钟，中间隔着嘶哑的喘息、咳不出来的咳嗽、抖着嘴唇的摇头、仿佛睡过去了一般的闭眼停顿。我压住呼吸，眼光在院外的杂草和他脸上来回逡巡，试图捕捉到任何的破绽或言外之意。

这一段"故事"，这些年来，但凡从黄海主任这里回去的东坝人，都会忠实地加以转述，如果每一回都有录音的话，放一放、比一比，几无出入，就像一篇范文。实在太熟悉了，我一边听，一边在心里默念着他还没有讲出的下一句。其实黄海主任眼下这种情形，有些漏漏拉拉本也无妨，可他宁可停下来蓄力也不肯省略，这更加让我觉得，他是在竭力对照"原文"。而关于"原文"本身，东坝人已分析过多次，认为其中有些辩护的意思，详略比例不对，个别细节也令人生疑。比如为什么有遗书的猜想，为什么提到他是游泳健将，为何单独提到手表，《物种起源》是否有何寓意。从他离开宿舍到被人发现，咋那么快，洗好的衣服还在滴水？人就是这样，只要存了疑惑，一切就都是可疑的。我打小就熟稔这样的分析，疑心就像铁打的钎子一样，杵在我所有的思路里。

黄主任额上有汗，他把头在枕上左右挪动，徒劳地想找到缓解痛苦的位置。看得出，他是没有力气也没有意愿再说任何话了。

看看表，还有半个多小时。我决定换个思路，我来说，说给他听。而沉默当然也是一种沟通，不是吗？

我接口说道："是啊，您刚才提到与周成山通信的那个积庆，在东坝我们都叫他义爷，他跟周成山原先是小学同学……"我注意到老人黄中带青的嘴唇露出一丝干巴的笑。明白了，关于义爷与周成山，相应地，黄海主任也听了有十几遍了，这是东坝人上门来找他的主要根源，也正是出于这个根源，我们都坚定地认为：周成山是不可能死的。由黄海主任传到东坝来的死讯，只是一个时势所需的烟幕弹而已。

我也不打算省略，且还要尽可能地加以渲染和刻画。毕竟只有这最后一次机会可以感动黄海主任了，他是我们唯一可以够得到的知情人。

为了照顾黄海主任的角度，提到义爷时，我都换成积庆。

周成山和积庆两个，最老早是一起玩泥巴的小孩，一起拖着鼻涕抱着板凳上学。周成山一般只上半天课，因下午要回家干活，可每到考试，他分数总是最高，东坝人个个知晓，并人云亦云地称之为文曲星下凡。积庆呢，则是将将就就、中不溜秋的平常资质。

不过积庆家祖上在清朝出过举人，后来虽都败落了，多少还有点耕读传家的意思，积庆小学毕业后，家里人跺跺脚，东抠西搂，决定让他继续念书。那是 20 世纪 50 年代末，这里念中学的很少，几个大公社才合一个联办初中，离东坝挺远，得寄宿。积庆报到时，四处找小学里的熟脸儿，想着能搭个伴才好，愣是一个都没有。咦，那个总考头名的周成山也没来吗？放秋假时，积庆好奇地摸到周成山家，才知周成山寡母前不久带着他改嫁，本想着能借男方之力供他念书，哪料到刚嫁过去，那男人突患恶疾，掏空家底，数月而亡，连两间草房都贴到药钱里去了，寡母只好又回到东坝，再次守寡，身心俱衰，哪里还有周成山念书的可能。

积庆瞅瞅周成山，对比着一想，就凭自己，再怎么祖上出举人，这中学铁定是白念，要是周成山，那闭着眼都会是状元，真该换他才是。回家就把这意思说了。

这个交换的想法是重大的，拿下主意来却是轻易——东坝人的算计，不是只以一家一户为单位，而是一种我们认为更精明、更高效的综合考量，是把东坝作为一个整体。想想看，假如东坝只有一个孩子上中学，或者具体到积庆家，只有能力供一个，那肯定是供周成山划算，因为这孩子是能"供出来"的呀，就像好土好肥就得配上好种子才对。何况又是积庆本人提出来的，大人的器量，只有比孩子更大的。积庆家说给四周乡邻一听，众人也都觉得很妙，好人好报、春种秋收这是古法，好钢用在刀刃上这是天理，人人坚信不疑，东坝真要出了有本事的子弟，那就相当于东坝的手脚长大，个头高壮了，不是大家跟着都荣耀嘛。

此事中受影响最大的积庆本人，更比哪个都高兴。他并不擅长念书，一直挺辛苦，而家里又时不时唠叨着上学多么费钱，倘能就此放下这副重担，真最好不过啦。也不能说是他太小了不懂事，是他懂事了——从所有人的反馈里，他知道自己做了一件正确的事情，这可能是他在东坝的最大价值。

确实如此。退了学的积庆，自此，不仅在家里，他有了当家做主的意思，在外头，也远比同龄孩子的地位高多了，好像他一夜之间就成了大人，不只是算劳力、挣工分的那种，还是会被得到信赖、得到推举的那种。东坝的牛归他养，开春的鸡苗由他去进货，秋天收棉花，由他负责过秤，到冬天开河工，他给所有人发筹子记工分，过年前鱼塘捞鱼分鱼，他来给一家家分堆。甚至还没满二十岁，他就被提前说合上了最会持家同时又最好看的沈家姑娘。倒不是说东坝人就这么一根筋的顺拐，是大家心里都有数，眼睛也能看得到，为了供周成山，积庆家不容易，这些不容易最终都是落在积庆身上的。

主要是周成山实在会念书，各科目都包下联办初中的头一名，化学比赛还拿到一次全县第三，这不是天才吗？继续读高中？那还用说，直升县高中。县高中太高级了，真正的全面发展呀，像周成山那样聪明的，真是哪儿哪儿都抻开了。他加入了合唱团，"一二·九"比赛还是领唱。他负责给学校大喇叭值机播送，每天中午食堂里，老师同学吃饭时都听他在头顶上读中央的报纸。他靠着自己摸索，学会了吹笛子。他在运动会上创下县高中 800 米的最好成绩：2 分 21 秒。不得了、不得了。消息每次传回东坝，大家下地干活讲，坐下来喝酒时讲，夏夜乘凉讲，下雨天打小孩也讲。大家没有讲出来的是，所有那些个好消息，可都是花钱的地方啊。课本文具一日三餐四时衣服不说，还有床单铺盖替换，白假领子蓝护袖，冬天的毡帽，雨天的胶鞋，起夜的手电筒，跑步的球鞋，统一的运动衣，笛子和谱子，上台演出的理发钱，比赛要交的证件照……周成山寡母那边，她自己都不够耗的，一文也指望不上，全得靠积庆家这边。谁都知道这一点，积庆也知道大家都知道这一点——没有二话讲，没有退路让，把干饭全改成稀饭来喝，肉菜全改成咸菜来吃，只管顶住。你既是已认下良马，如若不给它装马蹄铁，配鞍配鞭配辔头，这不等于是糟蹋了这匹好马嘛，有且只有的这一匹呀。

好在积庆比周成山个头矮不少，给后者所置办的鞋啊衣啊，等旧了、用不上了，他都能接着穿好些年。只是过早的乡野生计使得他皮糙肉黑，腰背粗鲁，可身上那衣装呢，忽而像合唱队员，忽而像运动员，忽而又像民乐演奏员，只是统统长一号，鞋子有点踢踏，往往他人还没到跟前，踢踏步子声就到了，也算是东坝的一道景儿。最有趣的是寒暑假里，周成山也回东坝了，晚上在寡母家住着，白天总往积庆这边走动。他跟积庆站一块儿，两人明明是同学，明明一般年纪，衣服也都是高中学生的派头，只略有些新旧，可那种强烈的差异与对照，太滑稽了，滑稽得石破天惊又喜气洋洋，叫所有看到的人都忍不住要笑，可笑不上两声，又止住了，不是怕对不住积庆，是怕周成山难为情。

因为优秀学生周成山之所以急急忙忙起了大早，丢下假期作业过来，是要来干活儿的。是啊，除了力气，他现在能回报积庆家什么呢，他有着那么强烈的出汗出力出辛苦之愿，像汗珠一样跳在额头上，每个人都能看得到。多好的孩子，这样着急地就要报恩呢。大家对他的热心，早先还只是飘浮在那些费钱的好消息之上，等看到这样的周成山，人们的偏爱之情就更加由衷地落了地，亲昵和踏实了。不要讲积庆家不让，不论搁哪一家，所有东坝人家都不会当真叫周成山做事情的。挑水，担粪，带牛下塘洗澡，坡子上赶羊放羊，怎么可能让他干这些呢？就光看看他一双长手，那一口白牙，听听他一口普通话，吹几支笛子曲，就已经太满意了，太够本了。大家有种感觉，不论积庆家，还是东坝，实际上已经开始获得到一种回馈了，虽则无形，可是无形得多么巨大，整个寒假暑假，积庆家简直就不用点灯不用生火了，有周成山在，就是一颗大明珠啊，每个旮旯都照亮了，所有来串门的邻居，哪个脸上不是亮堂堂的。

高中毕业之后，接着供周成山上大学，那也是小河淌水，自然而然的事。以县中第八的排名，稳稳地，周成山考到了南京航空航天学院。周成山像东坝放出去的风筝，直升到省城去了，这根风筝线，不仅是积庆家在拽着，东坝所有人也都悬着呢，没事把头仰一仰，眼光往远处张张，就能看到周成山代表整个东坝在出息着，越飞越高。

大学的花费比起高中，更多层次更丰富了。比如，要一个小闹钟，否则上课容易迟到。往返坐长途汽车时要个皮革旅行包。得置一双皮鞋和一根领带，这可是一位大教授提出来。要泳衣和泳镜，下水用。啥？咱东坝的老少爷儿们，哪个不会水，但没人知道那是啥玩意儿。不久之后，周成山就寄回了他和校游泳队横渡长江的纪念照，所有人脑门上都推着泳镜呢。要小半导体收音机，因为要听英语节目。小组里要凑钱买计算器，因为试验课上要统计数据。类似的物品及其用处传回来，样样叫人开眼，叫人畅想。想想看，要不是有个周成山经常写信回来，跟积庆说到这个说到那个，谁能知道这些个哇。念这个大学，确实费钱，可确实也值，简直就是东坝所有老老小小、大眼小眼的，都跟着他一块儿念的。

到周成山快要毕业那个学期，为着毕业聚会、给学校赠纪念品、赈灾捐助什么的，花费更多了，这时积庆已娶下沈家姑娘，并生下大胖小子，家里多出两张嘴，而两个老人也出不动力气了，愣是全家再怎么勒起裤子扎起脖子，也是抵不住了，乡邻们就自觉自愿地凑起堆儿来，给积庆垫巴上。不管怎么说，得让周成山在外头宽裕点，体面点，大家好像都有一种加速冲刺的心理，那么些年都过去了，还差这最后一哆嗦嘛，甚至，得更漂亮些——希望，就在眼跟前，等着瞧吧，周成山一毕业就要分配工作了，就要进入轨道了，就要出成果了，成个人物了，说不定将来都要到北京发展，要成为科学家或副部长，成为国家栋梁呢，妥妥地瞧着吧，从涓涓到滔滔，那大江大河的荣耀，绝对是整个东坝从来没有过的。

有高有低地讲到这里，我稍慢下来："黄主任，然后就到了那年 7 月，周成山正式分配工作，到你们研究所报到，过了一个 8 月，然后是 9 月，到 9 月中旬，您拍电报来，说他游水淹死了。黄主任，您说说，讲笑话也不能够哇，连头带尾，周成山工作总共两个月出头。不要说积庆那节衣缩食的一大家子，就到东坝扯一个大人小孩问问，不，哪怕这会儿，去外头随便问一个路上的行人，都会同意的：周成山他不能死，不可能死。"绝没有一丝丝责问的意思，我很平静，像所有东坝人一样，自信这是一个哪怕讲到天边也不怕的真理。

黄海主任一直半虚着的眼睛稍许睁大一点点，表示他一直在听着我讲话，当然那表情，也是听了十几遍类似说辞的那种寡味与无奈。我承认，能打起这么久的精神，老人家肯定早就不大吃得消了。有一双手正伸过来，把体温计伸到他腋下，又查看了下床边的两台仪器。是护理员，她啥时回转的呀，我都没注意。看看表，时间快到了。可我这还有一多半的话没有说呢。"嗯，我在想……"我用力挤出我的诚恳和迫切，想着应当如何向她请求延时。这毕竟是与黄海主任的最后一次求证了。

"我也同意，周成山他不能死，不可能死。"护理员打断我。我心里一阵澎湃。虽然这不是第一次，每次我们东坝人把积庆和周成山的故事说给不相识的人听，他们也都是这样，会由衷同意我们的想法。护理员给我杯子里续满热茶。这比她的认同更让我感激，我得到了默认，可以跟黄海主任多聊一会儿。

"您知道吗，就这一下子，跟当初突然间成了大人一样，积庆一夜就老了，成个老人了，垂手弓腰像个泥俑，一开口说话，浑身灰扑扑地直掉渣子。"也就是从那时起，积庆虽然年纪不大、没辈没分，可在我们东坝，大家都称他为义爷了。

听讲古的人说，上一回被冠以"义"名的是位老婆婆，老婆婆只两个儿子，都在东坝的一次大水灾里，为救人而没了，她就成了义婆，后来的养老送终是整个东坝一起承担的。但这样一个称呼并不代表人们接受了周成山的死。这是两回事情。东坝人接下来就开始了顶真的追究：咱东坝的文曲星、大学生、国家栋梁周成山，到底去哪儿了。当然我们并不是要图他什么，一点没，只要他好好地在着、聪明着、出息着，哪怕永远不回来东坝这旮旯都行。但周成山万万不能就这么没了，我们手里都还握着他这风筝线呢，反过来说，只要我们牵着这根线，周成山就一直会在什么地方高远着、好着。他的命在我们手里，明白吗？

这样的悬想，比之周成山的读中学、读大学，全然不同，那个阶段里，这边有汇款有衣物寄去，他那里有照片有书信寄回，可知可见。现在这样，可真是考验着，也助长着东坝人的想象能力啊，在此后的漫长日月里，周成山开始以不同的形态"存在"于世上某处，这些形态，有的是有说服力的，也有的叫人半信半疑，但其目标是一致的：否定最初那个溺水而亡的消息。

得到最多赞成的一个推理认为，周成山是南航高才生嘛，太聪明了，身体条件又好，大学刚刚毕业，肯定是被国家选中，被安排着去哪里继续深造，学习世界最尖端的航空航天技术了。显然，这事必须绝对机密。冷战期，什么都是冷的，冷锅冷灶没声没息，连一缕炊烟都不能冒，何况要安排个大活人呢。天上的事情，你们不晓得的多了。研究所黄海主任所捎来的那一套，纯粹就是为了打掩护，再亲的人都必须隐瞒。

那时，咱们的原子弹、氢弹早都搞出来了，包括"东方红一号"也发射到宇宙里去了，即便偏远如东坝，对这方面的成就，也都有种非常宏大非常神圣的感受，大家一致都认为，凡是涉及这样壮丽事业的人才深造计划，确实应当保密，而随着时间的推移，也随着周成山的"深造计划"的推进，东坝这边的推理也在不断完善升级。他将来回来了，肯定不会再回研究所了，会直接派到核弹研究或卫星发射的基地去，进行最高级的试验，那种地方都是全封闭全独立的，比如酒泉或西昌……有一年，还有人带回一份报纸，上面就报道了某某核潜艇总工程师三十载不回家的事迹……听听，周成山年轻着呢，这才哪儿到哪儿。嘿，要是到六十岁才回来，那他跟积庆，可都是老家伙啦，大家甚至有鼻子有眼地想象着两位白头翁的重逢场面……

例证的出现、可期的终点、带有细节的画面，让大家都很满意，觉得这与积庆最初的交换，后来的长期供养，以及东坝人的参与和等待，在分量和价值上是相当的。最主要的，这样了不起且高层次的去向，正可以稳妥地解释黄海主任那明显说不通的死讯。

周成山虽不可能再写信给东坝，可所有后来关于登月、潜艇、飞船的消息，不都可以理解为周成山捎回来的口信吗，那很可能都有他在其中默默做着一份研究呀。正因为此，我们东坝对天空、外太空、宇宙黑洞、外星球文明等方面的新闻总是天然地有种关注，觉得那跟东坝有着秘密关联的。尤其是到我们这一辈，基本上都有太空崇拜症，对近些年发射的火箭或卫星颇是熟稔，随便掰掰手指头一凑，能报个差不离。而每掰一个指头，也必然会十分随意地，用家常口气提到周成山：瞧瞧他，不是文曲星，而是满天星嘛，瞧这一颗接一颗的。

其次的一个说法，虽则不够高端，但颇通俗，也得到不少认同。这个说法认为，周成山的家庭背景与经历，可谓十分之清白简单。俗话说的，一张白纸好画图，白纸周成山肯定是被选中，去了对过那边，身上有特殊任务。这个说法跟有部叫《潜伏》的热播剧可能有点关系，某位东坝游子受其启发，在回乡拜望义爷时首次提出这个推断，老人们都觉得挺不错，来来回回地，谈得太久了，有些词穷。故而此一说法出来后，也得到不少辅助推理。对啊，周成山寡母去日无多，他又未成家，等于是光溜溜一个人，最适合长期深潜于某个需要他的地方。有位已回到东坝做电工的复员军人，还有名有姓地转述他听到的一个例子，说是某部的一名战士，因其相貌与某某的失散儿子极其酷似，连颈子有颗大痣都在同一个位置，后来这名战士也发生了类似的突然消失，实则是更姓改名换身份，以看不见的方式去做工作了。

大痣？莫不是像越剧《追鱼》里那样，真假牡丹小姐肉眼难辨，"牡丹孩儿左手有肉痣一颗"？为了具有说服力，有人故意绘声绘色地唱念起来。那是戏文啊老哥，这可是一等一的真事，我亲耳听说。话讲到这里，越发真诚和笃定了，大家在讨论中再次达成高度的认同：肯定的，咱周成山不管是在哪里，仍是良材之选经世致用，未曾负了积庆与整个东坝的数十年挂怀与寄托。

另外还有一些叫人半信半疑但也不好否定的说法，比如，被派去援助非洲兄弟了，援助方向随着外部世界的发展而时有调整，医疗、制造、开矿、建大坝造路桥、架电线铺电缆、开银行做投资等都讨论过。可这样友好的去向为什么秘而不宣？是担心东坝这边舍不下周成山，或者说怕我们期望值太高，这倒是看低东坝了，我们早说过，只要周成山"在着"，那就会"好着"，他在哪里都会发光发热……提出这一说法的人意味深长地摇摇头，我们周成山那样的人才，肯定不会是普通的发光发热。随即说了个下棋的比方，说整个地球就是个大的棋盘格，国与国的互动，就是出将人相走马拱卒，普通老百姓看到的只是表面上的第一步棋，实际上，还有第二步第三步第四步的后手，而每一步后手，是以30年，50年乃至100年为时间单位来考察的。很可能，周成山就处于某个长远计划的核心，起码得等到第三步、第四步棋之后，他才会从幕后慢慢踱步出来，最终出现在东坝人的目力范围里……

与上述方向同等可疑程度的还有南美洲说，这个说法第一次把周成山的主观因素上升到决定性的地步，在年轻一代中有不少人推崇，毕竟，东坝游子们的专业和职业越来越广泛了，在家国与个人之间，考量的侧重点发生了微妙变化。此说是一位女心理学博士提出来的，她认为那个"突然发生"的假死，是周成山本人的意愿指向，连黄海主任都被蒙住了。

她从周成山摊在书桌上的《物种起源》，提到"物竞天择"说，又勾连到尼采的"超人说"，认为智商超群、知恩图报的周成山一定是雄心勃勃地想要大干一场，以报答积庆和东坝，报效国家和人民。这一点，大家当然都无比同意。可她随即就向大家普及了著名的弗洛伊德，除了了不起的解梦与万物皆源于性的惊人学说之外，他还有个更深刻也更伟大的观点：人不仅有生存本能，更有一种内在的死亡驱动，而与此同理，人一方面会有"闻名"的野心，同时也会有"消失"的欲望。生与死，达与隐，如同一己之矛与一己之盾，两者的攻守力量几乎不相上下。她举例说到一个名叫霍桑的作家的某部小说，里面就写到这样一个男人，有天平平常常地出门，却从此再没回来，跟周成山一样，不见人也不见尸，几十年全无音信，而实际上呢，他就在街道对面的一间租屋里，甚至可以看到他原来的家，看到妻子进进出出。在所有人都认为他不可能再出现的小说结尾，他又平平常常地推门回来了，"仿佛才离家一天似的"。粗略讲完这个小说，心理学博士又回到周成山身上。在获得众口交赞与高期望值的背后，自幼失怙、独自成长的周成山还有另外一面，并不为积庆和我们所知。他委婉地把衣服钥匙等留在水库大坝边上，就是那"另外一面"的选择，对生命和生活的一种处置，恰恰与巨大野心完全相反。不是他一个人会这样，女博士随口报出几串听来很大的数字，那是最近几年日本与韩国失踪的人口数目。

得承认，这个说法挺没劲，也太过怪异，可是又有种欲辩已忘言的悲喜交加，仔细想想，也能想得通，可以接受！只要他人在不就已经最好了嘛。当然，他不大可能隐身在家门口乃至能看到积庆的某处地方，东坝实在太小了，像眼皮一样，就算周成山变成一粒土坷垃也藏不住。所以女博士才提出南美洲，并具体定位到布宜诺斯艾利斯，这不免让人联想到张国荣的那些传说，大家有点失笑，冲她摇摇头，提醒说不必把后面这部分也转告给义爷。只要告诉他，不排除有一种可能，由于报恩东坝报效国家的雄心太重大啦，以至于他先得猫上一阵，缓一缓，当然这猫得有些久了，但没关系，等他哪天想妥当了，坦然了，自会重新出现，他仍是一双长手，一口白牙，仍会给大家吹笛子。

其他还有一些说法，考虑到时间毕竟紧迫，我就只是提纲式、要素式地一带而过。对所有这些方向，黄海主任并没有指认或辨别的义务，这不在他的责任或义务范围内。我只是想告诉他，关于周成山环环相扣的生命轨迹，凭着我们东坝一众老小的智慧和力量，已经一环扣一环地找到了不同的编织方法，唯一阙如的，就是他这里的一环。如果他实在不便用明确的语言来推翻"溺亡"之说，那么，退一步，他只需对我们这些环节表示默认，那也是可以的，效果一样，等于黄海主任也承认了周成山的不可能死去。这是我临时冒出来的，一个策略性的想法。

在我的讲述中，黄海主任一直闭眼休息，并没有表现出倾听的迹象。但我知道人们没法关上自己的耳朵，以他现在这种情况，应该也没甚能力来控制表情。果然，在我讲到"马歇尔计划"时，我看到他明显皱起眉来，继而面皮憋红，嘴巴用力抿住，呼吸加重。我抑制住激动，求证似的瞟瞟护理员，她也正瞟向我，随即冲我示意床下的导尿管——黄海主任正在排尿。

此时，黄海主任脸上已恢复平常，空气中并无异味，但我还是吸吸鼻子，以掩饰内心的空洞。我知道，就是再磨蹭半小时，再絮叨点什么，护理员也是会通融的。但已无必要，从这里不会得到更多了。我起身跟黄海主任告辞，一边不自然地再次祝福他康复，并问候中秋节快乐。他从蒙眬中睁眼，微微抬手拍了拍床单，嘟囔了一句，跟我刚进来时说的一样："死在自己家里，挺好。"我不禁有点怀疑起来，好像我跟他又重新进入了莫比乌斯环的起点，我们才刚刚开始下午的这场谈话。

护理员引导着我穿过丛林似的狭窄通道，也许是因为刚才整理了一下导尿管，她中途拐到卫生间去洗手，并客气地邀请：你要洗吗？我愣了一下，只好侧身进去，也打了点肥皂搓揉。她替我把水流拧大一些，哗哗声中，对着院外的乱草与灌木说："他早都老糊涂了。不论说什么，等于啥也没说，也等于啥都说了。真的，脑子坏了，完全不好使，做过的事，没做过的事，全搅一块儿。常常是我前脚喂他吃药，后脚他就忘了，还闹着要吃呢。"她说得非常口语化，像是对着窗户在自言自语，可她脸上的表情突然间那样严正和权威，像是在替一屋子特级专家向我宣布会诊结果。

那次我回去向义爷报告黄海主任的最后情形时，就一字不差地套用了她的原话。我说，黄海主任等于啥也没说，也等于啥都说了。以前做过的事，没做过的事，他全搅一块儿了。我用一种特别缓慢的语速，以若有所思的语气，重复了几遍这些话。果然，它超过预期准确地抵达目标，实现了使命，周成山环环相套的生命就此流畅、立体、周全了。我记得义爷当时正坐在屋檐下晒太阳，像所有的老人家那样，薄薄的冬阳像一层披风，覆在他肩膀上，灰尘在阳光里泛着白沙似的光。我说了两遍之后，那披风就破了，因为义爷的肩胛骨高耸了起来，把太阳光支棱出两小块弯刀似的阴影。与此同时，我耳朵里听到薄披风被撕裂的声音，暗哑，尾声尖锐，直到散落在院子里的几个人扑通通地跑近来围拢住义爷，我才知道，那是他嘴巴里发出的哭声。哭声太烙人了，所有听到的耳朵，都被割碎了。

事后有人说，这是打传回周成山噩耗、从被推为义爷以来，他的第一次哭。这么多年的年月日，像周成山所沉落的那个西大坝里的水，一直满满地重重地蓄着，蓄在积庆眼里。

3

我从池塘边掰扯了一把绿油油的矮冬青，这玩意儿很耐受，插杆就能养活且四季常青，东坝到处都是，人们对它不大瞧得上。手上带这一把泼辣的绿，似乎多个抓落。毕竟 7 年多没来，义爷已近 80。

义爷还是在院子里晒太阳，垂老，但不垂死，甚至可以毫不打诳地说，比起上一次见到的他，精神头更足了。他的面孔，带着乡下老人特有的那种树皮感，细看那老树皮，沟沟坎坎中，分明有种"熬"劲儿，好像在跟什么念想拔河，并因势均力敌而越拉越长越拉越远，如陷浓雾，如隔山河。他与那个念想，和作为仲裁者的时间，以及东坝的围观者们，统统都定格在那里，天长日久无尽时。我突然意识到，只要周成山以某种方式存在于某处，东坝的古法与天理就会一直在，而义爷也就不可能死了。不可能死去的，更是义爷呀。我是直到此刻才想到这个的吗？还是说，整个东坝，尤其来来往往的一茬茬游子们，早都明白这一点了？

义爷冲我扬手，又向边上摊手，问好请坐请喝水的意思，继而抬高下巴，那是问询，有什么新情况吗。他周围坐着几位东坝小后生，像是高中生，凳脚边放着红色礼盒，看样子是家里派来问候的。孩子们正要走，看到我进来，重又坐下，同样向我投来等待的目光。那目光一望而知，周成山与义爷，仍然是他们从摇篮里就开始听讲就熟知于心的童年掌故。

我脑里和心里均是空空如也，舌尖上品咂着淡淡的压力，以及骄傲中的委屈感。确实挺难的。日常之中的人与生活，完全可以几十年如一日，无甚大变，可周成山不行，他如何"存在"着，已然是一门大学问了，需要不断地更新、深化、补充、延展，前赴后继地做出不同的花样来。

我喝了一口茶，仍然没有放下手上的一把绿："嗯，这次回来之前，我去看了一下他的生基。"周成山当时在研究所才工作两个月，所里还是出面给他买了个地方，埋放他的衣物，这主要是黄海主任的争取，说他无家无口，单位得管着。但我们东坝普遍都认为，这个动作本身，并不只是道义上的考虑，还有更深厚的寓意。谁不知道呢，衣冠冢，常是为亡者所建，可同时还有生基一说，有为生者消灾祈福之功。所以我们东坝对那个衣冠冢，向来都是称为生基的，并深深信任着它对周成山的护佑之力。

我转动手上的矮冬青，惊奇地听到自己在讲话，非常自然，不慌不忙："跟以前比，有点小变化。义爷您也知道的，除了我们东坝子弟偶有出差路过，那处生基是没有人照应的。包括黄海主任，他自己说过，只是当年落建时去过一次。可这回我去，您老人家猜猜，我看到了什么？"我瞥一眼手里绿油油的矮冬青枝，"就是这种，这样的矮冬青，生基周围插了整整一圈，我看看那根部，蛮粗的，恐怕长了得有三五年。谁插的这个呢？反正绝不可能是我们东坝这里人。"

这说明什么？一种留言一种信息一种意会？会是谁留下的呢？周成山本人，他的友人、爱人、后人抑或是外星人？我打住了，没有做任何阐释。这是一个技巧。一直是这样的，对新出现的信息或方向，我们初次提及时，只讲目力所及的表面现象，至于它的蕴意、它的指向、它的多种可能性，先空着，让义爷自去慢慢琢磨。而这个新的框架之下，后面一年年的，还需要有更大胆的猜想与更具体的细节，去主张与求证，去添砖加瓦，去砌高楼建大厦。我瞥一眼义爷周围的年轻孩子们，心里有一种交付接力棒般的成就与狡黠，周成山那重重叠叠的永生之路，可又铺设了新的一条延长线了，后面，就看你们的，得让义爷一直去拔他的河呀。

原载于《花城》2023 年第 4 期

去云那边

须一瓜

……当我撑大我那风造帐篷上的裂缝，
直到宁静的江湖海洋，
仿佛是穿过我落下的一片片天空，
都嵌上这些星星和月亮。
我用燃烧的缎带缠裹太阳的宝座，
用珠光束腰环抱月亮；
……
我是大地与水的女儿，
也是天空的养子，
我往来于海洋、陆地的一切孔隙——
我变化，但是不死。
……

——雪莱《云》

一

一辆白色的 SUV 正准备下高速，它已经奔波了三个多小时。年轻的女人开着车，带着五岁的男孩。男孩一路在看云。在高速公路上，年轻的女人反对小男孩躺着，她要求他坐在配合安全带的儿童专用增高坐垫上，但是，小男孩一下子就放弃了。他还是躺着看车顶大天窗外的云，追云不便时，他就解开安全带，站起来。他只专注于云的变化，似乎在编导云的剧

018

情。这趟行程，路有多远，云的故事就有多远。因为小男孩一会儿坐直，一会儿躺下，一会儿系上安全带，一会儿又解开安全带，使女人不得不放慢车速。

女人不时瞟后视镜，并通过耳朵，去捕捉后座的动静。除了云，小男孩对所有的人事，都心不在焉。三岁前没有开过口，家里的老人根据经验，都怀疑他是哑巴，但后来证明医生的判断没错，他会说话，只是不想说话。父亲平时忙，陪伴少，跟他说话，他以点头摇头回应。当爹的有一次大怒：不许摇头点头！眼睛看着我！用嘴说话！小男孩就吓得小便失禁了。对那些非要撬开他的嘴巴、动手动脚的热情客人，小男孩眼神排斥，有一次竟然哭了，令家人客人都颇为难堪。总之，他能不开口就不开口。比如，给他食物，他张嘴，就表示接受；拒绝，就是走开；甚至要去洗手间拿遗忘的玩具，里面的人连问他要什么，他只踢门不作答；那些学龄前儿童视听教材，他一律视而不见、听而不闻。偶尔，小男孩发出清晰的单词，或回应了人，犹如钻石光芒，蓬荜生辉，这幸福地证明了他的听、说能力，都是正常的。但不能否认的事实是，他几个月的说话量，不及正常孩子的一天。他似乎活在自己的世界里。

有个懒惰的、嘴甜的保姆，被长期雇用了，因为，她能给小男孩指认各种云。他们一起去顶楼天台看云，遇上了好云，小男孩会容光满面地回来，又比又划，转达他刚刚经历的一场盛大相遇。比如，满天螺蛳云、棉花罐打翻云、茶垄云、散掉的香菇云、老头撒尿云、老鼠偷油吃的云，还有树根云、吐血云、金片片云、猪奶头云……这个准文盲保姆，用云的想象力，激荡了小男孩云世界的生机勃勃。

有时，保姆洗菜洗一半，或者拖地进行中，突然一声高喊——哇，看天！天烧起来啦！——快看！

小男孩就连忙牵着她去阳台观赏，或者他们直接就奔向顶楼天台——他们家就在顶楼错层里。高天阔地，小男孩软软的头发，像丝绸旗帜一样飞舞。他会张开胳膊，像十字架一样，仰天旋转，然后拥抱自己的云。保姆倒没那么喜欢云，但她从来没有忘记自己"读云者"的天职，她一边解读云彩，一边玩手机。公平地说，她对看云的孩子无限耐心。看到天空暗沉，云们归途隐匿，他们就心满意足地一起下天台回家。

旅途中，无数车辆掠过这辆白色 SUV。两个半小时的路程，他们已经走了三个多小时。因为车里的云孩子，女人只能以尽量平缓的速度来护佑后座上的看云人。孩子的父亲正在这两个半小时车程远的锦天城开会，今天是他的生日。女人决定给丈夫一个意外惊喜，她要带着孩子"从天而降"，给他特别的生日祝福。小男孩对这个建议无感，因为爸爸无论是否出差，都经常不在家。但是，妈妈说："哎呀，锦天就是出七彩祥云的地方啊！"

小男孩睁大了眼睛，看着妈妈。

"五颜六色！"妈妈加大诱惑力度，"满天！红的、绿的、黄的、湖蓝的、金棕的、蓝紫……"

"各种颜色？"小男孩归纳了一下。

"对啊，"妈妈说，"前几天电视新闻不都说了，锦天这个季节彩云最多。"

小男孩并没有看到电视，因为外婆大喊他来看云的时候，新闻画面已经闪过了。

妈妈继续鼓动："所以要赶紧！到时我的手机还借你拍照。"

小男孩没有吭声。他把一本云童话绘本放进自己的双肩包，又把一只麂皮象宝宝玩具放进去。这是他出门必带的助眠玩具，他必须捻着象宝宝左耳朵的尖尖，才能入睡。女人暗暗得意。一路上，男孩的自言自语表明了她的确拿捏准了他的小七寸。

小男孩说："棉花糖的云，都是加颜色变的。"

妈妈很聪明，说："那是假云嘛。真的云，什么颜色都是自己长的。电视上说了，只有特别的地形地貌，才会邀请到天上各种颜色的云——全世界只有锦天最多！"

"要它不来呢？"

"给电视台打电话呀。"

"怎么说？"

"你就说，喂，你们不是说，这几天都有彩云吗？"

男孩笑了，但他说："我不。"

车行了一两公里后，小男孩说："你打。"

年轻的女人愣了一下，反应过来，说："嗯，让爸爸打！他说，喂！我们全家来锦天过生日哪！说好的七彩祥云呢？！"

男孩无声地笑了，看起来很有信心。

二

出高速收费站，SUV女司机把车靠边，接起一个重复打进的电话。后座上的小男孩，又解开了安全带。他手里有两张嘎嘎响的玻璃纸，一张香槟色，一张宝蓝色，他轮流透过玻璃纸看天。通话中，女人不断回头看后座的小男孩，她语调亢奋，有点急躁，她说：

"还要二十七分钟，估计我会比预计时间再慢点。"

"孩子饿了，我会先带他吃点东西。"

"不不，不去酒店吃。给他惊喜！这饭点儿人多，万一被他看到就不好玩啦。"

"你把他房卡放总台，交代好就行。估计我们吃好进去你们要开会了。"

"知道，你发的流程我看了。下午我出去办点事，最晚五点到酒店给他庆生，不耽误他晚上八点的活动。"

"不用不用！他不吃蛋糕，小生日而已。**谢谢谢谢。**"

"不不！小事！就是买些有机菜种——我自己开车导航很方便。"

"保密啊！——这会让我们綦小朋友大开心的！"

"当然当然，你们綦总可能都忘了自己生日。对了，你的房卡也留总台一张，到时我可能需要打理一下。"

三

从空中鸟瞰，龙帝温泉大酒店是个拉长的"S"形，尾梢犹如巨幅飘带，飘了七八百米，其实，它模仿的是巨龙飞天的造型。起降锦天的飞机，最容易看到的，就是巨龙在绿树掩映中腾起的龙脊摆动线条。说是龙脊，其实是平的。整个酒店不高，昂起的龙头才十多层，龙尾一层多高；S形的屋顶天台，就是斜上的平展龙脊，上面"龙鳞"——半圆片式的扁平阶梯，缓缓升高，间或又穿插着一方方如茵绿草。龙脊中线，从龙头到龙尾巴都是艺术灯柱，仿佛是S形的龙脊在晶莹发光。夜色里，巨大的

"龙脊飘带"上，银白的星光小灯，会在草地上满天星般闪烁，如银河在人间的倒影。所以，当地人都叫它"那个星光龙酒店"。

女人的车开进龙帝温泉大酒店差不多是下午两点了。进了大堂，一手牵着孩子，单肩挂着双肩包的女人，一眼看到了唐秘。唐秘却没有认出低扎马尾，穿着牛仔裤平底鞋的老板娘。看到笑着走向自己的女人，小秘书还算机灵，立刻春花绽放般地迎了上去。"姐姐真是越来越漂亮了！比年会时更年轻啦！我都没敢认呢！"唐秘说，"我正要给綦总房间送资料，那都给姐姐吧。这是他房卡，918。"

等候电梯的时候，唐秘压低嗓子说："这次订晚了，没订到大床房，被綦总骂了。是我们秘书组的失误。"唐小姐做着鬼脸，从小包里掏出了一个黑蓝色的丝绒小盒，托着递给女人："祝老板生日快乐！——只是小领带夹，弥补一下我们工作过失。"女人竖起食指，"嘘"了一声，谨防泄密的样子。小男孩伸手抓过小盒子，女人接过秘书手里的材料，说："你开会去吧，我自己上去。"

女人上了九层。酒店的扭曲结构，让她有点蒙。一名保洁阿姨路过，鞠躬问候，说："星光自助餐厅往那边，出玻璃门下楼梯就是。"女人更为困惑，阅人无数的保洁阿姨不再掩饰轻慢："很多阿姨都会走错。小孩爸妈在里面是吗？我带你去。"

女人有点明白自己被误认为保姆了，她倒不生气，只亮了一下手里阿拉伯数字很大的房卡。保洁阿姨说："噢，918。往那边，拐弯第一间，你碰一下门就开。"

地毯很厚，小男孩跑向自动玻璃门，又跑下楼梯，他看到了自助餐厅。两个服务生想摸他的大脑袋，小男孩立刻原路回转。好在这些都没有被妈妈注意到，她站在918房门前，门把上，挂着"请勿打扰"字样的纸牌。女人"滋"地碰卡开门，就在门要自动关上前，小男孩进来了。他没有注意到，他的妈妈站在玄关，呆若木鸡。

标房里的两张小床，已经被拼成一张大床。綦总个子大，拼大床也可以理解，但是，女人看到了床前两双凌乱的拖鞋，是用过的拖鞋：珠粉缎面的是小码，深灰缎面的是大码。

女人蹲在地上，缓了缓困难的呼吸。她心跳如鼓击，口干舌燥。小男孩看到她在深呼吸，便自己爬到窗前的沙发上。他把黑蓝色的小盒打开，拿出领带夹，研究了一下，还咬了一下，很快失去兴趣，便把它夹在小象宝宝的大耳朵上，然后去卫生间尿尿。

男孩从卫生间出来，塞给妈妈一样东西。女人没有心思看，把小男孩的手推开。她被枕头上一根栗色的直长发吸引。小男孩把从卫生间里拿出来的东西，再次夹到了小象宝宝耳朵上，一边一个，他觉得满意。

女人去了洗手间。洗手间乱堆的浴巾里，她再次看到了一根栗色直长发。女人感到自己上嘴唇异样，就像几只蚂蚁在爬。是，上嘴唇在发抖。她按住颤抖的上唇，但手指一拿开，它还是在微微颤抖。她想，它如果靠近键盘都能打出字来了。女人看向镜子里的自己，没有涂口红的嘴唇发灰，彻底的素颜，让这张情绪风暴中的脸，就像冰箱里过了保质期的冻肉，红得发灰，白得也发灰。她本来有一头天然微鬈的浓密长发，因为劳作不方便，习惯随手一扎，头发被皮筋常年控制得紧贴头皮。她觉得自己就像一个出土的兵马俑，真丑啊。难怪，难怪那个保洁阿姨，态度轻慢，她当她是一个带孩子去餐厅与父母会合的迷路保姆。

女人目露凶光地出卫生间，拎起背包，一把拉起沙发上的男孩往门口走。小男孩不想走，女人粗暴地抱起他，男孩双腿乱甩，以示反对。女人语气凶恶："要干什么你?!"小男孩沉默。女人大吼："说啊!"小男孩沉默。女人胸腔一阵暴痛，她觉得自己心脏要炸开，她狠狠掼下小男孩，死死瞪着他。男孩看着疯狂的女人，退着走到沙发边，拿起小象宝宝，紧紧抱在怀里，眼睛里已经有了泪光。

女人心里一颤，扑过去，搂紧孩子。

她是到总台取车钥匙时，才忽然意识到儿子的象宝宝耳朵上的领带夹。她暗吃一惊：首饰盒子还在918的沙发里；更重要的是，她注意到，小象另一只耳朵上的水钻发夹——当然是粉色拖鞋主人的。女人低声问："你是在卫生间拿到的吗?"小男孩没回答。她取下小象耳朵上的水钻发夹。

女人让门童看护一下儿子，她奔向电梯，按了九楼。她再次进了918房间。不知为什么，她的上嘴唇又开始颤抖，她一口咬住上唇。她把扔在沙发上的黑蓝首饰盒拿起，把水钻发卡扔在洗手台边。然后，她退出了房间。她听到了电梯有人出来的声音，走廊空空无处藏身，丈夫回房间的可能性很小，但是，她还是做贼一样心虚紧张。厚地毯无声无息，她却感到有人在袅袅走近。她选择了面对 915 房间，假装找房卡开门。一个苗条的女人走过，她视线的余光里，看到了一袭珠灰洇紫的长裙。随后，身后有门禁"滋"地响了。她顿时浑身暴汗，上嘴唇不可控制地又抖动起来。她努力克制住回头看的念头，但终于，她还是侧脸猛地回瞟了一眼。走廊里已没有任何人了，一切又回到静谧无人的状态。珠灰洇紫的长裙进了哪个房间？918？她搜索视觉记忆的残余，觉得自己看到了那个女人进 918 房间的背影。栗色的直发被时尚发簪斜绾，垂落的发丝随意而风情，肩型有致，然后是——918 的门沉重而缓慢地闭拢。看错了吗？一时之间，她膝盖僵硬、胸口虚空，不知道自己刚才那一眼是想象，是事实，还是整个都是幻觉。

保洁阿姨推着保洁车过来，还是之前那个，和之前一样，带着优越感的礼貌：

"需要我帮您开门吗？"

四

今天，对这个叫刘博的男人来说，是个非常可恶的日子。不止今天，这几天都是可恶的日子。今天的肝火，是昨天的堆积；昨天的肝火，是前天的堆积；前天的肝火是大前天造的孽！他粗算了一下，已经近五十个小时没睡觉了。肝火如野火，烧得他一直口腔溃疡牙龈出血。一个人，年近半百，又老又傲，他和世界就更加互不妥协了。这样的人，他不口腔溃疡谁溃疡呢？他悻悻地想。

人们尊称他刘博，那是对他学识的尊敬，实际上，很多人看他一个光头，心里就会怀疑他的学问。现在，他不仅光头，还加上三天没刮的灰黑胡子浓密拉碴，再加上一副被透明胶临时补缀起来的眼镜，看起来社会评价更低。这眼镜是今天上午被一个混蛋打飞的，还好他闪得快，不然以那个家伙的劲道，可能连眼镜一起打进刘博的眼窝里。更可恶的是，那个老实的年轻护士，那混蛋第一脚就把她踹翻了，当时她蹲在病床前为病孩脚腕处扎针。进针两次失败，小孩在哭叫。儿科病房，患儿哭闹是正常的音响。带着几名实习医生查房的刘博正遇见了劲爆瞬间。不是他一把推开了那个混蛋，护士少不了挨第二脚。但是，年轻护士一骨碌爬起来，连滚带爬，就扑向病床给孩子拔针，她怕伤着孩子。孩子母亲趁机一巴掌扇在护士脸上，护士帽飞越病床。刘博一把揪提那女人的马尾巴，提摔开她，自然是下了重手。在女人、孩子的尖声鬼叫中，混蛋男人一拳当头打来。刘博躲避，眼镜飞了。两个男学生扑上去死死拧住那混蛋。

医务科过来处理了，后来，分管领导也来了。混蛋夫妻拒不道歉，大喊大跳说："护士不会打针！医生很会打人！"刘博让学生报警，分管领导要他冷静，而那护士擦干眼泪就表态说，她理解患儿家属的心情，她原谅了患儿父母，弄得院领导比患儿家属还感动。院领导也希望叫刘博的那个男人，能忍辱负重，向患者家属道个歉。刘博转身继续查房去了。

查完房，刘博回到办公室，年轻护士进来，说，主任别生我的气，我知道您在帮我……刘博懒得说话，他摘下学生替他用透明胶带临时粘住的眼镜，在手里晃荡。护士低声说，我就是觉得以大局为重比较好。

刘博说，大局你跟院领导谈。

护士回避他嘲讽的恶毒眼神，眼看窗外，语调更加怯懦：……对不起，我真的没多想，就觉得……

刘博说，之前你护着患儿很善良，但之后，你装神弄鬼干什么！

护士泪光闪闪不承认。

刘博摔门而出。

这一天，是好天。蓝色的高空，卷云如丝，天边积云像白塔。但对于刘博来说，这个倒霉日子，才刚刚拉开序幕。大前天，同寝室的大学好友从四川过来开个专业学术会，但这三天他们都还没见上面。第一天，他代二线医生值班，碰到一个笨蛋的住院医生，一夜不断求救，害他整夜"仰卧起坐"，根本睡不好。次日是他的门诊日，一百多号病人，看得他滴水未沾、滴尿未撒，精疲力竭才收摊。到院食堂才打了饭，城东儿童医院急呼他过去会诊。会诊结束后，他披星戴月回家，刚洗完澡，又因一个肠套叠的高危儿童，被紧急叫回医院实施急诊手术；手术到凌晨四点，回家再洗洗睡，已经快五点；两个半小时后，也就是第三天，是他自己的手术日，早上七点半到医院，一直忙到下半夜，完成了九台手术，最后一台手术结束于凌晨四点多。他到办公室拉开午休床，才休息了一会儿，床还没焐热，就听到走廊外面人声鼎沸，该死的"马大哈"助手竟然忘记告诉病人家属，手术顺利，结果，傻等在手术室外的病人家属悬心到天亮。一询问，得知手术早已完成，病人已被送去 ICU，立刻举家暴怒了，六七名家属，个个怒喊要投诉。那个叫刘博的倒霉蛋，自然没法睡了，只好起来安抚家属，汇报手术顺利的情况并致歉，然后，查房。本来查房流程结束，他终于可以回家睡大觉了，但是，在最后时刻，他的眼镜被人打飞了，而且，家属要投诉他"像黑社会老大一样，领着学生打人"。这事看起来尾巴长，院办让他先回去睡觉。

可是，老同学下午就要飞离锦天了，中午告别餐，他必须过去，哪怕一刻钟也是礼貌的。他心里打算的是，见半小时就回家睡觉。

五

那个被称为刘博的光头男人，驱车往吃饭地点"棕榈人家"而去。

医院过去有七八公里，但从"棕榈人家"到他家，倒是很近，两公里不到。多年未见的上铺兄弟，小个子，宽肩膀，和过去一样，还是习惯含胸驼背，却动辄发出声如洪钟的哈哈大笑声，睥睨生死得很。事实上，他也确实胆大，因此，他赢得了班花的青睐。二十年过去了，他已是西南医界翘楚。一见面，大家就被光头的胶带破眼镜逗乐了。都是同行，天南地北各自医院都有同样的故事，所以，说着说着，就骂着粗话一杯杯喝酒解怒。光头倒没喝。两周前，他们院骨科医生，喝了两杯啤酒，酒驾刑拘了。但是，最后临别，他还是喝了一小口白的。因为老同学说自己和班花离婚了：婚姻就是一口锅——把两棵小白菜煮烂——老同学说的时候，高举酒杯，独孤求败，又难掩感伤惆怅。光头告诉他，今天也是自己离婚冷静期的最后一天。话音未落，举桌喧腾：小白菜呀，锅里黄……

老同学拿起手机，模拟采访话筒，问他感言。光头男人说：如果不是冷静期，今天我没回去，她能打我二十个电话，并要求视频为证。她觉得我能出轨全世界。所以——两棵小白菜都煮烂了……

举桌再次沸腾。老同学提议为婚姻之暖锅干杯，于是，光头男喝下了一杯；之后，代驾来电说两分钟到，他又主动敬了大家一杯，然后和老同学拥别。

那个叫刘博的男人，独自下楼到门口。约好的代驾，却迟迟未到，再催促，才明白那家伙，因为听错地址，到了岛外一个连锁店。男人倦怠不堪，跌坐在店外石级上。女老板过来说，拐个弯，都能看到你们小区的白蘑菇顶了。算了，一站多路，我送你吧。他们才一上车，女老板没有放手刹就猛踩油门，"唔"的一声，把光头男人睡意吓没了，紧跟着是猛烈倒车，车撞到右侧棕榈树上，男人的头撞到副驾驶座窗框上。女老板跳下车察看擦掉的红漆：不好意思！不好意思！你以后别停这有树的位置，很多人……

疲惫至极的男人，懒得察看刮伤位置，他揉着被撞出的包，奄奄一息地挥手让她靠边。女老板贴心地喊，一杯啤酒也会抓啊……

头其实被撞得很痛，而且，眼镜的鼻托位置，更痛。这个叫刘博的男人从后视镜里，看到了自己右边鼻梁透出点紫青。他恨恨地咒骂着。

已经能看到自家小区前的公交站了，只要过这个十字路口，右转进辅道就能直接开进茂盛花木夹道的小区地库口。但是，这个该死的红灯特别慢，横向路早都没车了，它还红着。这路口的红绿灯，简直是不负责任的混蛋操作。

今天是他倒霉的日子，倒霉的高潮马上就要开启。

六

法院路和主干道湖西一路是个大丁字路口，白色的 SUV 在丁字下竖位置的法院路，它要右拐到横在路口前的湖西一路。SUV 要右拐，无须看信号灯，只要没有直行车就行。当时，SUV 女司机眼睛里就是没有直行车的。她内心犹如乱坟岗，戳心堵肺地痛，以至于她都忘了叮嘱小男孩系好安全带。但是，好像就是刚右转，身子还没有正过来，车子左后部就被什么重重地撞了，她听到男孩吃惊的叫声，与此同时，她也踩死了刹车。SUV 很稳地停住了，但只见车前路面，掉落了一地的车零件，分尸式的痕迹绵延十几米，痕迹最前段，靠边停着一辆旧的暗红色车。女人被吓到了，连忙出了驾驶室。

她的车，左后轮上，一块花盆大的凹陷，有撞痕，但白漆基本还在，但一地的车灯、塑料片、保险杠之类零碎，拉拉杂杂地撒了一路，显然都是那辆暗红色破车的，它们把事故现场渲染得很吓人。女司机的心怦怦直跳。一辆黑车打着双闪停在两车间，一个打深色领带、白领模样的短眉细眼的男人，怒不可遏地出来，他直接对前车下来的光头男人发难："你他妈奔命啊！这么快的速度变道超车，你差点撞了我你知道吗！"

光头男人在察看自己破红车的伤情。

SUV的女司机看着一地狼藉十分心虚，说："我拐……真没看到你的车……我才……"

那个叫刘博的光头男，一听就暴怒挥手："拐弯让直行！你他妈的新手上路吗！"

"超速！"白领男说，"限速六十，你起码八十！不是我反应快，你得先和我撞！"

那副胶带粘连的破眼镜，都掩饰不了光头男人拧着眉头的凶狠眼神。

看红车肢解似的惨状，SUV女人还是惶恐："……超速，那我们……各一半责任……"

白领男突然高叫起来："——还酒驾！！你报警！他全责！"

白领男手机一通拍。女司机还有点迟疑，白领男训斥："你也拍！正面、侧面、撞击点，包括两车的全景照！"

光头男人用杀人的眼神阴沉地盯着白领男。

白领男很轻蔑地冷笑："——绝对酒驾！绝对超速！——危险驾驶罪！"

白领男塞给女司机一张名片："我为你作证，也可为你提供任何法律援助。"

女人麻木地接过名片，她的眼睛直勾勾看向自己的车。不知何时自己下车的小男孩，摇摇晃晃地向她走来，他脸色发紫，两只小手抓着自己的脖子。女人丢了名片，尖叫一声，扑向孩子。光头男人也奔了过去，他推开女人，从背后抱住小男孩。他的两臂围过小男孩胸腹，使劲往上提，一下，一下，又一下，小男孩有时被他提离地面，但终于，小男孩"噗"地吐出了一颗开心果仁。

女人一把抱住小男孩，急得乱摸他喉咙："还有没有?！"

小男孩在思考。重新恢复的呼吸，大概让他舒服，他仰头看着光头。

女人有点歇斯底里："说话呀！还有没有！"

光头男人说："怎么可能?"

小男孩一脸新奇和疑惑，他指指自己喉咙，对着光头男人说："一震，就吸进了……"

女人起身，把光头男猛推一趔趄："都是你撞的！"

女人蹲下，上下摸索孩子，果然，她发现孩子额头发际处有个发红的、微微鼓起的山核桃大小的包。女人按压着，小男孩躲闪，说："壳子……"

女人大惊："果壳？也呛进去啦？！"

光头男人说："怎么可能！"

男孩又摸自己的头。女人喊："很痛？！"

小男孩只摸不说话，他走两步，蹲下来看自己吐出来的开心果，又仰脸看光头。

女人站起来，捡起名片，然后掏手机。光头男人一看她按110，连忙把她按住："别！私了吧，我帮你修车。我的车我也自己负责。"

——那小孩呢！！女人凶神恶煞，和刚才的惶恐迟疑截然不同，她的面目变得十分凶悍。

男人深吸一口气，蹲下，仔细检查了一下男孩。男孩始终眼神清澈地看着他。想吐吗？男孩摇头。男人站起来，说："他没事。"

"没事？！你说没事就没事？！——去医院拍片！"

"他真没事。你相信我。"

"放屁！我信你一个酒鬼！"

"我告诉你！以我的酒量，两小杯只是消毒口腔！"

"酒气都喷我脸上了！你哈口气——鸟都掉下来！"

"你以为你是酒精检测仪啊！"男人被她骂得有点想笑，但他的心情太糟，依然铁青着脸。女司机环顾四周，这才发现，刚才那个路见不平的白领男人突然不见了，黑车也开走了。女人再次掏出手机，又骂了一句粗话："行，混蛋，就让警察测！"

"——好了好了！我他妈都赔你！我全责！我带小家伙去医院——检查检查检查！"男人怒气冲冲。

"去大医院！协和！我必须五点前回到龙帝大酒店！"

"协和起码九公里，周六病人多，你回来来不及的。去儿童医院吧，三公里多。不信你自己导航。"女人掏手机导航，男人说，"现在两点四十分，这样好不好，你先回酒店休息，也让我休息半小时——我三天没睡——就半小时后！我去酒店接你们去医院，保证五点让你们回到酒店！"

女人怒眼圆睁："你他妈当女司机都弱智？酒驾逃逸，罪加一等！"

光头男人咬紧牙关，他掏出驾照，给女人看："我不逃。算我求你了，我真的四五十小时没睡觉，现在，我头晕脑涨。"

女人劈手夺过驾照："先去医院！人没事你就滚！"

男人咬牙切齿。他给车行朋友打了电话，把车钥匙交给路边银行里的保安。

光头男人上了她的车。他估计这辆该死的进口 SUV，够他赔一两万了。他的那辆黑色途锐，归即将离去的老婆了。如果今天它们对撞，应该不会像红色的老车那么狼狈，但可能就得赔更多银子了。

七

这个叫刘博的倒霉男人，他也没想到，去儿童医院的路，突然被修路围挡，车得绕行。女人猛拍方向盘，摁出了七八拍的恐怖长喇叭音。工地上的工人，全部直身在看她。光头男人狠狠抓住了她疯狂的手："全市禁鸣你不懂吗！"

松手！女人左手突然有了一个黑色喷筒，它对准了光头。光头男人猜那是防狼喷雾。他怒吼着："神经病！禁鸣多少年了，你他妈开惯了乡下土路吗！把交警摁来了，就让交警给你儿子做体检吧！"

女人反唇相讥："来呀，我看他是先测你还是测我儿子？！"

"行，你摁！什么颅脑血肿、颅底出血你耽误得起，你就继续摁！"

女人老实了。男人恶损了人，自己还是心肺闷痛。今天就是见鬼了！离家一步之遥，偏偏被一个神经病缠上。女人拉着黑脸按他指导的新路开，一脸不信任的巨测表情，明显是提防再遇围挡阴谋，但她又不得不隐忍着，因为小男孩在侧。小男孩在后排，则不时发出零碎的小声音。光头男人觉得，那也是一个小神经病。

开出龙帝温泉大酒店大门后，女人脑子还是一片空白。满腔油泼似的怒火，让她像一支熊熊火炬。开始她只是模糊觉得，今晚绝不在酒店过了，太恶心！现在，她需要购买一批有机种子，尤其是儿子指定需要的紫色花椰菜。买了，她连夜回家，让他妈的生日快乐通通见鬼去吧！多一分钟她也待不住了，回去她就着手离婚。但很快，她觉得不对。复仇！她必须先复仇，必须狠狠地复仇！这是狗男女对她的家庭、她的生活最严重的侵犯。这个家，她付出了太多！

得让小三死无葬身之地！得让混蛋的背叛者无地自容！

五点，她必须赶回酒店，回到战场。开过第二个天桥，她就把车靠边了。她已经理清了思路。熄了火，她开始打电话。第一个电话，打给大綦的秘书小唐，先确认大綦晚上的会议，大概几点结束。唐秘说，綦总好像不太想参加了，说肠胃有点不舒服，想早点回房休息，让曹副总去。看不到老板娘脸色的小秘书自作聪明地说，嘻嘻，说不定綦总想给自己过生日吧。第二个电话，她打给蛋糕店，定制了一个生日蛋糕。她加价，要求下午五点务必送到酒店总台。第三个电话又打给唐秘，说，如果晚上有空，多找几个小伙伴，来918房间吃蛋糕。不过，准确时间待定，只要确定人在酒店就可以。还有，最重要的——请大家一律严守秘密。

唐秘兴奋得嗷嗷叫。

计划严密，没想到才布置完不久，就撞了车——这该死的酒驾！

绕路显然远了很多，女人不断因为路况，指桑骂槐地撒野泄愤。光头男人也阴沉着臭脸，不时回击她咎由自取，是孩子不系安全带的结果。车里的愤懑对峙情绪，张力十足。直到后排的小男孩呼叫："一条！一条！一条！"前排的两个大人都没有反应，小男孩拍了拍光头男人的椅背，想引起他的注意。光头男人敷衍地转了转头，他明白小男孩是看到了辐辏云条。他刚才就看到了，那折扇骨一样的辐辏云，其实很淡，不是爱云人，不是专业观察者，很多人都会忽略。

显然，小男孩很想让陌生人关注到自己的发现。车到湖边，小男孩再次夸张惊呼：

"线！云线！"

小男孩猛踢了一脚椅背。

光头男人回了一句："那叫航迹云，飞机干的。"

小男孩又踢了一脚椅背。光头男人说："是飞机尾气形成的凝结痕迹，不算云。"

男孩眼睛闪闪发亮，很快的，他喊："这边——马！小马！"

光头男人偏头看了，说："那叫碎积云。"

"还有！大大花菜云！——妈妈要种紫色的花菜！"

光头男人说："都谁教你的——那叫高积云云塔。这些都是很普通的云，分数很低的。"

小男孩完全兴奋了，他撅着屁股，半站着，不是扒在光头男的椅背上，就是反转身子看天窗，满天找宝一样指云。保姆解读的云，都被陌生而了不起的名字改变了。那个叫刘博的光头男人，终于被童心点燃，也多少是想摆脱无聊，他不仅有问必答，后来还摇下车窗，伸臂竖起三个指头，用指测法，教男孩区别了一座云是层积云还是高积云。

越来越崇拜他的小男孩，要求停车，他要下车。女人的腮帮在连续鼓起，金鱼一样吐气。捉奸的核弹引爆在即，时间已经太紧了，可是，她也不明白，这个自闭症一样的孩子，莫名其妙地和这个面目可憎的光头男亲近。她不得不承认，孩子的这个状态是让她舒心的。

停车熄火，但她不下车，就在驾驶室，她看着一大一小两个男人，在湖边的草地上，伸长手臂，竖起三根手指，对着天上，做着直臂测云动作。两人重新上车，受小男孩的邀请，光头男人也坐到了后座。小男孩的问题非常多，这样的健谈，让前面的女司机暗暗吃惊。光头对孩子的语气，越来越温和，女人不觉得是男人对付孩子有一套，而是觉得自己的孩子原来这么聪明讨人爱。男人介绍了云的三大家族，描绘了低云族、中云族、高云族，在天上的高度和变种。他还让小男孩知道了，雷暴云有多狂暴雄壮；为什么积雨云又叫"云彩之王"；高层云为什么无聊得像塑料膜。

女人为了表示领情，参与话题说："没想到成年人也会对虚妄的东西感兴趣啊。"

光头男人指着一片像风过沙漠涟漪般的云片，把男孩脑袋拨过去看："收集云彩，不是要抓住云，我们只是看它，爱它，记住它，这就足够了。云知道的。"

男孩一直点头，还击鼓似的同步抖击小拳头。女人感到被男人排斥在话题之外。他还是对她窝火。女人觉得自己更恼火，但她为儿子的意外快乐而宽容，所以，她又厚着脸皮问了一句："你气象站的？"男人说："我母亲曾是。"女人说："你在哪上班？"男人说："……维修厂。""修什么？""看人家需要吧。反正，钳子、夹子、刀子、电锯、锉刀、锤子，我都顺手。"

"所以，你的车可以自己修？"女人忍不住悻悻一句。

到了儿童医院急诊室，女人又怒火暗起。首先，急诊并不是你一挂号就给你看，还得排队。候诊长椅，已经坐等了八九个人，还有不断来去的人，不知是否也是候诊人。其次，总共就两个急诊医生。导医小姐说，一个小学参加区运动会的车被撞了，一下子送来六七个孩子，已经在调度加派医生。而两个值班急诊医生和护士们，在几个急救间之间奔忙，小学生的家长正陆续冲进来，大呼小叫，还有哭哭啼啼的；剩下一个轮转见习医生，满头大汗地接待普通急诊。只能排队干等。

女司机站起又坐下，坐下又跺脚，焦躁得不行。

"喂，"光头男人说，"你看不出来吗？这么长时间了，他没呕吐，神志清楚——他没事！"

"闭嘴！"女人说，"我同学，摩托车撞了，全身哪都不疼，他也感觉没事。回家到晚上才发现鼻子、耳朵，有一点出血。幸好他女朋友坚持去医院，结果，你猜怎么样？什么左颧骨右颧骨，血肿骨折骨裂，脑袋里被撞得像打散的蛋，差点完蛋！——医学的事，你最好闭嘴！"

"行行，我去个洗手间。"

"你可别想溜！酒驾的人证、物证，我齐了！"

光头男人转身走。女人掏出他的驾驶证，又把那个路见不平的好心人名片仔细夹在里面。这时她才发现，名片上写的是律师。律师？这下子，女人心更安了。

八

叫刘博的光头倒不想溜，但是，他太想打个盹了。候诊时，那个精力旺盛的小破孩，根本不让他闭眼。他知道门诊二楼有个咖啡座，洗手间出来，他转上自动扶梯，但是，刚要到二楼，就看见咖啡座玻璃墙里，有个熟悉的同行的脸。他不想让人发现他麻烦缠身，只好又掉头而下。他郁闷烦躁至极。

回到急诊大厅，他座位边多了一对夫妻，妻子抱着一个五六岁的男孩，看那腿脚，应该和那个爱云的娃差不多大。光头男人一走近，就听到丈夫在低声斥责："我们小时候，谁蜜蜂蜇了当回事！我告诉你，他是男人，你再这样宠他，就是废了他！"

光头男人这才注意到，那个被蜂蜇的男孩，手腕红肿，头脸似乎也有点肿，松弛无力的嘴巴张着，露出虫蛀的小门牙。爱云的小男孩，也是个方圆脸，眼睛旁的太阳穴特别饱满宽展，加上光洁的大额头，软软肉肉的有型下巴，看起来还真比一般孩子漂亮。一看光头男人回来，小男孩收回对蜂蜇男孩的傻看，马上挨到他身边，还掏出了两张玻璃纸。

他又开始和光头男人谈起了云。男孩想用两张彩色玻璃纸，制造彩云。那个蜂蜇男孩，在看他们。女司机在看手机，但心思都在儿子这边。

……

"我还见过这样的！"小男孩把食指和拇指弯成半个圆圈，"天上，就一个小门，姐姐说，是鸡笼门。因为，那么小，只有天上的鸡才能进出……"

光头男人比画了一个弯月手势，小男孩热切点头。男人心不在焉地"哇呜"了一声："那是马蹄涡！非常非常稀罕的云，最多持续一分钟就蒸发了。看见它的人有好运！太厉害了你。"

"那它多少分？"

"四十分吧？也许五十分。"男人说。他开始为身边的蜂蜇男孩分心。蜂蜇男孩闭着眼睛，他的头脸越来越肿，但那对夫妻依然专注于指责对方，他们一直在压抑性地攻击对方，父亲的语气像说黑话："蜂来富！燕来贵！你的笨蛋儿子说不定就从此转运变聪明了！"孩子的母亲四两拨千斤："你经常被蜂蜇，是蜇出了科长还是局长？连马蜂都蜇不死你爸，他怎么还是全村最穷的人？我们结婚他……"

那个做丈夫的"腾"地站起，急赤白脸，胳膊拧起又放下，他狠狠瞪了一眼正看着他的光头男和女司机，硬生生收了抡掌动作，然后，怒出候诊大厅。被瞪的路人甲和路人乙，第一次互相看了对方一眼，眼神都是默契的悻悻与无辜，还不约而同耸了耸淡漠的肩。蜂蜇男孩的妈妈，把脸贴着疲倦昏沉的男孩，一边张望着就诊通知屏幕，一边掏出手机。她在电话里，不知对谁，历数丈夫的种种自私懒惰与不靠谱，声音越来越大。

"那最最多分的云，什么样？"小男孩说。

光头男人看着这个孩子，他不明白，他为什么不能安静一会儿呢？

男人仰头闭上眼睛。小男孩用力推他。男人说：

"开尔文—亥姆霍兹波，它就像一排排整齐的海浪，卷起的花边……"闭着眼睛的男人，听到了异常的吸气性喉鸣音，他睁眼看蜂蜇男孩，并站了起来。那个年轻母亲还在失望控诉。蜂蜇男孩的脸肿得厉害起来，他额发湿透，面色青紫，呼吸有明显的喉鸣音，手腕伤口周围，出现了一大片明显的疹子。他妈妈在泪水的控诉中，已经谈到离婚事宜。

爱云小男孩坚持要牵光头男人的手，要他坐下。

光头男人漫应着："开尔文……也只有一两分钟，看到它的人，所向无敌……"

光头男人突然重拍蜂蜇男孩的妈妈，一手抱孩子一手拿手机通话的女人也跳起来，她也看到了自己孩子的异常。光头男人冲进了诊室，那个见习医生跟着出来。

"喉头水肿！"见习医生让孩子母亲抱娃进了抢救大厅，他要护士过来测孩子血压，并准备静脉输液。光头男人看着几近昏迷的男孩，语气粗暴："立刻！环甲膜穿刺！马上！"

见习医生显然不买光头的账，因为他自己看起来就是打架打输的急诊脸。但是，年轻医生又被光头的霸道气势镇住了。看孩子的样子，也的确像高危的喉头水肿，所以他一扭头，就向急诊大厅另一角落，高喊一个急诊医生的名字。光头男人厉声大喊："快！再慢，就来不及了！"

一名护士奔回来，拿出环甲膜穿刺盒。但是，躺在急救台上的男孩，因为呼吸受阻，越来越挣扎，穿刺术变得非常困难。没有经验的见习医生无措地又想去搬救兵，光头男人忍无可忍，戴上手套就拿起穿刺器械，说："别动！就一下！我是医生！"

孩子的环甲膜穿刺本来就很不容易，何况一个想摆脱窒息的小孩，但光头男人出手利索准确。男孩气道通了。见习医生差点跪了下来，是感激，是后怕，也是松弛。年轻的医生知道，若插管延迟，患者可能在半小时内病情恶化，而那时，气管插管及环甲膜穿刺都非常困难。一句话，过敏性急性喉头水肿，一耽误就是致命的。

生死一线间，SUV女人感受到了紧张。她在大门外，隐约看到光头男人忙碌的身影。她和爱云孩，两次企图混进抢救大厅，都被护士赶出去。第二次又被赶出来的她，翻出了扣留的光头驾驶证，没错，上面没有单位信息，名字叫刘旗云。照片上头发颇多，看起来还蛮讲道理的脸，和眼前凶狠不耐烦的光头不太像。女人想了想，决定给那个路见不平的人打个电话。

电话通了。先是一个女声，问明需求，然后那个白领男的声音就出现了。没想到他第一句话是："女士，算了，冤家宜解不宜结。"女人说："我是外地人，马上要离开锦天，还想请您处理善后呢，您这是……"

律师咳嗽了两声，说："直说吧，这人不坏，他救过我儿子，手术到下半夜，完了还丢出红包。我认出他来了，所以，我走了。"

"他是医生？"

"对，非常有名的医生，只是老了很多，胡子都花白了——如果我没有认错人的话，就是他。但不管怎样，冤家宜解不宜结，退一步，天地两宽。就算是律师给你的人生忠告吧。"

"万一他不是呢？"女人说。

"那，"律师喘出一口粗气，"如果赔偿合理，你还是放他一马吧。总之，一个好医生，他也不知道会在哪里收获回报，甚至长得像他的人也跟着有福了——OK？"

九

离开医院的白色 SUV，往龙帝温泉大酒店而去，时间是下午四点二十一分。

在光头男人阴郁郑重的恐吓下，女司机终于放弃了等候。周六本来病人就多，再加上校车出事，那些随后闻讯赶来的爷爷奶奶、外公外婆、姑姑舅舅等，把候诊厅吵得像春运火车站。女司机烦躁不堪，她明白，五点钟是不可能赶回酒店了。女人说："行。晚上八点后再来。"

光头男人拒绝再上车，女司机砸了两拳车喇叭。

"言而有信，你是男人吧？"

那个叫刘博的倒霉蛋说："我不是。你要体检吗？"

"上来！"女司机说，"没时间了。请——上车！"

光头男人不动，他坚持说女人八点的活动结束，他一定在儿童医院恭候——虽然，男孩绝对没有问题——对此，他愿意打赌两万元。

女人喝令他上车："信不信，我现在报警，警察还能测出你酒驾！"

男人转身而去。他在医院大门外的超市，买了一瓶矿泉水，大喝几口，想想，他又买了两瓶。

女司机赶上来说："你也知道法网难逃啊，风筝线拽在我手上呢。"

光头男人说："我告诉你，驾照补办很简单，我徒弟一天就能搞定。至于酒驾，你他妈爱举报就举报吧。老子非常非常需要睡觉！如果杀了你才能让我睡一会儿，我可以切开你气管！"他往副驾驶座重重扔下两瓶水，转身而去。

机动车道上，SUV 车发了一会儿呆，又追了上去。她狂按喇叭，光头男人一转身，小男孩立刻手舞足蹈，大喊：

——爸爸！来！

光头男人简直七窍生烟。那个额头宽广的小男孩，对他打出了马蹄涡云的手势。光头男人胸口温热，几个沉重的深呼吸，都没有化解掉那个暖和感。他还是走回了 SUV 车。

我不是你爸爸！男人还是没好气。

女人咆哮："他也没当你是真爸爸！只是因为你救了他，他习惯把帮他的人都叫爸爸，他还叫过一个十五岁的中学生爸爸——这是他的礼貌——你以为你是什么东西！"

男人阴郁地说："你说呢？"

女司机口气忽然转暖："算你帮我一个忙吧，求你了。"

男人虽然上车，但冷着脸。小男孩把他的手打开，把自己的小手，像豌豆粒一样放在他手心里；另一只小手，示意大手掌把里面的手，豆荚一样包裹起来。

女司机说："酒店的活动，也许少儿不宜，我需要你陪陪他。如果他耳朵、鼻子开始出血，你最知道怎么办。再说，善始善终，做人基本责任，对吧？"

男人还是冷漠无言。一路无言地开了一会儿，小男孩趴在男人身上睡着了。沉默有令人厌烦的尴尬，女人打破尴尬，声调亲和得有点低三下四：

"喂，我是不是——很像保姆？"

"不像。"

"那你，第一眼觉得我像什么？"

"像被欠薪的保姆。"

女人抄起车门边的喷雾。

男人说:"彩带喷筒。你下车的时候,我看了。"

女人音量猛提,看不出是玩笑还是愤怒:"我是保姆?!你他妈还像个人贩子!我今天才知道什么叫遇人不淑!"

男人说:"是,我就是懒得拐精神病的人贩子。"

"你的破眼镜和紫鼻梁,怎么回事?"

"被人打了。"

"你打输了?"

"对。我们没有正当防卫的资格。"

"明白了,你们被人捉奸在床了。"

"恐怕比那更糟。"

女人语气再次低伏下来:"谢谢你!我儿子今天说了比一年还多的话。"

男人没有回应。

女人说:"看得出来吗,他自闭?"

男人没有回应。

"你看不出来吗?"

女人在后视镜里,看到男人闭着眼但微微摇头。

女人说:"其实我非常苦恼。已经在约心理医生了,说先试一个疗程,五次一疗程。"

"他没自闭。"

"他爸说,他四个同学的孩子都自……"

"他没自闭!"

"专家说,现在有很多得自闭症的孩子……"

"能目光对视,能食指指物,能正确表达,没有重复古怪动作——他很正常!"

"他这么看云,不古怪吗?"

"很多人爱云。我母亲去世的时候,正好看到窗外的虹彩云,她笑了,都忘了说遗言。"

"你妈是专业……"

男人高声："——他、不、自、闭！钱多你就约去。"

"……呃，还有，我儿子……"

"你他妈能不能让我打个小瞌睡？对，你不是欠薪保姆，你他妈就是欠薪保姆中的女流氓！"

女人笑了。男人闭着眼，没有看见她的笑。

十

酒店大堂的世界各地时钟中，中国时间十六时四十一分。女司机一路接了三个电话，可能怕光头男人再发火，她都是压低嗓子通话的，但光头男人还是听了个大概。一是，那个活动要延迟一刻钟左右，上个会议推迟了；二是有人送来的什么，女人让他交给门童，让门童放在总台；三是703房间可以休息。这些零碎的信息，让光头男人以为他可以到703房间休息一会儿，没想到，女人把他们领到咖啡座，随后，服务员送来了糕点和咖啡。女人说，我带他上去一下，你先吃点东西。

小男孩甩开了女人的手。他不走，不仅不走，还试图和光头男人挤坐一个沙发座。男人退到双人座上，男孩立刻也坐过去。女人看着光头男人。咖啡、曲奇饼干、坚果和布朗姆蛋糕，女人把咖啡杯推移到男人面前，男人无动于衷。

你喝点提神，我很快。她走了两步又回头，耳语般说："天网恢恢。人贩子，我儿子信任你，我也想信任你。"

男人看着她，抄起精致的咖啡杯连托碟，重重蹾放到了隔壁空桌，咖啡汁荡漾弹溅到乳白的桌面。这是直截了当的拒绝，他们互相瞪视着。

小男孩大口吃蛋糕，自己给牛奶加了很多糖。女人往电梯方向走去，还不断回头看。

光头男人从手包里拿出纸和笔，开始画云。小男孩果然上钩，要求自己画。他在自己的双肩包里掏出了一本云绘本和一盒彩色蜡笔。男人去总台要了三张A4纸，和一条捆扎用的彩色纤维绳。男人说："我们说过的辐辏云，就是天街的那种，条条大路通罗马，对不对？看起来是连到天上车站的。天上的车站！你把它画出来，还有两张纸，你再画你看过的最喜欢的云。画满三张，我马上睡着，谁也不许讲话。你画得好，我就能梦见你画的云，只要我俩的脚用绳子连接好——不能断开。到时候我醒来就能告诉你，你画了什么云。"小男孩兴奋得两手直压自己的脸颊。

光头男人终于让自己躺下了，他侧蜷在双人靠背沙发里，小男孩跪坐在他身边的单人沙发上，他小心保持绳子的连接，他一点也不想吵醒光头男人。小男孩全神贯注，在和光头男人的梦云比赛。二十分钟左右，一个穿黑色西服的苗条挺拔的女人过来了。

男人在醉睡，小男孩在醉画。女主管一眼就认出了这个男人，尽管他侧脸灰暗、胡子拉碴，胶带缠住的眼镜更是邋遢狼狈。但女人为了确认没有认错人，特意绕着观察了两圈，然后，她轻轻在小男孩脑袋边耳语：

画得这么好呀？

小男孩置若罔闻，专注上色。

女主管说：他是谁？

小男孩依然在画。

女主管拿起了桌上的小象，小男孩一把按住。

女主管说：你要不要吃软心巧克力？

小男孩不睬。

女主管说：他是谁？

小男孩依然上色。

女主管厚着脸皮：哎哟，你是画前天来的七彩祥云？

男孩这才抬头看她，点头。

女人微笑：他是谁？

爸爸。小男孩边画边说。

女人发蒙，怀疑自己听错了。她再问男孩他是谁，小男孩一把推开了她。

女主管回到总台，示意大家不要打扰咖啡座的人。她自己走出酒店大堂，开始拨打电话。

SUV女司机下楼了，她边走边接电话，出了电梯往咖啡座而来。时间是下午五点三十分。

咖啡厅奶棕色的地毯完全吸音，光头男人在沙发上侧身蜷睡。女司机重新叫来热咖啡和糕点。服务生离去后，女人看了看时间。她不准备马上叫醒他，她拿起手机，为蜷睡的男人和作画的小孩拍了合照。相连的彩色纤维绳，得到了细节突出。女司机脸上浮起笑意。

男人微微睁眼，又闭上了。桌边流光溢彩的身影，令他有点迷惑，揉了揉鼻根他坐直了，渴睡的眼睛还是非常干涩。揉捏鼻根动作，让受伤的鼻梁钝痛，他清醒了。戴上破眼镜，明白都不是梦境：那个休闲邋遢的虎狼女司机，已经判若两人。她坐在他右侧、面对大堂的单人沙发上。女人的头发洗吹之后，干净轻盈、丰茂微鬈；一身紧致垂悬的黑裙，被她的二郎腿，勾勒出漂亮的腰臀曲线。黑色的高领下，是一片倒扇形的白皙裸露。没有任何首饰，也许自信，也许忘了戴。以光头男人的眼光，如果她再丰满一点，肯定更令人窒息。但显然，这女人不在乎，二郎腿上跷着的那条腿的脚尖，挂荡着考究的黑高跟鞋；她的锁骨和挺直的平整颈背，倒散发着知性的美与果敢。光头男人伸了下懒腰，感觉自己就像走出了通宵鏖战的手术室，完成了一个复杂的高危手术，终于回到清新的满天星光下。这是他从深夜的手术室出来，经常有的舒服感觉。

女人好像都是魔术师啊，到底有多少女人会来这一手：一放任，就鹰头雀脑；一收拾，就貌若天仙？

但男人看到了她端咖啡的手，他几乎顿起反感。那只拿咖啡杯的手，无名指的指甲缝里，有着明显的灰线；另一只放在手机上的手，食指和大拇指指甲缝里，也一样有细细污线。男人恶心至极，转开视线。女人看起来在悠闲地喝咖啡，实际她的眼睛越过咖啡杯，一直盯着大堂里进来的人们。女人很敏感，她还是感受到了男人的反应，立刻把手机上的手，藏到桌下。

光头男人站起来，女人不看他，但一把拽他坐下。他顺着她的视线看，大堂那边，一个高大的穿白衬衫的男人走向总台，他取回了自己的房卡。手搭棕色外套的"白衬衫"，身高体厚，气宇不凡，他一路低头看着手机。他身后几步远，一个栗色斜发髻的穿紫灰长裙的女人跨进大堂。她双手拿着手机，边走边双手按键，在回复着什么；从她的侧脸看，十分甜蜜可人。

光头男人不明就里，他还是想离桌活动一下筋骨。女人却死死拽住他，一边在回应打进来的电话。男人嫌弃地看着她拽着他衣服的手，既厌恶那条指甲灰线，又忍不住被那些污线吸引，这让他情绪更加恶劣。他甩开女人的手。

"你的重要活动，就是鬼鬼祟祟喝咖啡吗！"

女人收起电话，看着男人。

她似乎也有点不知所措。她的眼神黯淡飘忽，有点像病房里濒临死亡的病孩眼睛——他们还不认识生，就要接受死亡了，那双眼睛困惑大于恐惧。那个叫刘博的男人，不想回应这样莫名其妙的无助眼神，他转开眼睛。

女人开口了，嗓子很哑，就是突然近乎失声的沙哑，她说："我在捉奸。"

男人心里一震，低头看她。女人幻灭的眼神，挫败而自卑，和她强劲高贵的黑裙，形成显著的反差，这不由得令他恻隐。他又坐了下来。小男孩还在画云，那是创造者的入迷状态了。女人深深垂下头，男人有点害怕女人哭泣，但只是数秒后，她一甩长发，又侧扬起了脸。这张脸是俊美光洁的。刚才被她的曼妙身形席卷的男人，这才注意到她额角宽广饱满又线条清晰的脸。小男孩很像她。原先秋茄子一样的嘴唇，因为用了车厘子色的哑光口红，比丝绒黑玫瑰的花蕾还性感；之前，他也不记得女司机是什么形状的眉毛，现在，他看到一对流动蓬勃的帅气眉毛；但随着脸一扬，这张脸又出现了倔强和不羁，男人不由得联想到了斗兽场。作为男人，他还隐约虚荣地觉得，她需要他。他回应了她。

十一

女人手机信息提示音震了一下，她一看马上站了起来。随后，她嗅了嗅儿子的头发，又意义不明地拍了拍光头男人的肩，快步离开。男人看了一眼总台的时间墙，总台的中国时间指向十八点十四分。男人无聊地看着那个匆促的黑色背影拐进电梯通道。收回目光后，他又百无聊赖地直身，想看看小男孩的画作。小男孩立刻用手遮挡，并用小象挡出隔离线，表示拒绝。男人便重重后仰，闭着眼休息。

唐秘和三个小伙伴，和老板娘在等候电梯的大通道胜利会师了。有人提着总台取的漂亮蛋糕，有人捧着大束鲜花，有人拿着彩带喷筒，一行人兴奋得叽叽喳喳。这些干练的行政员、市场推广的灵巧人，激动亢奋中，没有忘记给老板娘以密集的"惊为天人"级别的热烈夸赞，夸得女人忍不住一直偷瞄电梯镜子里自己的样子。她并不喜欢这类富贵感的衣裙，但是，她确实看到自己的美。这是一个相当正面的激励。女人抿嘴看着摩拳擦掌的"捉奸小分队"，唐秘还神气活现地晃了晃手里的文件夹，用她的话说，一切精准到位！

一出九层电梯，一行人就互相嘘嗫声食指，其实，通道里的厚地毯完全吸音，但他们就像鬼魅一样，诡秘夸张地飘行到了918房前。看年轻人狂喜亢奋的乐活表情，女人也有过闪念，是不是踩下急刹车，不要就这么昭告天下，但是，年轻人眼神默契地最后互相确认"准备好了"的信号时，她也不由得点了头。

唐秘镇定地敲了敲门。笃笃。里面鸦雀无声。

笃！笃！唐秘再次敲了门，这次敲门声更重了。

又隔了几秒钟，唐秘正要再次敲，里面传来含糊的男声："谁？"

这个声音，女人太熟了。她感到自己口干气短，脑门发凉。

唐秘语调沉稳："是我，綦总，小唐。"

"什么事？"

"锦天市政府发来一份传真急件，曹副总请你签字。"

"什么内容？"

"不知道，可能跟晚上会谈有关。"

"我肠胃不适，晚上我不去。"

"曹副总说，得你签发走个流程。"

又过了十来秒。

制造惊喜并期待惊喜效果的年轻人，简直快被他们预想的高潮憋疯了，他们彼此扭曲着身子，互相做着鬼脸，故作僵直地摇摆长臂，缓释着临爆的压力。

门，终于开了，但是，开得很小，綦总伸手拿文件夹。

一束花重重压在他手上，门差点被推大，但高大的綦总控制住了。与此同时，楼道里爆发出突击式的恐怖欢腾，彩带乱喷，生日快乐的狂欢呼啸里，市场部的那个奔放女孩，把指头放在嘴里，吹出了足球场上的那种尖厉呼哨。綦总立刻拧起眉头，他借这个疯狂的呼哨，表达了不悦。其实，他一眼就看见了他的妻子，她笑盈盈的脸，莫名地令他极度愤怒。

没有惊喜。门里的男人，表情复杂，他对手下拱了拱手，脸色冷峻。但年轻人都以正常的想象力，把这个表情解读为"老板彻底反应不过来"，这个傻傻的小分队反而更亢奋了，他们试图奋勇进屋切蛋糕。綦总一声沉喝："谢了！我需要休息。敢把我从马桶上骗开门，也算是心意吧。谢谢大家，我发冷我很难受。"

女人把蛋糕交给唐秘，顺水推舟："綦总肠胃不行，你们就拿去分了吃吧。"

女人手上黑色的彩带喷筒并没有交出，但突然的急刹车，让年轻人面面相觑。这么有趣的事，一下子就冷场了？是继续热心热闹走完庆生流程，还是包容理解老板病痛立马暂停？彷徨迟疑中，就在这个时间点，远处，电梯门开了，一个呼喊而近的嘹亮童声，在通道里云雀一样高叫。

女人急速挥手，示意年轻人快走。

十二

光头男人仰靠在沙发上，消失的睡意再也蓄不回。他不时微眯眼看专心作画的小男孩，大部分时间就闭目养神。他没有注意到，更想不到，那位黑西装主管，若无其事地再次无声地来到他们桌子边，掩饰着用手机给他和孩子都拍了照。

男人的电话响了。就在他低头掏手机的时候，女主管立刻转身离去，但光头男人还是大致辨认出她的背影来。来电是院办负责人："那个泼妇，被你揪头发的那位，说腰被你甩得让病床撞断了骨头，越来越痛，要求拍片。"

光头男人说："拍去！有问题，费用我出；没问题，她自理！"

"孙院的意思，你休息好了还是马上进来，别让事情发酵。反正也是你的病人家属，就说点软话，哄哄绝对能摆平。"

光头男人说："让我道歉?!"

"不是，道歉的话，护士长和我们院办都说了一箩筐了。闹事的夫妻，还是怕你。"

"怕我？我他妈眼镜还没修呢！他们赔吗?!"

"院长的意思，大事化小小事化了。不然，他们乱发朋友圈、微信什么的，很损坏医院形——"

小男孩是突然站起来的，他手指着大玻璃墙外的天空，两眼发直，直瞪着外面的天空，张口结舌。光头男人被男孩的石化动作惊到，他"嗯嗯"回应着电话，顺势看向酒店外面。露天停车场那边的天空，已是一大片的粉绿深蓝浅紫，如明丽的丝缎飘展在高空。他不是因为惊讶不再回应电话里的声音，而是小男孩拔腿就跑，而孩子忘了自己和他脚上相连的绳子，绳子一绊，小男孩一个狗啃屎跌了出去，他也一个趔趄，手机摔飞了。

小家伙一骨碌起来，因为解不开绳子，像青蛙一样，双腿乱蹬。光头男人赶紧按住他的腿，为他解绳。男孩急得捶地。"别急，"光头男人说，"它至少会持续二十分钟。"小男孩已经激动得面红耳赤，呼吸急促，他一摆脱绳子，就向电梯通道飞跑。这个不擅奔跑的男孩，跑姿有点跌跌撞撞。男人顾不得解开自己这头的绳子，从另一个桌子的沙发下捞出手机，也猛追。小男孩的奔跑已经无人关注，因为很多服务生和客人，都往大堂门口而去，在各色人等的大呼小叫、赞叹和跳跃中，人们纷纷掏手机拍照。

没错，虹彩云来了。

男人很怕小男孩跑丢，他边追边喊："你去哪？"

这个沉默是金的小家伙居然大声回应："918！"

男人差点再次摔跤，他被遗留在脚上的一段纤维绳绊倒，往前冲了好几步才平衡了身子，但他还是用另一架电梯追上了九楼。

小男孩冲向918房间。

抱着大蛋糕、闹生日未遂的年轻人的讪讪队形，被一往无前的小男孩穿越而过。918房间门口，夫妻俩互相对视，男人的深沉冷峻，对抗着女人的莫测巧笑。"我来得不是时候？"稳操胜券的女人，显然想做出一个温柔的眼风，但是，她的表情不够圆润。丈夫看穿了女人的心机与叵测的妩媚，他按抚着自己的腹部，一只手潦草拥抱了女人。

也许丈夫在等闹生日的年轻人走得更远，也许妻子在等待小男孩走得更近。夫妻俩沉默而潦草地拥抱着，间隙不是亲吻，是泰山压顶的对视。

这活火山一样的拥抱，同样被一往无前的小男孩穿越。

小男孩冲进房间，一把拉开窗帘，同时踮脚跳叫：看！——看！

夫妻俩呆怔的瞬间，临时监护人也随之闯进，他在小男孩开辟的通道里，直奔窗前，他帮助孩子彻底拉开了沉重的双层遮光大窗帘。

做丈夫的男人反应比妻子快，他一把搂转女人，把她连拥带推，搂送到窗边。此时，他们一家三口都站在了看得到虹彩云的窗前。大衣柜在他们的身后，因为角度不理想，丈夫把妻子推向贴窗位置，他简直要抱起妻子，而不是矮小的儿子。而光头男人早已后退避让，他看到了大衣柜下露出的紫灰色长裙的一角。

光头男人踩上去一拧脚尖，裙子机灵地缩回衣柜。

酒店窗子只能推一条不大缝隙，但即使开窗有限、角度有限，窗框还是显示了云彩后半部的传奇异彩，它已经超尘脱俗、美轮美奂。小男孩发出原始人或者兽类的尖叫。那个做父亲的，脸贴着妻子，呼应着儿子，也发出原始人一样的夸张号叫。

光头男人再次回头，衣柜内置灯亮着。他知道那个女人顺利逃亡了。

与此同时，小男孩突然急推父母，掉头就往房门口跑。光头男人迟疑了一下，他当然明白那对夫妻斗兽场般的血腥对视，休战只为儿子的虹彩云。光头男人不得不重拾责任追了出去。小男孩一路直奔九楼转下半个楼梯的自助餐厅，来时他就看到餐厅另一头连接的千米大天台，那是天高地远的"龙脊"所在。而光头男人多次在那用餐，也在那银河星光长廊里散过步，小男孩一往那个方向跑，他就明白了。

大地暮色渐起，天上的云彩，却明丽如新日发轫。这一份与人类不般配的世外美丽，使天地都虚幻起来，而虹彩云是活体，它在呼吸、在舒展，它迤逦曼妙，令人呆怔。

只有心事如铁的人，才不会被它点燃。918房间内，女人看到了大衣柜灯由亮转暗的灭灯一瞬。这明灭交替感转瞬即逝，就像不曾存在过。被武力搂抱着推向窗边的女人，其实第一眼就看到了午间合并的大双人床已一分为二，又恢复为原来的标房小床。是的，那双一次性的拖鞋彻底消失了。女人看着虹彩云瑰丽奇幻，再看一脸发青的冷峻男人，她的大脑，有一种类似缺氧性的困顿：他们身手真快啊，半分钟不到。

门虚掩着，但楼道悄无声息。男人过去把门开得更大，碰死。

门开再大有用吗，谁能跑得掉？女人嘴角一直保留着躺人的甜蜜，男人看透了这份躺人的笑意而进入更严酷的防卫模式。七彩祥云在天，窗里的人，只感到看不见的剑影刀光。女人端详着丈夫：理亏而不妥协的气盛，说明了什么，说明了女人的价值已经损耗到不值得维护了，不是吗？女人夸张笑容里的诱惑和无知感，是山河破碎般的自我抵抗，却令做丈夫的男人格外恼怒。他太清楚这个女人的聪明，而柜子对他而言，是个致命的悬念。他咬着牙床，回避她的注目，拿出电话打，他要对方给他马上买点肠胃药送来。女人在大衣柜边踱步，轻声慢语犹如对当年热恋的嘲讽：

"一日不见，如隔三揪——揪不是秋啊。但我是想给你惊喜的，没想到惹得你这么不高兴。"

"我只是肠胃难受没心情。你来我高兴啊。"丈夫坐在沙发上，一手按摩着腹部，"一阵阵抽痛恶心，我可能发烧了。七点多还要开会，做男人很累。"

女人坐在了男人身边，歪头看男人。男人伸手搭了一下她的肩，又开始按摩自己的腹部。

"你一直没有正眼看我啊。这黑裙，你说好看，我就买了，八九千呢，值得吗？"

"喜欢就值得。"男人看着窗外，说，"晚上我可能回来比较晚——那些官员你知道，都是一场二场连三场。"

"既然这么难受，就让曹副总去好啦。"

"涉及投资转移，我不去，他不敢拍板。"

"哟，你在出汗，痛得很厉害吗？"女人抚摸男人额头。男人偏开脑袋，说："一阵阵的。吃点药就好。"

"真没事？"女人笑，"那运动一下？以前你总叫它祖传偏方百病消。"

"别逗了。孩子和药，马上就进来。"

女人以妖娆甜糯之姿，重重地坐进男人怀里。她开始拉拉链。

男人一把推开她，站了起来。

女人不为所动，依然保持夸张的燕语莺声："当年柳下惠……"

在大衣柜面前，男人愤怒焦躁得几乎崩盘，但他只能还以温柔：快去看看你宝贝儿子吧。

女人起身走动，她手拿黑色的喷筒，扶风摆柳般在衣柜前来回走，突然，她对着大衣柜门喷射，深蓝色的玉米粉，纵横交错喷在柜门上，整个房间立刻蓝雾腾腾。丈夫目瞪口呆，随之他弹起身子，像要保护柜门，但他马上意识到没有意义，因此，他站直了，干瞪着女人。女人哂笑：

"綦志伟！你别再紧张出汗了，也许里面是空的。"

男人的困惑表情很到位。这个表情是真实的，他是希望柜子里的女人趁乱出去，但他心里没底，她是否身手敏捷，抓得住这闪电般的天助机会？同样地，他之前一直寄望妻子没有发现柜子异样，现在，显然，一切都证明妻子的表情内涵复杂而阴暗。

女人却引而不发。她不开柜门，但她的手在柜门上的蓝色粉末中，来回游走，像是弹钢琴。男人几乎窒息，他感到柜子里的人，会被这样的弹奏弄休克。

"说吧，怎么回事？"

"你疯了？你看不出我病了？你以前从不这样！"

"对，以前！以前我会做三十七种男人所需的滋补靓汤；以前，你一不舒服，我就帮你艾灸、精油按摩、送药；你和儿子，就是我全部幸福生活的人质。只要你好他好，我赴汤蹈火零落成泥碾作土，甚至粪土也心甘情愿。"

"唉，我都知道，但你今天好好的发神经干吗？我是病人啊！"

"对，今天来了虹彩云。"女人对窗外挥手，满面嘲讽感的夸张春色，让男人想狠狠揍她，女人说，"你现在装病晚了！下午两点，我就站在这个位置。请问綦总，你们自己搬运的双人床，会比大床房更好做体操吗？"

"这房间从来都是标房！小唐没有订到大床房，还被我骂了。不信你去问！"

"两双穿过的性感拖鞋，女款的也不见了哦，可能连腿还藏在衣柜里——你要不要亲自开门看看？"

"吃错药了你！"男人爆出了吼声，但他很快稳定了语气，"别发疯了，我很难受，一直反胃想吐，我要上卫生间。你去管儿子吧，我们再谈吧。"

"有人看护着呢。綦志伟，说真话吧，我想听一句实话。"

"这就是实话。我不知道服务员是不是给你开错了房间。这样吧，我们都冷静一下，你去看儿子，我去趟洗手间，我上吐下泻……"

女人挡住了他。

"你以为那个物理系的高才生是白读的吗？中午一进来，她就拍了精彩床照。卫生间里，那女人落下的两样东西，她也拍了——其实，不是傻，是给你个说实话的机会。很遗憾，你没有通过。"

男人两只手捧着腹部，仿佛胃痛难忍。

女人猛地拉开柜门，柜里空洞明亮。

女人略微一震，也有奇怪的轻松感，但她一笑而出，并摔上了房门。

十三

天空蓝得有点发紫。在人们看不见的深空，一定有清泉水在一遍遍荡涤，只为那个时刻，那个丝缎般时刻的到来。也许它不是神祇过境、仙女西行，它只是让有的人，看到自己在天上的美的倒影；只是让有的人，看到自己真正的老家。

龙帝大酒店 S 形的千米龙脊，已经被镀上香槟色的薄薄夕晖。西二郭湖整个水面，金箔闪烁。光头男人站在星光餐厅通往龙脊长廊的玻璃大门口。近千米长的宽展龙脊，的确是最好的观云地了，但因为饭点时刻，那飘带式的超长平台上人影寥寥，更显得那个五岁的孩子，在天地之间的细小孤单。自助餐厅里的食客，没有人发现大玻璃墙外，旷世的奇云，在高天招展；大餐厅内，灯光美食的香氛氤氲里，人们穿梭于一盆盆新鲜的佳肴美味间。在人间，美食就是许多人最美的天。不习惯看天的人很多，一辈子不抬头看天的人，也不少，人们低头于地面奔忙、饕餮、追逐、获得而心满意足。

小男孩面向西天，细小的双臂张大到极限，十个指头，也大张如某种带吸盘的小动物。小小的身影，在用力拥抱，他似乎要把天上的各色云彩，全部揽抱到他瘦小的怀里。他可能是意识到了云太大太大，颓然垂下了小手，看起来像认输的云俘虏。

多次邂逅虹彩云的光头男人，也被今天这浩大的云天画面震撼到了。太磅礴了。

天边，西二郭湖的水面由金转棕，水库边的树梢和山峦，颜色黑棕庄重。大地的肃穆，更映衬出西天高空上，流丽万端的虹彩云。宝蓝一泻的天幕上，兀自绵延气象万千的那抹宝石般的瑰丽，因为过分超然与靡丽，有了收摄魂魄的迷幻感。光头男人觉得，这是他见过的最磅礴飘逸的虹彩云，它简直就是高天里横过人间的仙锦魔缎，在天空自由飘扬。

也只有到了龙脊，天高地远，才能看清今天虹彩云的全貌。它就像一前一后两只迎风而飞的天鹅翅膀，后面这扇漫天巨翅，从翅膀根的紧实到翅膀末飞羽的轻扬，颜色阶梯，在流丽渐变。翅膀根上，可能云层太厚，只有薄的边缘，被透着橙光的金绿色勾勒了轮廓，然后，整个飘飞的羽翅，在湖蓝、湛蓝、果绿、淡黄、粉紫、紫蓝、柠檬黄、金棕中，晕染魔变，逆风飞翔，在高空梦幻翻转。大翅膀渐渐拉长，但始终在色变中保持明丽的绚烂，有时候是天蓝、粉绿缠绞着淡紫罗兰；有时候，整个底部陡然灰红又翻出清新的灰紫蓝，随后是柠檬黄转淡绿浅粉，最后，翅膀的亮度开始渐渐散淡。就在光头男人以为虹彩云就要谢幕之际，天空的巨翅从中间开始，就像高光核爆，腾涌出耀目的白金色，以它的亮黄金色为中点，金粉绿、金橙、金黄、金红次第铺展开，天空瞬间光亮沸腾，越来越炫目。这才是真正的高潮，它就像一种浩瀚的呼唤，正普天而降。

小男孩仰天呆立，就像电击过的小布偶。光头男人走到了他身边，孩子已经泪流满面。光头男人把手搭在孩子小小的肩上，搂着他的小肩头。小男孩没有回头看光头男人，他的眼里只有天上的虹彩云，就像在谛听云的呼唤。

餐厅的自动大玻璃门又开了，黑衣女人站在门口。

犹如一个天人之约，她看到了万里长天上，最绚烂的绝世云彩。

她扔掉了手臂上的风衣，向他们走来。虹彩云照亮了她的微笑，天上地下，各自明丽万千。她就像走在 T 台上的模特，蓬松的发卷，随着弹性的步伐在脸边自信跳荡。当小男孩和她一对视，女人立刻俯身，平伸双臂，对高空的虹彩云，做了很不模特的大波浪身形。一脸泪痕的小男孩，因为激动，因为有了生命中最为重要的见证人而再次泪如泉涌。他哭出了声。

女人奔过去，脸贴了小男孩，把自己的手机递给他。

光头男人有点困惑，他一时不能理解这个捉奸的暴虐复仇者，怎么忽然如此若无其事、意气风发。918 房间里发生过什么？是丈夫成功地摆平了妻子，还是另一场恶战，正在酝酿中？本来，光头男人以为女人没空赏云的，现在看起来，容光焕发的女人，没有错过虹彩云的云约。她看起来似乎正在滋长恢复自我、修复破绽的能力。

光头男人退往身后的长椅，坐了下来。小男孩亢奋于各种拍照中。

女人绕着草坪走到光头男人身边："看到了吗，我走过的这一块，和我家天台上种植的菜地差不多大。之前，人家告诉我，一家人，只要有席梦思那么大的一块菜地，就吃不完了。我不信，我一口气种了两张半席梦思那么大的菜地。"

光头男人点头。

"地大，品种节奏能更好掌控。完全不用去市场买菜，我儿子、先生吃到了最新鲜、最安全的有机蔬菜。因为吃不完，我每周开车二十多公里，把新摘的蔬菜，送到我公公婆婆家，顺道送到我小姑子家。再多，我就送给左邻右舍，送给物业。"

光头男人隐约感到了沉重，他凝视着若无其事的女人。

女人则望着开始黯淡的天空。他才意识到，她平静正常的声音，其实很悦耳。

"他两三岁都不说话，我决定放弃工作。医学研究证实，农药与自闭症密切相关。我信任有机食品的治愈力，我信任食品是人类与大自然最深刻的连接。我没有种过菜，但是，我从头学。我去水源最干净的农村菜地，买了三万元钱的泥土，拜了三位老菜农为师。我知道怎么清洁土壤，每次使用后，又怎么修复它们；我知道用鱼粪、厨余垃圾、香蕉蛋羹、灰烬、豆渣，自堆有机肥；我去购买加工处理过的鸡粪、牛粪；每天，两三个小时，我在天台上浇水、施肥、捉虫；周六周日，除了陪伴儿子，我都在打理天台的绿色菜园。每个季节我的菜园都生机勃勃，芥菜、青椒、空心菜、油菜、莴苣、芫荽、西红柿、秋葵、丝瓜、豆角，还有迷迭香、薄荷、芝麻菜……"

女人声腔里有清美的齿音，渐渐失色的虹彩云余光，依然让她的微笑，柔暖和善。

"有一次，我公婆因为我送菜耽误了他们的门球比赛而劝我，不要种那么多。我丈夫说，你们就知足吧，你媳妇是可以把火箭送上天的人，这样的人来给你们种菜送菜，你们是上辈子修了高速公路还是造了跨海大桥？"

女人一直笑着，就像说别人的段子，可是，光头男人感到了寒意。她春风明媚的脸上，第一颗泪珠越过睫毛后，其他的便一颗连一颗地掉了下来。她依然努力微笑："我儿子爱吃我种的菜——不过，现在，他爸爸已经觉得农药与自闭症的关系，是专家扯淡。"

女人对着光头男人张开她的十指，手心，然后是手背。那个叫刘博的男人，看到了那双手，手指修长，但手心粗糙，至少有三个指头的指缝发黑。光头男人的恶心感略减，但还是不舒服。

"你该戴手套。"

女人说："两三天就要拔草。最难根除的是酢浆草和天胡荽。酢浆草看起来茎细好拔，但根系下面留着透明大颗粒，在土壤深处，手指得插下去才能摸索到，才能清除；天胡荽的根，也是环绕纠缠。你只能铲起泥土，掰松，像清理蜘蛛网一样，才能拔除。戴了手套，手指就不再灵活。插入指甲缝的土，可以剔出，但被污染的弧线是清洗不掉的。如果场合需要，我会腾出时间去美甲，把它们遮掩住。不过，这些年，已经没有什么需要我的重要场合了。"

女人始终微笑着，隐约露出洁白的牙齿，莫名令人酸楚。那些流淌的泪水，荒谬得像是别人在流泪。

光头男人很想安抚这个女人，就像拥抱那个小男孩；但是，女人的微笑又令他迟疑。他干咳了几声，说："呃，呃，我不是说你，而是，那个，很多女人，为了一个男人，把全世界关在门外，很蠢。就等于把自己关在牢里，男人回家，她就像被探监一样高兴。她不知道虹彩云，也不知道人间的紫灰裙子。"

女人一下瞪大眼睛。

"你看到啦?!"

光头男人摇头。

"——你看到了!"

光头男人耸了耸肩："我一定懂你的意思，但我和他，"男人一指小男孩，"我们两个男人都认为，地上的任何裙子，都没有天上的虹彩云美——你愿意让你儿子——看到哪一样?"

女人终于言行一致地哭泣了。她放声痛哭。

光头男人也终于感到了女人的脆弱无依。咖啡厅的那个眼神，那个濒死患儿般无辜绝望的眼神，是孤苦真实的。女人哭得呛咳，她跪在地上咳着哭。

小男孩听到了妈妈的哭声，他急忙往回跑，他站在两个大人跟前，轮流审视着他们，眼光里带有生气又有点狐疑。女人看出了孩子的担心，她把双手平伸给光头男人，那个叫刘博的男人，把自己的手覆盖上去，他们互相牵住了对方的手。小男孩羞怯地笑了，他扔下手机，把自己的小手，也叠放上去。

女人说："我知道封闭体系里的熵增与死亡，我更知道，抓住了胃就抓住了男人是个愚蠢笑话。我也知道所有的爱情，都会被操持家务磨损……"

玻璃门那边，那位黑西装女主管身边，还站着一位着套装的短发女子。她们是亲姐妹，她们都拿着手机，在给三个彼此握手的人拍照。

虹彩云已经全部转灰。

十四

白色 SUV 车开出了龙帝温泉大酒店的林荫道，时间是晚上八点二十分。

光头男人说："你确定不去儿童医院了？"

"嗯。"

女司机说："在儿童医院候诊的时候，我就知道我儿子没问题了。"

"那好，你按我的导航开吧。"

女司机点头。小男孩不怎么看星空，他还是喜欢云天，他问："明天，它还来不来？"

两个大人都没有回答他，他就打了一下男人的手臂，这个动作，把问题归属了。男人说："可能还来。"小男孩一指驾驶者，说："她有一条很多颜色的裙子。"

男人说噢。

那么多颜色从哪里来？

也只有男人接得住孩子跳跃的思维，他说："穿过薄云的太阳光发生了衍射，薄云里有均匀的细水珠——均匀的冰晶也可能——小冰晶的云是贝母云，我们说过的，它是高云族——反正它们都是均匀的小水珠或小冰晶，把太阳光藏着的赤橙黄绿青蓝紫都散出来了。只要云很薄，很均匀，很自由……"

小男孩说，妈妈的裙子，风吹到天上，也是虹彩云。

当然。所有的妈妈都是虹彩云。她下来给你种菜做饭，就变成雨水；她要做她自己，就又会飞上天变成虹彩云。只是呢，很多妈妈忘记自己是虹彩云，所以，就变成天天下雨的雨水了。

二十分钟后的夜街头，就能看到超过杧果行道树很高的协和医院鲜红的大招牌。导航说，过红绿灯就进辅道。女人一看到了协和医院大招牌，就扭脸看光头男人。那个叫刘博的男人，在低头看新进来的微信，随之黯然一笑。

女司机说："彩票中大奖了？"

男人念："一、重婚罪：指在有合法配偶的情况下又与他人结婚或建立事实婚姻所构成的犯罪；二、离婚冷静期，过错方和非过错方，照样可以调整财产分割五五比例。过错方拿小头。"

女司机说："法律课？"

男人说："对，最后一课。再过三小时，有个女人也要变回虹彩云了。"

女司机忽然感到失落，自问自答般："有多少虹彩云为别人变成了雨水？"

男人摇头："水云选择，不在婚姻，也不在男人，全由女人自己决定。女人都是天空大地的养子。你儿子都知道，只有最轻盈、最自由的云，才可能变成虹彩云。"

协和医院大门口，车子靠边，那个叫刘博的男人下车。车子启动而去。

行驶了十几米，车子停了。男人疑惑地走过去。

女人把一本驾照还给男人。男人接过，再次挥手让行。他看着白色车在杧果行道树的斑驳光影下远去，但是，二十米不到，车又靠边停下了，打着双跳灯。那个叫刘博的光头男人，跑了过去。

女人降下玻璃窗，说："他还有事。"

后排玻璃窗也降下，男人看着孩子。

小男孩说："我的书，什么时候给我？"

男人有点忘了。

"给云打分的。"男孩说。

"噢，《云彩手册》。让她把地址发我，买好了，我寄给你。"

"她刚刚不高兴了。"小男孩说，"还嗷了一声。"

女人扭身敲打小男孩的头。

光头男人走到驾驶座那边。过往的车灯里，女司机脸上的泪痕在暗亮着，她僵直地看着远方迷离的灯光车流。男人伸手，拍了拍她的头顶："别连夜往回赶了，拐弯不让直行的人，夜里更危险，还带着孩子。"

女人点头，声音暗哑："其实，夜间开车我眼睛很花，但我，不知道去哪里好……"

女人又说："你现在去哪？"

男人说："去找一个该死的人道歉——你别回去了。"

男人又说："到家都半夜了。"

每一辆过往的车灯，都让女人的新泪汩汩暗亮。

男人说："真的，别回去了。"

女人说："我在想，我是不是该去找我儿子最喜欢叫爸爸的那个人。"

男人倾身拍了拍车窗框："喂，小伙子，你有几个好爸爸？"

后座的小男孩伸长两只手臂并拢后，双剑合璧般，直直指向车外的光头男人。

那个叫刘博的男人，忍不住笑了。

他对着女司机说："别回去了。听话。"

他声音很轻，后排的小男孩听不清他说了什么。

原载于《收获》2023 年第 5 期

松木的清香

万玛才旦

我气喘吁吁爬到三楼楼梯口时，远远看到一个穿皮袄的牧民蹲在我的办公室门口抽烟。

我走到办公室门口，停下来看那个牧民。那个牧民二十几岁的样子，卷发，古铜色皮肤，是个青年牧民。

青年牧民站起来问我："这个办公室里上班的人是不是你？"

我看着他，点了点头。

青年牧民的样子有点张扬，站起来看了看自己手腕上的电子表，问："你为什么迟到了二十三分钟？"

我也看了看自己手腕上的手表，确实迟到了二十三分钟。我们下午两点半上班，现在是两点五十三。

我问他："你有什么事吗？"

青年牧民咄咄逼人，问："你们国家干部上班可以随便迟到吗？"

我往前一步，拿出钥匙准备开门。

我开门时，青年牧民还在抽烟。

我开门进去后，青年牧民也准备跟进来。他手里还捏着那根已经抽了一半的烟。

我把他挡在门口，说："你先把烟掐掉再进来！"

他看了我一眼，把手里的烟头扔到门口的水泥地上，用脚尖使劲踩了踩。水泥地上的烟头被他踩成了碎末，散发出烟丝的味道。之后，他就进来了。他带进来一股浓烈的烟草味和身上的汗臭味混杂在一起的奇怪的味道。

我只好走过去打开了窗户。窗户外面的阳光白晃晃一片，冬天凌厉的寒风"呼呼"地扑了进来。

青年牧民进来，慢条斯理地坐在了靠墙的那张长沙发上。

之后，青年牧民手腕上的电子表响了，发出一种怪异的女人的声音："北京时间，十五点整。"

我被这怪异的女人的声音吸引了一下，扭头看他。他也在看我。

我拿一块抹布一边擦办公桌，一边问："你什么事？"

青年牧民说："我们村里的一个人死了，我来开那个人死了的证明。"

我说："那叫死亡证明。"

青年牧民看着我说："就是那个东西。"

我又问："那个人是在哪里死的？"

青年牧民说："在医院里死的。"

我说："那你应该先在医院开死亡证明，没有医院的证明我们开不了。"

青年牧民说："那个人没有身份证，没有户口本，医院让我们先去找你们开证明。"

我问："那个人的身份证、户口本哪去了？"

青年牧民说："没找到，应该是丢掉了。"

我问："死者年龄多大？"

青年牧民说："三十二岁。"

我警惕地问："怎么死的？"

青年牧民说："喝醉酒骑摩托车撞到大车上的，拉到医院没多久就死了。"

我接着问："死者跟你什么关系？"

青年牧民说："我跟死者一个村子。"

我停下擦桌子，问："你有没有报案？"

青年牧民说："没有，我直接从医院赶来的。"

我问："肇事司机现在在哪里？"

青年牧民说："肇事司机和我们村主任在医院里，肇事司机吓坏了，跟丢了魂似的。"

我问："死者家人呢？"

青年牧民叹了口气说："没有什么家人了，都死了。"

我问："医院怎么联系到你们的？"

青年牧民说："死者手机里有我们村主任的电话号码。"

我坐下来，打开了电脑。

我问："死者是哪个村的，叫什么名字？"

青年牧民说："多杰太，纳隆村的。"

我坐下来在电脑里查找，很快就找到了。

我问青年牧民："你过来看，是不是这个人？"

青年牧民站起来，走到我后面，看着电脑屏幕上的照片说："就是他。"

我盯着照片看了一会儿，说："这个人我也认识。"

青年牧民从侧面看着我，问："你怎么认识他？"

我说："我们在小学里一起念过书。"

青年牧民说："我知道了，他父母死后，他县上当局长的舅舅把他接到县上念书了。"

我说："他小学没毕业又回去了。"

青年牧民说："后来他县上当局长的舅舅也死了，他又回来了。"

多杰太和我是小学同学。我记得他刚到我们班上时应该是二年级，他的汉文很差，连自己的名字也不会写。

老师把"多杰太"三个字分开写在黑板上，让他跟着念。三个字占了整个的黑板。

老师念："多，多少的多。"

多杰太念："多，多少的多。"

老师念："杰，杰出的杰。"

多杰太念："杰，杰出的杰。"

多杰太停下来问："老师，杰出是什么意思？"

班里的同学都笑起来，老师看着他说："不要管它什么意思，跟着我念。"

老师接着又念："太，太好了的太。"

多杰太跟着念："太，太好了的太。"

后来，同学们就叫他"多少的多，杰出的杰，太好了的太"，一长串名字，不知道的人总是问这是什么意思。他当时觉得这样叫他很有意思。

青年牧民可能也觉得这个有点好笑，就笑了一下，但是笑得很勉强。

那时候，我的学习成绩很好，基本上每个学期期末考试都是班上的第一名。多杰太为了提高自己的学习成绩，就从家里带来各种零食巴结我。我得到那些平时根本吃不到的零食之后也尽可能地帮他。我不知道那么多零食他是从哪里拿来的，每次都不一样。有一次我还问他，你舅舅家是不是开小卖部啊，他笑着说不是，他舅舅给他买的。我当时想，他这个当局长的舅舅家里该多有钱啊！

可是没有想到小学三年级上学期的期末考试成绩出来之后，多杰太成了我们班里的第一名，藏文考了 98 分，数学考了 91 分，更没想到的是汉文竟然考了 100 分。而我只占了第三名的名次。班主任老师一个劲地夸他，叫那些学习差的学生要好好向他学习。当年教他写汉文名字的那个老师也对他竖起了大拇指，说这样下去以后上个大学没有任何问题。那个时候，我们那里还没有多少大学生，平时听说谁谁家的谁谁谁是个大学生，都惊讶得说不出话来。这种情况让我对他恨之入骨，十二分地后悔这两年收他各种零食，给他补习功课。之后，他对我还是很好，时不时从他舅舅家里拿各种零食到学校给我吃，但是我连他的一个水果糖都不再吃。他总是说没事，你就吃吧，哪怕你吃了也不用给我辅导功课。我放狠话说要不是你之前一直死皮赖脸地求我，我才不愿意给你辅导功课！三年级第二学期的期末考试成绩出来后，他还是考了第一名，而我成了第五名。从那之后，我就没再好好理他，他也不怎么理我，班里原先看不起他的那几个同学，反而成了他的朋友。

青年牧民笑着说："你们城里的小孩们心眼挺小的。"

我也笑了笑说："现在想想还真有那么点小心眼的意思啊。"

青年牧民说："那就是小心眼。"

我只好转移话题，说："再后来，我们小学快毕业时，他又回去了。几个老师都说这个孩子这样回去真是太可惜了。我心里倒是挺高兴的。他走后的那个期末考试，我的成绩又上去了，考了全班第一名。"

这时，青年牧民有点不耐烦地打断我说："行了，行了，既然已经找到了，就赶紧给他开已经死了的证明吧。"

这次我没有纠正他。

我正要开死亡证明时，青年牧民说："后来他没再继续念书，成了一个小混混。"

我停下来看着他的眼睛。

青年牧民没再继续往下说，突然打了一个喷嚏。

青年牧民接着又打了一个喷嚏。

我觉得他的样子很奇怪。

青年牧民做出继续要打喷嚏的样子，我盯住他看，他就忍住了，没有打喷嚏。

外面的风变大了，我把窗户关上。

青年牧民说："赶紧开吧，多杰太的尸体还在医院的停尸间里放着呢。"

我突然停下来对他说："我先去请示一下我们所长。"

青年牧民说："在你们这里办个事情真是很麻烦！"

我没有理他，自己出去了。

所长的办公室在二楼，他正在里面喝茶看一本书，我跟他汇报了情况。

所长说："开上证明你也跟着去一趟，到县交警大队备个案。"

我和青年牧民开着警车出发去县上。

刚上路，青年牧民说："我这辈子没坐过警车，心里有点害怕。"

我说："只要没做坏事，就不用害怕。"

青年牧民说："这是专门抓坏人的车，没做坏事心里也害怕。"

路上，我给青年牧民又讲了多杰太的一件事。

大概三年前，多杰太还找过我一次。

那天下午，我正在上班，一个牧民突然打开了我的门。

我被吓了一大跳。

那个牧民站在门口看我。

我问："你有什么事？"

那个牧民站在门口突然哈哈大笑起来。

我又问："你有什么事吗？"

那个牧民突然变得很严肃，说："我是多少的多，杰出的杰，太好了的太。"

我站起来说："多杰太！"

虽然我喊出了他的名字，但是我基本上认不出他了。站在我面前的这个牧民已经基本上不是我记忆中的多杰太的样子。在他用那样的方式念出自己的名字之后，我才叫出了他的名字。

　　他说："你总算认出我了，哈哈哈。"

　　我敷衍着说："你变了，我差点就认不出你了。"

　　他说："你没多大变化，走在大街上我也能认出你。"

　　之后，他说今天我请你吃饭吧，咱们出去吃。

　　我刚好中午没事，就跟他出去了。

　　那天，他穿得还算整洁，气色也不错。

　　我俩去了一家看上去还算干净整洁的藏餐馆。那天不知咋的，吃饭的人特别多。老板我们认识，是个充满活力的小伙子。他笑着说今天上菜可能不会那么快，需要等一等啊。我说没事没事，我们可以慢慢等。老板说那好吧，我们尽量快点上。我问多杰太咱们吃什么，他说你看着点吧。我就要了两斤手抓羊肉，一份牛肉包子。我问他这些够不够，他说够了够了，吃不了等于浪费。

　　老板给我们先上了一壶奶茶，说："你俩先喝点奶茶吧，不然等着干着急。"

　　我说"谢谢，谢谢"，老板说不好意思，不好意思，奶茶是我送你们的。

　　我们喝奶茶时，我问多杰太："咱们念小学时你的学习成绩不是很好吗？后来怎么没有继续念书啊？"

　　多杰太叹了一口气说："命嘛，每个人的命不一样嘛。"

　　我说："你那么聪明，你应该继续念下去的。"

　　多杰太说："我也觉得我这个人脑袋瓜还挺聪明的，就是命不太好嘛。"

　　我说："其实命还是有改变的机会的。"

　　多杰太笑着说："说实话，你的脑袋瓜没我脑袋瓜聪明，这个你承认吗？"

　　我也笑了，说："我承认，念小学时你很快就超过了我，这个我是万万没有想到的。"

　　他还是笑着说："后来我才想明白了，那时候你不太理我，不吃我给你的零食，是因为你忌妒我，是不是这样？"

我说："后来我上了大学之后，想起小时候的一些事，觉得那时候我是确实有点忌妒你的。我想你一个牧区来的孩子，刚来时连自己的名字也不会写的家伙，为什么就能超过我呢？"

多杰太笑了，说："你终于承认了，我还以为你不会承认呢，你们这些读了书的人就是心胸开阔，就是不一样。"

我说："这有什么不敢承认的，那时候我们都是小孩子嘛。"

多杰太笑着问："那你现在还承认我的脑袋瓜比你的脑袋瓜好使吗？"

我笑着说："现在就不好说了，要是咱俩一起读了大学就知道了。"

他一下子变得伤感了，说："是啊，这就说明我的命没你好啊！如果我的命跟你一样好，我想我也跟你一样读了大学，成了国家干部吧？"

我赶紧说："当然当然，这是最基本的。"

他马上又开朗起来，说："算了，说这些没有用，这些都是命里注定的事情，谁也改变不了。"

我看着眼前这个几乎认不出来的小学同学，不知道该再说什么。

他却指着我说："本来今天我是准备好了请你吃饭的，但是现在一想，今天应该由你来请啊，你都是堂堂正正的国家干部了，应该请我这个小老百姓小学同学吃个饭啊，哈哈哈。"

我马上说："好，好，完全没问题，完全没问题。"

我们喝完一暖瓶奶茶，点的东西终于上来了。老板说手抓羊肉给你们多加了半斤，包子多加了六个，送的，不收钱。我说"感谢感谢，不用这样。"

最后，手抓羊肉基本上被多杰太吃了，我吃了几个牛肉包子。

他边吃边说："手抓羊肉不错，牛肉包子也不错。"

吃饭时，我们还喝掉了七瓶啤酒。

那天中午，除了吃饭，我们还没话找话地聊了一些事情。

最后，我问他："你真的相信命吗？"

他说："当然相信，不然咱俩之间为啥会有这么大的差距呢？"

我看着他，不知道该怎么接话。

他却说："人跟人的命运就是不一样，这是改不了的。"

我说："你也不能这样说吧。"

他说："人跟人的命就是不一样，我这种人注定只能活成这个样子了。"

我没再说什么，也不知道该说什么。

青年牧民突然问我："他没有问你借钱吧？"

我说："没有，他没有跟我提过钱的事。"

青年牧民说："那算好的。他借了很多人的钱，借了都不还。"

我问："他借那么多人的钱干吗？"

青年牧民说："哎，几年前多杰太开始打麻将赌钱，我们村里也有几个跟他差不多的混混，但是那几个根本就不是他的对手，几个月之后就把一点本钱在多杰太手里输了个精光。多杰太后来去了州上，跟州上的那些混混们赌，我们都担心他很快就会输个精光滚回来，没想到他在州上也站住了脚。听说还赢了不少钱，买了个二手的桑塔纳，找了个城里女人，过起了城里人的日子。有一次他还开着那个桑塔纳，带着那个城里女人回村里了，很风光，村里人看他的眼神都是羡慕连带忌妒的——"

我一边开车一边问："那他后来怎么就成了那个样子？"

青年牧民说："后来，后来他就不行了。"

我问："怎么了？"

青年牧民说："后来听说他惹了州上的一个地头蛇，那个地头蛇专门从兰州请来了一个打麻将赌博的高手，设局让他上当。听说那时候多杰太手上都有一百万人民币，我们都吓坏了，心想这家伙真是很厉害！听说他们打了三天三夜的麻将，最后多杰太输了，一百万就没有了，那个二手桑塔纳也没有了，那个女人也离开了他——"

青年牧民叹了一口气，我继续开车。

青年牧民接着说："他到处找人借钱就是从那时候开始的，他说他一定要把输掉的赢回来，但是从那以后，好运气就离开他了，他越赌越惨，最后背了一屁股的债，而且喝酒喝上瘾了，你要知道之前他虽然赌博，但酒是轻易不喝的。"

我一边开车一边想，我那次见他应该是他在输了钱之后吧，但是我想不通他怎么就没问我借钱。他那次即便问我借钱，我也是没有什么钱可以借给他的。我那时候正在凑钱买房，准备跟交往了三年的女朋友结婚呢。

看我不说话，青年牧民问："之后你还见过他吗？"

我说："没有，那是最后一次见他。"

青年牧民说："等会儿你又能见到他了。"

我点了点头。

青年牧民说："听说他还借了高利贷！"

我没有说话，继续开车。那天还下了点小雪，路面有点滑。

到了医院，青年牧民指着一个中年牧民说："他是我们村主任。"

中年牧民过来跟我握手。他看上去满脸沧桑，额头上的皱纹一道一道的，整个人裹在藏袍里，疲惫不堪。

青年牧民又指着另一个人说："他是肇事司机。"

肇事司机不是本地人，应该是个甘肃人。他看上去很紧张。

我们拿着证明办了医院的手续。

我见到死者时，有点出乎意料。死者身上没有明显的伤痕，差不多跟我上次见到时一样。

我问肇事司机："是你撞的吗？"

肇事司机辩解道："不是我撞的，是他自己撞我车上的。"

我问肇事司机："什么意思？"

肇事司机有点紧张，说："那天我给寺院拉水泥，回来路上突然从倒车镜里看到有人骑着摩托车直接撞到我车上了。"

我问："然后呢？"

肇事司机说："然后我停车下去看，一个人和一辆摩托车翻倒在路边，摩托车挡风玻璃碎了，人倒在地上不动。"

我又问："然后呢？"

肇事司机说："然后我把他送来了医院。"

中年牧民插话说："我们接到医院电话，赶到医院时，他已经死了。"

肇事司机说："他那天喝了酒。我送他来医院时，他身上全是酒的味道。"

中年牧民补充道："医生也说他喝了酒，我们到医院时还闻到他身上的酒味。"

我仔细看了看躺在太平间床上的赤身裸体的死者的尸体。

我对中年牧民和青年牧民说："你们先去火葬场办手续，我带肇事司机去一趟交警大队，再来找你们。"

之后又对肇事司机说："你开上卡车跟在我后面，注意不要跟丢了。"

肇事司机点头，嘴里说："不会跟丢，交警大队位置我知道，去过好几次。"

下午五点半，我和肇事司机、交警扎西赶到火葬场时，中年牧民跟我说："你们来了刚好，我们请寺院的活佛算过了，正好今晚八点可以火葬，不用再等。"

我马上问："死者在哪里？"

中年牧民说："我们已经收拾好了。"

随后，他带我们去了火葬场停尸间。

我们看到死者已经被绑成了一团，呈双手合十打坐状放在墙角，上面盖着一条哈达。

我问："你们怎么这么快就收拾好了？"

中年牧民说："火葬前就得这样收拾好啊，再过半小时就火葬，不然怎么让亡者入葬？"

我看了看交警扎西，他马上说："死者今晚不能火葬，死者死因可疑，我们得等法医的尸检报告。"

中年牧民说："不行，已经绑好了，不能再解开！"

交警扎西对我说："你跟他们解释，必须等尸检报告出来才可以！"

中年牧民和青年牧民态度也很强硬，鼻子里发出"哼哼"的声音，不理我们。

交警扎西看着他俩问："听说死者出事之前还喝过酒？"

中年牧民说："我们到医院时从他身上闻到了酒味。"

肇事司机也赶紧说："我送他去医院时，他身上全是酒味！"

交警扎西问："出事之前他跟谁一起喝的酒？"

中年牧民和肇事司机赶紧摇头，说："不知道。"

交警扎西说："所以我们必须得查清楚。"

中年牧民说："他平常就是个酒鬼！"

交警扎西说："调查清楚前，你不要随便讲话，这是要负法律责任的！"

中年牧民和青年牧民互相看了看，又一起看我。

我把他俩拉到一边讲了事情的严重性，但他俩似乎还是没有意识到事情的严重性。

我只好说："今晚火葬肯定不行。"

中年牧民看着我和交警扎西说："你俩也是黑头藏人，这尸体一旦绑上了就不能解开，而且下葬的时间也不能随便改，你们年轻也许不懂这些规矩，但你们可以问问你们的长辈啊。"

交警扎西说："规矩是规矩，法律是法律，现在得按法律来。"

我对中年牧民说："打个电话跟活佛解释一下，不然出了问题谁也负不了这个责任!"

中年牧民拉上青年牧民去给活佛打电话。

他俩拿着手机点头哈腰说了不少话。

打完电话，中年牧民过来说："错过今晚的时间节点，下次火葬还要等七天。"

交警扎西不说什么，拿出一根烟点上。

我说："只能这样了。"

青年牧民说："现在怎么办?"

交警扎西说："你俩先回去吧，有事再找你俩。"

肇事司机站在一边，可怜兮兮的样子，问："那我怎么办啊?"

交警扎西说："事情查清之前你不能离开县上。"

肇事司机张了张嘴没再说什么。

第二天，我开始调查死者喝酒的事情。我按死者手机的通话记录把最后一个号码拨了过去，找到了最后跟他联络过的人。

那人听说多杰太死了，不相信，说这怎么可能。

我说我是派出所的，他就马上相信了。

那人在电话里说了一些生命无常之类的话。

我在电话里问那人："他去找你干什么?"

那人说："他来找我借钱。"

我问："你有没有借钱给他?"

那人说："没有。谁都知道借钱给他等于打水漂。"

我问："你跟他是怎么认识的?"

那人说："我跟他是在州上认识的。那时候他有点钱，人也挺张扬，我们就认识了，成了酒肉朋友。他这个人喜欢花钱，我们出去吃饭喝酒玩儿都是他埋单，从来不让我们埋单。对了，那时候我也在州上做点小买卖，后来买卖不行了就回来了。"

那人顿了顿之后又说："其实我对他这个人了解不是很多，我们也就酒肉朋友而已。"

我问："他说了借钱干啥吗？"

那人说："他说他遇到了一个女人，他要娶那个女人做老婆。"

我问："那天他有没有喝酒？"

那人说："没喝。"

我问："你之前知道这个事情吗？"

那人说："不知道。我只知道那两年他有钱的时候有一个城里女人跟过他，后来他输光之后那个女人就离开他了。"

我问："他还跟你说了什么？"

那人说："我没借钱给他之后，他还拿出一个女人的照片说，你可能觉得我在跟你撒谎吧，我向三宝发誓，我这次说的可是真话，我遇到这个女人之后，就去寺院对着佛菩萨发誓以后不再赌博了，发誓以后要好好过日子。我还看了一眼照片上的女人，就是一个看上去三十多岁的女人，长得挺朴素的，红脸蛋，感觉很老实。我还问他你以前借别人的那些钱怎么办啊，他说以后想办法还呗，总会有办法的。"

我问："他问你借多少钱？"

那人说："他说十万元，十万元就够了。"

我咳嗽了一下，那人接着说："虽然他那天的样子看起来不太像在撒谎，但我也不可能借钱给他的，他欠别人的钱实在是太多了。"

我点了一根烟，问那人："还有什么要补充的吗？"

那人说："他那天穿了一件半新的黑西装，还打了一条红领带，看上去感觉怪怪的，不太像平时的他。"

我问："还有吗？"

那人想了想，接着说："对了，他那天还带着一瓶青稞酒。"

我赶紧问："然后呢？"

那人说："然后就没什么了。没借到钱他就骑摩托车走了。"

我问："他走之前没喝那瓶青稞酒吗？"

那人说："没有，他走之前没有打开那瓶青稞酒。"

我说："他有没有跟你说什么？"

那人想了想又说："他走之前从随身背着的包里拿出那瓶青稞酒说，我们认识这么多年了，我以为我们是那种真正的朋友，来之前还想着你借我钱之后咱俩可以喝掉这瓶青稞酒，小小地庆祝一下，现在看来是不用打开酒瓶盖子了。"

我问："他还说了什么吗？"

那人肯定地说："没有，没有再说什么。他把那瓶青稞酒装回包里就骑着摩托车走了。"

我说："他被送到医院抢救时，医生说他喝了酒。"

那人说："那我不知道。他可能是在路上喝掉了那瓶酒。"

我问："为什么这样说？"

那人说："我猜的。可能他没借到钱，心情不好就喝了青稞酒。他离开时，我看他情绪有点低落。"

查来查去，最后的结论是他自己在路上喝了酒。

周一下午三点，尸检报告出来了。

交警扎西把尸检报告交给我说："可以排除其他因素，就是一场正常的交通事故，而且是死者自己的责任。我们调看了监控，是死者自己超速撞上卡车导致颅内出血死亡的。"

我还想问几个问题，最后都没有问。

交警扎西说："你通知他们可以火葬了。"

过了几天，中年牧民和青年牧民开着一辆皮卡来了。

他们也不跟我说话，直接去收拾尸体。

尸体放太长时间变得僵硬了，但他们最后还是让尸体呈现出双手合十打坐的样子。

火葬场管理员是个瘸子，四五十岁的样子。他穿着一件油腻的大衣一瘸一拐地过来问我们用柴油烧还是用松木烧。

中年牧民和青年牧民问："有什么区别？"

管理人员说："主要的区别就是价钱的区别，柴油烧六百元，松木烧一千元。"

中年牧民和青年牧民商量了一下说："柴油烧就可以。"

管理人员点点头，一瘸一拐地往焚尸间门口走。

我叫住管理员说："用松木吧，这个钱我出。"

中年牧民和青年牧民看着我，似乎在猜我在想什么。

我只是对他俩点了点头，没有说什么。

死者被我们放进了那个佛塔状的焚尸炉里，被管理员一把火点着了。

焚尸炉里面发出"噼里啪啦"的奇怪声音。

没过多久，焚尸间里面充满了一股奇怪的刺鼻的味道。我有点不适应，用手捂住了鼻子。

之后，我和中年牧民、青年牧民出来抽烟了。

点上烟之后，我问中年牧民和青年牧民："亡者之前有没有跟你们说过要跟一个女人结婚之类的事？"

青年牧民表情木然地摇头。

中年牧民想了想说："有一天晚上他突然给我打电话跟我说，他跟一个女人好上了，打算娶她。还说那个女人也愿意嫁给他。"

我问："还说了什么？"

中年牧民说："他说他想回村里住了，问我修缮一下他家的老房子大概需要多少钱，还问我娶个女人各种乱七八糟的开支大概需要多少钱，我估算了一下就说简单一点十万元钱差不多了，他说他大概知道了。我问他你怎么突然想回来了，他说他年纪也不小了，就想回来了。"

这时，青年牧民说："他那么个人，回村里踏踏实实过日子不太可能吧，再说还有女人愿意嫁给他也是很奇葩的事情呀！"

中年牧民说："不知道，也有可能吧，这世上什么样的事情都是有可能发生的。"

青年牧民突然问我："你为什么问这些事情？"

我说："没什么，没什么，随便问问。"

他们没再说什么，我也没再问什么。

我们三个正在抽烟时，管理员拿着一根木头正往焚尸间走，随口说："刚刚落下了一根木头，我把它放进去。"

我喊住管理员，从他手里接过那根木头仔细看。那是一根松木，似乎还没有干透。

四周没有风，空气像凝固了一样，很冷。我把那根松木拿到鼻子下面闻了闻。我突然间闻到了一股淡淡的松木的清香，很特别。

管理员和中年牧民、青年牧民在用奇怪的眼神看着我。

我把那根松木递给中年牧民，他也把松木拿到鼻子底下闻了闻，说："这味道很好闻。"

中年牧民把那根松木递给青年牧民，让他闻。

青年牧民闻了闻，说："嗯。"

管理员看着我们说："肯定是松木的味道好闻啊，柴油的味道太冲了，我到现在还不适应。"

我们没再说什么。中年牧民把那根松木递给管理员，管理员拿着松木进了焚尸间。

之后，我们三个又各自抽起了烟，谁也不愿意再多说一句话。从我们站着抽烟的位置能看到焚尸间房顶的烟囱里冒出一股黑乎乎的烟。中年牧民偶尔突然念诵几句经文。

抽完烟，中年牧民对青年牧民说："咱俩去给亡者点个酥油灯吧。"

说完，他俩就去了专门为亡者家属订制的小佛堂。我继续站在那里点上了一根烟。

大概三个小时之后，多杰太变成了一小袋骨灰。青年牧民手里拿着那袋骨灰，面无表情地看着管理员把焚尸间的门关上。我看着青年牧民手上的那一袋骨灰，有一种很恍惚的感觉。

中年牧民和青年牧民问管理员哪里可以撒骨灰。

管理员指着火葬场门口右侧一个小山包说，可以撒在那里，那个地方被某个大活佛加持过。

我说："你们可以把骨灰带回村子里吧？"

中年牧民说："这种非正常死亡的，我们一般不会把骨灰带回村子里的。"

我把手头的烟扔掉，跟他们一起往外面走。

那天外面的风不是很大，我们把骨灰撒到外面那个四周全是各种垃圾的小山包上，一些细碎的粉末状的骨灰沾在了我们的手上，我们的脸上，我们的头发里，我们的衣服上。

我想，一些骨灰肯定也被我们吸进了肺子里。

撒完骨灰，掸掉残留在手上、脸上、头发里、衣服上的骨灰后，我们三个人不由得咳嗽了起来。

"喀，喀喀，喀喀喀，喀，喀——"

我们三个人咳嗽的声音短促而有力，听起来是那么富有节奏感。

原载于《十月》2023 年第 1 期

昙花现

黄咏梅

阳台那里有一个区域，信号一定会不稳定。有可能是那根粗大的廊柱，挡住了网络通行。这是父亲的判断。不过语音竟然不受影响。两年没回家，视频通话变成我的必修课。做惯家务的母亲动手能力强，加上比父亲年轻几岁，她操作手机更流畅，提及家里每个角落每件物事，她都能准确移动镜头让我看见。她每次非要炫耀她种的花，一说起，就动身晃去阳台，手机扫向凌空加盖的那排花架子，月季、海棠、石斛兰、绣球花……运气好的时候，镜头会定格在一朵绛色的月季花上，背景是河对岸绿茵茵的榜山，看着像一幅画。但大概率画面会停留在她脸上某个松垮垮的局部，或者一排锈迹狰狞的铁栏杆。

"妈，别往阳台走。"我对着手机大声喊，像来不及阻止一个人踏进路边的水洼，眼睁睁看她麻利地拉开那扇镶嵌着隔音玻璃的移门，又迅速关上。

这一次，镜头刚好停在晾衣竿一端挂下来的几只年代久远的竹篮上。闭着眼睛我都能认出那里用牛皮纸包着的草药，凤尾王、一点红、百花草、蒲公英、车前草……

"林姨妈走了。"母亲的声音从几只满当当的竹篮里跑出来，跑到一千多公里以外我的手上。

"我知道，妈你说过了，是在养老院。"

频繁视频，我们已经没有什么话题可聊，不像真的坐在一起，围着功夫茶盘，东扯西扯，就连微微感受到空气中湿度加重了，我们都可以一起抱怨今年的"黄瓜季"过于绵长，导致人酸软无力，然后顺着这个话题交流祛湿养生的做法。我们相聚的时间多半都是这么度过的。屏幕画面有限，一周或两周甚至更早以前说过的话，又经常被当作新的事情被母亲说一遍两遍，倾听很考验我。要是有耐心的话，我会装作第一次听，间或还提些已经知道答案的问题，但多半我会像现在这样，简单总结试图阻止她主题不集中的絮叨。

"嗯。她好像知道自己要走，给我打电话说，阿莲，我要回家了。我问她是不是小坚要来接她回家，她没说是，也没说不是，又重复两句，我要回家了。之后电话就断了。不像是挂断的。养老院那里信号总是不好。"

第一次讲这些的时候，母亲尽力克制，哽咽得像个孩子。我比她更早流下了眼泪。母亲自责在电话断掉以后没回拨过去。她反复强调自己以为林姨妈说的回家，是指小坚来接她回家过中秋，就想着等过两天中秋节再给她打电话，毕竟她接电话的时候，锅里正处于小火转大火的收汁阶段，她怕搞焦了那只花一下午工夫卤起来的猪肚。她们之间从来没有什么要紧的事情要急着打电话，几十年都没发生什么要紧的事。母亲责怪自己现在很没用，已经不能同时做两件事。

"我哪里知道，她说回家，其实是走。"已经过去两个多月了，母亲说得平静。我也静静在听，眼睛盯着屏幕，希望信号如同福至心灵，会跳出母亲的脸。可那几只静止的篮子一动不动。

"妈，翻篇吧，不要再去想这些负能量的事。"

不记得从什么时候开始，父亲将一些不好的消息统统称为"负能量"，要求我们的通话避开负能量，恨不得在耳朵外竖起一根粗粗的廊柱。对于七八十岁的老人们，不好的消息无非就是生病和死亡。这些年，陆陆续续从他们那里听到的负能量，多数来自他们认识或者知道的远远近近的人。与其说害怕这些负能量会影响血压、脉搏的数值，不如说是害怕负能量的残酷本身。中年以后，我也不知不觉害怕残忍的事情，在手机上看网剧，遇到诛心的情节，会不由自主拉进度条跳过。

"嗯，你爸在书房。"我忽然意识到母亲跑到阳台的廊柱后边，不是为了重复讲林姨妈的去世。一下子心被揪了起来。说到底，害怕听到他人的负能量，不就是害怕负能量终于降临于我们自身？我担心那里微弱的信号支撑不了母亲的吞吞吐吐。好在，那几个篮子虽然纹丝不动，但母亲的声音还很连贯，除了在一些地方是因为她本人的停顿。

母亲是求我做件事——找一找钟俊仁，如果他还在的话，"告诉他，林姨妈回家了……但是要让他明白，她是走了，时间是 2021 年 9 月 16 日，酉时"。

我的几个姨妈当中，林姨妈最好看。母亲一直是承认的。她们当年一起从农村被招到文工团，到各个区县演样板戏。不是科班出身，但都在十七八岁的年龄，学东西也快。林姨妈必然是主角。《红灯记》里她是铁梅，母亲是慧莲，而徐姨妈和王姨妈因为骨架宽大，肉多，显老，往往只能轮流化妆演李奶奶。《红色娘子军》里，林姨妈是吴琼花，她的腿又长又直，"向前进，向前进，战士责任重，妇女怨仇深"，她稳立舞台中央，腿绷直抬高，一点不影响脸上昂扬的表情，母亲她们几个则站边边，矮下去半截，腿潦草上踢。林姨妈身材比例好，腰短，腿长，脖子细，穿肥大无形的土布衫都好看，又有一张小鹅蛋脸，化妆最省心。母亲说，她最费事的是眉毛——样板戏要求一字粗眉。林姨妈的柳叶眉是她的苦恼。我看过林姨妈演戏的照片，只觉得她五官精致，哪里都好看，唯独那道粗黑的眉毛突兀，好在底下有一双明眸救场。在她们几个人的生活合影照中，即使不站在 C 位，我也能一眼确认林姨妈的主角相。我母亲仅有过一次主角时刻。因为长得的确蛮像陶玉玲，她在《霓虹灯下的哨兵》里捞到了演春妮。

主角往往会遭到忌妒的，但林姨妈和配角们玩得很好，她们的友谊跨越半个世纪。文工团解散之后，她们得到了样板戏的回馈——安排进城里工作。林姨妈在棉纺厂，徐姨妈在印刷厂，王姨妈在工人医院，而母亲因为早在进城前嫁给了父亲，作为家属被安排到了政府后勤处。四个人按时间给出的剧本，各自演着人生这出大戏，结婚生子，工作至退休，继而含饴弄孙。那些样板戏的岁月，仅作为几张黑白照片存放在各家的相册或抽屉里。父亲书桌的玻璃板下，压着母亲演春妮的一张后期放大处理过的黑白照片，不过已经不完整——围巾、额头、脸颊、脖子以及斜襟扣子系得紧紧的胸部，这些地方都被我和弟弟的彩色照片盖住了，而我们那些彩色照片又陆续被他们两个孙儿的搞怪大头贴盖住了大半。

林姨妈跟我母亲最亲密，她是我家的常客。她挨着母亲窃窃私语的样子，倒像她是母亲的妹妹，实际上她比母亲大一岁。奇怪的是，我并没有遗传到母亲对林姨妈的亲密，整个童年我最怕见到她——她的到来必然伴随一个热烈的见面礼，这种热烈不见得是有多喜欢我，而是进他人家门那一刻的开心。她抓住我，像啃苹果一样，口水印在我胖嘟嘟的脸颊，接着又从正面乱亲一气。我肯定是挣扎躲避过的，但这讨厌的见面礼几乎伴随我整个童年，等我长到有足够的力气，能让她感到我的挣扎是认真而不是出于小孩子的忸怩，她才停止这样做。有一次，林姨妈开玩笑问我，妹妹，分了新班级，同桌男同学好不好看？我大方地点点头。又问，有多好看啊？我恶作剧地大声喊，像钟俊仁那么好看。那时，我已经不止一次从母亲与林姨妈的窃窃私语中听到过这句话。林姨妈用手把整张脸捂起来，手心里传出一阵咯咯咯的笑声，像是在害羞，笑过之后，忽然将我一把拉到她的腿边，不顾我的挣扎，对我一阵乱亲。她亲得很用力，好像怀着某种善意的报复，又好像在我脸上撒娇，嘴里咬牙切齿般喊出钟俊仁这个名字。

"妈，林姨妈嘴巴好臭。"我终于确认我的不适来自那些口水的臭味。我小时候有一些奇怪的逻辑，比方说看到满脸皱纹的老人，我会悄悄对母亲说，这个老爷爷好痛啊。同样，林姨妈的口臭让我认定她总是不开心，甚至觉得她身体里藏有什么东西在腐烂。

"你林姨妈白长了一张好脸壳。"母亲认为林姨妈不经营自己，更不经营家庭。样板戏主角在台上演着别人的人生，催人振奋，台下却一塌糊涂。但这反倒使林姨妈和母亲她们之间构成了一种平衡，她们和谐安好一辈子。她们时常聚会，各自牵着两个或三个孩子，呼呼喝喝，鸡飞狗跳。只有林姨妈单丁独户，偏坐一侧，瘦瘦的两腿间夹着一个同样瘦瘦的小萝卜头。小坚向来不合群，融入不到我们这些时而合作时而互相抢地盘的孩子们中间，他咯嘣咯嘣咬完一块水果硬糖，就开始闹着要回家找爸爸，嘴里被塞进一块新的水果硬糖才消停。塞多两次，他不干了，脸埋在林姨妈腿上故意使自己憋气，两只手在林姨妈身上抓来挠去。林姨妈一点办法都没有，只得草草收兵回家。她们说，小坚好像不是林姨妈生的一样，养不熟，也治不住。林姨妈根本没有心思研究出对付小坚的办法，同样，她也没心思研究出跟林姨父家和万事兴的秘诀。那个沉默寡言的林姨父，一辈子在生产资料局工作，凭票购物的时候有过点小权力——我们家第一台黑白电视机，就是托林姨父拿到票买的。新旧世纪交替之际，单位转企，毫无斗志的林姨父干脆提前退休回家。林姨父总是一个人到河边小公园看人下象棋，间中按捺不住低声发几句议论。像小坚一样，林姨父也没能融入棋局作为对弈的任何一方。他和林姨妈各玩各的，直到最终先于林姨妈独自走上黄泉路。

20世纪70年代，"独生子女"这个词还没有被造出来。只有一个孩子的家庭，时常被人暗戳戳地揣测问题出在男方还是女方身上。林姨妈生下小坚，刚出月子，就跑去工人医院找王姨妈，瞒着林姨父做了结扎。我母亲知道这事后，把王姨妈大骂一通。王姨妈说，你来拦拦看？林莉这个癫婆，死都解不开那个结，她一遍又一遍搬出钟俊仁来说，你叫我怎么劝？母亲一听，怒气顿时息成叹气。

那只节育环早早地在林姨妈子宫深处套上了一个结，就好比现在一个已婚人士把一枚戒指套在了无名指上。只不过，这种宣誓的形式不是出于爱，而是——拒绝。因为身体里的这枚"戒指"，林姨妈跟林姨父关系变得很糟糕。有段时间，林姨妈像是把家当成旅舍，一到晚上就爱跑我们家。有时给我妈的家务搭把手，更多的时候会坐在窗下一张板凳上，默默地织毛衣。母亲没工夫理她，父亲在书房写领导的发言稿，我和弟弟趴在桌子上写作业，差点忘记了屋子里还有个林姨妈。到我们准备刷牙洗脸睡觉了，她才理平针脚，毛线团一卷，小篮子一装，塞到板凳底下，伸个懒腰，好像刚结束夜班收工。隔天，她又来我家上"夜班"。

中秋节晚上，林姨妈也照样来。月亮还没升起，她就拎着用油纸包的四只大月饼和一网兜柚子，直接爬到天台等我们。那时我们住在宿舍楼最顶一层。我家门口往上还有一截楼梯，尽头是一扇虚掩的小木门，从小木门走出去是个公共的天台。除了邻居偶尔趁天好爬上来晒晒被子，这里几乎属于我们家自用。母亲施展农民出身的本领，在天台四周用大大小小的花盆种满了蔬菜，中央搭起一个高高的瓜架，丝瓜、苦瓜、葫芦瓜、葡萄……藤蔓四处攀爬，绿叶密密麻麻隔出来一个小天地。父亲从家里牵出根电线，在瓜架上吊两只小灯泡，这里就变成了一个小茶室。天气好的时候，我们在地上铺席子，放张小茶几，坐到这个小天地里喝喝茶嗑嗑瓜子望望天。逢着节假日父亲有空，检查我和弟弟背诵唐诗宋词，也在这里进行。"谁知林栖者，闻风坐相悦。草木有本心，何求美人折？"父亲最欣赏这几句，摇头晃脑单拣出来背。这些时候母亲是插不上嘴的，她只会简单的"鹅鹅鹅"。母亲指着夜空中那三颗等距排列的星说，看，扁担星，多平。白毛女逃进深山老林，夜夜望星空，盼救星。林姨妈穿着破衣裳，一头披散的白发，对着夜空苦大仇深地唱。舞台一侧那棵纸皮糊起来的树梢顶端，挂着三颗整齐的红五星。团长在台下一看，蒙了，这一场，八路军还没杀到，哪里来的红五星？仔细又一想，后边出场那些八路军帽子上不是两颗扣子？谢幕之后，团长调查这几颗无中生有的星星，才知道，我那几个没文化的姨妈，为了增加舞台效果，请钟俊仁在部队仓库里翻出些褪色废弃的旧红旗，剪下三颗红星，用毛线整齐串在一起。高高挂着的扁担星陪伴凄苦的白毛女。

样板戏从上边出发到区县，专业性会大大减弱，业余班子业余演出，在故事情节大方向不变的情况下，道具会因地制宜做些微调整，有时细节也会结合当地观众的喜好进行改动。比方说，《沙家浜》的芦苇荡在我们这里变成了一塘荷田，《智取威虎山》里坐山雕的皮草大衣改成了我们这里有钱人穿的香云纱袄。类似这样的改动很常见，是为了更能引起当地观众的共情。反正这里的观众谁也没有看过正版的演出。但这三颗被姨妈她们发挥出来的扁担星，使团长大发雷霆，责令她们逐个写检讨书。

"这个死馒头，差点要给我们定性为'破坏革命样板戏'。"母亲笑着骂的那个人，我们经常见。中山电影院放映新电影时，等观众都在位置上坐好，我和弟弟到门口跟检票员讲，"馒头让我们来的"。要是还不给进，我们会绕到电影院的侧门，那里有间小屋子，馒头叔叔一准在那里面办公。他会赶在剧场熄灯前把我们领进去。在空旷的影院前厅，他挺着圆滚滚的肚子在我们前面小跑，腰上一串钥匙抖擞雀跃，如同我们看"霸王戏"的心情。退休后，姨妈她们经常约他在西江边饮早茶，杯盏一推，几个人打斗地主，轮番赢他的钱。

"妈，八路军帽子没有红五星的啊？"我弟弟那一阵的理想是当解放军，他拿母亲做衣裳余下的布条绑在小腿上，皮带在腰上一捆，深深吸着气，木头枪困难地插进皮带内侧，敬起军礼也是雄赳赳的。

"救白毛女的八路军是没有的。"母亲只记得戏里的服装。

父亲说："八角帽才有红五星，国共合作后，红军改编为八路军，帽子正前方缝两颗扣子，是为了跟国军的帽子区分开来。"

弟弟就吵着母亲给他的帽子缝上两颗扣子。

比起父亲那些"小园香径独徘徊"的诗词，我更爱听母亲讲她们演样板戏的故事，台前和幕后，戏里和戏外。

天台的避雷针塔下，有块小平阶，林姨妈在那里扦插种下了两盆昙花。林姨妈不知从哪里听说，昙花好养，又可以入药，煲汤清热解毒，种昙花符合她的日常需求。这两盆昙花也是她经常来我家的一个理由。施肥，修剪枝叶，在林姨妈的精心照料下，它们长得比母亲种的菜还肥壮。每到夏天，叶子边缘会伸出一些长长的花苞。大清早，母亲给她的蔬菜浇水，翻开那些像海带一样肥厚的叶子，找到一朵垂头丧气软塌塌的花，咿，这朵昨晚开过了。好像刚发现昨晚那里发生过一些不为人知的事情。

总会有那么几朵昙花像是被林姨妈施下了魔法，准时在月圆时分开放。我从没见过昙花开放的整个过程。往往只看到，昙花挣脱紫色的衣裳，昂起头，好像下定决心要出来跟我们一起望月。它的嘴巴刚刚张开一个小口，我就哈欠连连。那些发誓要等昙花开的话，就像大人哄孩子入睡前的承诺。迷迷糊糊被父亲从天台上抱回床，第二天醒来记起，跑去看，那几朵昙花又整齐地扣好了紫衣裳，什么事都没发生似的，开花只是做了个梦，跟我一样刚醒过来。不过它们不再昂起头，泄了气般垂落在叶子下，远远看就像那里晾着我和弟弟的几双白袜子。

除了林姨妈，我们家没人看见过昙花开到尽头的样子。在我们小时候的那个年代，大家作息都还很"农民"，早睡早起。我们小孩子自然是抵挡不住瞌睡，父母那时候似乎也特别缺觉，绝对不会为一个月亮一朵花熬夜。但林姨妈对熬夜很不以为奇，好像在夜晚醒着是她练习出来的一个本领。她独自在天台守一整夜，等昙花开，又像是为了送走天上那轮圆月。南方的中秋夜，暑气仍盛，躺在席子上一夜到天明也不觉得凉。暗夜里，昙花与明月同色，因过于洁白亦有光一样的明亮。

"昨晚昙花怎么开的呀？"我们问林姨妈。

林姨妈表演给我们看。她将五个手指尖拢在一起，自己制造出某种节奏，一下，一下……直到将手掌张开到最大，每根手指仍保持微微的弯曲。"最大的时候，有我们吃饭的碗那么大。"

很多年以后，我在微信上看到有朋友发夜晚昙花开放的全过程视频。类似于孔雀开屏。在那洁白的花苞里，仿佛含着一股力量，先是挣开了紫红色的棱脊，接着冲破白色花瓣的重重包裹。绽放如同破裂。由于经过剪辑技术处理，五小时的花开过程，被压缩成一分多钟，但不觉得急速，倒使人安静地看到一种时光流淌的节奏。最终，视频定格在花开的极致处，果然"有我们吃饭的碗那么大"。

开过的昙花，林姨妈会将它们剪下，用毛线针在粗茎上穿个小孔，绳子一穿，倒挂在晾衣竿上，跟那些她不时从北山上、河滩边、公园里摘来的凤尾王、一点红、车前草、蒲公英、百花草、鸡骨草之类的挂在一起。等到晒干晒透，这些她称为"看门药"的东西，就会被逐样分成几等份，包在一种黄色的牛皮纸里。"看门药"在我家以及每个姨妈家的阳台上都挂着。我结婚后搬到现在住的家，阳台上也同样有，只是，在我的那些牛皮纸面上，母亲生怕我不会分辨，让父亲用钢笔分别写上了：凤尾王2015、一点红2015、车前草2018、蒲公英2019……

这一类常见的野草晒干后变成了"看门药"，它们分别负责一些常见的病症：凤尾王负责小腹坠胀、车前草负责小便不畅、蒲公英负责白带异常、鸡骨草负责口苦口臭……事实上，这些仅仅是林姨妈的常见病症。久病成医，她总觉得大家——主要指女人，都会像她那样，在戴上那枚"戒指"之后，仿佛就携带了终身不愈的妇科病，从小腹到腰到双腿的整个下半身，连绵不绝的酸酸胀胀，描述不准是什么滋味，总之是那种可以忍着不去医院的症状。

记得有一次，我生完孩子回家度产假，林姨妈专门拿一包金婴子来，吩咐母亲用40度酒加红枣枸杞浸泡。每天饮半两，专门保养被胎儿伤害过的子宫。初为人母，我仍沉浸在对婴儿奶香芬芳的甜蜜期，听到她用"伤害"二字，心里觉得印证了小时候对她母爱淡薄的判断。不过有一次，我突然感到小腹剧痛，母亲从阳台的篮子里扯了一把凤尾王，煮水，一大碗喝下去，症状竟很快消失。从此对林姨妈那些"看门药"有了些许迷信，虽然极少使用，还是会让它们挂在我家，看门。

我母亲认定，最终是那枚"戒指"要了林姨妈的命。对照自身，母亲甚至认为那"戒指"早已经腐烂在林姨妈的子宫里。五十二岁告别月经那年，母亲在父亲的陪同下，去医院将那枚戴了二十多年的"戒指"取下。本来以为是个门诊小手术，没想到，随着子宫的衰老、萎缩，"戒指"嵌入肉内，与子宫相连相生，需要用钳子将它一点点剥离。手术花了两个多小时才结束。因为出血量大，母亲从门诊转到住院部，吊水消炎，前后三天才出院。母亲说，比任何一次生孩子都疼。她朝父亲乱发脾气，好像这"戒指"真的是父亲当年送给她的劣质礼物。父亲任由母亲骂，他向来严肃的脸上出现一种我几乎没怎么见过的坏笑。

经母亲这次经历的提醒，我那几个姨妈才忽然记起她们身体里那枚"戒指"。日久年深，她们已经忘记了它的存在，如同自己忘记了自己年轻时的模样。徐姨妈退休后马不停蹄接连带大三个孙子，一直拖拉到六十多岁才有空闲想想自己的身体，多亏了一次剧烈不止的腹痛，检查出那枚戴了三十多年的"戒指"已经逃离她荒芜的子宫，跑进腹腔里试图继续寻求安居的沃土。幸而发现还不算晚，做掉一个腹腔的大手术后，徐姨妈说话的中气少去一半。"好在几个孙子已经念书了，完成任务了。"提起自己的身体状况，徐姨妈总不免这么说明。

但林姨妈一直都记得的。她的一生被它硌得酸酸胀胀，下半身状况迭出，却从未曾想过将它取出，她与它共存到生命的最后一刻，直至将它带进坟墓。她的去世离奇，听小坚说，突然连着几天吃不下东西，人就没了。后来，养老院里有个母亲认识的护工，小心翼翼在电话里跟母亲讲："你那个姐妹，刚走掉的那个林莉啊，一点不'突然'的。来这里之前就有子宫癌，不治疗，不让说。儿子也没来管。难受了，就让我们护工帮煲点草药喝喝。癌啊，喝草药能喝好的？"放下电话，母亲哭一阵，骂一阵。两个姨妈知道后，也是哭一阵，骂一阵。

我以为林姨妈害怕怀孕是为了保持身材，就像现在很多女明星那样。

"你别忘了，林姨妈怎么说都是女主角，跟你们不一样的，她会在意自己的形象。"跟母亲逛街买衣服，懊恼一条裤子的加大码断货时，我不止一次这样打击过她那如同怀胎六月的大肚腩。

母亲哈哈一笑，一副云淡风轻的样子。"草台班子的女主角，谁还记得谁演过谁。"那些几十年前坐在台下看到过她们的人，用母亲的话来说，"多半已经入土的入土，老懵懂的老懵懂了吧"。

林姨妈吃再多再好都不可能胖。"这个钻牛角尖的人，怎么会胖？"母亲接下去又要提到钟俊仁。

掐腰的红衣裳，翠绿色的裤子，喜儿的大辫子扎上了红头绳。林姨妈把钟俊仁看痴了。作为当时地委书记的贴身警卫员，常常得以坐在前排看戏，谢幕接见演员的时候，他也在场。他近水楼台，顺利获取了林姨妈的芳心。在人们眼里，他们两个的确般配。无论什么时候，母亲讲起钟俊仁，即使往往带着一种惋惜的语气，都不忘赞美他的英俊。退休在家，母亲跟我一起看港剧《原振侠》，见到黎明出场，她会指着屏幕说，钟俊仁就长得像他，脸型和鼻子特别像。我曾经狂热喜欢过黎明，无数次想过，不知道什么样的女人才能嫁给他。要是我有一个这样的林姨父，我跟林姨妈会不亲密一些？不过也有可能会更疏远，至少她不会以经常到我们家玩为乐。

在情感道路上跌跌撞撞，我拖拉到三十四岁终于出嫁，婚事定下之前，母亲有一次拉我进房间，关上门，那架势像是要独授我一份沉甸甸的家传之物。"妹妹，结婚一定是要跟自己喜欢的人。"仿佛一句经典的台词，母亲存了好多年终于说出口。

林姨妈没能跟自己喜欢的人结婚，原因在她。人生中某件重要事情出了一个错，好像之后容易一错再错。而对于那个时代的女人而言，没有什么比嫁人更为重要的事情了。林姨妈跟钟俊仁的恋爱在那个小县城是很轰动的，又因为得到地委书记的认同而有了极大的正确性——这其实在很多人看来可以称为光荣了。没想到，之后钟俊仁不可避免跟着倒霉。

在一个明月皎洁的夜晚，钟俊仁拿着一张地委书记签署的结婚介绍信，跑来征求林姨妈的意见。那个时候，传言已经四起，大趋势大家也看清楚了。地委书记命运未卜，他此前所有的政绩都将被推翻甚至被视为反面教材，他的派系队伍即将溃散，有他名字签署的文件将统统失效。而林姨妈和我母亲她们，也已经听说钟俊仁将被"流放"到山区农场护林。时年二十七岁的钟俊仁向林姨妈拿出那封信，但并没有提及自己的明日厄运。他不提，她也没问。两个人，坐在被黑夜笼罩的小河边，隔着这张未被捅破的窗户纸。黎明到来之际，希望跟月亮一起隐去，失望渐渐日出东方。年轻的林姨妈没能正确地做出决定。我猜，"正确"这两个字，是跟我说起这事的时候，母亲自己加上去的。

在这张结婚介绍信作废之前，像是部署某个战略，由地委书记牵线，钟俊仁迅速跟另一个女人结了婚。一个黄昏，县长途汽车站的黎司机给母亲她们几个带来了一包喜糖，托运人是来自二百多公里以外松村农林站的钟俊仁。

"妈，这不能怪林姨妈，他不说出来，难道打算骗她结婚？"

"从来就没有人怪她，是她自己怪自己。"母亲苦涩地笑笑。

在母亲仅存的几张老照片里，有一张林姨妈和母亲、徐姨妈三人的剧照。林姨妈坐在铺满稻草的木板上，母亲和徐姨妈则分别坐在她的左右，大概是因为寒冷，三个人身体紧紧挨着，目光望着同一个远方，脸上却是那种夸张的坚定。这是在狱中临刑前话别。再说几句话，母亲和徐姨妈就会被国民党拉出去枪毙，独剩林姨妈一人，等待乌豆那一幕经典的刑场救人。《杜鹃山》，林姨妈演视死如归的铁血队女党员贺湘。她们演过很多场类似于这种表达坚强意志的戏。演得多了，好像感觉自己真的连赴死都不害怕。我母亲告诉我，有一个晚上，她们到梅花村演出，因为第二天一早要开大会迎接最高指示，她们连夜走三十几里的山路回县城，半途掉队了，她们举着仅有的一盏煤油灯，路过一片磷火乱飞的山坟地，她们大声唱着歌走过去，一点都不感觉害怕。可是那次，她们商量了一整夜，拼命劝阻林姨妈，再也不能回到松村那种穷山旯旮里生活了。她们对那种穷极无望的生活更感到彻骨的害怕。她们对"新生活"满怀激情和希望，坚强的意志在"新生活"的召唤下变得风吹草动，即使用爱情这种美好的东西也难以固定。

谁说不是？爱情从来就是生活的一种。仅仅是其中一种。

母亲在舞台上只演过一次爱情戏。就是她当主角的《霓虹灯下的哨兵》。春妮的丈夫——三排排长陈喜，被上海南京路的"香风"腐化，一度丧失革命意志，幸而最终被英雄感化，回归正确的革命道路。有一幕，陈喜嫌弃糟糠之妻，将他们的定情物——一只针线包，扔得滚落舞台。那只针线包是林姨妈一针一线做出来的，被母亲像勋章一样留下来，纪念自己的这次主角身份。小时候我时常偷穿母亲的衣服，在一只大大的樟木箱里见到过它。红缎面上一只手绣的小鸟，展着灰色的小翅膀。

挂掉视频，不一会儿，我收到母亲微信传来的照片，不是原图——她总是忘记点下边那个小圈。但那张旧纸片上的字够大，够严肃，笔画不做潦草的勾连，好认：钟俊人邕县良宁镇自然资源所。我第一个反应竟然想笑。原来他的名字是这样的，几十年来，我一直很自然地认为是钟俊仁。要早知道是这样的"俊人"，估计每次听到我都会忍不住笑出来，我甚至怀疑，之所以隔着那么遥远的记忆，使得她们对他的俊美不减赞赏，多半是受这个名字的暗示。

为了腾出老房子给小坚二婚，林姨妈收拾好自己的一些东西，准备住到北山脚下的养老院。这张旧纸片就在这些东西里面。去养老院之前，她把它放到我母亲的手中。

"哪天我走了，想办法，告诉钟俊人。"这句话让我母亲伤心了好多天。她们在一起好了那么多年，互相帮忙的不过是些柴米油盐，芥豆之事，这张旧纸片就像一个即将奔赴"刑场"的人托下的愿望。母亲想起前半生她们一起演过的那些英勇故事，觉得这件事情非做不可。

我其实并不太抱希望，潜意识里还有些嫌麻烦。这不是一个电话打过去就能完成的。人海茫茫，大费周章去为一个已经离世的人完成一件事，其实仅仅只是为了告慰活着的人。何况是这样的一件事。这又算是一件什么事呢？

在电话里，我跟母亲兜来兜去，最后说出了我的心里话："妈，你算一下，五十三年了，五十三年间没任何联系的一个人，说不定他早就不在那个地方了。"其实我想说的意思是，说不定他早就不在了。但这话我不敢对一个跟他年龄相仿的人讲。

"我觉得不会。嗯，不一定会。她之前还去找过他。"母亲把声音压得很低，很轻。

我才忽然醒悟，这张旧纸片上的地址不是松村，不是那个把母亲她们吓怕的穷山旮旯。

"之前是什么时候？有电话号码吗？"我仍然希望一个电话能搞定，或者加个微信搞定。现在跟人联系，即使是一个陌生人，不须见面，在微信上也能说很多话，交代很多事。

"呃，只有这个地址。"母亲在心里算了一下，"林姨父去世那年，应该是 2007 年。"

我在心里迅速地算了一下。"妈呀，十五年前了欸，那还叫什么之前啊，妈，你这是什么时间概念呀……"十五年前，我的孩子才刚刚出生。

2007 年，林姨妈偷偷跑去松村找钟俊人。谁也不知道她想干吗。她对母亲她们从没说过，直到她将那张纸片放到母亲手上。她也只是简单告诉母亲，她"之前去找过他"。那时，松村已经不存在了，合村并镇，钟俊人就在纸片上这个地址。现在，拉进度条一样，我从五十三年前前进到十四年前，要找到十四年前的钟俊人。即使时间"咻"一下缩短，我也觉得并不是件容易的事。

我默默在我的人际圈里搜索了一番，确定在邑市有联系的只有一个老同学，不过她的工作跟自然资源一点不沾边，她是个中学老师。硬着头皮电话打过去，简单把事情说了一下，装作好像为了找这个人我在很多地方已经说过很多遍似的。我认为她顶多只会帮我打几个电话，毕竟只是——这样的一件事。倒是反复回味刚才在那通电话里，我灵机一动，将钟俊人这个人定义为"我姨妈的前男友"。老同学还以为要找的是这个单位的在职人员，觉得难度不大，答应得也干脆。不过，当我接着说出他的年龄，她沉默了好一会儿，最后改口说，那我帮你问问，我尽力啊。

这事要不是身处其中，外人总归是会觉得过于戏剧性，能否做成，但也不是编剧说了算。

那通电话后，几天没消息。有一天傍晚，在社区做核酸，工作人员扫一扫我的健康码，一个机器里立即准确地念出了我的名字。我的心里亮了一下。

按照我提供的思路，那个老同学找到了她一个学生的家长，这个家长在邑县卫健委工作。果然，几天之后，万能的大数据让我们锁定了生于1941 年的钟俊人。他属于良宁镇一个叫益民社区的网格管理范围。

我添加了一个微信名为"人在旅途"的人，头像是有山有湖的风景。此人是良宁镇平安养老院的院长。对于我和母亲来说，"人在旅途"现在是这个世界上离钟俊人最近的人了。在我的微信朋友圈里，居然有几个人不约而同叫"人在旅途"，有男有女。如果不是及时添加备注，我根本分辨不出谁是谁。他们平时不怎么发圈，一到周末，美景美食几欲刷屏，各种节假日会分享官方制作的贺卡。我猜，"人在旅途"也属于这类中年人。

加上不到一分钟，"人在旅途"发来一张照片。他老得不像一个刚跨入八十岁的人。要是按照我小时候那种奇怪的逻辑，这个人一定会被我列为"好痛欸"的那类。除了因为肉少而倔强挺直的鼻子，他脸上每一个地方都塌下来了。不过他花白的板寸头，让我确信他就是我要找的钟俊人。这一点跟母亲多年来对他的描述是吻合的。吸引我注意的是，在他长满老年斑的手上，竟然拿着一张报纸。从他的姿势上看，拍照是为了使镜头更好地展示这张报纸。

这张照片不是特意为我拍的。每个月，"人在旅途"都会为那里边的老人拍这样的照片，然后上传到社区街道办的一个系统，照片被确认后，这些老人才能领到每月80元的养老补助金。因为疫情的缘故，本人没法前往街道办确认身份并领取80元，"人在旅途"每个月就多出了这么一桩任务。像道具一样，他们手上会拿着一张当天的报纸，上边的日期就是他们当月活着的证明。

"他只认得出少数人。脑萎缩啦。""人在旅途"用语音发给我。她果然懒得打字。

我将照片转给母亲。隔了很久，母亲才给我回电话。"怎么那么老了啊。好像真的是他，眼睛和鼻子都像钟俊人。"

又过了一阵，"人在旅途"发来一段视频。时长一分三十七秒。

跟我想象的不相上下，"人在旅途"的确是个中年妇女，肥胖。唯一称得上特征的是她的穿着——一件紧身的橙色毛衣，一条黑白竖条纹的阔腿裤。她一出现便夺走了我的注意力。

她凑近椅子上的老人，嗓门很大，说出了我写给她的那段话。

"你还记得林莉吗？"她跟我说过，钟俊人是那里边唯一一个讲普通话的老人。好在，她的普通话讲得还行。

在养老院做久了，"人在旅途"很能把握跟老人说话的节奏。她停顿了一下，看看他的反应。

"嗯，是的，住在梧市的那个林莉。"我不清楚她是怎么能接收到他表达过"是的"的意思。我一点都看不出他有任何反应。

"林莉有个亲戚，让我告诉你，林莉回家了，时间是2021年9月16日，傍晚六点左右。"在我写给她的那段话里，在"酉时"的后边，我用括号注明"傍晚六点左右"。看到她这么讲，我竟生起一丝得意，仿佛相比整件事，我更期盼这个地方的出现，更为自己的用心感到满意。

"人在旅途"又停了下来。这次停得比上一次久一点。

"你听懂了吗？林莉过世了。林莉过世了，听懂了吗？"

说完，她指了指我这边，让他看过来。他的眼睛就看向我了。我突然感到有些慌乱，好像他真的能看见我。好在，他那双深凹下去的眼睛，一如往常只能看见他所身处的熟悉的周遭，那些将伴随他到达人生终点的时间地点和人物。他脸上的迷茫没有一丝改变。想到这个，我顿时释然。

视频结束了。那么短，短到我都很难在它底部的进度条进行拖曳。一拖就到了开始，或者到了结束。它并非像人们回忆中的时间，自成节奏，有的会被无限压缩，有的会被尽力拉长。

原载于《钟山》2023 年第 1 期

纸世界

高建刚

一

多年前盛东西在英国留学时，跟随导师学习水彩画和手工抄纸。导师每画一幅画，必先亲自造一张纸。不同的人，不同的物，造不同的纸。盛东西起初难以接受，有必要自己造纸吗？英国有古老的造纸厂，有名牌瓦特曼纸、温莎牛顿纸，大师透纳用瓦特曼纸画的经典水彩《蓝色里吉山》二百多年了，纸张、颜色完好如初，就像刚画完的。直到顿悟了纸与人、与画、与世界的关系，他才笃志探索纸的世界，进行各种造纸实验，以期青出于蓝。

回国后，盛东西把父母遗留给他的黄金地段的房子卖掉，去郊区买了一套海边别墅，兼做自己的工作室——画画、抄纸。盛东西主攻人物画，他笃信那些仅从解剖学得来的骨骼肌肉的结构关系只能解决造型问题，不足以呈现一个集复杂人性于一体的活生生的人。画之前他要了解人物的经历、性格、好恶，尤其画人体，男性要知道他生命原动力的强弱，女性要探索她的虚空之力。据此，他因人选料严格造纸。作画前，模特已然成为知根知底的朋友，画纸也尽其所能契合了这位朋友。作画时他总是凝神注视模特良久，仿佛他或她从头到脚是一部戏剧。可每每画完最后一笔，总觉得色彩在纸上演绎的戏剧留有淡淡的遗憾，就像达·芬奇解剖了那么多人体，却没找到人的灵魂在哪里。盛东西执意于把人物的灵魂画出来，为此他还研读了斯宾诺莎的《伦理学》，对其中第二部分《论心灵的性质和起源》颇有心得。

盛东西还收藏字画，多半出于研究纸的目的。那天他信步来到一个不起眼的画廊。画廊昏暗，逼仄如储藏室，柜台内靠墙角的红木桌上胡乱地堆了一些旧字画，一截女人的面容从中露出来。他立刻被吸引住，便唤柜台内头埋进双臂趴在茶桌上的青年。青年惊起油乎乎头发遮住一半的脸，用衣袖擦去嘴角的口水，伸手摸起眼镜戴上。盛东西指着他身后的红木桌说，我想看看那张画。年轻人瞪着深度近视镜片后面的眼说，都在墙上呢。盛东西说，墙上的都看了，想看那一张。年轻人转身把那一堆捧过来，说，随便看吧。盛东西移开覆在那女人面容上的各种字画，一幅完整的女人肖像呈现出来：她的脸罩在一只麻网中，透过网眼可以看出她的披肩长发，细长眉毛，清澈的眼神。手法写实如照片，但笔触清晰可见，每个细节几乎是一笔完成。这个女人瞬间燃起让盛东西为她画肖像的热情。

　　吸引他的还有这张画纸，他仔细端详着画纸，远看近看，双手举起到门口对着光线看，从口袋掏出放大镜看，纸相既熟悉又陌生：它是由多种树木纤维制成，青檀、桑树、沙田稻草……他都能辨认得出；纤维的粗细、长短、疏密乱中有序，纸与水色的融合、分离、渗透、沉淀恰到好处，仿佛有只无形的手在引领、控制；但有一种游丝般似有若无的纤维——他未曾见过——闪烁不定贯穿其中。世上的纸，从埃及莎草纸、古希腊羊皮纸、意大利法布里亚诺纸、日本雁皮纸……到中国的薛涛笺、羊脑笺、宣德宫笺……他都研究过，尚未有辨认不出的。他曾辨认出穆罕默德在628年3月与麦加签订条约的纸是亚麻和大麻制成的血红色混合纸，婆罗摩笈多将零和负数引入数学领域是在还魂纸上进行的，还辨认出埃及一种包裹香料的纸由木乃伊裹布制成，更不消说苏轼的《屏事帖》为金花粉笺了。虽然眼前这种纸让他百观不得其解，但他莫名地感知：是这纸成就了这幅画。

　　画的右下角有落款：蔡丁。在画的反面底部有铅笔浅淡写下的题目：《自画像》。他问青年，蔡丁是谁？青年一脸茫然说，不知道，都是我爸收来的。那就问问你爸。我爸走了。去哪儿了？去……去世了。盛东西一声叹息，唉。

　　盛东西以不可思议的低价把这张画买回家。他天天凝视着这张画，情不知所起却一往而深。有一天他发现右上角不起眼处有个模糊的水印，用织物经纬密度镜仔细辨认，是"纸村蔡纸"四个字。

二

纸村在不高不矮的纸山下，不大不小的纸河边。

纸村家家户户从事手工抄纸，故称纸村。山上树、河中水皆宜造纸，故称纸山、纸河。纸村有户蔡姓农家，抄纸有祖传秘方，据说南唐后主李煜亲设御监生产的澄心堂纸，用的就是蔡家祖传秘方，绝命词《虞美人·春花秋月何时了》就书写在澄心堂纸上。纸村人认为是蔡纸成就了一首流传千古的《虞美人》，立庙拜其祖为纸神。当然这是许多年前的事了。自纸村纸山造纸厂建成开工以来，五花八门的机械纸铺天盖地涌来，一辆辆运纸卡车风驰电掣穿村而过，手工抄纸业随之低迷清冷。抄纸农户束手无策，只好放弃这手艺，有的转为造纸厂职工，有的外出打工，有的回农田种地……年复一年，纸神庙早已无人光顾，栋梁漆剥木损，瓦残墙缺，看上去摇摇欲坠；油彩泥塑纸神像伤痕累累，如行将就木的病人；烧香炉被用作烧烤，到处是烤肉串留下的油渍煳渣。终于，纸神庙在造纸厂拓宽道路时被彻底夷为平地，一辆辆运纸卡车神气十足地从消失的纸神庙上驶过。

蔡家祖传秘方，传男不传女，传女不传婿。蔡川仅有一女，取名蔡丁。他手把手教蔡丁抄纸，但秘方中关键一味不授，担心秘方流入外姓。蔡川说，世上名纸哪个没有秘方？但秘方可传，抄纸之灵难传。蔡丁抄纸果真不灵，抄出的纸厚薄、韧性、色泽、透明度皆不像蔡纸。

蔡丁抄纸不灵毁纸灵，小学三年级时抓起炕上蔡纸，剪刀乱剪一气。蔡川护纸不及，提领便打，小小孩子竟不哭。收拾剪烂的纸时，发现是一张剪纸。细看，不可思议：海面一艘巨轮，群鸥绕其飞；鲸鱼喷起水柱，飞鱼成群结队跃出海面，鲨鱼獠牙可怖。如此复杂画面，交叉剪、镂空、剪刀肚、掏剪……剪纸技法齐上阵，剪纸大师不过如此。蔡川惊叹，蔡丁天赋异禀，许是妻的基因使然。

蔡丁挨打后不再"毁纸"，任蔡川如何哄逗，绝不碰纸剪。小小孩子竟有如此骨气。那天蔡川见蔡丁用签字笔在蔡纸上乱画，以为女儿在怄气，近前看纸上画的是一幅纸山造纸厂线描：巨大的厂房、水塔，密集的管道粗细不一拐来拐去，复杂的透视、远近遮挡关系准确无误；螺丝、开关、水表等细节线条生动。蔡川想收起这幅画，却被蔡丁折叠成书本大小，再一点点撕烂。蔡川展开见是一张龇牙咧嘴的骷髅剪纸。他盯着骷髅看了半天，心中震恐不明其所以然。几年后纸山造纸厂终因污染严重而关门歇业。他回想此事，难道女儿预知天不绝手工抄纸这手艺？

蔡丁降生颇不寻常。蔡川妻婚后多年未孕。某日，蔡川上纸山路经一片向日葵地，见葵花黄灿灿笑脸相迎，其中一棵左右摇摆似在召唤他，便走过去伸手抚之，只见它风中震颤落籽，几粒在掌心，几粒在地面。蔡川嗑手中籽，一粒空壳，再一粒仍空壳，掌中几粒全都或空或瘪。捡地上几粒，嗑一粒饱满，再嗑粒粒饱满。蔡川若有所感，低头看是一片花生地，仰脸看旁边一棵枣树，几颗落枣恰砸中天目和百会。蔡川大悟。是夜，携妻借皎洁月光神秘兮兮来到花生地枣树下。蔡川让妻脱衣，妻疑惑羞怯不肯。蔡川不语，将妻揽入怀中温柔行之。不久，妻果然怀孕。夫妻欢天喜地，提早为孩子取名蔡丁，希望是个男孩。掐指算日，终于盼到临产，本已顺利分娩，孰料命塞时乖，妻产后大出血撒手而去。蔡丁出生时不哭，助产士倒提着，捆腔拍脚，终于憋出一声秦腔似的哭声，惊得助产士险些脱手……蔡丁一出生就有模有样，漂亮像母亲。三岁才开口说话，说的第一句话是：我在妈妈肚子里时，看见一个很高很瘦很扁的人，他在纸上画了很多东西，有天有地，有山有水，有大树、老虎、人和汽车……他把画往外一扔，这些东西立刻变成真的。蔡川想，这个人能是谁？是创世者吗？他叹道：孩儿她娘啊，你生下这样一个孩儿，能不大出血吗？他摇摇头，盯着女儿说，真是个冤家。

蔡妻姓姬，在一次抄纸技能大赛上与蔡川相识，两人彼此欣赏志趣相投成眷属。蔡妻从小爱纸，并得日本雁皮纸真传，抄出的纸薄如蝉翼，细腻而有韧性；还能用纸叠出青蛙、长颈鹿、汽车、轮船……用她自己的话说，纸生万物。两人恩恩爱爱，共同抄纸。蔡纸经蔡川与妻合抄更是通灵一般，于蔡纸上书画能感到纸、心、手的呼应。纸村人都艳羡蔡川命好，有福。

纸村人发现蔡妻去世后，蔡川很少抄纸了。即使抄纸也与过往有所不同，抄出的纸也不如从前。以前他与妻抄纸时总是关上院门屋门，拉上红黑方格布窗帘，入洞房似的隐秘欢喜。抄纸时的水声，时而舒缓如溪流，时而湍急如瀑布，有时如小船在浪涌中激荡，好像还有隐约的高潮之声。

腿脚利索的纸村人都曾翻墙入院，在窗下"听房"以探究竟。而今蔡川抄纸水声变了，只有溪流和檐雨声，以往的勃勃生机荡然无存。听得出是一个人的独角戏。

蔡家在纸村一棵古榕树旁的一座灰瓦白墙的四合院内。蔡川和蔡丁分别住东厢房和西厢房。正房是抄纸间，正面墙上挂着一幅蔡妻生前照片，左右两侧挂有一副蔡川书写的魏碑体对联"森林木生纸，人从众造世"，横批"纸世界"。正下方不是供台，而是一座乒乓球台大小的玻璃抄纸池；左侧一张树墩纸砣台，右侧一面木质烘焙墙：一进门就能闻到烘焙湿纸时散发出的纸香。看得出抄纸在蔡家的地位。

盛东西和蔡川第一次见面是在夏天傍晚的蔡家门口。盛东西剑眉星目，络腮胡，长发微卷。他胳膊夹着镶了镜框的蔡丁自画像，短袖 T 恤露出的手臂体毛茂盛。他敲了敲蔡家带有门环的木门，蔡丁闻声开门，两人对视的一瞬，蔡丁被盛东西的英气慑住。盛东西立刻对应上麻网中的女人。他愣盯着蔡丁，忘了说话，双手不自觉地把镜框举到胸前。穿着长袖白衬衣在正房门口收拾杂物的蔡川停下手中活，警惕地瞅着他们。盛东西手中的画像惊醒了蔡川一直压存心底的不安，直觉来者不善。

纸村有饭口儿留客的习俗。那天晚上在东厢房三人围坐餐桌前，蔡丁做了小葱炒鸡蛋，油炸花生米，松蘑炖鸡汤。蔡川拿出一瓶存了多年的白酒，塑料酒瓶盖老化粘在瓶口上，用刀割开的。盛东西顶多喝了二两，蔡川至少喝了半斤。蔡丁虽滴酒未沾，却像也喝了酒，脸颊桃红，在一旁静听盛东西和爹说话。

盛东西喝下第一口酒，大张着嘴持续数秒，说，大叔，好酒。

这是她娘用自己种的粮食酿的酒。她娘天生聪明，什么都会做，就是不会生孩子，生下孩子，自己就没命了。这酒本是她为庆祝自己生孩子顺利酿的。蔡川说完，眼里便有了泪光。

盛东西沉默了一会儿说，听说大婶抄纸天下一绝。

蔡川说，听谁说的？

盛东西说，纸村人都这么说。

不提了，蔡川打断道，人都没了，过去的事了。

盛东西感觉蔡川在回避这个话题，转而说起蔡丁的画。问蔡丁，为什么要用麻网罩住自己？

蔡丁紧抿嘴唇，不说话。只盯着桌上的菜，怕菜不够似的。

蔡川说，麻网是我们蔡家过去抄纸的纸料。说完他端起酒杯，干了，抹一把嘴说，这画就不该卖给那个贩子，边说边白了蔡丁一眼。

三人都沉默了，寂静中嚼花生米声更脆响，葱炒鸡蛋香更浓郁。

盛东西打破沉默说，大叔，蔡纸很神，我竟看不出是什么纤维制成的。

蔡川连续夹几粒花生米送进嘴里嚼着，放下筷子说，能看出来就不叫蔡纸了。

盛东西说，只要是树木纤维，我都能认出来。

蔡川说，可蔡纸不仅仅是树木纤维。

盛东西说，那还有什么？

蔡川说，打消你的念头吧。

盛东西问，为什么？

蔡川说，你心里清楚着呢。

盛东西还想发问，蔡川打断说，喝酒吧，是好酒就多喝点。

那天晚上，他们干最后一杯酒时，蔡川说，树啊，其实是大地的子宫，大地上的生命都是从这里诞生的。

如此表述植物与世界的关系，盛东西还是第一次听说。

三

早晨的阳光透过纸山繁茂的樟树、女贞树、青檀、桑树、楮树……形成柠檬黄和绿色相融的光影。树林寂静，隐约可闻山下纸河的流水声。蔡川食指轻叩一棵棵树的躯干，发出如啄木鸟敲击的声音，他听胎动般贴耳倾听树的回应。若见蔡川冲树点头，笑纹布满板栗色面容，蔡丁便跟上掏出红绳系树枝上；若见他面树摇头闭目，厚嘴唇翕动念念有词，蔡丁便和吃着草的两只夫妻白山羊还有它们刚出生不久的小羊羔在旁边候着。蔡丁见羊们忽然停止吃草，骚动不安地咩叫，羊羔靠向母羊胯下。她转身发现是盛东西立在不远处望着他们。蔡川也回过身戒备地看着他。自从盛东西来到纸村，来到蔡家，蔡川便心事重重。

盛东西蹚过一片没膝草地来到蔡川跟前说，大叔，蔡纸中肯定有一种不寻常的纤维，你就告诉我吧。

蔡川不说话，回身继续敲击树干。

盛东西好奇地问，大叔，敲树能听见什么？

蔡川仰头看树顶和天空，如入无人之境。

盛东西说，大叔，敲墙壁能听墙的虚实，敲树能听见什么？

蔡川用力折断一根自来水管粗细的青檀树枝，去掉杂枝递给蔡丁，没听见似的。

盛东西继续说，大叔，敲西瓜能听出瓜瓤的生熟，敲树能听见什么？

蔡川冲三只羊说，一边去一边去，吃一肚子草，还吃。说着走向远处的一棵桑树。

盛东西有点受挫。他看着蔡川的背影，鼓起勇气从口袋里掏出装了一沓百元现钞的信封，追上去往蔡川手中塞。蔡川瞥了他一眼，驱蝇般摆摆手，接着又走向一棵构树。

盛东西尴尬地看着蔡丁，不知如何是好。

蔡丁迟疑着来到盛东西身边，背对着蔡川小声说，爹不可能说的，更不可能收钱。她回头看了看蔡川接着说，爹敲击树干能听出树根往土里深扎的力道，能知道这棵树的树枝会不会成为好纸。

盛东西看着蔡丁说，你也能吗？

蔡丁没有回答，说，爹是从喜鹊那里学来的，有一回他看见喜鹊搬家，从一棵楝树上一根根抽走巢的枝条，运往一棵栎树上。不久那棵原本茂盛的楝树就慢慢枯死了，爹就开始研究树的变化，眼观、手敲、耳听，像中医望闻问切，一棵树的生命状态便了然于心了。

第二天午后，盛东西躲在暗处跟踪蔡川、蔡丁和三只山羊"转山"。他们翻过两座山峰，越过几道山梁，盛东西好不容易跟上，感到转迷路了。只见他们来到纸山西面悬崖旁的一片树林里，蔡川默哀似的立在一棵树旁，蔡丁在不远处守候，三只山羊懂事地不再吃草和咩叫。蔡川经常和三只山羊来这树下，一待就是半晌，有时也带着蔡丁让她守在旁边。此刻树林草木气息浓郁，静得能听见呼吸、心跳、羊粪落地声。盛东西屏息藏身于一棵榆树后远远观察着——他被那棵树惊住了。那是一棵未曾见过的奇树：有三人多高，浅灰色树皮光洁细致；树干碗口粗；心形叶两面分别呈暗紫和灰绿色；枝丫密集，粗细均匀，呈放射状，如千手观音；顶端有一伯劳鸟巢。盛东西想，难道自己遇上了新物种，就像导师所讲的英国植物学家福雷斯特百年前在云南高黎贡山发现世上第一株大树杜鹃？盛东西情不自禁喊出声：这是什么树？蔡川和三只山羊都诧异地转头看向这个不速之客，蔡川发现蔡丁低头抿嘴浅笑，似乎早知道他的到来。盛东西快步来到树前，欲触摸辨认这棵奇树，被蔡川一把拦住，说，不许碰。盛东西的跟踪让他很恼火，他挡在树前，说，谁都不能碰。

盛东西看着蔡川，觉得不可思议；蔡丁紧张地看着他俩。盛东西说，大叔，这一定是新树种，是重大发现，要受国家保护的！蔡川似被这话触动，神情有些恍惚起来。

盛东西紧步向前，双手抚摸奇树光滑如皮肤的树干和枝叶，如抚摸一匹等待骑手驾驭的骏马。他脱口而出，这树的纤维抄纸一定很美妙！

蔡川的脸色更加阴沉难看，他拨开盛东西还在抚摸树干的手，说，你走吧。盛东西仍沉浸于惊喜的发现不能自拔，他想若能把它带回自己的海边别墅，种在庭院中让它继续生长该有多好，他绝不会像福雷斯特那样暴殄天物将几十米高、几百年树龄的"杜鹃王"锯成一节节圆盘运回英国。

蔡川扬手说，你快走吧。

盛东西求助地看向蔡丁。

蔡丁知道爹的犟脾气，打破僵局说，我送他走吧，他一个人下山会迷路的。你也会迷路的，蔡川说。

蔡丁说，我让羊带路。说完她望着盛东西，盛东西无法拒绝蔡丁目光中的恳切，盯着奇树一步步后退着离去，三只山羊不安地咩叫着随着蔡丁，他们渐渐消失在山林之中。

二十多年前蔡妻入土那天，蔡川遵妻遗嘱将她临终前剪下的百会处头发，大出血时流的血，以及胎盘、脐带和骨灰用蔡纸裹在一起，埋入纸山人迹罕至之地。蔡川一只手抱住一声不哭的蔡丁，一只手徒手挖出足有半米深的土坑，手指头血肉模糊。手越疼流血越多，蔡川的负罪感越轻。恍惚中他把蔡丁放了进去，又赶紧抱起蔡丁搂紧了哭着说，蔡丁啊蔡丁，爹心疼得糊涂了。回填时，蔡妻的血浸透一层层泥土……

冬去春来，惊蛰那天早晨，阳光暖人，初绽春意，蔡川又来到妻入土处，发现长出了一棵树苗，以为是幻觉，定神看，确实是树苗，盆栽的杜鹃般大小，黄绿色叶子，生机盎然。这是棵什么树？蔡川那颗装满各种树的脑袋摇了摇说，未曾见过。从此蔡川得闲就来此，感觉树苗天天都在长大，寂静中能听见树根破土，树干拔高，树枝旁逸，树叶钻出的声音。过了芒种至大暑，幼苗已长成齐腰高的小树。他折断一条细枝，有殷红色汁液滴落。几年后就长成现在的模样，不开花不结果。蔡川认定这棵树就是妻的化身。这成了他独有的秘密，无人知晓，包括女儿蔡丁。思念妻子时他便去这棵树下烧纸，烧的是他将妻树的汁液和枝条加入抄纸造出的蔡纸——同与妻合抄的不分伯仲。蔡川每每在火光和烟气缭绕中，看见妻子穿蜡染蓝印花布褂的身影在纸河边泡洗树皮，一遍遍荡起闪着水光的竹帘；还看见妻子将一张张白纸贴在火墙上烘焙，泛着细汗的脸颊绽开笑容……

那天下午蔡川盘腿坐在妻树旁看守着，他的心思都在怎样保护她不被盛东西侵犯。盛东西和蔡丁消失在山林深处时，有几只喜鹊在近处的香樟树和女贞树之间飞来飞去，这让他略感心安：纸山丛林茂密，妻树除了自己没人能够找到，女儿也得有羊领路才行。但在他计算着赶在天黑前下山时，一只乌鸦从一棵高大的水杉树上呱呱叫着飞下来，他的心一沉：不该让女儿和盛东西单独一起。他想象着盛东西和女儿在寂静无人的山林中所发生的男女之间的所有可能性，越想越懊悔，立刻起身往山下赶去。

盛东西和蔡丁终于在太阳落山前下了山，他们并排走在纸河边，蔡丁手里摆弄着盛东西为她采摘的一捧各色花草，脸上透出羞涩的欢喜；盛东西肩上搭着一根树枝，兴致勃勃对蔡丁说东道西；三只山羊跟在后面，一群孩子嬉闹着跟在三只羊后面。盛东西用欣赏的眼光看着蔡丁说，我要用蔡纸给你画一幅肖像。蔡丁说，好啊，很想看看我在你笔下的样子。

这一切被古榕树下的一双眼睛——竟比他们早下山的蔡川看见了。蔡川想也许想象和担心的事情已经发生了。从此蔡川更加少言寡语，借酒消愁。蔡丁一天三顿身边伺候，到了饭点，酒壶酒盅，荤素炒菜准时摆上。蔡川想对蔡丁说什么，没开口又咽回去，毕竟女儿不是小孩子了，女大当嫁，忍忍吧，他想。

四

盛东西在纸河边古榕下给蔡丁画肖像，蔡丁倚在两条粗壮榕树气根之间，双手插进裤袋。这是蔡丁为自己设计的姿势。盛东西一直被蔡丁的璞玉之美吸引，此时蔡丁的飒爽英气让他看到这块璞玉的另一面。

盛东西心中大畅，终于实现了为蔡丁画肖像的愿望，而且用的是蔡纸。那天蔡川递给他一张全开大小的纸，说，这张蔡纸送给你，你就离开这里吧。盛东西双手接过这张蔡纸，迎着日光又一次清晰捕捉到了蔡丁肖像上那种飘忽不定的神秘纤维。他问蔡川，大叔，告诉我吧，这种我未见过的纤维到底是什么？蔡川不回答，一副开门送客的样子。

此刻，盛东西用铅笔勾勒出蔡丁、榕树气根和作为背景的蔡家四合院轮廓线，铅笔在纸上快乐地摩擦发出悦耳的声音，仿佛蔡丁和周围的一切是在摩擦声中诞生的。这种感觉在他改良的瓦特曼纸和法布里亚诺纸的混合纸上从未有过。

盛东西在调色盘中调出各种冷暖倾向的灰性色，颜色稳重沉着。他选用颜料非常讲究，拒绝化学合成，只用天然原生材料，而且要亲手加工。刻画蔡丁面部用的原色洋红，是从墨西哥沙漠仙人掌上收集的胭脂虫提取的。盛东西让色彩和水依托准确的造型结构自由流淌，透着青春气息的洋红色，经盛东西调配，在纸上居然有了灵性，相互吸引、浸润，向酝酿鲜活生命的过程演化。他望着蔡丁清纯如晨曦的面容，克制住想要触摸的爱慕，问道，真不知蔡纸中我不认识的纤维是什么？

蔡丁眼神闪烁地说，不知道，爹将纸浆放入抄纸池时才用秘方，从来都是他一个人操作，让我离得远远的。

盛东西说，纸村人说你娘在世时，他们是两人一起关门堵窗操作？

蔡丁点点头。

你知道他们在做什么？

做纸啊！蔡丁说。

盛东西说，你只说对了一个字，另一个字应该就是秘方所在。

另一个字是什么？你知道了？蔡丁问。

盛东西踌躇满怀地说，到时候我会告诉你。

蔡丁身着的蜡染上衣有着深沉的靛蓝底色，是盛东西特别关注的颜色，他用的是从自己采集的蓼蓝、菘蓝和木蓝茎叶榨出的汁液中提取的更深邃、更透明的靛蓝。羊毫画笔吸满颜料，经他的手法落在蔡纸上，就像一匹甘受驾驭的奔腾烈马，紧紧追随蜡染上衣的冰花纹理。刹那间，蜡染布料的靛蓝衬托着白花图案，生动的质感立刻活跃在画面上。蔡丁倚靠的粗壮榕树气根，灰中带紫，透着藕荷色倾向。盛东西先在轮廓线内罩上一层淡淡的佩恩灰，再层涂两遍紫色。这紫色是他用从印度洋海边收集的海蜗牛分泌出的淡紫色"眼泪"制成的，浅淡的紫色，看上去典雅、高贵、珍奇。所有色彩带着山林和海洋的气息在画面上奔突、弥漫、聚散……气韵天然地与蔡纸吻合。

盛东西边画边感叹蔡纸的神奇，感叹植物与人关系的妙不可言。他看着蔡丁意味深长地说，你爹真是了不起的人。蔡丁说，我爹是个普通人，脾气很倔的人。盛东西说，你爹对树木神性的虔敬就很了不起。

蔡丁说，那你呢？

盛东西说，我是小巫见大巫啊，不过，我也有自己的理解：树站在那里就像人，树的肌理、呼吸、记忆、情感、精神，我几乎都能感受到。人类是通过树把整个世界收到纸上保存着的。

蔡丁点头。

盛东西说，没有纸，能有国画吗？能写意世界吗？

蔡丁点头。

伦勃朗曾经寻遍世上所有的纸，最后找到了纤维细长，薄而韧，吸色好的日本雁皮纸来表达他所理解的世界。他的蚀刻《倚靠石头静态自画像》用的就是雁皮纸。

蔡丁说，我娘也会造雁皮纸。

盛东西说，蔡纸中就有雁皮纸的影子。高更、马奈、德加、丢勒都用雁皮纸作过画……不说了，越说越复杂。站这么久累不累？

蔡丁笑着说，不累，听你说话，更不觉得累。

盛东西又兴奋起来，像讲课，继续说下去，伦勃朗之前，达·芬奇和米开朗琪罗已经用意大利法布里亚诺纸作画了，达·芬奇是第一个在纸上作画表达他的世界的画家。

蔡丁说，那我们的国画呢？

盛东西说，咱那时候有黄公望的《富春山居图》、赵孟頫的《鹊华秋色图》，用的都是竹纸。

盛东西边讲边画，蔡丁凝神倾听。

盛东西说，说到国画，意大利画家郎世宁曾尝试中西画融合，要用宣纸为乾隆画肖像。你猜，乾隆什么反应？

蔡丁摇头。

盛东西说，他不接受。

蔡丁说，为什么？

盛东西说，乾隆从不接受画活人，怕摄取了他的魂。他把画中人当有灵魂的人了。

蔡丁点点头，似有所悟。

盛东西说，但他最终接受并重赏了郎世宁，还邀他为十二位妃子画了《乾隆帝后妃嫔图卷》。说到这里，他顿了顿，接着说，后来乾隆命太监把十二位妃子的画像密封进紫檀木盒，谕旨偷窥者斩。你说乾隆这是什么心理？

蔡丁笑而不答。

盛东西说，你不觉得和你爹有相似之处？你爹不愿让你画自画像，即便你画了，也不想让别人看，他想把你藏在纸村。

蔡丁似被戳中心事，看着远方不再说话。

两人沉默着……

忽然盛东西顿悟般大声说，我要把我的秘方和蔡纸结合起来，用改进的新纸为你画肖像。不，画人体，行吗？

蔡丁红了脸，避而不答，却问，你也有秘方？

他站在画前，对着画中的蔡丁说，其实算不上秘方，是配方吧。

蔡丁一副想听个究竟的样子。

知道曼德拉草吗？也叫毒参茄。

蔡丁说，不知道。

盛东西说，亚里士多德在《论睡眠》里提到，毒参茄致幻，致眠。

蔡丁又摇头。

盛东西说，曼德拉草根部形状像人，它能让无情者动情，不孕者怀孕。他观察着蔡丁的反应，继续说，曼德拉草根很难找到，运用星相学才能确定它的位置。他本还想说曼德拉草的藏红色球果可以提高性欲，话到嘴边又咽回去。

蔡丁说，这神秘劲儿，挺像我爹。

盛东西说，我的配方里还有郁金香，这是受伦勃朗画爆发郁金香的启发，配方里还有蟾蜍皮，这都是我的独创。

蔡丁笑了，说，你什么都告诉我，爹是什么都不允许我往外说的。边说边把食指放在双唇上，停了片刻，说，我记得爹往抄纸池里加的是山药、葵根茎、涩柿、灵芝草、母乳，可能还有别的，我就不知道了。

哦，盛东西沉思着说，你爹的配方和我的结合定能起到诱发图像显形，激发内啡肽和多巴胺分泌的作用。

蔡丁一脸的懵懂。

盛东西沉浸于自己的憧憬：用这新纸作画一定会如虎添翼！

蔡丁问，你为什么画画？

盛东西说，我叔叔上初中时照着毛主席像画画，画得很像。他是打上九宫格放大画的。我也学着叔叔那样画，后来就喜欢上画画了。

盛东西画完最后一笔，眯眼看了看画面，说，好了，差强人意吧。

蔡丁解放了似的奔过来，望着盛东西画的自己，眼睛亮晶晶地说，画得真好看，不过我没那么好看。

盛东西说，你画的罩在麻网中的你更好看。

蔡丁说，罩在网中遮丑。

盛东西说，你是想画自己被纸村罩住了吧。

蔡丁被看穿似的回避说，我没学过画画，我是胡乱画。

盛东西说，胡乱画能画成这样，那就不用学画了，大学也不用设美术专业了。

盛东西说着，冷不丁在蔡丁脸上蹭了一笔，她红润的脸颊上立刻有了一抹竹叶似的灰绿色。他大笑着说，这才叫胡乱画呢。

蔡丁没预料到盛东西这一亲昵的举动，她捂着脸一扭头看见爹正站在家门口……

五

纸村人私下说，画家是冲着蔡家祖传秘方来的；画家在纸河上游没人的地方游泳，蔡丁在岸上抱着他的衣服呢；蔡丁和画家一起回他住的民宿了；画家神不知鬼不觉在神话洞口建了超大的抄纸池呢……

盛东西准备造新纸了。蔡丁一反过去像蔡川的影子一样过分安静，变得开朗明亮起来。她独自带上镰刀登上纸山，所到之处，各种树木纷纷摇晃手臂拦住她，争相期待被她选中，变成洁白的纸来到人间。她选树枝不像蔡川那样敲一敲，听一听，她挥舞着胳膊，如同跳着热烈的舞蹈，凭直觉干脆利落地折断一根根上好的树枝，用镰刀剥下外灰里绿的树皮，镰刀在她手中像外科医生操作手术刀那样娴熟。她又细致地剥下树皮内瓤，像婚礼前的新娘修饰妆容那样精心。白线手套已浸成灰绿色，散发出植物新鲜的腥味。采集完树枝，她又去河边滩涂割沙田稻草，深一脚浅一脚，不惧怕惊起的青蛇贴着草梢飞起。稻草们一片片倾倒在她的臂弯，直到夕阳变成暗红的球体，慢慢落山。

盛东西也在忙着操办棉花、亚麻、曼陀罗……还有去湿地捉蟾蜍。两人各司其职，配合默契。唯一让蔡丁难以忍受的是盛东西活剥蟾蜍皮。只见他信手提起一只蟾蜍，轻拍几下长满癞疙瘩的蟾蜍背，让蟾蜍像气球一样鼓起，再用瑞士小军刀在蟾蜍尾椎部划开一道细口，蟾蜍立刻撒气恢复原形，它踢腾着欲夺路而逃。盛东西从切口处往头部脱皮像脱毛衣，向尾部脱皮如脱裤子，三下五除二就剥下一张完整的蟾蜍皮。暴露出全身鲜嫩肌肉的蟾蜍瞪着眼，身体还想挣命。蔡丁在旁边看着，咬紧了嘴唇，浑身起鸡皮疙瘩。

神话洞外的石坝上躺着大片蔡丁剥好的树皮。阳光下，它们等待着经历"地狱""炼狱""天堂"般的过程成为洁白的纸——投身纸河接受奔流河水的"洗礼"、跃入沸腾的石灰水瓮承受蒸煮煎熬、隐忍着迎接木槌的千锤百炼……

盛东西正用木槌有节奏地捶打石臼中的树皮纤维，撞击出潮湿而沉重的闷响。这声音在神话洞里回响，如同神的咳嗽。所谓神话洞就是纸山自然形成的溶洞，纸村人也称其鬼洞，洞内黑咕隆咚，罕有人来。

盛东西指着撕裂、拉伸、挤压而成的纸浆对蔡丁说，像不像泥巴？

蔡丁笑着说，木泥巴。

盛东西说，创世用土泥巴做人，记世用木泥巴造纸。

蔡丁钦佩地望着他使劲点头。

阳光斜射入神话洞口，抄纸池益发水光激滟。抄纸池大小足够两个人舒展回旋其中，水是洞内流出的清冽泉水。两人将纸浆放入抄纸池，一入水的纤维就像数以亿计的精子开始了寻觅的漫长征程。蔡丁紧跟着把山药、葵根茎、涩柿、灵芝草、杉木根、糯叶的汁液加入其中。盛东西看了看手表时辰已到，他戴上白手套，一副神秘的表情，将玻璃瓶中溶入蟾蜍皮粉的曼陀罗根汁轻轻倒入池水中央，又端来一盅母乳，像祭酒那样洒入池水。

盛东西脱下衣服，他小心翼翼入池，穿越岩石的泉水使他全身冰镇般猛然紧缩。他顺时针游动着，发现桑树与构树擦肩而过形同陌路，没有丝毫失之交臂的迟疑和遗憾；亚麻和郁金香一见如故耳鬓厮磨，涩柿的苦涩仍让它们难舍难分，可灵芝草的出现使它们互生醋意，争执撕扯起来；溶解了蟾蜍粉的曼陀罗开始发力，顿时秩序大乱，所有纤维狂魔乱舞起来，失去理智地旋转，牵手，亲吻，融合……大约持续一支舞曲的时间，也许是母乳的效力，全场突然安静下来。

盛东西完成探索新纸的第一步，全身水淋淋来到蔡丁身边。蔡丁不敢直视，双手绞在一起，盛东西牵起她的手进入水池。随着他俩缠绕地搅动，形形色色的纤维四散分离。分离得越远，再一次的聚合就越紧密，越久远，越珍惜。终于，经历了疯狂和理性的分与合，它们走向成熟，寻找到属于自己的精魂。

盛东西开始用竹帘抄纸了，他盯着抄纸池说，纸是什么？蔡丁看着水中自己的影子，不知该怎么回答。盛东西接着说，纸，是植物进入人间的方式，是献给人类开启世界的密钥。纤维结合的一瞬，一个纸世界就诞生了。蔡丁用崇拜的目光凝望着他。

他们抄出的新纸洁白如山竹果肉，韧性如牛筋，细致似人肤，纹理繁复几乎无规律可循。盛东西迫不及待迎着光线寻觅：看到了！它就在那里！定神看又消了踪迹，似幻觉。盛东西怅然若失，转念一想，也许他所追求的画出灵魂就在这似有若无中。他亲吻着刚诞生的新纸，拥蔡丁入怀，与纸共舞……

纸村人说，听捕蜂人讲，他去纸山捕蜂途经神话洞，看见画家和蔡丁在洞内一丝不挂，面对面站立，像在举行什么仪式。他想看个究竟，结果看到了不该看也不该说的情景。纸村人着急，催他快讲，讲了就买他的蜂蛹。他说，他看见画家拉着蔡丁进了抄纸池，起先他们立在水池中亲嘴，后来就埋入水池看不见了，听见划船的声音，鲤鱼打水的声音。纸村人问后来呢？他说，他们腾空出水。再后来呢？他说画家看见了他，他转身就往山上跑，直跑到发现了蜂巢。纸村人说真的假的？他说真的，假的天打五雷轰。

蔡川听闻，内心一阵阵刺痛。他独自抚养蔡丁长大，只怕这一天的到来。至于盛东西神乎其神的造纸，他先是嗤之以鼻地打了几个喷嚏，等他不屑一顾地瞟向盛东西的新纸，便愣住了——这纸简直超越了蔡纸。怎么会造出如此卓越的纸？他想到了妻树，随即摇摇头，没有羊带路，盛东西和女儿是难以寻到她的，况且她只属于我。除此，唯有一种可能……蔡川想到这里，又一阵刺痛袭来。

纸村人发现蔡川常常酒气熏天，眼中含有杀气；纸村人还发现盛东西画肖像时蔡丁倚靠的古榕树气根被砍断了，如同砍断两条腿。纸村人议论说，画家怕是凶多吉少。过了几天，人们发现画家照常走在纸河边，往返于神话洞和民宿之间，而蔡丁的身影却不见了。纸村人开始担心蔡丁了。几天后的一个深夜，有人听见从蔡家东厢房传出蔡川控制不住的嘶哑哭声和蔡丁压抑的啜泣。那是郁结心头的痛难以开释的哭声。

蔡川牵着三只羊出家门，他要去妻树身旁倾诉。他翻过两座山峰，越过几道山梁，来到悬崖旁的树林，妻树的"千手"摆动着树叶编织的水袖在风中婆娑起舞，迎接蔡川的到来。可他实在无心回应，背靠着妻树苦闷地抽烟。这时两只伯劳鸟归巢，一只落在妻树上，一只落在他的肩头，啾啾和鸣，天籁之音。蔡川仰头望着她，她风情万种，一片片心形叶子飘落在他脸上。这是妻在亲吻他，让他去爱。他搂紧妻树，滚下泪来……

六

一天下午，蔡川约盛东西在古榕树下会面，要告诉他蔡纸的秘密。盛东西既欣喜又疑惑，他如约而至，没想到蔡丁也在。盛东西扫了一眼被砍断的气根的新茬，有些局促。蔡川瞥一眼盛东西络腮胡子的脸，不语，迈开腿径直往纸山方向走去，三只山羊从古榕树后跑出来紧随其后。盛东西靠近蔡丁，蔡丁眼中含情示意他跟上爹。盛东西快步跟上蔡川。他们沉默地往山上走，羊也不出声。蔡丁有意落后几步。行至半山坡，蔡川说，蔡家祖传，传男不传女，传女不传婿，你是知道的。

盛东西点头称是。

蔡川说，蔡丁是知道秘方的。

盛东西心中一紧，说，蔡丁说她不知道秘方。

蔡川凌厉地说，那你是怎么知道的？边说边扶了扶别在身后的镰刀。

盛东西下意识躲闪他的咄咄逼人，说，是我从蔡丁的记忆中一点点挖出来的。

蔡川说，蔡丁三岁才开始说话，第一句话就语出惊人；没学过剪纸，可与剪纸大师比肩；没学过画，比画家画得还好。

盛东西说，既如此，您为什么要把她困在纸村？

蔡川一脸的阴郁，说，自从她用蔡纸画了自画像，还被贩子买走，我就知道她早晚会飞的。

盛东西欲言又止。

蔡川说，蔡丁知道秘方的大部分，但最重要的一味，她不知道。

盛东西一愣，意识到蔡川有所指。他怕再往下说会彼此尴尬，便说，大叔，纸啊，一张窗户纸的事。我什么纸都做过，连羊皮纸和莎草纸都做过。

蔡川说，你做过羊皮纸？

身后的山羊咩咩叫了几声，母羊叫声有点异样。

盛东西说，做羊皮纸简单，羊皮在石灰水中一浸泡，毛刮干净，晾干，砂轮打磨即可。小羊做纸最好，胎羊更好。

三只山羊齐声叫个不停。

盛东西回头瞧了瞧它们，接着说，有意思吧，古希腊人写字想到的材料是动物——羊，我们古人想到的是甲骨、石头、金属和植物。

蔡川说，那还用说，中国人善良呗。他又摸了摸别在身后的镰刀，说，现在还有用羊皮纸的吗？

盛东西保持着距离，说，但丁是世界上最后一个坚持用羊皮纸写作的人，他的《神曲》就是用羊皮纸写成的。过去用羊皮纸抄写《摩西五经》的穆斯林和犹太人，到现在还保留着用羊皮纸书写有关婚姻、财产等重要契约的传统。

蔡川发现三只羊退缩着，不肯前行，便把牵绳给公羊套上，牵着走。

他们默默前行。

蔡川说，我唯一不放心的就是蔡丁，她从没离开过纸村，太单纯。

盛东西说，您想想蔡丁的自画像，就应该放心。

山林寂静，草叶瑟瑟作响，羊在前面领路，他们翻过两座山峰，越过几道山梁，来到悬崖旁的那片树林。蔡川猛地收住脚步，只见妻树怒放着娇媚的白色花朵在风中别样地摇曳生姿，他大吃一惊：从不开花的你啊！你知不知道这一树繁盛会耗尽你所有的神气精华！你又要离我而去吗？难道你是在祝福他们的爱情和新纸吗？蔡川内心五味杂陈。

盛东西在旁赞叹：奇树开奇花！

蔡丁瞪大眼睛，这突如其来的绽放让蔡丁欲前又止，欲言也止。她知道这棵树是爹多年的秘密，但爹从不和她说，也不让她问。

蔡川对盛东西说，告诉你吧，你说的受国家保护的新树种是她的娘。他指了指蔡丁。

盛东西瞠目结舌，难以置信。

蔡川继续说：告诉你吧，你一直追问的蔡纸里认不出的纤维就是她。

蔡丁百感交集，一股热泪模糊了视线，心中有一处似乎明亮起来——是这样就是这样的。

盛东西恍然大悟——我全都明白了。

七

一天上午，蔡丁裸体躺在神话洞口的岩石上，阳光斜射在她身上，柔细与粗粝对比恰到好处。这是盛东西精心布置的场景。

盛东西把画板支在画架上，裱在画板上的是他和蔡丁抄出的第一张新纸——他俩爱的结晶。盛东西立在画架前，欣赏着蔡丁的裸体和新纸，这是自他绘画以来最期待和心动的时刻，他未起稿就在洁白的纸上自信、肯定地画出第一笔流畅、奔放的线条，随之色和水纷至沓来，在纸上拓展、蔓延、叠加、留白……刻画蔡丁身体的运笔粗犷而严谨，线条、色彩、块面、整体一气呵成。盛东西观察着蔡丁全身的"一草一木"，他把胭脂虫制成的鲜嫩颜料调至极浅的透明色，用青金石研磨的细腻群青色点缀着绿松石颜色涂满远方的背景，再混合毕加索常用的取自普罗旺斯、阿维尼翁旁边的红土城的赭石色，淋漓尽致铺陈在画面之上。矿物质透明的高级灰色在他和蔡丁抄出的奇妙纸上，沿着繁复而神秘的纸纹流淌、交融、渗透，沉淀出岩石厚重的质感。伴着自己强有力的心跳，画纸引领着他的心、他的笔、他的水和色，通透的色彩映衬着蔡丁青春的肌肤：创造了灵与肉的结合。

盛东西画完最后一笔，心满意足地举起这幅杰作向蔡丁展示，瞬间蔡丁感觉自己的魂魄仿佛被取走，只剩下轻飘飘的肉体。她看见画中的自己裸躺在阳光下的岩石上，洋溢着高贵、宁静的气息。她从未认识到自己的身体如此夺目。身体的垂直方向横着一条废弃腐朽的渔船，远处是一掌宽的蔚蓝海面；她平伸双臂，与紧并的双腿形成十字；近处的紫罗兰和雏菊围绕着她沾着泥沙的脚心；身体与铁锈色岩石形成柔与硬的对比；双乳旺盛，面容秀美，一朵盛开的棉花遮住私处。她的身体与历经风霜日晒变得仅剩森森白骨般的渔船龙骨共存，彰显着繁盛与衰颓，盎然与阑珊。

大海，她还未见过大海呢，蔡丁懂得盛东西想和她一起去有大海的故乡。

盛东西放下蔡丁的"人体"，走过去俯身抱起岩石上的胴体，说，该你画我了。

蔡丁说，我画不了你。

为什么？

蔡丁笑着说，你的透视关系太复杂。

八

一个周末午后，盛东西躺在神话洞口的岩石上看斯宾诺莎的《伦理学》，看完第一部分"论神"后问蔡丁，你说这世界是一个人画出来的吗？蔡丁会意地笑了，说，小时候的事，胡说的。盛东西说，你说得很哲学。

蔡丁说，今晚爹要请你吃饭。

盛东西一直有感于蔡川的隔膜与抵触，心想，这会是一场什么宴？

他俩从山洞沿纸河下山，远远看见蔡川站在家门口抽着烟；待行至古榕树下，发现蔡川手里握一把刀，似有血迹；疾步至蔡川跟前，只见他面部冷峻，脚边有撕碎的纸片。盛东西捡起几片，看出是蔡丁的自画像。两人错愕对望，不知发生了什么。蔡丁喊着爹。蔡川没搭理，把烟往地上一扔，握着刀的手往院里一指，让盛东西先进。盛东西只得提脚，一迈进四合院，迎头看见正房门前树上吊着一只头朝下还在滴血的小羊。他心中一凛，似有所悟。随后进门的蔡丁瞪着这一幕，双手捂住嘴，惊恐得不敢移步。

蔡川沾着血的手指着树上说，我把小羊羔宰了，我来剥皮，你来做羊皮纸。

做羊皮纸干吗？

我有重要的契约要写。

什么契约？

等你做好羊皮纸就知道了。

蔡川逼近盛东西问，知道怎么剥羊皮吗？

盛东西说，通常剥皮是这样……

蔡川打断他说，我今天要这样，他双手扒开小羊后腿，露出羊鞭，看……他用刀尖割开羊鞭的皮。盛东西像被刀尖割了自己私处一般全身痉挛一下。他手拽羊鞭皮一角用力提拉，刀尖跟上，手跟刀走，经肚皮至脖颈，从后腿至前腿一侧，盛东西眼见这小羊在蔡川娴熟的手法下，一片白软的皮剥离了肉身。最后蔡川把刀往地上一扔，双手扯住羊皮猛劲拉拽，树都随之摇晃，一整张羊皮便从小羊尾上脱落下来。蔡川把羊皮展开如同斗牛士展开红布那样正反亮了亮，挂在树上。蔡川摩挲着两只油光锃亮，已经不见血的手说，好了，皮你拿去制羊皮纸，肉我来做全羊宴。盛东西想，蔡川要用羊皮纸书写的重要契约是什么？待他缓神四顾，发现蔡丁早已逃离现场。

九

当晚的全羊宴全由蔡川一手操持，不许蔡丁插手。羊肉半生不熟，难以下咽。蔡川用筷子敲了敲一大碗羊杂碎汤，对盛东西说，不吃羊肉就吃杂碎。盛东西问蔡川，您要写的重要契约是什么？蔡川不说话，只喝酒，酒是新买的二锅头。蔡川几乎没吃什么，每一杯酒都一饮而尽，很快便酩酊大醉趴在餐桌上。盛东西和蔡丁只好把蔡川搀扶上床，看见爹醉成这样，蔡丁又心疼又伤心。她目送盛东西出家门，盛东西走到古榕树下时回头说，照顾好你爹。

这一夜蔡丁睡得很不安稳，她梦见纸山上那棵奇树在阳光下通透似玉，放射出七彩的光，光芒中从未见过的娘出现了，她穿着蜡染蓝印花布褂张开双臂，抱起蔡丁像抱刚学会走路的孩子。这时飘来一片白云——是一张巨大的白纸，娘把她托举到纸上，白纸载着她缓缓飞向天空，强力的风险些将她掀翻坠落。她猛然惊醒。天还没亮透，她起身去东厢房，空荡荡不见爹的身影；又去正房，也不在，发现墙上娘的照片不见了。蔡丁心跳加速，冲出家门，四处寻找也不见爹的踪影。她慌忙给盛东西打电话说，爹不见了。

盛东西和蔡丁在失去孩子的夫妻白山羊引领下，沿着蔡川上纸山的路寻找，翻过两座山峰，越过几道山梁，来到悬崖旁的树林。但见奇树的似锦繁花已凋零殆尽，"千手"也精疲力竭难以为继往日的曼妙，树下满目落英落叶缤纷。树顶的伯劳鸟巢已经空置废弃。盛东西感慨良多：这是繁盛至极的衰败，还是一次完美谢幕？

蔡丁说，爹会伤心死的。

他们发现树枝上搭了一件长袖白衬衣，旁边满是燃尽的烟蒂。正疑惑不解时发现树边有一个刚刚回填过的坑，旁边横一把铁锹。盛东西抓起铁锹将土坑挖开，坑里埋的是蔡纸、蔡妻照片、蔡妻酿的酒，还有蔡丁的大海剪纸和骷髅剪纸……盛东西和蔡丁放眼四望，毫无人迹。蔡丁已然泪水肆流，大声喊着爹，喊声在纸山回荡……

纸村人说，蔡川一定是在纸山迷路了，蔡川一定是跳进纸河了，蔡川一定是藏进神话洞深处了。

盛东西跟蔡丁回到家，蔡丁在正房门口，盯着墙上的对联看了良久："森林木生纸，人从众造世——纸世界。"她转过身，笃定地对盛东西说，我爹一定会回来的。

盛东西看着蔡丁苍白的面容，说，放心吧，会回来的。

晚上，盛东西陪伴心神不宁的蔡丁坐在四合院中央，东厢房的门开着，灯光映照出他俩的剪影——蔡丁暗自神伤。夜深了，四合院异常寂静，不时传来各种虫鸣。盛东西说，你爹为什么要我做羊皮纸？他有什么重要契约要写？是关于新纸和蔡纸，还是你和我？

蔡丁陷入沉思。

忽然从东墙头飞进一只白色大鸟，大鸟和投在地上的黑影一起奔向他俩。两人吃了一惊，盛东西起身将它捕获，竟然是一张整开白纸。展开看是一幅遒劲苍凉的隶书：独与天地精神往来。

盛东西追到门外，四顾无人，黑暗中只见古榕树下闪烁着四点绿莹莹的光，那是夫妻白山羊。

蔡丁从盛东西手中接过这幅隶书，目光坚定地将它折成书本大小，心怀期待地一点点撕着。最后，她捏住一角朝白纸飞来的方向奋力一抛，剪纸迎风招展——一群海鸥，越过院墙，飞向远方。

原载于《当代》2023 年第 3 期

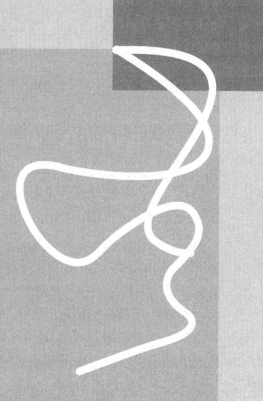

辑
二

北方秘诀

徐皓峰

一

炸酱面，讲究起来配四十几道菜，不讲究，加一根黄瓜、一颗蒜，便可吃。1953 年，香港大南街，有家开了一年的武馆，师傅来自沈阳。

沈阳 1931 年、1947 年两次举办国考——全国武术对抗赛，人穿护具，短兵组比竹刀、长兵组比木枪。赛前签合约，打伤人不负法律责任，医药费由市政府承担。

香港青年高今粥来踢馆，入街后，感到身体不适，拐进武馆对面的炸酱面馆。六张桌，没有客人。难道是饿了？

时当下午三点，高今粥解释，一直忙事，错过饭点，如果灶上灭了火，就给个黄瓜或萝卜。经营面馆的是对老夫妇，北方口音，说有火。

临窗坐下，等面的时候，望见武馆出了人，领头者气派，像是师父。不似出行，冲面馆而来。高今粥问："他们这钟点吃饭？"

老头作答，赵师傅是沈阳习惯，一日两餐，上午十点起床，下午三点吃第一餐。面馆午餐灭火后，赶在三点前生火，因为他常来。

老妇端面上来，高今粥请求进厨房避一下。老头说厨房不进生人，高今粥说实话，是来踢馆的，先在面馆碰上，实在尴尬。老妇开了厨房门。

伴赵师傅来的四人，是老学员升任的助教，习武人敏锐，发现一桌上摆了面，问客人呢？老头说没动筷子，人就跑了，该想起了什么急事，一会儿能回来吧。

赵师傅说："回来，面也坨了。"让把面端给他，"回来了，你再给

111

他做。"

怕人不回来，面馆亏钱。开饭馆的，该谢一句，老头没话，将面端去。都是北方人，没按北方习惯，北方餐馆对常客，平日记账、月底结账，赵师傅一伙吃完，交现金离去。

高今粥从厨房出来，感谢给方便，掏出一角钱，说不用再做面，赵师傅刚吃完，空半小时，再去踢馆。要动手了，不好进食，这一角是歇脚钱，容我在面馆待会儿。

老头说赵师傅三点吃过，就睡觉啦，赶在五点半前醒，那时劳工们下班来学拳，为不耽误第二天早起干活，劳工们不吃晚餐，九点下课后补夜宵。倒是适合赵师傅，沈阳是不夜城，请贵客的大餐在晚上九点至凌晨一点，赵师傅是名人，习惯了九点吃第二餐。

面馆里耗到五点半。1931年国考长兵组冠军、1947年国考秘书长——想到赵师傅的资历，高今粥又有些饿。

北方人不会当天应战，至少约在十天后，除非被激怒。所以，夜间班学拳的劳工来得好，当着这么多人，赵师傅不能拒绝。

准备好的脏话，没用上。赵师傅应答："递挑战帖，咱俩找见证人，约在十天后打。没准备帖子，想现在打，也可以。"

爽快至极，令高今粥胃里一阵燥，要输的预感。他还是嘴硬："现在打。"

赵师傅说："好，关门论手。"北方规矩，徒弟们没有观战资格，带高今粥上二楼。

二楼临街的一间，赵师傅开灯："没有见证人，比武前要拜兄弟。"以保障双方不下死手，否则等于杀兄弟，背叛人伦，天诛地灭。

高今粥表示理解。没香火，以电灯泡代替，两人口称"灯老爷见证"，磕了头。起身后，赵师傅领高今粥到窗口："兄弟间得说点兄弟的话，有件事重于你我比武。"

窗中是炸酱面馆。

赵师傅将武馆开在这儿，因为面馆在这儿。那对夫妇不是原配，老妇先夫是上代豪杰，1931年国考裁判长，国考过后，出任沈阳国术馆馆长。

传统教拳，磨炼徒弟很久后才传口诀，一位师父一辈子教出的徒弟，一般为十几位，效率低下。欧洲在打仗，亚洲也有预兆，老妇先夫忧国，准备将本门历代口诀整理成教材，入学第一天即发给学员，大批出人才。

教材刚定稿，未及印刷，人病逝。以他的资历才能公开口诀，他一死，这事便做不成了，别人怕背上违反祖规的骂名。次年起了战乱，一晃二十年过去，那份遗稿应还在他夫人手里。

赵师傅说："硬要，肯定不给。在她门前开武馆，是为展示我人格。赌一把，她对我认可，主动传给我。"

高今粥听晕，问咱俩何时比武？

赵师傅作揖，说等我拿到遗稿，此事关系重大。高今粥作揖，表示自己目的简单，就是通过一次次打，提升功夫，北方的事太复杂，我不懂，您也别要求我懂。

赵师傅说很好懂，遗稿到手，印成教材，先在自己武馆施行，证明切实有效后，向全港武馆公开，造福同行。他眼里只有这件千秋大事，对别的提不起兴致。

"兄弟，我一点争胜心都没有，这样的比武，对你也没意思吧？"

"那怎么办？我毕竟上了楼，您徒弟们在下面等着，谁胜谁负，总得出个结果吧。"

赵师傅解释关门论手——这么做就是为了没结果。待会儿下楼，我说"承让承让"，你说"领教领教"，徒弟们听不出谁赢，我把你送出门，事便过去了。

高今粥叹息，香港武馆三百家，你这儿打不了，我就找别人吧。赵师傅赞"好兄弟"，两人下楼，说过"领教领教"，高今粥出门离去。

二

没打成，很耗神，休息一日后，高今粥寻到上环永利街，那儿新开了家武馆，正要打名气，应不会拒绝挑战。武馆租在一所印刷厂旁边，噪声大，说话费劲。

报上名后，当助教的老徒弟拿出昨日报纸，说前天晚上你给赵师傅打败，想比武，接着找他呀，跑我们这儿来干吗？

师父表态，你没资格挑战。

报纸解释北方的"关门论手"——比武时回避他人，开门后会给个交代，说"承让承让"者是胜方，表示谦虚——"不是我赢了你，是你让我"；说"领教领教"者是输家，表示赞美——"我输得服气，您技高一筹，教会了我很多"。

隔壁印刷厂传来一声巨响。

回到大南街，赵师傅不在，高今粥冲几个助教动手，学员们齐上，一顿乱棍赶出门。街上人多，领头助教高喊："街坊四邻、路过的诸位，不是我们欺负他。这人比武输了，发誓再不来这条街，报纸上一登，他面子上挂不住，故意来吵架，否认比过武。"

街人围上，听不懂"面子上挂不住"的意思，还是骂北方人欺负本地人。高今粥趁乱夺过一条长棍，奋力一抛，差点砸掉武馆的招牌。

登时围观群众给冲开，十几条棍子抡上来。

连滚带爬，冲进炸酱面馆。奇迹发生，助教拦住学员，门口骂几声，回了武馆。老头说，北方餐馆做善事，施舍饭菜给流浪者，所以北方人不在饭馆打架，多大的事，躲进饭馆就没事了。高今粥额头肿着，想起赵师傅的话——老妇在武行里有大身份。

这口气不能忍，高今粥发誓，要逼赵师傅真打一场。老头劝，在这儿开饭馆一年啦，眼见多少挑战者，都是乘兴而来，悻悻而归。赵师傅的便宜，不好占，我看你还是算了吧。

老妇给墙角洗脸盆倒水，喊高今粥擦擦。热毛巾敷脸上，老妇说，能逼住赵师傅的，只有老规矩。北方武行有大身份的人，今年来港的特别多，你花点钱，请上几位当公证人，赵师傅没法不应战。

高今粥感谢指点，问那些人住哪儿。老头拿出个蒲团，放在老妇面前，说："叫声干妈吧，你磕个头，我们给你引荐。"

跪下一条腿，另一条还没上垫子，高今粥一个激灵起身："哎呀，我跟赵师傅拜了兄弟，又要拜您当干妈，北方的事，我搞不懂，就不参与了。"

街面群殴，引来巡警。高今粥刚出面馆，即给带走。

赵师傅赶来保释学员，也将高今粥保释，高今粥说明日还钱。赵师傅红脸："咱俩在灯老爷跟前磕过头，你别说这话。"

赵师傅接着讲开武馆的不容易，得应付多少来踢馆的人，动手，动不过来，尽量口才解决。登报是意外，没想到夜间班学员里有个人是记者，他赚稿费，不管咱们出乱子。

他叹息："北方教拳，查清你家三代才教，到了香港，交了钱就能学，不知谁是谁。"高今粥冷眼，问"领教领教、承让承让"，是不是报纸上解释的意思。

赵师傅拍胸表示，就是客套话，绝没有输赢含义，是记者乱搞。不过，当哥哥的，有办法恢复你名誉。你递帖子，向我正式挑战，商定比武日期，得摆宴招待公证、裁判、监场，这时候，请一位武行前辈到场，把比武的事给劝开，宣布咱俩上次没有输赢，不用再比。

摆宴花费四十元，给平事前辈的礼金二十元，公证四人、裁判三人、监场三人，每人红包五至十元不等，一百三十元之内，保你恢复名誉。

当时，一碗猪血粥六分钱，一碗云吞面三角，制服警察月薪一百二十元，便衣警察月薪一百六十元……高今粥感叹，太贵了。

赵师傅说："事由我起，钱由我出，不用你掏一分。"

高今粥红脸，沉默少许，表示炸酱面馆的老妇看自己顺眼，还要收干儿子，拿教材的事，我能帮上你。

赵师傅说："老哥我道歉，骗了你。"老妇手里没有教材，那是为了不比武编的故事。自从武馆门口开了面馆，他拿这故事，劝退了六七位挑战者。一个故事不能讲太久，讲成尽人皆知的传闻，会露馅，这故事讲到你为止，我得再想新的了。

特别嘱咐，北方人的心思，你懂不了，她要收你当干儿子，千万别答应。

三

摆宴的当日，高今粥从估衣店淘出件八成新的中山装，熨后似全新，价格六元，之后抵押当铺，能兑回四元。他颇感幸运，等于两元钱体面了一把。

平事的前辈，是1931年国考的名誉主席，七十六岁，不满意自己上眼皮耷拉的衰相，在室内也戴墨镜。连续敬酒后，高今粥想起一事，拉赵师傅离桌，问是否请了记者，好明日见报更正。

赵师傅笑："你的名誉，这桌人说了算。报纸？没我们的话重。"带高今粥回桌，请平事前辈发言。

平事前辈起身："炸酱面的配菜，分明码、暗码，暗码是跟酱、面和在一起，明码是不和在一起。首要问题，大家身在香港，是当暗码还是当明码？"

众人蒙了，不知在讲什么。怀疑他近日饭局多，串错了词，赵师傅打圆场："我来了一年，发现没人自称香港人，生在这儿，也说自己是福建人、山东人、潮州人、佛山人。香港没有暗码，大家都是明码。"

平事前辈挑眉："浅见！不出三年，你们会称自己是香港人！"环视全场，要长篇大论的架势。

虽然好奇他另一个饭局的话题，赵师傅还是插嘴："我和高兄弟比武，您老怎么看？"

提示明显，平事前辈当即改口："记者没写对，'承让、领教'是客气话，不代表什么，你俩上次既然没有胜负，平局就是结果。已有结果，不需要再打。"

众人鼓掌。

包厢门打开，不是上菜服务员，是炸酱面馆的老妇，向平事前辈鞠躬，报上先夫名号，1931年国考，您当主席时，他是裁判长。

老妇请大家评理。西方学校注重教材，先夫借鉴，任沈阳国术馆馆长期间，准备将历代不落于笔墨、口耳相传的窍要，向学员公开，不料未付印刷即病逝。这位赵师傅，是先夫的接班大徒弟，他来港开馆，打的是先夫名号，却没延续先夫遗志，扣下底稿，不印教材，还是以传统口传的方式教学。

一位公证人起身："您是他师娘，可以召集同门问罪。我们是外人，您跟我们说不着。"老妇说："二十年战乱，我又嫁了人，没了身份，只能求助外人，请您几位主持公道。"

一名公证人起身："说到底，还是一门私事，谈不上公义。"

老妇说刚才讲先夫遗志没讲完，他先在沈阳国术馆实行，证明切实有效，第二步向全武行公开，与各门各派分享本门秘诀。

平事前辈向左右言："这位女士的先夫，管我叫声大哥，其实他该是我大哥，这份心胸，我自愧不如。"又一名公证人起身，向空中灯泡作揖："灯老爷见证，涉及全武行，我们得管了。"

众人望去，赵师傅靠着椅背，垂头低眼，似心中有愧。

四位公证人商议出结论："我们老几位，讲个公道话，违背师命，失了责任——要继续扣着教材，你的武馆便不能再用师父名号了。"

赵师傅起身："您四位就代表了全武行？找上十位八位，再找我谈吧。"作揖离桌。老妇以身挡住去路，赵师傅无奈停步。

"武人的对错，由拳头解决。"老妇一指高今粥，"这是我干儿子，你俩比武，他打赢了，你武馆的牌子摘下来。"

"她不是我干妈。"

众人望来。

"现在是了。"高今粥伏地磕头。

赵师傅烦躁："明天他来武馆递挑战帖，我等着。"请老妇让路。高今粥说："南方踢馆，是上门就打；北方啰唆，要拖延十几天。咱俩按南方还是北方？"

赵师傅叹气："南方。明天上门，我就打。"

平事前辈声音响起："北方啰唆，要看是哪种情况。急了，搬开桌子就能打。"

公证、裁判、监场是现成的，桌椅搬去走廊。相互试探十几秒，之后对攻四次，均防守严密，攻击手不是被对方胳膊碰开，便是空抢过去。第五次互中，高今粥左肋受拳，赵馆长给打出鼻血。三名监场冲上，分开二人。

北方规矩是"见血即收"，只要流血，比武即停。三名裁判检查二人伤势，肋下中拳疼彻骨，高今粥无表情、腰杆直，似乎不重。

赵师傅以餐巾堵血，说："我打他那拳是擦个衣边，没打着。让他赢吧。"

四

躺了半月，高今粥再次出门踢馆。还是上环永利街那家，被拒，说隔壁印刷厂摘除屋檐上的马蜂窝，外出马蜂归来，找不到窝，飞进武馆，蜇了师父，脸上惨，见不了人。

看着助教，高今粥问："怎么没蜇你？"

没忍住，两人都笑了。

走出永利街，身后来了四辆双人座三轮车，赵师傅坐前一辆，第二辆坐老婆孩子，第三辆和第四辆是助教和用人。车身是英国广告招牌爱用的一种红，阳光下倾向紫色，阴影里倾向橘色。

在香港待不住了，今日乘船去马来西亚，岔路口瞄见高今粥，让车夫拐过来。"咱俩在灯老爷跟前磕过头，不送送我吗？"

高今粥替老妇出头，不为主持公道，平生最讨厌给人骗，给赵师傅反复骗，要出口气。比武，该赵师傅赢。肋下一拳，打透了高今粥，当时不觉得，之后四天尿血。高今粥问，为何赢局认输？难道被我的样子误导，真以为打了衣角？

赵师傅说："毕竟是师娘，直接管我要，我给，算计我，也给。"

一年前，老两口来武馆对面开炸酱面馆，是老妇认为赵师傅冲着亡师，会照顾她。果然，面馆没受过一天地痞骚扰，没交过一分保护费。生意冷清时，赵师傅带学员们来吃饭。

老头也是武人，名头不响。赵师傅判断，老妇夺先夫名号，应是起了自己开武馆的心。

高今粥说："他俩的岁数，教拳做示范都费劲，没法应付踢馆。打不了，教不了，怎么开馆？"赵师傅答："入秋后，南下香港的武人越来越多。老头该是下来了徒弟，有帮手。大南街的武馆，我退了租。跟你打赌，续租的会是老两口。"

赌两元。

高今粥最后一问："你把教材还给你师娘了吗？"赵师傅表示，从来就不在我手上，那天众人逼迫，交不出，只好比武。

到了码头，高今粥塞钱。赵师傅奇怪，还没回去看，怎么给钱。高今粥说，肯定输。赵师傅笑说，你来马来西亚，我请客。

大南街，炸酱面馆招牌已摘，锁了门。武馆换了崭新招牌，名号依旧，一位年长师傅在指导学员，竟是面馆老头，眼光很亮，没了庸碌相。发现高今粥进门，让上二楼，说："你干妈在。"

跟赵师傅拜兄弟的房间，布置成茶室，有收音机有躺椅。老妇服饰讲究，油头淡妆，似年轻了十岁。说高今粥建馆有功，结束踢馆生涯，留在武馆当教员吧。

高今粥说自己拳术未成，教不了人。"不留人，这里也每月有你一份工资。先给你开半年。"抽屉里拿出个红包。

不可能伸手，高今粥退开，问她会把先夫的教材印刷，公开给学员，进而公开给全武行吗？

语气果断，说不会。

"比武那天，那么多人撑你，这是你对大家的承诺，不兑现，武馆还能开下去吗？"

老妇解释，二三十年前，习武人每日谈的都是为国为民，等到了香港，各自讨生活，他们那天支持我，是好久没谈"大局为重、无私奉献"的话了，但过了那天，现实什么样，大家都有数。

"他们会原谅我。"

老妇劝拿了红包再走，高今粥望向窗外，说可惜了炸酱面馆。她说付的租金未到期，粉刷后改成卖烧鹅。炸酱面，香港人不爱吃，做的是来港北方人生意。

做不下去。

"北方人到了香港，也不爱吃炸酱面了。"

原载于《芙蓉》2023 年第 3 期

归圈的马

了一容

　　早晨，喀纳斯河谷里浓雾弥漫，马道上都是白花花的寒霜。

　　牧马的巴郎子哈儿猫着腰从帐篷里钻出来，严冬的寒气使他打了一个喷嚏。这时，雾气散开了，好像不是被河谷里的冷风吹散了，而是被哈儿一个喷嚏吹跑了。他望向喀纳斯河谷，密集的松树冠在淡去的雾气中显得苍苍莽莽，似乎蕴藏着一种孤傲顽强的生命力，在冬季牧草的衬托下，显现出一种凝重而深沉的样子。

　　哈儿目光扫视了一眼草原，野梭梭草的叶子已经枯萎了，这是马儿们喜欢吃的牧草之一。还有野谷莠子，这种牧草油性大，马儿们吃到嘴里有嚼劲儿。而这种不长不短的马冰草，马儿撸进嘴巴后，头颅会一甩一甩自草丛中扯下来，如啃西瓜的豁鼻子娃娃，哧溜哧溜几下就吃到肚子里去了。至于那种芦子草，样子像芦苇，但没有芦苇那么粗壮，这种草得割回去用铡刀铡碎后，马才喜欢……牧草一进入冬季，就收敛起一贯张扬的性格，归于天然质朴。万物一理，草原上一茬又一茬的牧草，在奉献出自己全部的能量之后，便回归于泥土，真的是土里来，土里埋，化作养分，来年孕育出新的生命在草原上继续绽放。

　　在暴风雪来临之前，峡谷里的牧草依然可供马群啃食。有些野草是坚韧抗寒的，适合在冬季生存。比如毛毛草，茎叶柔嫩，牛羊爱啃食，马儿们也特喜欢吃。

　　头马大特级正在距离帐篷较近的草坡上吃草。它抬起头，用宝石般的眼睛看看哈儿，发一声低低的短嘶，又低头啃食起来。一只野鸡被马鸣声惊醒，把塞进黄鼠洞里的脑袋拽出来，见天已大亮，自己竟置身于一匹马的蹄子下面，便仓皇跳出了茅草丛，扑棱棱飞起来。哈儿望见野鸡的尾翼在天空中色彩绚丽，一直瞅着它消失于峡谷远处。草原上有一些傻傻的飞禽，像野鸡、斑子、呱啦鸡等，危险的时候会先把脑袋藏在草丛或洞穴里。这无异于门背后头吃馍馍，自己哄自己，后果也是严重的，狐狸和狼几乎不费吹灰之力就把它们叼走了。

此刻，马儿们也都你一声我一声地嘶鸣起来，凌乱如此起彼伏的配乐。马群有一个特点，只要头马发出嘶鸣，其余的马就会随声附和。

一派混沌的天际，阴森森的云层开始可怕地涌动，吸入鼻腔里的空气像被冻得硬邦邦的马粪，这是温度骤然降低的标志。昨天晚上，努努按照马群主人艾布的吩咐，赶到草场，在暴风雪来临之前，帮哈儿把马群赶回圈马谷冬窝子的圈马场。他们都是艾布家的牧人。艾布的马群是周围草场上发展最快的一支，因为他雇了个尽职尽责的牧马人哈儿。

哈儿转身钻进帐篷。努努是昨晚赶过来的，已经睡了一夜，此时他把头调了个方向，用羊毛毡捂住脑袋，又扯起了长长的鼾声，如转动的石磨子，轰隆隆，轰隆隆。瞌睡没根，越捂越深——哈儿想起老辈人留下的话。再不叫醒他，这个家伙不知道要睡到几时去。不能再让努努睡了，会误事的，眼看暴风雪就要来了。

"努努、努努，快醒醒，暴风雪就要来了，咱们要抓紧时间把马群赶回圈马谷去！"哈儿喊叫着。努努揉着惺忪的睡眼，仿佛刚从女儿国跑出来似的，笑嘻嘻地翻身起来。两个人开始一道收拾东西，熄灭了炉火，才一前一后走出帐篷。

"再见啦，我的牦牛毡房！"哈儿站在帐篷门前祷告着，并走上前去，亲吻了一下毡包，表示由衷的感激。一切都有生命，它是活着的。哈儿想。现在，他们要离开这里了，他对这座曾为他遮风挡雨的栖身之所，有着一份特殊的感情，起码的告别仪式还是要有的，就像牧人们感激草原一样，常常会情不自禁地跪下来，亲吻养育了他们，并给了他们一切的大地。

两个人把帐篷的门帘放下来，用一块长木板压住，又用缝在门帘上的绳子绑牢，挡住帐篷的门，这样就算是把门"锁"上了。

这种草场上的临时帐篷，是用一二十根木椽、一卷牦牛毡子，外加一个顶棚搭建的，简陋但实用。这种毡房，在草原上就是一个临时住所，主人离开的时候，也不会拆除，只需把门帘放下来，上面压一溜儿木板用绳子绑着就行了。远方的旅人来到帐篷跟前，可以自己解开绳子，拿下木板，卷起门帘进去歇息，也可以在里面找点馕以及包尔萨克来饱食一顿。包尔萨克内地人都叫果果，是用鸡蛋、牛奶和面粉加工而成的，吃起来外酥内软，当地的牧人还会放入草原上的蜂蜜，所以比油条和麻花还好吃。旅人们吃饱了肚子，索性就躺在帐篷里美美睡一觉，再走向他们的目的地。草原上的人搭建这样的毡房，离开时还会留下些食物，为过往旅人和周围的牧人们无偿提供服务。草原上的人是无私的，这也是他们能够在辽阔的大草原上世代生存的原因。旅人们走出帐篷之后，即使碰上帐篷的主人，只需打声招呼就行了。

有个旅人曾问过哈儿："帐篷这样子没有人看管，就不怕小偷吗？"

哈儿摇摇头说："草原上是没有小偷的。"

当然帐篷里面也不会放什么贵重的物品，即使有小偷从远方来，进了帐篷，也只会在简陋的帐篷中感受到一丝人间的温暖和真情。

小偷没来，暴风雪就要来了。

这两天，马群里有好几匹骒马眼看就要诞马驹子了，尤其是玉狮子这匹白马，分娩已经迫在眉睫，倘若被风雪困在草场上，老马和马驹子都有被冻死的风险。

哈儿和努努捆绑好随身携带的行李，去牵来了一匹脚力好，经常驮运装备的枣骝马。二人把行李搭在枣骝马的背上，枣骝马便通人性地朝着圈马谷的方向前行。哈儿随之打了一声呼哨，健硕的黑豹便闻声跑来，这是哈儿的坐骑，他一跃就跳到黑豹光滑的背上，策马冲上山坡。哈儿把所有跑远的马匹一个个拦回来，马群被哈儿驱赶着，开始走向那条去往圈马谷的通道上。

黑豹是一匹远近闻名的快马，它身上没有一丁点赘肉，力气惊人，速度迅疾，跑起来像一头灵敏的豹子，四只蹄子都不落地。哈儿骑着它参加过叼羊大赛，还在大赛上夺了冠呢。记得刚驯黑豹时，有几个驯马师用套马索拽它，都被它拖倒在地，它从山梁上一跃而过，像一道黑色的闪电，把人们惊得张大嘴巴半天都合不拢。它有豹子的速度和激情，又有乌黑水溜的皮毛，于是圈马谷的人就叫它黑豹了。后来，黑豹被哈儿驯服了。马是认人的，就只允许哈儿一个人骑它，别人都骑不了，谁骑摔谁。

哈儿骑在黑豹的背上，显得那么英武，嘴里十分得意地吼着："嘚儿，驾！"他纵马奔驰，驱赶着马群。

努努骑的大青马也是一匹快马，自是不甘落后，紧紧追了上来。群马的蹄子在草原的峡谷地带奔跑着，踩踏出洪流般隆隆的回音，尘土地中弥漫着干干的地椒子的味道。

哈儿和努努赶着马群从山坡上行到喀纳斯河边沿时，跟草原上的一群牧人相遇了。有犟板筋尔里，有红眼睛拉西，还有一朵红玫瑰阿依努尔，他们都赶着马群，要在暴风雪来临之前归圈。

还离得很远，红眼睛拉西就在马背上喊叫开了："阿达西（兄弟、哥们），快点走啊，暴风雪就要来了！"

而犟板筋尔里只是粗放地吼："嗷，嗬嗬——嗷，嗬嗬——"

明眸皓齿的阿依努尔则在马背上含蓄地笑着，她脖子上系着的红围巾，像一簇燃烧的火。

这样，马群就自然而然地会合到一起，声势也更加浩大了，草地上的尘土被扬起三尺多高，连马蹄子和马尾巴都看不清了，远远地，只看得见或雄强粗犷或优雅高贵的一匹匹骏马的轮廓。

他们都放牧着各自的马群。在草原上，牧马人经常会把马群混到一起，大家把这叫合群。马喜欢合群，人也喜欢合群呀。无论是人还是马，合群以后，如果相处融洽，相互之间很少产生矛盾，也从不打架撕咬。

但也有个别的马，经常会离群索居，躲在一个相对安静的地方独自啃食牧草或活动，这种马一般都与众不同。

马儿们合群是因为马群里有它们喜欢的儿马或骒马。它们横冲直撞，疯了似的跑入对方的马群中去，为的就是要寻找跟追逐它们心仪的对象。有时候，儿马为了某个骒马会隔山架岭奔跑翻越几十道梁湾，也要撵着跟人家的马匹合群去；有些骒马在发情的时节，马圈都圈不住了，只要哨见那健壮风流的儿马的影子，哪怕是听见声音、闻到气味，就会急切地用蹄子刨着地面，猛然掼开马圈的门，或者腾空而起，从马圈围栏上跃过去，撒着欢子去追赶令它血脉偾张的儿马，这就叫脱圈。骒马脱圈，儿马也会脱圈。

哈儿那匹头马大特级，就曾一次次地脱圈，脱圈后出去就会把别人家的骒马拐回来。浑身雪白的骒马玉狮子也曾脱圈，但玉狮子脱圈以后，不去别处，只会跑进阿依努尔家的马群里，去寻找它苦苦相恋的那匹大叔级别的儿马"大教授"。阿依努尔称这匹儿马为"大教授",是因为它平时显得儒雅随和,还有几许斯文和清高。虽然"大教授"看上去已经不年轻了,但它成熟稳健,不像许多年轻儿马那样浮躁孟浪,玉狮子看见它,或者偶尔听见它的嘶鸣,就控制不住激情澎湃,一准会追上去,靠在"大教授"的身边吃草,显得非常安详和幸福。这两匹马,年龄相差悬殊,但它们之间的隐秘情感让人难以捉摸,就如一对耳鬓厮磨坠入爱海无法自拔的情侣。所以,马儿脱圈、脱群,都是不可避免的事情,牧人们谁也不会为之大惊小怪。当然,牲口不论脱圈多久,终归是要被找回来归圈的。

但人不一样,人有时候"脱圈"了,时间一久,就再也回不去了。拉西的哥哥有一次背着他嫂子出去找了个年轻女人,带到草场上的帐篷里去了,结果被那女人的男朋友发现了,堵到帐篷里把他哥的两颗门牙都打掉了,脸也打肿了。他哥怕丢人,给草场上的人说是喝醉酒从马背上跌下来摔的。跟拉西的哥哥相反,哈儿的邻居是一位美丽的少妇,她男人长年在外打工,她就被一个跑江湖的拐跑了,人家玩够了,就抛弃了她。她感觉回不去了,又找了一个牧马人,结果生下孩子后,她却开始嫌弃牧马人了,说:"你永远只是个放马的,啥时候能好起来呢?"那个老实本分的牧马人说:"我本来就是一个放马的,再不要想着我能发达啦。"女人不屑一顾,说:"那咱俩还过啥呢?干脆你放你的马,我走我的人。"就又"脱圈"了。到了下一站,又给人家生了一个孩子,不知因何起了矛盾,再次"脱圈"……她就这样每"脱圈"一次,便给人家生一个娃娃,"脱圈"一次,便给人家生一个娃娃,一路上生了五六个孩子。但是她生下孩子后,说走就走了,似乎习以为常,丝毫没有什么留恋。

努努对哈儿、拉西和尔里唏嘘说:"这种经常脱圈的人,大多命运都很苦,永远没有一个真正的归宿,也没有一个属于自己的心上人。"

以前,巴郎子们每次见到阿依努尔,就要撺着人家把马群合到一起,于是,大家男男女女围成一个圆圈,开始一场热闹非凡的麦西热普(草原上一种娱乐活动)。大家热烈欢快地跳起舞来。舞蹈是草原人日常生活的一部分,是他们真实的生活写照。阿依努尔的舞姿有时候好像是在挤奶,有时候好像是在骑马。大家先是看她跳,等她跳累了,就让她歇着,纷纷跳给她看。哈儿和努努、拉西、尔里他们的舞姿也各具特色——哈儿模仿着雄鹰的卓尔不群,孤独地傲视天地,它时而盘旋,时而展翅高飞,抑或俯冲捕猎；努努则模仿起棕熊来，傻里傻气的憨态令人捧腹大笑；拉西和尔里模仿马的走、跑、跳，都甚是逼真。还有模仿收割牧草及农作物的，模仿套马、狩猎的，种种形态，各展风情，统统都释放出澎湃的热情，展现着自然的天性。这就是草原上的人对待生活的样子，他们说唱就唱、说跳就跳，性格里有着火一样燃烧的激情。

在整个过程中，大家都希望得到阿依努尔的青睐。一场舞蹈下来，尽管人人都累得满头大汗，浑身冒着热气，但看到阿依努尔开心得欢呼雀跃，他们也就心满意足了。

除了麦西热普，大家在赶马去往草场时，也赛马。阿依努尔押着马群走在前面，他们各自拦定自己的坐骑，等阿依努尔赶着马群走得很远时，她会高高地挥一下手里的红围巾，喊一声："开始，跑！"于是，大家放开自己的马，一猛子蹿了出去。赛程就是从出发地到达阿依努尔跟前的距离，大家把这个叫"押杠子"，看谁的马跑得快，谁先到达阿依努尔跟前，角逐出一位冠军骑手。刚开始，众人的坐骑会磕磕碰碰地撞在一起，但是跑上一截，距离就慢慢拉开了。这时候哈儿那匹黑豹的优势就出来了，哈儿感觉自己犹如在云彩里，似乎变成一片轻盈的羽毛，在天上乘风疾飞。别的骑手只感觉眼前划过一个黑影，如流星似的，一眨眼黑豹就冲到前面去了。哈儿总是第一个跑到阿依努尔跟前。阿依努尔竖起大拇指，哈儿感到非常自豪，心里有一种晕晕乎乎的醉氧感。那些落在后面的马还在吭哧吭哧地做最后的冲刺，有的已经完全失去了信心，松松垮垮地颠簸过来。

他们还爱在牧野里玩叼羊。没有羊，就拿谁的棉袄代替。草原上把棉袄叫裹肚子，阿依努尔是裁判，随着她那银铃般的口令发出，大家便策马扬鞭，草场上马蹄声碎，嘶鸣声响彻云霄，选手们对那件无辜的裹肚子你扯我拽，还有人忽然冲出来趁火打劫，大家各自展示高超的骑技，都想获得阿依努尔的赞许。很快，那件顶替羊的裹肚子就被选手们撕扯破了，烂棉花嘟嘟噜噜冒出来，就像羊毛一样在草地上四散飞舞。经过一番热血沸腾的激烈角逐，往往努努手里拿着一半裹肚子，另一半在桀骜不驯的哈儿手里。两人平分秋色，各自昂着头坐在热气腾腾的马背上嘿嘿地笑，谁也不甘平庸。阿依努尔在一旁咯咯咯乐个不停，她一直都是这么纯粹率真啊。

眼下，什么也玩不成了。暴风雪就要来了，马群先要从喀纳斯河的冰面上走过去，才能尽早到达圈马谷的冬窝子。有几匹骒马肚子里怀着马驹子，眼看快要诞生了，不能使它们在冰面上摔倒流产，所以，要在冰上铺撒一层浮土防止马蹄打滑。哈儿跳下马背，用脚踢了踢地面，冬季的草原，土地被冻得像板结了似的，他只好用放牧时随身携带的剁铲一下一下挖土，挖下大的土疙瘩，运到冰面上摔碎。大家拦马的拦马，在冰面上铺路的铺路。河面上的冰冻得实实的，像混凝土浇筑的一样坚固。尔里拿着土块跑了两步，猛然哧溜溜地滑将过去，他打跐溜滑的水平很高。很快，冰面上该撒浮土的地方都已经撒上了，大家保护着怀有马驹子的骒马陆续到了河对面。尤其是骒马玉狮子，它的肚子撑得越来越大，坠得越来越低，它显得很劳累，走路很吃力。这是它第一次怀马驹子，怀的就是阿依努尔家那匹"大教授"的种。哈儿格外留心玉狮子的状态，他想，它今儿不生，也许就在明儿了，以他的经验，反正就是这一半天时间了。在这一点上，小伙子们一改往日的彪悍和粗犷，变得无比细腻，一举一动都充满了关爱和柔情。等怀着马驹子的骒马安全过了河，才把大批的马群陆续赶到河对面。有些马匹在过河时，蹄子在冰面上会时不时一撇一捺地打滑溜，那东倒西歪的样子令人又担忧又想笑。但马儿总算相继穿过了光滑的冰面，很快汇入对岸的马群里去了。

这时，大家松了一口气，纷纷重新跨上马背。还没走多远，就听见大风把河谷里的树冠刮得发出一种呜哇呜哇鬼哭狼嚎的声音。大家在马背上也被大风吹得东倒西歪。哈儿抬起头来，望见零零星星的雪花已经在天上飞舞着，落在他脸上的雪片像一些虫子，痒痒的，但刹那间就融化成了水珠，顺着面颊流下来。不大一会儿，雪花变得密集起来，落在马背上的雪花，有些钻入马儿的鬃毛里去了，有些则在马耳朵的尖尖上挂着，晶莹剔透，就像一个个可爱的小精灵。

这时候，河谷里的草原，树林，冰冻的河面，还有群马，都被漫天飞舞的雪花包裹着。时间仿佛静止了，只有那些银色的精灵在绵密地传递着神秘的箴言，整个河谷看上去犹如一个童话世界。哈儿看着那雪花在天上舞蹈，联想到草原上那古老的弹布尔，天地传来如泣如诉的旋律，那洋洋洒洒的雪，演绎着草原峡谷里千百年的荣辱盛衰。

努努勒转马头，叫了一声："哈儿，你发什么愣，快走，暴风雪太猛了。"

哈儿回过神来，他担心地看看阿依努尔那骑在红马背上纤巧的背影，策马靠过去，像守护神一样与她并排而行。风更大了，雪更猛了。人喊马嘶，大家都奔前顾后，关照着每一个人和每一匹马。

天擦黑的时候，大家才安全到达圈马谷的冬窝子。万幸，怀孕的马儿都安安全全到家了。合在一起的马儿们知趣地自动分开了群，各自回到自家的马圈。那些怕冻的马匹一进圈就赶紧钻入马棚里去了。

阿依努尔给哈儿打着招呼："嗨，哈儿，玉狮子下了马驹子，别忘了告诉我一声啊！"

哈儿点了点头，应了一声，一直目送阿依努尔消失在风雪中。

狂风怒号着，卷起地上和天上的雪一起肆虐着整个圈马谷。尽管风雪交加，但圈马谷处在一个环形的山谷下面，像一个受保护的安乐窝。

夜里，哈儿起来了几次，他拿着手电筒，见雪还在纷纷扬扬地下着，比他小时候读到的《水浒传》中林冲雪夜上梁山时的雪还要大，还要猛。他住的板棚门口都快要被雪壅塞住了，他狠命拉开门，用门背后的铁锹清理开通往马棚的路，一面给马儿们添夜草，一面观察那几匹怀了驹子的骒马，尤其是玉狮子，如果不出他所料，它诞马驹已是迫在眉睫的事情了。

果然，玉狮子吭哧吭哧的，不断轻声嘶鸣，并伴有时断时续的呻吟，它神情不安，显得特别难受，一会儿卧倒了，一会儿又站立起来，在马棚里不停折腾着，看样子马上就要诞马驹子了。哈儿不想叫醒熟睡中的艾布和努努他们，经历这样的事情已经不是一次两次了，他相信自己完全可以应付得了。

哈儿跑出马棚，抱来了一捆干麦草，接着燃亮一支蜡烛，放在马槽边上。他看到玉狮子异常吃力，好像它肚子疼得无法忍受了。世上的生灵都一样，人也好，动物也罢，临产时肚子不疼是不可能的，因为就是要通过这疼痛，才能使得身体的各个骨缝、骨卯逐渐打开，才能让肌肉变得柔软和松弛，才能顺利地完成分娩。说白了，小马驹几乎就是从骒马的骨头缝隙里挤出来的，这个过程必然疼痛。但母爱是伟大的，再疼，也要翻过这一道坎、渡过这一道关，这样对一匹骒马而言就算功德圆满了。这就是生命的造化，天道的造化。

哈儿站在玉狮子的身边，时而抱抱它那曾经高傲昂扬的头，时而摸摸它那柔顺的鬃，耐心地安慰着它，并为它暗暗打气和鼓劲。也许是哈儿的安抚和鼓励起到了作用，玉狮子不再那么害怕、紧张和无助了，它眯起眼睛，浑身都在用力；它的后腿努力地撇开着，在不停地用力，它每呼吸一口气，肚子就会明显地一鼓一缩。哈儿握着拳头的手也一紧一松，在一旁憋着气为玉狮子加油。在一霎一霎的阵痛中，在紧张而绝望的挣扎中，新生的小马驹先伸出了两只前蹄；接着，头部附于前蹄的上面也令人欣喜地出来了；然后，小马驹裹着胎衣，随着流出的羊水一起慢慢滑了出来；玉狮子捯动着蹄子，眼皮沉重得有些抬不起来了，一张一翕的；终于，随着最后的一股子羊水流出来，小马驹顺利地降到了世上，胎盘自己竟然一下子拽断了，半截胎衣尚留在玉狮子的身体里。这时候，玉狮子的肚子仿佛突然被腾空了，一下子瘪了，凹进去了，它用疲惫不堪的目光第一次看见了自己的孩子，眼睛突然又睁大了，释放出惊讶的慈悲的亮光。

近处有几匹马也都兴奋地望了望小马驹。

马棚外面的风发出更加悲壮苍凉的吼声，雪依旧在下。哈儿抹掉了马驹子嘴巴上一点黏腻的东西，忙用蜡烛点燃干麦草，生起了一小团火，让小马驹在充满温情的空间里沐浴人间第一缕温暖的光。玉狮子仿佛恢复了一些力气，回过头来，咏咏地轻声呼唤着小马驹。小马驹的颜色和它妈妈一样，一身纯白，是一匹没有一点杂色的儿马驹子。这在哈儿的意料之中，又像是在他预料之外。

时间不长，儿马驹子就能够站起来找着吃奶了。玉狮子用嘴巴轻轻地拱着马驹子，哈儿用毛巾蘸了水，又把毛巾在火上烤热，把玉狮子的奶头擦了一遍，开始一下一下地捋着，这样，奶水会下得更快，奶量会更充沛，能让小马驹很快获得养分，增强体质。

许多人都不知道骒马究竟有几个奶头——动物们的奶头是由它们生育幼崽的多寡而定的，这就是天道的神奇。骒马和人是一样的，生有两个奶嘴；而乳牛是四个奶嘴；下崽儿越多的动物，自然乳头相应就更多一些，有些就像排扣一样密集。自然万物，最合乎自然规律，细细品味，不由得让人心生敬畏。

就这样，在这个暴风雪的夜晚，哈儿放牧的马群中又添了一匹新生的儿马，马群的队伍变得更加壮大了，有着一派欣欣向荣的好前景。

牧人家诞了马驹，如同添丁进口一样，是一件天大的喜事。想想也是啊，一个生命的到来是多么的神奇和偶然，这样的偶然充满了缘分，也好像一种宿命，当然是值得庆幸也值得庆贺的事情。在草原上生活的人，离不开马，他们祈盼的就是一个六畜兴旺的好光景呢。

玉狮子给家中立下了大功。为了让玉狮子恢复体力，让小马驹吃到充足的母奶，哈儿又单独给玉狮子喂了一些燕麦和油渣。他仔细打量着新生的小马驹，想到这是玉狮子跟阿依努尔家的"大教授"爱情的结晶，不由得会心地笑了。哈儿想，明天早上的第一件事情，就是要先快快跑到阿依努尔家，向她报告这个喜讯——"大教授"做父亲了，儿马是一匹英俊的白马王子。

哈儿不由得一阵一阵地激动，他似乎有些等不到天亮了。

外面，风很大，雪依旧很猛。

原载于《莽原》2023 年第 5 期

红　隼

南　翔

妈妈，妈妈……

母亲在厨房准备午饭，猛然听得有人在叫妈妈，一把关了水龙头，侧耳又听得一声真切的妈妈。甩甩手，掀起门边的擦手巾轻轻拭干，悄无声息地走到客厅。四下回望，门是虚掩的，没有外人，对面邻家的一对儿女都上幼儿园了。

那就一定是豌豆叫的？

豌豆立在客厅的阳台上，一心盯着靠东墙的鸟巢，并没有回头找妈妈的意思。可如果不是他在叫妈妈，又会是谁呢？

两只红隼倏忽而至，其中一只雄鸟还带着伤情。豌豆原本散漫而难以聚焦的目光，顿时全部倾注在两只红隼身上。他在妈妈的帮助下，找到不少有关资料：红隼栖息于山地和旷野中，多单个或成对活动，飞行较高；可以在翱翔的时候猎食，爱吃大型昆虫、鸟和小哺乳动物。分布范围很广，非洲、亚洲都可常见，中国的东南西北很多省份都有它的踪迹；它们在越冬之时更喜欢待在温暖的南方。

此刻，妈妈见豌豆不停地舔手指，猜度他在担心红隼东西不够吃的。也确实，一对红隼父母，在城市里想完全靠自己捕食喂养几只雏儿，似乎有点儿力不从心。

母亲明白了，道，那你准备一下，下午我们去外面挖点儿蚯蚓回来，给它们解解馋吧。

豌豆完全转过脸来，给妈妈一个难得的向日葵般的微笑，这便是儿子能捧出来的最高奖赏。他重重嘿了一声，这才跑开了。

就因他给予的一个笑脸，妈妈心里有瞬间的暖意，叮嘱他去洗手。他居然也应答了，跑去卫生间，很快池子里传来哗哗的水声。

洗了手，妈妈瞥见他没有到客厅的沙发边去取遥控器看动漫，却是进了书房，打开了画笔盒，铺开了画本。妈妈心里赞道，好啊，儿子好几天没进书房了，阳台上的鸟巢占据了他绝对的观察时间。

豌豆是四岁时才被归到"星星的孩子"一类的。因了这个，豌豆的父亲母亲很长时间都没有回过神来。

一直以来，豌豆不仅行走迟、言语迟，而且表情也不丰富。为父母者很难从这个来到人世四个春秋寒暑的孩子的眼睛里，看出明显的喜怒哀乐。邻里的一个同龄小女孩，无论在过道还是电梯里见着，眼角眉梢都是戏，在社区广场上能大大方方、一字不落唱完几首歌！

接下来的求医、求助、求康复的经历，不说也罢。概而言之，其他类似孩子爸妈经历过的，豌豆爸妈也大致经历过了，只是个体的路径、手段及付出各有高低罢了。希望的火苗点燃过无数次，又熄灭过无数次。如果说，世上真有所谓仙草可盗、仙丹可炼、仙人可访，那么豌豆的爸妈是可以与千万"星星的孩子"的爸妈一样，赴汤蹈火、万死不辞的啊！

自打豌豆确诊为自闭症之后，妈妈就在求医问道的途中，将原本薪酬还不错的一家会计师事务所的岗职辞了。原因有二：一是实在没有精力和时间在照拂一个特殊孩童的同时，再去面对繁忙的全日制注册会计师的账簿；二是豌豆爸爸在一家上市公司做中层，疫情之前，跑香港多，香港有几家公司的关联单位，香港与深圳一桥之隔，朝发夕返，疫情之后，爸爸不用常跑香港了，在深圳时间多了，偶尔去趟上海或者福州。但爸爸后来开始较为频密地出差，乃至每次出差的时间悄然延长，那是在屡屡求治而豌豆的表现不得寸进之时。

猝然感觉到这一点，豌豆妈妈曾一度失眠。好在爸爸在家日少，钱可是雷打不动，每月按时打到妈妈卡里。那是一笔在深圳还算耀眼的数字，足以让母子衣食无忧，且能助力豌豆前往各地寻访一些知名与不知名的康复机构。只不过这种访治的热情，初始几次是三个人——豌豆以及"我的父亲母亲"，后来更多是母子同行，再后来这个"80后"母亲，觉得那些机构的康复方法，她在睡梦中也能操作如流，除了缺乏团体交流之外，其他的都能一对一训练。为弥补孩子社交的短板，母亲不仅常带他与小区的孩子随时随地交流，也屡屡带他去各种热闹的场所扎堆。她自忖，多亲近一些自然成长的孩子，比总与"特殊孩子"混在一起更有益。

趁着在厨房煲汤的空儿，母亲不时溜到儿子身后看他画画。凭着自己小时候在各种兴趣班残留的那么一点儿美术底子，她总想纠正一下儿子的线条、布局及设色。豌豆根本不听她的。她也曾带豌豆去拜师学艺，找到福田美术馆的张馆长——她前年在福田美术馆张罗的一个"汪曾祺书画艺术作品展"上听张馆长讲解时，互加了微信，保持了联系。张馆长提醒她，但凡做家长的，总喜欢用"像不像"来衡量孩子的画作，其实更要明白，重要的是"好不好"。孩子宝贵的想象力，多半就在从小教他"像不像"的严格规训中，给训成了一缕青烟！

尽管她认为馆长讲得没错，类似的忠告，她在深圳书城七彩岛美术班也听老师讲过，可她也曾在图书馆听一位老师愤然抨击道，如果孩子从小不从线条、色彩、造型等方面培养敏觉，你觉得将来考美院，即便是考美院的附小、附中，他能过得了笔试？毕加索是名声大噪之后，才可以放肆抽象，即便是鬼画符，也没人讲不好！这位老师的头发跟胡子长成一片黑森林，他在黑板上出手之快画的各式人物，令座下啧啧惊叹，越发放大了一个口若悬河者的感召力。

好长一段时间，儿子的绘画真是天马行空，山川、河流、树林、花鸟、人物……只不过，有些要半认半猜，你说是树木，他可能摇头，当你说是人物，他才点头；你说是一枝花，他会指着绘本上的鸟儿纠正你，明明是一只戴胜鸟。

儿子喜欢画藏物，尤喜欢画躲猫猫的猫啊狗啊。他有次在一张 A4 纸上画满了房子和洞穴，然后伸出九根指头告诉妈妈，他一共画了九只猫。妈妈睁大眼睛，穷尽想象，只找出五只来，看见妈妈的沮丧样子，豌豆忽然笑了，笑出声来了。

很久没有听见儿子那么天真的笑声了，妈妈转身的那一刻，心生感动。

自打两个月前，家里阳台上飞来了两位不速之客，豌豆竟一改此前凡事坚持不了多久就很快转移注意力的状态，观察鸟儿的专注度颇令人惊讶，常常在阳台前一站就是半个钟头，一个钟头，甚至更长。此时绘画的主题也万宗归一：只画鸟儿，阳台上的鸟儿。

这两只鸟儿是在一个雷雨天倏忽而至的。凌乱的阳台上，有一只矮胖的白底粉彩旧花盆，欲弃未弃，乃因豌豆曾经拿着画笔在花盆上胡涂乱抹，妈妈不忍随手扔掉儿子哪怕最稚嫩的画作。花盆里塞了儿子一张一张撕碎的画纸，恰恰是这些绵软的碎纸，成了一对鸟夫妻湿身之后温暖的避难所。

家住坂田，母亲曾带豌豆在龙华书城每周六下午的"对话大家"讲坛，听过福田中学教生物的田老师的讲座——但凡有这类展示大自然优美与神奇主题的讲座，无论是在福田、龙华，还是在宝安、龙岗，母亲总会带豌豆欣然前往。只要是有关鸟儿、森林、海洋生物、浩瀚星球类的内容，不管是一堂科普，还是一册绘本，豌豆大多能坐得住。她把阳台上鸟夫妻的图片用微信发给田老师，田老师辨识道，看上去像是红隼！这是一种猛禽，虽然个头不大，体型大些的也不过如同鸽子，却是食物链顶端的掠食者。只不过这种猛禽很少到城市人家的阳台来寄居，它俩还真够大胆的！或许就是一种缘分吧，跟你们家儿子的缘分。

乍听说是红隼，一种猛禽，母亲心里还有刹那的一紧，担心已经七八岁了心地还纯白如雪的豌豆无意之中受到伤害。父亲安慰她道，万物有灵，你没见猫啊狗啊，也喜欢跟小朋友玩耍！

事实证明，父亲的预判没错。两只鸟开始还有点儿警惕，对靠近的大人与豌豆，一边退让，一边"鸟"视眈眈，嘴里不断发出咕咕的叫声，急得豌豆拦阻大人道，别靠近！就为让平时掰开嘴巴也不想说话的儿子多讲几句"别靠近"之类的急话，父亲母亲便觉得来了一对不速之客很值得。更何况儿子还不时与鸟巢——如今这只花盆就是天赐红隼的巢穴了——中的鸟儿自言自语，两个大人下意识地认为，"星星的孩子"跟动物交流比跟人类交流更自如、更自然。

待到两只红隼不停地从外面衔来树枝、草茎乃至碎布垫窝，一家人才顿悟，它们确实是想在他们家的阳台上安营扎寨了。准确地说，是一对红隼夫妻选择了豌豆家阳台上的一只废弃花盆，作为它俩生蛋、抱雏的温床。这么一种城市不多见的猛禽，为何不选择茂密的林子、葱郁的山岭，却选择了一户无法验证安全感的人家，贸然作为栖身之所？

两个大人莫名所以，一脸茫然。问及田老师，田老师发来微信也只能揣度：一般是不会这样的，鸟儿天生敏感，可能有某种特殊的原因，它俩飞来你家，又适逢一个雷雨天气，是不是一时没法找到避难所？待儿天下来，看见你们都是好人，就索性不走了。

还是豌豆眼尖，指着其中一只红隼连叫了两声，翅膀，右边！

爸爸妈妈循声看过去，过了一会儿，才看清那只体型略大的鸟儿——后来发现它是未来的鸟爸爸，右翅不大得劲，匍匐与飞翔还算顺利，在起飞和降落之时，它的右翅略带拖曳，收束也比左翅慢两三个节拍。

还是我儿子眼睛尖！父亲一高兴，便拉着儿子的手进书房，欲教他数数、认字。这么大的孩子，连十以内的加减法都做不好，难怪找到熟人介绍的学校，校长也婉转告知，送去特殊学校对他的教育会更有利……

每次儿子都是很不情愿地跟着爸爸走进书房。这天，爸爸见他对数学、语文都心怀恐惧，就问他写大字行吗？豌豆点点头。未料到爸爸侧身去准备毡垫时，豌豆去挪动桌边的端砚，不小心砚台摔下来，砸在爸爸的左脚背上，爸爸当时哎哟一声痛呼。豌豆吓得脸色发白，捂住双耳，逃跑了。

如果说此前父亲对一个康复道途中的儿子的信心，已如深秋后的黄叶，日渐飘零，这次被他砚台砸脚——这可不是一般的砸，脚面骨三处粉碎性骨折，不得已在平乐骨伤科医院做了手术固定——母亲回想，成了父子关系疏离的一个重要拐点。父亲在家养伤的那个月，性情变得急躁不耐。他越想拉豌豆过来，豌豆离他越远。即便叫他送一双拖鞋，他也没有反应。

母亲看不过去，半是安慰半是埋怨道，他是被自己的错误吓到了，你一发脾气，他就更加受惊。对他只能安抚，顺着他。

父亲摇头道，养一个缺胳膊少腿的病孩，我无怨无悔，可是带一个心灵没有回应的病孩，一个不懂喜怒哀乐的人，日复一日、年复一年直到永远，我可真是受不了。

母亲的脸瞬间阴了，转身道，老天是有眼的，我就不信，我们穷尽所有，始终不放弃，换不回他的喜怒哀乐！

两人一开始都动过再要一个的念头。以母亲的年龄，若生二胎，虽属高龄，却也还未顶格。她一则多少有些担心，再生一个若比着老大来怎么办？二则，或许是更重要的，父亲无论对房事还是家庭，兴趣都逐渐淡漠。具体的表现是，在床上马虎潦草，敷衍了事；出差在外又乐不思蜀，归期越来越长。一度母亲担心父亲有外遇了，他以前出差，不仅微信多、视频稠，也不乏甜言蜜语，后来宛如放飞的风筝，三五天音信全无，成了家常便饭。

母亲曾与一位闺密诉说心中的苦闷，闺密说，什么叫丈夫，离开一丈之外你就别管他。除非你打算离婚。这位闺密与自家先生分居深圳与洛杉矶两地多年，居然还一起养育了三个孩子。深圳有些女人的顽韧与强大，真是不可小觑。不过，母亲也发现，有位广东男子一直在帮衬她，两人关系非比一般。母亲从来不问，更不点破。

一棵树在哪里生长不需要阳光照耀？一个人在哪里独行不需要雨露灌溉？来自异性的关心，往往更具温暖人心的力量。这一点，母亲不是不懂。她把辛辣含在嘴里，把怨艾藏在心中，一方面全力照顾豌豆，另一方面也在不断搜集各类有关"星星的孩子"的信息，只要有她认可的诊疗方法，那是可以不计成本的！

儿子啊，你是妈妈的唯一！

儿子见妈妈过来想看他的绘画，倏然快速合上画本，俯身压住，像有什么秘密不能让他人窥破。越是这样，妈妈越要看，佯作夺取，儿子就抱着画本跑了。妈妈作势要追，他就一边跑一边笑。妈妈最喜欢的就是听他的笑声，看他的笑脸。当他躲在一张椅子后面，把画本高高举过头顶，妈妈快速取手机给他拍了一张面部的特写。看看他的眼睛、他的笑脸……这跟任何一个高高兴兴上学去的孩子有何两样？我们家的豌豆是一个多么正常不过的孩子啊，孩子他爸，你听到他的笑声了吗？

一心惦记着妈妈的提醒，下午要带他去挖蚯蚓，豌豆中饭吃得又快又专注，还把一盆冬笋炒肉片推到妈妈跟前——这是母子俩都爱吃的一道菜，如果父亲在家，那就是一家三口共同的嗜好。

母亲道，豌豆多吃点儿，吃饱了，下午有力气挖地干活儿。

豌豆点头，嗯了一声。豌豆快速吃完一碗饭，放下碗筷，到阳台边去，捡拾墙边立着的一把小锄头、一把小铁锹，放进一只塑料桶，接着嘟哝了一句：齐了。

豌豆平日的表达有两个特点，一是大多为短句子，二是拟人化。譬如，他会说：太阳从窗户走进来了，猫咪哭脸了……

是为了感激妈妈带他去挖蚯蚓吗？母子俩出门前，豌豆忽然端着画本给她翻看。妈妈看到，一幅画的是红隼妈妈在孵蛋；还有一幅画的是五只小雏鸟在巢穴里朝天伸展出粉红的小嘴，争抢着红隼妈妈从外面衔来的一条虫子；再有一幅，画的是红隼爸爸耷拉着右翅，在一旁昂着头守护着母与子。

母亲夸赞画得好，又道，五个孩子的妈妈太累了，好不容易找到了一条虫子，自己不舍得吃，却也不够五个孩子吃的。所以，我们豌豆就要帮助它们，对不对啊？

豌豆点头道，去挖，蚯蚓，很多。

母亲道，是的，我们挖很多蚯蚓，吃不完还可以晒干了，留着给红隼宝宝慢慢吃。

豌豆昂起头道，挖好多，妈妈吃，爸爸也吃。

母亲一愣，恍然道，对的，红隼宝宝吃，红隼妈妈吃，红隼爸爸也吃！

有时半夜，豌豆睡梦中翻个身，连叫两声爸爸。母亲设法录下了，用微信发给父亲。毕竟出自父亲的血脉，他不怀疑这两声混沌而遥远的呼唤，来自自己的亲生儿子，却犹疑地回了一句，他是叫自己的亲爸呢，还是梦里代入了红隼宝宝，在叫天上飞的鸟爸爸？

母亲没忍住扑哧一笑，道，你不觉得自己跟红隼爸爸很像吗？一个在天上飞，一个在地上跑，都是不着家，不落屋。

父亲是江西宜春人，"不落屋"是她跟他过去探亲时学到的一句比较好懂的方言。还有许多让人莫名其妙的宜春话，叫蜘蛛是"巴纱"，称蜻蜓是"秧干"。长春出生长大的母亲好生奇怪，同样是有一个"春"字的地方，差别怎么就那么大呢？

父亲微信里辩解道，我哪里不落屋了？只不过工作需要，在外面时间长一点儿而已，每个月钱还是照拿回家。那只红隼爸爸哪里能跟我比，既没有孵雏鸟，也很少衔虫子回家！

母亲不悦道，红隼爸爸连着衔了好几天大虫子回来，那都是给红隼妈妈吃的。不知道红隼妈妈那几天是不是病了，还是雏鸟一只一只孵出来了，她不敢擅自离开。鸟爸爸一只翅膀也不知怎么受伤的，一直挓挲着，落下来、飞出去，都费劲呢！

母亲还有一个在脑子里盘桓不去的镜头没说：有两次红隼爸爸衔来虫子，见红隼妈妈不大想吃，它就衔着虫子在红隼妈妈眼前左右晃荡，直到红隼妈妈一口啄食了，它才欢快地咕咕叫着，像是一位得胜班师的将军，昂扬地在花盆边转圈子。

父亲继续狡辩道，它是身体受伤了，我是心里受伤了。

母亲不想再理他了。

豌豆毕竟是一个孩子，而且是一个"星星的孩子"。他心里还是有你的，他在睡梦中无论叫自己的爸爸还是鸟儿的爸爸，不都是爸爸吗？母亲心里委屈，可她从不给他发委屈的表情。母亲情愿把委屈藏在心里。

午饭后，小睡了一会儿，母亲睁开眼，豌豆已在床头轻手轻脚地盘桓。谁说孩子啥都不懂？心里有事，他就一直惦着，再也睡不着了。可又怕吵着了妈妈，不肯叫嚷。

母亲赶紧起身，穿了外衣。母子俩携带工具，下到负一层，启动了一辆银色的特斯拉。两人开车上路了，母亲还没有想好到哪里去挖蚯蚓。此前看到过红隼妈妈从外面叼着蚯蚓、蚂蚱之类回到鸟巢，有时还会用它的利喙啄碎再喂给雏鸟。所谓动物蛋白，营养价值更高，在城市里，获取也更为不易。先前开车或行走路过的几个绿化带，要么不好停车，要么感觉不到有收获。忽然想到前两年带豌豆到观澜版画基地去参观，那儿还留有一些湿地，便跟豌豆说，要不上那儿去看看吧。平日里，豌豆看见红隼妈妈有时候出去大半天，才啄回一条半条蚯蚓，咬着牙替它急。上周日到深圳书城，他钻进儿童阅览区，居然找出一本书，叫《蚯蚓想有个家》，说的是城市的水泥森林与蚯蚓这位松土大师渐行渐远的故事。陆生蚯蚓喜欢潮湿、疏松、富有有机物的土壤，譬如庭院、菜园以及食堂、沟渠旁的土地。

车子驶过几栋碉楼的那一刻，豌豆忽然叫道，菜地！

果然，路边有几栋碉楼，碉楼膝下参差列着几栋客家老屋，环绕老屋有一片绿意深深的菜园子。

老屋前是一大片水泥地，方便泊车。

两人从车尾箱取出盛着小锄头和小铁锹的桶子，母亲心里有些嘀咕，不知人家会不会让咱娘儿俩过去掘土呢？

母亲先把桶子放在车子后面，牵着豌豆往前走，见一溜老屋大多门户未开，便朝一个门口坐着的长者走去。问好之后，简单说明来意：家里养了鸟儿，没吃的，超市买的鸟食不大肯吃，爱吃蚯蚓、蚂蚱，所以带儿子到菜地来看看，不知道好不好进去。打搅到您了。

老人家重听，意思该是明白了。总之，他侧耳听听，又不时看看母亲身旁一脸天真的豌豆。他身旁还有一个比豌豆小两岁的女孩，一头浓密的黑发梳成两个朝天小辫子，两只眼睛又黑又机灵。老人嘴里咕哝着，朝菜地努努嘴，那就是没问题的意思了。

母亲鞠躬致谢，牵着豌豆过去拿车后的家伙。小妹妹也蹦蹦跳跳跟过来了，居然叫了一声，哥哥，我帮你拿桶子好吗？

豌豆一把拽出桶里的两件工具，将空桶递给了小妹妹，想了想，又把小铁锹给了她。两手都是物件的小妹妹高兴道，谢谢哥哥。这几声哥哥叫得母亲心花怒放，心想，豌豆要真有这么一个可爱的小妹妹做伴就好了，一个孩子太孤单了啊！

菜地里种着菠菜、芥菜、辣椒、小半截通红的身子长出地面的红萝卜。小妹妹对着一片玫瑰色花萼衬托、白上抹了一撇黑的菜花问，这个菜花好好看啊，像是蝴蝶要飞起来，是什么花啊？

豌豆平淡道，蚕豆花。

母亲暗暗称奇，印象中，她从未带豌豆去看过蚕豆花的菜地，只能是他从绘本或者电视中看过的！他可以将影像中的图画与现实生活对上号，且不带一点儿犹豫。正如同他曾经在深圳湾公园准确判断出一身黑白相间长裙的是红嘴蓝鹊，带着雏鸟一步一回头的是黑领椋鸟。黑领椋鸟黑项白腹，眼圈儿鹅黄，一步一步像是小跑；它后面紧跟着一只团团绒绒的雏儿，走走停停，惹得它前面的那位父亲还是母亲，跑一会儿停一会儿，不忍将雏儿落下太远。

两个小朋友配合得真好，一个埋头挖，一个低头捡——很多女孩都怕这种软体虫子，小妹妹却一点儿不怕，只要哥哥挖出来，她就快速捡起来扔进桶里。

两个小朋友边找蚯蚓边对话。

问：挖蚯蚓干吗呀？喂鸡喂鸭？

答：喂鸟儿。

问：什么鸟儿，是鹦鹉吗？我们家养过一对玄凤，后来都飞走了。

答：红隼。

问：红隼？我在图画里看过，很凶的一种，哪儿买的？

答：飞来的。

问：啊？自己飞来的？我们家的是飞走了，你们家的是飞来的啊！

答：嗯。

问：一只，还是几只？

答：妈妈，爸爸，有五个小孩。

问：男孩还是女孩？

答：太小，不知道。

问：它们的妈妈和爸爸，每天给它们找吃的？

答：妈妈找得多，爸爸受伤了。

问：啊？我也想去你们家看看红隼，不会啄人吧？

答：很乖的。

问：红隼宝宝还有多久才会自己出去找吃的？

答：二三十天吧。

问：那我们多给它们找点儿吃的，不让它们的妈妈爸爸那么辛苦。

答：嗯。

　　小妹妹嘴贫，问得多；小哥哥答得简单，却也有问必答。相比而言，在父母面前，他的言语可是吝啬多了！母亲蹑手蹑脚，生怕打断了他俩的对话。她抬头看看一会儿藏在云里，一会儿露出脸来的日头，真希望这样的时光走得慢一些，再慢一些，她好细细品味儿子再正常不过的思维与表达。孩子他爸，你听到了吗？

　　两个学龄前后的小朋友，天文地理，无所不谈。小妹妹问道，红隼为什么喜欢吃蚯蚓、蚂蚱这些昆虫？人为什么只爱吃鸡鸭鱼肉这些动物？小哥哥纠正她，蚂蚱、蜻蜓是昆虫，蚯蚓不是昆虫，它是一种环节动物。鸟儿喜欢吃昆虫，昆虫身体里面蛋白质多。有科学家在研究把昆虫给人吃，替代一部分饭和肉。大自然变坏了，养昆虫比养猪牛更保护环境。提供一公斤蛋白质，生产牛肉要十公斤饲料，生产蟋蟀用不到两公斤……

　　豌豆虽然是断断续续告诉小妹妹以上知识，意思的链条却是一节扣一节很完整。

这让母亲又惊又喜，这说明平日里给他念文章、读绘本、看电视里的《自然与人》等节目，他都看进去、听进去了，只不过疏于表达。母亲还发现，儿子跟同龄人交流，比跟成人交流流畅许多。

两个小朋友乐在其中之时，母亲唯一要提醒他俩的是别挖到菜秧子，挖过的地方都平整好。日头偏西的那一刻，两个小朋友的脸上红扑扑的，头发被汗水沾在了额头上。走出菜地，跺跺脚上的泥土，一起走到老屋前。老人家满脸慈爱，已经备了茶水给客人喝。

喝了水，母亲拿了锄头和铁锹；豌豆用手背抹了一下嘴唇，提起桶子，还没转身，小妹妹大声说，我要去你们家看红隼！

豌豆一愣，看看妈妈。

母亲笑笑，朝小妹妹招手道，好的啊，我们住坂田，离这里也不远。下次请你爸爸妈妈带你过来玩啊！

上车以后，豌豆一直没讲话。车进地库时他嘟哝了一句，下次，她就看不到了。

母亲问，为什么？

豌豆道，鸟大了，就飞了。

刚进屋，母亲就接到一个电话，打开免提，是田老师打来的，问及红隼的近况。听说他们备了蚯蚓，便提醒豌豆母子，受保护的野生动物，是不能人工投喂的。听此言，母亲和豌豆都有些沮丧。田老师安慰道，红隼的捕食能力和自我修复能力都很强，饿不到的。母亲把手机靠近豌豆，田老师大声道，豌豆乖，不用担心，红隼是属于天空和森林的，让它们自由自在最好。豌豆咧嘴笑了。

等母子二人走到阳台那里，发现红隼爸爸和红隼妈妈正在喂孩子，它们面前竟有十几只虫子，应该都是刚捉回来的，看来红隼的生存能力真的很强。

母亲受到鼓舞，擎着一根香蕉走过来道，豌豆回家先洗手，你也得像鸟儿一样补充能量了！

豌豆响亮地答应着，跑去卫生间洗手出来，接过妈妈手里剥了一半皮的香蕉，风卷残云地吃着，眼睛一刻也没离开鸟巢。眼神似乎在说，我们看看谁吃得更多更快。

大概是下午挖蚯蚓劳累了，豌豆的晚饭也比平时吃得多。母亲说到菜地，湿乎乎的地方蚯蚓多，还说到了那个大方活泼的小妹妹，想着叫小妹妹的妈妈抓紧带她过来看鸟儿。田老师说了，雏鸟能飞出去自己找食了，就不会再回来了……

豌豆应着，不停地点头，那便是希望小妹妹早点儿过来的意思了。

饭后，豌豆又去书房了，继续摸画本、取画笔。母亲在厨房洗碗搞卫生，出门扔了垃圾再回来，书房里毫无动静。

她走进书房，豌豆已经趴在桌边睡着了。母亲轻轻从他肘边抽出画本，这是儿子的新作：一只大鸟嘴里衔着一只虫子，另一只大鸟在一旁侧脸看着它。嘴里衔着虫子的大鸟，右翅挓挲着，旁边写了五个字：爸爸喂孩子。

母亲一手捂着嘴，眼里和喉咙，顿时有几股热流同时汹涌而出……

原载于《人民文学》2023 年第 3 期

九三年

肖江虹

一九九三年，四川内江来的建筑队开进了我们无双中学。

那个寒风凛冽的黄昏，父亲站在学校大门口，眼睛不停地往马路尽头眺望，不时抬起手看看他那块掉了秒针的上海牌手表，喃喃自语：根据客车的速度和路况，应该差不多到了呀！

一直等到天黑，客车才带着怒气将一群外乡人吐在学校大门口。三十来人，全都灰头土脸，一人肩上扛着一个鼓鼓囊囊的蛇皮袋。笑逐颜开的父亲赶忙上去握住一个年轻人的手使劲摇，说辛苦了辛苦了。年轻人戴副眼镜，眼镜右边的架子"骨折"过，用黑色的棉线实施了包扎。尘灰没能掩住他脸上的羞涩，他慢慢把手抽离，指了指后面一个又矮又黑的中年人对父亲说：他才是工头。父亲愣了一下，看看面前的年轻人，又看看他身后的矮黑工头，扬了扬手说到了就好，终于可以开干了！

父亲叫许觉民，我们初二三班语文老师，无双中学校长，上任半年来，一直在为学校新建教学楼四处奔走。

弯着腰觍着脸跑了半年，教学楼建设项目总算获批。父亲说了，要不是县教育局基建科科长是他同班同学，腿跑断了都未必有结果。去见科长那天，父亲把母亲养了三年的两只老母鸡和厨房里最后一块腊肉一并装进蛇皮口袋带走了。

拿着审批手续，父亲表示建筑队一定要请四川的，说四川人除了勤快，还专业。

建筑队的临时住所安排在学校食堂，和教职工宿舍一墙之隔。我站在食堂门口，看着一群人默默打着地铺。我惊异于他们随身的那个蛇皮袋，仿佛一个聚宝盆，不停吐出来形形色色的物什，铺盖卷、饭盆、卫生纸、瓦刀、麻绳、灰铲……

最后我注意到了他，那个戴着断腿眼镜的人。他一共从包里掏出来四样东西：铺盖卷、一个包子、两套换洗衣服和几本书。

包子他吃掉了，铺盖卷和衣物后来被父亲烧了，几本书被父亲放到了他自己的书架上，我还记得书名：《罪与罚》《几何原理》《我的世界观》《清宫十三朝演义》。我最喜欢那本演义，一直到高中都在看，成为我此后很多年吹牛聊天的重要素材库。

新校舍建在老教学楼的后面，原先是个知青点，石头建筑，知青们抹着眼泪离开后就被推平了。那里慢慢荒草丛生，几个潦倒的代课老师看准了这块福地，刨开荒草种了些白菜萝卜，去自己地里扯两棵白菜都得偷偷摸摸的，就怕其他老师看见笑话自己。

四川人就是四川人，半个月不到，教学楼地基就夯实了。父亲站在地基上，呼呼的北风吹着他瘦削的身子，他拿起钢钎四处乱戳，戳到空洞处就对着工头破口大骂，说不马上给老子把空洞处补上，你们休想拿走一分钱。工头点头哈腰连声说好，父亲绿着脸抓起钢钎继续四下乱戳，像极了营养不良的恶毒小地主。

在父亲面前，矮黑的工头是弱势方，在工头的面前，其他工人是弱势方，在其他工人面前，"眼镜"是唯一的弱势方。通过半个月的观察我注意到，这个"眼镜"其实啥都不会干，典型的混在工人阶级里的寄生虫。抹不了灰，修不了石，拉不了线，砌不了砖。唯一能干的就是挑灰浆，一担灰浆在他肩上摇摇欲坠。他的瘦弱比父亲更甚，父亲瘦而矮，底盘低，风要撩起来得抄底；他瘦而高，肩膀以上基本都在风中，所以他的大部分精力都用在如何抵御被北风带走上了。一担灰浆从始发地到终点短短一百米距离，他能给你走出西天取经的九死一生来。工地上大部分时间是沉默的，但凡有声音响起，那一定是工人们在诅咒这个戴断腿眼镜的四川老乡。

"卢开智，整哪样，你是爬过来呢吗？"

"眼镜儿，整快点噻！你是蹲在那里吃灰浆吗？"

"挑灰浆的，麻利点嘛！属王八呢吗？"

接下来，就是卢开智不停的应答声：要得要得，马上马上，快了快了——

在这个工地上地位和地基一样低的"断腿眼镜"，连在娱乐场所都不能翻身。工人们晚上唯一的娱乐活动就是看电视，电视在我家客厅，凯歌牌，黑白的，为了让电视的颜色更加五彩斑斓，父亲在电视屏幕上加了红黄蓝三色卡片。屋子塞得满满当当，卢开智基本都在靠门的最后一排，如果脖子不伸长，连包青天和展大侠都分不清楚。

这个时候，我都在里屋做作业。一般先做语文，这是我擅长的学科，翻烂了"飞雪连天射白鹿，笑书神侠倚碧鸳"后，我就成了语文老师眼里的香饽饽。我最怕的是数学，特别是几何，一个扁平的图案，硬是要求你看出三维来，鼓着眼足足瞪了二十分钟，还是扁平的。不得已，我只能推开门对位居电视前排的父亲说，爸，这道数学题我不会。父亲还沉浸在刚刚刀铡驸马爷的兴奋中，对我挥挥手说再想想，独立思考是最大的美德。我走过去把题目递给父亲，说都美德一小时了，还是不会。父亲拿过题目看了半天，摇着头说我也不会。

场面尴尬，屋里的氛围瞬间就僵了，四川内江工程建筑队几十双眼睛齐刷刷盯着父亲，所有人的表情都是希望能得到一个合理的解释：你不是人民教师吗？还是校长，你连道初二的数学题都不会？父亲四下环顾，读出了一众眼神里的恶毒，然后一字一顿说：看哪样看？老子是教语文的。

突然门边一个声音响起：要不我看看？

父亲迟疑了一下，把手里的纸片递了过去，纸片几经辗转，最后到了那只细长粗糙皱皮发白的手中。

眼睛凑到纸面看了好半天，卢开智一声不吭。父亲走过去一把从他手里抓过纸片，手指隔空对我一戳：去问你的数学老师，他一个挑灰浆的懂个啥。

卢开智抬了抬鼻梁上的断腿眼镜，仰头看着父亲，轻声说：一共五种解法，我是看哪种解法更适合他。

面对摆在面前的五种解法，我仿佛看到了数学这门学科的不怀好意和诡诈异常，也陷入了如何选择的艰难处境。卢开智应该是看出了我的心思，食指按住答案之一种说，这个吧！最简单的，也符合你现在的知识结构。我摇了摇头，选了最难的那一种，没其他意思，我就是想让我的数学老师看看，如今，我身后站着的可是风清扬。

那天数学课上，我的数学老师盯着我的作业沉思了八分钟二十五秒，其间抬起头共看了我四次，最后他说：你回去问问教你做题的人，这样简单的一道初中二年级数学题，有必要用到微积分吗？

教学楼一楼主体完成，无双镇下雪了，悄无声息下了一夜。第二天起来，天地间都是耀眼的白，恰逢周末，静寂的校园看不见一个人，几只麻雀在雪地上起起落落，那些平日里刺眼的脏乱和坑洼，都被贴心地一一掩盖。

我捏着父亲给我的十块钱，小心翼翼寻找着出去的路，雪很厚，得靠路两边凸出的荆棘判断它的曲折和走向。脚下在试探，心头却在盘算，一盒花溪牌香烟三块五，一瓶酱油一块三，一袋洗衣粉一块二，三块五加一块三再加一块二等于六块，还余四块，这就是我的跑腿钱，父亲让我出门买东西时就谈好的，天寒地冻，我挣的也是血汗钱。

转过蓄水池，我看见空荡的操场上立着一架枯瘦的躯体，他正沿着篮球架慢慢挪动着脚步，远远看见我，他朝我笑笑，笑容里掺杂着白色的雾气，笑意也变得若隐若现。我朝他点点头，他扶了扶眼镜，嘴里喷出的雾气更粗壮了：恁个早就出门啊？出去买点东西，我答。今天歇工，雪太大了，大家都还在睡瞌睡哩！他又说。那你跑出来干啥？我问他。他紧了紧身上又皱又薄的西装，拢起手放在嘴边哈了一口气说，雪天多难得啊？不赶紧看看很快就化了。

从镇上回来，雪地上已经看不见他，雪停了，不过风还在，贴着地面跑，吹得雪沫子四下乱飞。我嘬了一口嘴里的棒棒糖，又看了看手里另一根棒棒糖，环顾空寂的四野，心里有些失落。走到高处，我回身又看了一眼空荡的操场，居然发现了一朵玫瑰花，对，就是那人用脚走出来的一朵玫瑰花，正在呼啸的风中绽放。

到家推开门，我惊讶地发现"断腿眼镜"居然坐在我家破了洞的沙发上，手里还端着一杯热腾腾的茉莉花茶，他的脸色还泛着青紫，脚上的解放鞋在水泥地上洇出两摊水迹。

他朝我笑笑，说：找许校长借本书看。

父亲端着茶杯从里屋走出来，递给他一本书。

父亲坐下来，说：《爱弥儿》，我喜欢"直观教育"这个理念，你认真读一读，对你以后教育孩子肯定有好处。

放下茶杯，两腿并拢，"断腿眼镜"盯着父亲小声说：我不太赞成他认为《鲁宾孙漂流记》是进行儿童教育最理想的教材这个观点，在书里是能认识自然，接近自然，但说到底还是丛林法则，接近和认识的唯一目的还是生存。当然，时间往后一百年，我相信他会推荐《瓦尔登湖》。

父亲僵住了，愣了一阵，伸手一把从卢开智手里扯过那本书，说看过早说嘛，我再去给你找一本。趁父亲找书之际，我把手里的那根棒棒糖递给了他。他把糖接过去，朝父亲站立的方向偷瞄了一眼。

反正那天父亲进进出出拿出来多少本书我不记得了，唯一印象深刻的是卢开智最后拿走了一本黑皮字典，叫《贵州草药》，里面有手绘的草药图。

教学楼主体完工，学校请建筑队吃饭，场面铺得很大，父亲专门让人买回来一头猪，猪肉当然得搭配本地苞谷酒，一元钱一斤，纯粮食酿造，度数高不上头。才下去两碗，工头就打招呼，明天要干活，都不要喝了。正在兴头上的工人们面面相觑，咬牙瞪眼看着工头。这时一个声音在食堂西边的角落响起：难得一顿，要尽兴嘛！工头回身一看，那头卢开智满脸通红，工头手指隔空一戳：干活懒散，吃饭大碗，你还有脸说，马上放下碗给老子滚回去。卢开智酒碗往桌上一掼，脖子一直：资本家吗？资本家都比你好。工头眼一横，撩起衣袖就准备冲过去，父亲一把拉住了他，慢条斯理说：他说得对，要尽兴嘛！工头奋力挤出一线笑，两手一摊：许校长，你的活路，你说了算。

那晚父亲喝了不少，拉着同样步履跟跄的卢开智到了家里，他们俩先是坐在我家破了洞的沙发上骂了工头，父亲又红着眼介绍了无双中学未来十年的远景规划，他们还花了一个多小时说周树人，意见大多不合，几乎是在争吵中结束了这个话题。

打了个哈欠，卢开智站起来，我家沙发发出了"唧"的一声长叹。他说：该回去睡觉了，明天贴外墙砖，还要挑灰浆呢！父亲喊住他，从里屋拿出了一副围棋，吹了吹棋盘上的灰尘，父亲说：来一盘？卢开智一看棋盘，眼睛直勾勾盯着父亲问：校长还会这个？父亲怅然一叹：无双镇地窄人稀，我十年未逢敌手。

父亲执黑先行，落下一子说：就一盘，不影响你明天挑灰浆。

卢开智盯着棋盘摇了摇头：有棋下，管他妈啥子卵灰浆哟！

父亲哈哈大笑：还是第一次听你娃开黄腔呢！

卢开智缩缩脖子，其声如蚊：酒壮厕人胆嘛！

确实不影响挑灰浆，棋局半小时就结束了。无双镇的独孤求败，和四川内江建筑工程队的灰浆工人卢开智酒后对弈，行棋未到中盘便投子认负。胜者摇摇晃晃离开后，父亲盯着棋盘足足看了一个小时，还自言自语：为啥子输得这样快哟！

从大门口挪到电视机前排，卢开智花了一个月时间。坐在第一排的灰浆工人显然还不太适应，一集《包青天》要调整五六次坐姿，总觉得如何摆放都不合适。只要我一打开里屋的门，他就一下绷直身子，满脸期待地问：哪道题不会？

他做题时不看我也不问我，低着头自顾演算，一算就好几张草稿纸，很多字母和公式我都不认得，我们数学老师也不认得，做完了他也不问我会不会，用笔勾出一个最简单的答案给我后就回到电视机旁。

那天是《包青天》最后一集，外面展昭带着王朝马汉正和奸臣做最后决战，叮当乱响的兵器撞得人耳膜发麻，卢开智正低头给我演算一道几何题，其间他抬起头嘿嘿一笑：恁个久，总算遇到一道拐了弯的题目了。

我歪着脑壳看着他，他突然抬起头问：有啥理想不得？

我说：当无双镇镇长。

他说：就这个？

我说：出门有吉普车，顿顿有酒喝，安逸得很。

想了想他说：读书呢？有啥想法不得？

我说：想考个电力学校，出来分在供电局，当电老虎，工资比镇长还高。

他说：其实你还可以有更高远点的想法。

我说：那我就上高中，考最好的大学。

我问他：你晓得最好的大学是哪所不？

他说：是不是最好不敢说，但是我觉得校园里应该有湖，湖边还得有松，古松，古画里头才能见到的那种。

我说：具体点嘛！

他笑笑说：走之前一定告诉你。

教学楼眼看竣工在即，不料还是被突如其来的事情延缓了进度。

这段时间无双镇发生了两件事，一大一小。

先说小事，镇西头的郎姓个体户打了镇文化站的干事，原因不得而知，反正打得挺狠，全家齐上阵，文化干事肋骨断了好几根。文化干事走路一直都俊朗挺拔，经此一劫，撒泡尿都得猫着腰。

再说大事：派出所所长把配枪搞丢了，要命的是弹匣里填满了八发子弹。

丢枪的原因众说纷纭，比较可靠的说法是派出所所长去镇上酒馆喝酒，回家路上醉倒在马路边，迷迷糊糊中有人把枪给拿走了。县刑侦队下来调查，详细盘问了所长丢枪的过程，所长揉着浮肿的双眼很肯定地表示，虽然当时迷迷糊糊，但他可以确定拿走配枪的绝对不是本地人，无双镇谁脸上有颗痦子他都一清二楚。

理所当然，外来建筑队成了重点调查对象。

盘问地点在初一三班教室。

我躲在窗户下面偷听了对卢开智的讯问，也只听了对他的讯问，其他人我才懒得管。

两个民警先问了姓名、年龄、性别、籍贯、民族，然后进入正题。

民警：六月九日晚上七点到十点之间你在哪里？

卢开智：在床上看书。

民警：看书？

卢开智：《我的世界观》。

民警：没问你世界观，问你在干哪样？

卢开智：我说我看的书名字叫《我的世界观》。

民警：哪个可以证明？

卢开智：狗屁！

民警一声怒喝：你说哪样？

卢开智：哎哟！对不起对不起，我是说翻译水平。

民警：问你哪个可以证明你在看书？

卢开智：嗯！具体点不出名字，都盯着书了。

盘问时间不长，两个民警估计很难把眼前这个风大些都能被带走的人跟一把冰冷的制式杀伤性武器联系起来。

最后喊来派出所所长，前前后后上上下下左左右右打量了一番，摇着头说，拿我枪的日绝户没戴眼镜，是个络腮胡。

接下来镇上唯一的络腮胡被警察带走了，他是镇上的铁匠，很快传言就在镇上传开，说枪是铁匠拿的，熔掉后做成了锅碗瓢盆。

六月的无双镇空气里弥漫着黏稠的沮丧，唯一值得高兴的就是无双中学教学楼最终顺利竣工了。教育局基建科长带着人仔细检查了一通，微笑着对父亲说这是他见过质量最好的教学楼。父亲喜笑颜开，又把母亲刚刚养了半年的一只母鸡杀了招待科长，科长抹着油嘴对父亲说：楼再好也只是硬件，老许啊！软件得跟上，升学率冲进全县前三，才对得起这栋楼。

六月末的阳光照在新落成的教学大楼上，三层，外墙有雪白的瓷砖，反射着白刺刺的光芒，气势力压镇政府办公楼。父亲站在大楼前，对建筑队一拨人表达了感谢，他两手叉腰，看样子是想说些豪言壮语，突然教导主任跑来对他说县教育局来电话，要他马上去县城开个紧急会。

父亲点点头。

教导主任脸上有了难色：你接下来有两节初二三班的语文课，我查了一下，所有语文老师都在课上，这个咋整？

父亲指着卢开智说，你去给我代两节课吧！

卢开智往后退了两步，慌忙摇手。

父亲说正好到《狂人日记》，就按你的想法上。

教导主任表达了他的担忧，说这厮毕竟不在编制内。

父亲指着自己的鼻尖说，首先我是校长，又指着卢开智说，他能不能上我心里有数。

当满头水泥灰，双脚泥汤水的建筑队灰浆工人走进教室的一瞬间，当即惊起一滩鸥鹭。倒不是以貌取人，关键是建筑工人介绍自己时都显得脸色惨白、惊魂未定。

镇定从介绍周树人开始，他两手撑在讲桌上，先讲了大先生和弟弟以及弟媳的公案。

八卦总能让人聚精会神。

接下来他在黑板上写下《狂人日记》的标题，建筑工人没有立即进入课文内容，他先说了一个古怪的名字：尼古拉·亚历山大罗维奇·杜勃罗留波夫（这个名字当时我是没法记住的，很多年后查阅资料才搞清楚全名）。建筑工人说这个名字很长的人有个观点，文学必须强调真实性和人民性，人民性表现得最充分的地方，也就是生活的真实性最充分的地方。

灰浆工人说要反映人民的思想、感情、意志和愿望，就必须抛弃偏见，努力渗透进他们的精神，这里的他们，就是你们无双镇上的每一个人，也包括在座的你们，体验你们的生活和感情，只有平视，也只能平视，才能表达出你们真正的情感，而这种表达如果带有哪怕一丁点认知上的优越感，都是不真实的。

消化这段话，我花了整整十五年的时间。

那堂课具体讲什么我只能记个大概，但是短短四十分钟，我们初二三班所有人见证了一个灰浆工如何从结结巴巴到口若悬河。讲到最后，卢开智把满是尘灰的头发往脑后一拢，大声说：最后送你们一句话，不要相信眼睛和耳朵，要相信脑髓，脑髓才是人最后的篱笆。

从县城回来，父亲让母亲准备了几个菜，把建筑队几个管事的叫到家里喝了一顿酒。

给工头表达了这个意思后，父亲随口说：把他也叫上吧！

工头问：哪个？

父亲：眼镜噻！

工头愣了一下说：肩不能挑，手不能抬，喊他做啥。

父亲依旧坚持，工头只能点点头，临了还嘀咕：没得他，活路怕早干完了。

父亲点点头，说：干活路他确实不行。

包工头手一摊：都跟我们干了三年了，还是这个卵样，早晓得是这个样子，三年前找到工地上来的时候我就不该要他。

晚饭还没上桌，卢开智先来了。身上还是那件窄瘦的西装，还洗了头，一股子洗衣粉味儿。进门他就探头探脑问父亲：你家儿呢？我在里屋应了声，他轻轻推开门走进来，拍了拍我的肩膀说：活路干完了，明后天就得走了，以后作业只能靠自己了。

他从西装口袋里掏出一张纸，展开递给我。我接过来，纸上画了一个拱门，清式皇家风格，正大门上悬着一块匾，匾上无字。

送给你的，他说。

我还没来得及细问，父亲在外喊他上桌。笑着又拍了拍我的肩膀，他转身出去了。

那天是父亲这些年来最快乐的一天，从头到尾都在笑，他们一直喝到深夜，几人才跌跌撞撞离开了我家。

父亲站在月光如银的星空下，一直目送着他们走进临时宿舍。

现在我时常会想起父亲，他的颓伤，他的感奋，他的激越，他的哑默都算常见，也能具体到很多不同的场域，唯独惊惶，我只见过一次，因为次数极少，所以想起父亲，总是从那天他的惊惶开始。

酒局次日是个周末，天气很好，睁开眼我就看见了太阳，它卡在我家窗棂上，散着淡淡的柔光，不晃眼，也不灼人。我翻了一个身，想睡个回笼觉，刚闭上眼，父亲咣当一声推开大门，冲进屋子朝着母亲大声喊：拐了拐了，天，咋个会这样吗？他的声音短而急，充满了惊惶和无助。

还没等母亲发问，父亲嘶哑着说：卢开智死了，卢开智死了。

卢开智躺在无双镇镇西松林里的湖泊边，那件又短又窄的西装盖在他的脸上，一条黑色的血线沿着湖岸一直向远处延伸，风一过，密集的古松发出呜呜的声响。县里下来的法医用手术刀剖开了他的胸膛，将他的心肝肚肺掏出来挨个检查了一遍。把内脏塞回去缝合好，法医站起来对几名警察说，典型的贯穿伤，子弹从左胸射入，半扇肺叶碎裂。法医举起沾着黑血和泥土的弹头又说，近距离射杀，人没有立即死去，试图爬出森林求救，终因伤势过重死在了这里。

法医朝林子深处看了一眼，说，短短一百多米，他起码爬了三到四小时。

后来听说经过弹道检测，那颗子弹正是从派出所所长搞丢的那把五四式手枪射出来的。

那支枪此后再也没有出现过。

父亲顶着灼热的阳光从林子里慢慢走出来，他的脸上除了汗水，还涂满了哀伤。这时候工头走过来对父亲说：许校长，我们在贵阳三桥还有活路，明天一早就得到位，你看这事情咋个整？父亲说你先通知他的家人吧！工头摇摇头说，要晓得我早通知了，三年了，我们也没搞清楚他具体是从哪儿来的，只晓得是四川的。总得把他埋了吧？父亲说。怔了怔，工头从兜里掏出一沓钱递给父亲说：恐怕只能麻烦你了，我们实在没法子，这是他的工资，一共二千一百六十四块八，几个老乡合计了下，给凑了一千块钱，一起交给你，买口薄皮棺材开个路，或者挖个坑扔进去盖个土，你看着办。

父亲把一千元钱还给工头，说，我们这里物价低，他的工资够埋他了。

无双镇的黄昏很短，眨巴一下眼睛就没了，不过血红的残云却一直都在，月亮起来了都还悬在天边。

初二一班的教室被变成了灵堂，很多老师反对这样做，说教室是教书育人的地方，这样敲锣打鼓成何体统。父亲没有争辩，最后还是教导主任站出来力排众议，说校长都说了，只需要一个晚上，做完了收拾成原样就行了嘛！

道士先生是从邻镇找来的，他跟父亲说开个路也行，但需要个孝子送行。

父亲两手一摊，指着躺在教室中间的人说：哪点来的都不晓得，哪来的孝子嘛！

说完父亲转头看着我。

干咳一声，父亲对我说：教你做过题，名义上也算老师了，一日为师，终身为父，你就给他戴回孝吧！

我和父亲蹲在教室外面烧纸，他正了正我头上的孝布说，去给他磕个头吧！明天一早就要抬出去埋了。

我慢慢折进教室，道士先生在对着经书念经，我站在道士身后，发现他一直在偷工减料，念错字就算了，还夹着页翻。站了好一会我拍了拍道士的肩膀，指了指门板上躺着的对他说：他识字的。道士一怔，看看我又看看门板上的人，嘀咕：难怪戴副眼镜。然后他正了正身，把经书翻到了第一页从头开始念。

双膝一软，我跪了下去，水泥地有些凉，凉意从双膝处上下蔓延。抬起头，我看见了那张脸，有些胡茬，眼镜镜片磨损得很严重，脸色乌黑，嘴唇都是黑的，还有那件西装，实在太小了，完全裹不住他的身体。我确定他是死了，那些公式，那些符号，那些将父亲按在黑白世界里使劲摩擦的奇思妙想，那些藏在他脑子里的秘密，跟着他一起死去了。

此刻我只希望能把他埋掉，越快越好。

父亲花了一百二十八元钱和一条过滤嘴香烟，请镇上的风水先生找个下葬地。风水先生很敬业，带着父亲一直从清晨跑进黄昏。余晖中，道士先生抹掉额头上细密的汗珠对父亲说：两个地方，一个在山那头，状如蛇鳝，婉曲而长，体势柔顺，前有笔架砚台，后有扶椅倚身，典型的文曲地，后世定能金榜题名，科举高中；另一处就在我们脚下，也算好地，但普通了许多，后世最多也就衣能暖其身，食可果其腹。

父亲想了想，叹口气：就这里吧！

下葬那天，镇上铁匠赶来蹲在新坟前烧了一沓纸钱，他说要不是这一枪，他恐怕还在看守所呢！头七那天，父亲带着我给他坟前送去了火种，把他的铺盖和几件换洗衣服烧掉，父亲还给他烧了一套新买的西装，父亲说根据他的身板，估计还是买大了。沉默一阵，父亲又说：大了总比小了好。

从那天开始，无双镇连续下了两个月的雨。我依旧在里屋做作业，父亲还在客厅看电视，包青天走了，许仙和白娘子在西湖开始了人蛇恋，刺耳的喧闹没了，只有父亲连绵起伏的鼾声。我照例有很多不会的数学题，数学老师每次看到我的答案都会长舒一口气。

只是我的父亲，从此变得沉默了。

父亲一直都不明白，那个夜晚，来自四川的灰浆工为啥会出现在镇西松林的湖泊边上。

补记：

2021 年，我接到了父亲的电话，说当年卢开智下葬的地方要修高速公路，涉及迁坟，镇政府打听到卢开智是父亲当年负责埋葬的，要他去处理迁坟相关事宜。电话里父亲表示他身体实在不好，让我回去处理这件事。我当时正开着车穿过北京的街头，摁掉电话，我花了很长时间才想起那张戴着断腿眼镜的面孔，他站在那个冬日的雪地里，远远看着我笑。

车经过海淀区时，我看到了那座图画中的拱门，清式皇家风格，正大门上悬着一块匾，匾上有四个字。

原载于《天涯》2023 年第 1 期

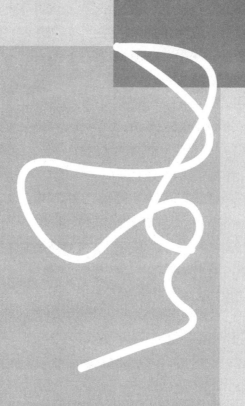

辑

三

讲苏州话的人

阮夕清

  醒来前的半小时，张先骏起码做了十个梦，其中一个梦过于特别，以至于他还没醒来就把其他梦忘了，只记得这个梦——他和一个不认识的女人生了个孩子，蟋蟀大小，他把孩子装在那种透明的鸣虫盒里，每天塞一粒泡饭或苹果肉喂他，听孩子哭叫。这天换食没留神让孩子跑了出来，捕捉时不小心摁断孩子双腿，懊恼后迁怒于他调皮，索性挥指弹开他如弹死蝇，却怎么也弹不掉，直至孩子身体被剐得血肉模糊，尖厉泣喊如坏掉的电动车警报器。他满头大汗醒来，摸到枕旁手机，才凌晨三点，离儿子起床尚有一小时，他不敢深入分析这梦的寓意。毫无疑问他爱儿子，梦里却揭示他厌恶儿子，另外这个不认识的女人是谁，怎么会是一个不认识的女人？如果代表妻子的话，他怎么会不认识妻子？当然可以解释为梦是反的，梦是假的，可做这样的梦，就是罪大恶极。手机屏幕打出白光，从床头往房间展开一条路，沿途经过此刻高耸的五斗橱，这条通道还不稳定，门把手吊着的妻子的丝巾在光中飘动。他告诉自己必须睡去，却无论如何睡不着了。他翻了个身，体会宇航员的失重感，类似宿醉未醒，可视力在缓慢恢复，周围家具在慢慢显形，因为有了手机屏幕的那一道光，书桌、台灯、躺椅、衣架区分出轮廓，妻子的风衣挂在衣架上，两只包，包括书桌上的两瓶卸妆水。三个月了，他没改变它们的位置，最多擦擦灰，擦好后放回原位，尽量让室内保持不变。他当然知道这些东西叫作遗物，包括枕头、盖的被子、身下这张床，都是妻子的遗物，他躺在大大小小的遗物之中，被一种令人不适的来自阴间的温暖包围着，可他还没准备好离开。

  张先骏收拾齐整仪式需要的物品，看看时间，这才推开儿子的房门。他吓了一跳，张广青不知什么时候醒的，已经穿好衣裤，黑乎乎一团庄重地端坐床头。他打开灯，发现儿子连鞋带都系好了。为什么不多睡会儿？要么睡，要么就起来，坐在那边装鬼干吗！我睡不着了，但我也不高兴出来。张广青去拿桌上的书包，手伸到一半，想到今天不必带书包，随便取了本漫画书，跟着张先骏出门。张先骏语带警告，今天我不和你吵，你说话口气也注意点，别讨我骂。说完他就意识到自己示弱了，他主动在维护什么，只有担心真的吵架才会事先提醒。从楼道望去，窗外乌漆麻黑，一些高层起伏，挂着零星几处光，像是连绵大山深处的微弱篝火。他们在电梯里不吭声，张先骏去掖张广青翘歪的夹克衫领，动作突兀。张广青很不耐烦地挥手挡开，嘀咕道，我自己会弄。你会弄，那你怎么不弄，光嘴会说，对了，你带好信了吧？带了！张广青恼火地踢了脚电梯门外的购物袋。车驶出小区，半空夜色被路灯照白一圈，路灯成了一排探测天空深度的小手电。张广青贴靠车窗，他第一次面对凌晨四点的城市，街面空旷，前方有个清洁工弯腰扫地，垃圾车陪伴，垃圾车比清洁工要清晰。灯火通明的早班公交车隆隆驶过，气流吹动灌木丛的白雾，公交站台灯箱广告刺眼，外国女明星手持百事可乐，笑容亲切，他回头多望了两眼。张先骏揿响音乐，是《D大调奏鸣曲》，钢琴十级曲目，后视镜发现张广青两指塞耳，知道他不喜欢。他摁掉几首练习曲，换了首英文说唱，欢快的节奏响起，可对于他们正要去做的事情，这欢快显得古怪。他索性关了。

清名桥小学面目模糊，大门口空无一人，张广青知道再过两个小时，这里会车水马龙，欢声笑语。两小时后的场景让他走神，好像会在下一秒就出现，带着虚假的为他一人而设的热闹。那些蹦蹦跳跳进校门的学生里，没有他。今天周四，上午一节自然课，下午三点机器人社团活动，他一周没去上学了，想念这些课，可这个想念尚不能抵消对那两个王八蛋的愤怒。他仍然没做好准备面对他们，就算他们已经道歉。到黄溪村要开一个小时呢，你要是困，先眯会吧。张先骏关照儿子。那个事情，你以前试过没有？可能感觉到父亲语气变得平和了，他也想满足下忍了几天的好奇心，张广青终于开口。他一周没跟父亲像样说话了，哪怕父亲和他认真交代此事，并关照他给妈妈写封信，他也只是闷头照做。张先骏明白他指的那个事情是什么。我当然没试过，不过我公司里那个阿五头试过的，绝对灵，林阿婆说话的腔调和阿五头爷爷一模一样，连阿五头小辰光给爷爷起外号的事都说出来了，这事没有第三人知道的。你脑子坏掉了，这是靠迷信骗钱，道德与法治课举过例子的！张先骏听出儿子终于暴露出之前隐忍的不屑，口吻瞬间生硬，你又要吃巴掌了，你知道林阿婆名气有多大，找她的人从上海排到无锡，我托朋友打招呼她才答应的，我警告你，等会看到她，一定要懂规矩。

人到中年，最怕接到两类电话：半夜父母电话，其次就是小孩班主任电话。儿子班主任来电话时，张先骏攀上爬下地在业主家验房，公司连续跳走四个员工，近期碰到三个楼盘集中交房，人手不够，他只能顶上。客厅地面十几处空鼓、玻璃划痕严重、地插打不开、朝东墙面渗水，张先骏冷静地数着病情。业主捶墙拍门，放狠话要找开发商退房。张先骏安慰他，普遍现象而已，拿人比，最多算亚健康，比起其他楼盘，尤其精装修的楼盘，已是质量不错的了，大家都差不多。业主听了他的说明，特别是那句大家都一样，心情稍稍平复，意犹未尽地骂几句。

张先骏飞快地把各种可能性过了遍，迟滞两秒才按键。班主任秦老师知道家长接电话心悬一线，直接告诉他不是什么大事，张广青打架，一个打俩，同桌鼻子被捣出血，另外一个同学挨了他两巴掌，对方家长也在学校，为了避免今后矛盾，要他过来处理下。他听到她的背景环境声跟着高跟鞋走动在转换，越来越安静，估计从办公室走到楼道里，最后一句话特别清晰：广青爸爸，你一定要好好赔礼道歉，对方家长工作我做得差不多了。

儿子平时喜欢一个人玩，拿副扑克牌可以躲房里自言自语半天，跟同学向来不热络，不过要弄到打架，肯定事出有因。张先骏担心激怒他的是自己想的那件事。在门岗填好表，他小跑向教师办公室，看到"五年级教师办公室"门牌，焦灼之余，更有源自小时候的慌张，证明有些胆怯从未离去，只待场景再现，哪怕隔了几十年，仍然保鲜。办公室呈长方形，横排两张办公桌，一共三排六张，他像走进了一节火车车厢，傍晚阳光从绿格窗射进，靠墙处产生了隧道出口的通透效果。老师各就其位，两个家长和三个孩子都在，像几个没有票的旅客挤在火车过道。张广青斜着脑袋，头发乱蓬蓬的，他见张先骏来了，气恼地转身对墙，倒像张先骏是罪魁祸首。另两个孩子眉来眼去，做手势，不避嫌地传递各种暗号。一个刀削脸、身型微驼的家长显然不满儿子的态度，不轻不重拍记头皮，喝令他站直。他不理会张广青，先向秦老师问好。没等秦老师说话，那个穿圆领马褂的家长先问候他了，兄弟，你是这孩子的家长吧，你平时带他练的？出手够狠的啊！张先骏听清这话里的挑衅，此人宽脸阔嘴，人高马大，肚子也大，掌中盘串，是好汉的气质。他双手合十，对好汉躬身行礼，再对驼背家长躬身行礼，对班主任也行了个礼，弯腰弧度达到日本标准。他尽量真诚地说，两位兄弟，实在抱歉，我带小朋友去医院检查。

医院就不用去了，没必要，可事情要弄清楚。驼背家长食指点点张广青，问问你儿子为什么打人。张先骏顾不得讨厌这根指头，他望向儿子，张广青头一斜，他再以目光询问秦老师。我问到现在了，三个人都不肯说，她烦躁地解释，又操起教鞭敲两下办公桌，板脸警告那两个孩子，你们要是不说原因，抄二十遍《小学生守则》。张广青，你抄四十遍！好汉由衷地夸了句，嘿嘿，现在你们三个倒是一个阵营了。张先骏一把揪住儿子耳朵，拎行李箱一样硬拽到秦老师面前，批作业或备课的几个老师喊道，你别动手啊！张广青一声不吭。说，你为什么打人！张先骏持续发力，往下拉儿子耳朵，张广青脑袋一下一下压撞高叠的作业本，脖子却梗起，涨红着脸怒视父亲，昂头与父亲角力。张先骏知道自己表情扭曲，让他瞬间失控的，是对儿子这么多天的担忧早到达一个临界点了，里面也掺杂其他隐秘的情绪，但在班主任和其他家长面前，无论如何，这行为算变相的示好——这态度算好了吧，算合作了吧。

陆明昊说张广青不会哭……从来没哭过，张广青就打他了。眼皮底下的暴力让戴眼镜的孩子震惊，吞吞吐吐地坦白。我放你的臭狗屁！那个叫陆明昊的男孩瞪圆了眼骂他，明明是你说张广青妈妈死了，他一次都没哭过，血管里流的是自来水。可能为陆明昊洪亮的骂声所慑，戴眼镜的男孩低了头，不过他继续反驳，我悄悄说给你听的，你最坏，故意重复给张广青听，还讲得怪里怪气的，我说是自来水，你说除了自来水，还有百事可乐！秦老师听出端倪，招呼那两个父亲到门外说话，张先骏大概能猜出她讲了些什么，接下来该怎么做，似乎需要安抚一下儿子。他做不到情绪收放自如，很多人有这种能力，他从来没学会，所以他怒容依旧。张广青狠狠盯着窗户，仿佛施加伤害的不是父亲，也不是同学，而是教学楼顶的落日与晚霞，仇人相见，分外眼红。

张先骏察觉到儿子不对劲是在妻子头七过后，半夜上厕所发现的。凌晨两三点，儿子房门底部亮出一条刺眼的光线。他以为儿子在偷看网络小说，推门而入，只见张广青枯坐床头，手中没书，面无表情，知道他会进来一样，有事先预备好的平静。他问，怎么不睡觉？张广青说做梦惊醒了。猛地一躺，伸手关灯。他在黑暗中站了会儿，儿子一动不动，发出可以让人听到的均匀呼吸。张先骏关上门，轻靠门口，先听到里面不停翻身的动静，知道他在找一个舒服的睡姿，夹紧枕头或卷裹被子。然后听到床垫的挤压，是坐起来了，他强忍住没推门，先前那个故意让人听到的均匀呼吸也消失了。半小时后他重新出去查看一次，门框下光线锋利，自带寒意。

　　这情况三番五次出现，张先骏确定儿子失眠了，五年级失眠，比自己提前了七年。随之而来的是精神萎靡，成绩迅速下降。接到班主任电话，告知孩子状态不对，听课眼神游离，有两堂主课顾自睡去。班主任小心地揭示她的答案，会不会妈妈的事，孩子走不出来，你多留意孩子。替儿子关灯容易，可他无法替孩子入睡。这话题很敏感，以自己小时候的体验而言，对于青少年，承认怀念某人，哪怕是父母，也是很没面子的羞于启齿的事情。甚至越思念，表面会越抵触，他迂回暗示过一次，妈妈已经走了，想想她的希望是什么？你更要好好学习，早睡早起，按时练琴，不然怎么对得起她，你总不能让她活着时生气，死了也生气吧。

　　尤薇艳发生意外的前一个周日下午，她足足训了儿子半个小时，起因是练琴偷懒。后来忍不住动手扇脸，张广青还手推搡妈妈，尤薇艳跟跄几步，躺坐沙发。母子冷战几天。现在，儿子再也没机会向妈妈道歉了，思念和懊悔，这是儿子失眠的源头吗？还有不哭，他心知肚明，不管在医院、殡仪馆，还是做五七时，儿子的确没哭。旁人也提醒过，你儿子怎么不哭。他觉得是孩子从没经历过不幸，心智尚无法处理重大悲伤，一时蒙住，哭不出来也正常，这是儿子失眠的另一个源头吗？妈妈死了，他哭不出来。

　　与同学冲突的后续是各打八十大板，同学向张广青道歉，他也向两个同学道歉，家长见证。张先骏替儿子请了一周假调整状态，带他爬山、看电影。张先骏近乎讨好地和儿子交流，谈吴文化、飞碟、电影里恐龙的种类、傅聪练琴的故事。张广青配合沟通，听他絮叨会儿，漠然地"噢"一声，点点头，像是接听一个不情愿但又不能主动挂掉的电话。这表情还是惹得张先骏想开口骂他，但他自知上次理亏，尽量控制语气，不带教训。吃牛排时，他认为铺垫成熟，提到有的人难过是面上哭，有的人难过是心里哭，都一样的，难过也好开心也好，都是自己承受，不用去理会别人的看法。张广青无动于衷，嚼着牛排，切滑鸡蛋，餐刀嚓嚓划响瓷盘，仿佛听不懂张先骏的意思。也许，五年级的孩子本来就应该听不懂。

夜晚两点，张先骏看着不会有人去穿的衣物，不会有人去用的卸妆水，当然说不定以后还会有人去用。就是这个"说不定以后有人去用"，让他觉得虚无，他又为自己感觉到虚无而欣慰，又想到隔壁在黑暗中睁大眼睛的儿子，不禁悲从中来，他咬住枕头无声地号啕大哭。从对家人和自身继而人类的哀怜中挣扎而出，他头脑恢复平静。问题总要解决，他记起妈妈带他去看过的林阿婆，当时他是三十一岁吧。刚才的悲苦如同大雨，将他的灵魂冲洗了一遍，他对生活暂时具备近乎窗明几净的洞悉，这简直接近于智慧了，她应该能帮上忙。不过有一个问题，如果去找林阿婆，等于承认需要借助现实之外的力量解决了，他再三琢磨，想到最坏的后果，次坏的后果，觉得后果都不大，可以一试。

车上高架后视野开阔，两排路灯如同机场的指引灯，城市全景展示在眼前。亮化工程需要，高楼轮廓都镶上一条光带，仿佛一些巨大电子管。更远的方向，浓重黑幕笼罩四周，世界被关在一个小抽屉里。环城高架行驶半个小时，张先骏拐到锡洛公路，烟囱、标准厂房、冷却塔、电塔、物流仓库、铁路依次出现，如果把城市比作一座楼房，现在他正行驶在设备间。张广青仰头睡着了，肩膀呼应车身的微颠而不时抖动。他按低音乐。

二十多年前，张先骏走过这条铁路。办完退学手续，他把生活用品送给同学，书籍大多拎去赠给在读书会认识的同系学姐，学姐回赠的手表让他惶恐。他拒绝接受，学姐不容置疑地塞进他别着钢笔的衬衫口袋，双目灼灼地鼓励，时间见证我们失去，也将见证我们获得。金属表带的凉意瞬间入怀，秒针贴牢肌肤走动，也不清楚是由于这块表，还是那句话，他的不安减轻了。造成不安的结果来自未来，临时工、没有工作、长期没有工作、父母的愤怒、远亲近邻的冷眼，但仿佛有更重要的事，至少这一刻，让这些结果变得次要，这更重要的事是什么，他也说不清楚。他们约定每月通信一次。

从北京到无锡，普快行驶二十一个小时，他晚上八点从北京西站出发，隔天傍晚五点可到无锡。非客运高峰期，票还是难买，他加价二十元钱从黄牛手中买到坐票。车厢通道旅客或坐或躺，行李当成枕头靠垫，睡熟的那些人，每一张脸上挂满愁苦，还不如醒来，醒来倒更像是休息。睡眠可以调度身体，却无法提供灵魂的缓冲。他必须从他们身上甚至头顶跨过，才能走到车厢尽头的厕所，整个过程提心吊胆，怕不小心踩到某人，或因动作过大引起别人愤怒。他注意到膝旁的瞌睡老头，坐地环抱蛇皮袋，袋子上锅碗瓢盆形状突起，戳出两根筷子。老头惊醒，困惑地打量周围，好似突然穿越至此，确认安全后，抱紧蛇皮袋，坚决闭眼，这样才能重回属于他的真实。张先骏憋尿，熬不住了才去。第四趟去厕所，列车已过常州。他低头收束皮带，背还没挺直，听到哗啦轻响，正好捕捉到一弧手表的银影滑入槽孔，竟像活物，逃离的姿态灵动欢畅。他没有戴表的习惯，手表塞到书包的衣服里，无聊翻出把玩，看来是之后迷迷糊糊犯困，顺手放裤兜了。他脑袋嗡嗡作响，一片空白，补救般探手抓了两把空气。

下一站是洛社，属于无锡站的四级小站，他提前下车向车站工作人员说明情况。工作人员说，找不到了，找到也摔得稀巴烂。他不死心，问一定要找的话，有什么办法。往回走，走的时候千万小心，注意看过往火车，不要蠢到为了块表，把命搭进去，我看你长得不算蠢，但细细看还是挺蠢的。过了口瘾的工作人员指向眼前这条刚刚把他运来的、散发着隐隐钢铁腥气的铁路。某节铁轨，反射初秋下午阳光，仿佛一个无法直视的焊点，在他的眼中灼出黑洞。他沿铁路往回走，锈黄铁轨两旁铺满了碎石，每走一步，脚下就发出细微的倒塌声。他尽可能靠近铁轨，保证枕木低处、枕木铁轨交错带也在视野之内。

铁轨上空空荡荡，他索性走到轨道中间，踩着枕木低头寻觅。碎石上有烟头和稀烂的糖果纸。走了一阵，发现撕成两半的脏皮夹子，两张票根。他甚至看到本泡烂的《山海经》杂志。他就这么低头前行，同时不忘前后看看。火车远远驶来，车轮愤怒地敲打铁轨，他快速跑到铁路旁，热腾腾的狂风刮过脸庞，身体在钢铁咆哮中战栗不停。铁路尽头浮沉半轮鲜红夕阳，走得太久，他产生错觉，好像攀爬一架锈迹斑斑的铁梯，越爬越高，接近天空时，夕阳却消失于暗凉暮色，他也往这片漫漶的混沌中深入，于别人的视线，自己是否也算一种消失。走过横林站牌，前面就是常州，两边乡村已被夜晚吞没，除了铁桥被一排路灯照亮，轨道交会处信号灯旁稍显清晰，其余道路需要辨认才能看清了。他不得不彻底放弃。虫声欢唱，广袤黑色里的微光是遥远的村庄和乡办厂，直到这时，他才意识到把自己带到前所未有的危险处境了。不安席卷而至，他转身狂奔，直到喘不过气，跌跌撞撞地快走一会儿，接着狂奔，背后似乎始终轰鸣着一列想碾压他的火车。

他没给学姐写信，学姐也没来过信，读书会同学信中提及，她毕业后留在北京，又去了德国。他们再次在网上相遇，用QQ寒暄了几句工作、婚姻，哪怕是文字交流，有时间思考，仍然无话可说。他跟她说了弄丢手表的事，表示愧疚。对方却完全想不起来曾经送过表给他，问他国内靠谱的奥数训练营，暑假想带孩子回国去报名，提升孩子的数学能力。他忧伤过几天——怎么不忧伤呢，原以为两个人隐秘的，或一群人甚至一代人的记忆，最终成了一个人的记忆。

学姐还在QQ好友栏，后来不知谁拉了一个当年读书会的群，十几个人，开始还有人转热点新闻评论、发黄段子，应者寥寥，像是酒席冷场时强扯的话题，没几天，连问候表情都没人发了。他们难得会私聊几句，逢年过节发个消息。

他简直是记忆的垃圾桶。他相亲成功，女方希望不管面积大小，要套房子。他打两份工、跳槽、创业，还贷的压力治愈了忧伤。尤薇艳，苏州望亭人，中专毕业留无锡，在图书馆工作。为解决她的事业编问题，两人潜心规划钻营人脉多年，终获成功。她性格稳定，两人情感甚洽，儿子健康，这里面有具体的可以列出来的幸福感。

儿子在睡觉，他看着与公路平行的这条已经荒废的铁路，觉得那块表仍在某个角落，碎了或正常运作，还有一个看不见的年轻人正埋头疾走，黑夜里脚步慌乱，狼奔豕突。

还要多久？车拐入乡路，路况糟糕，张广青被颠醒了。张先骏瞥一眼导航，很快，你急个屁，十分钟就到了。导航里嗲嗲的女声说：前面第一个路口左转，直行两公里。张广青按下车窗，晨霭涌入，带进野外清冽的土气，父子俩头脑为之一醒，好像已经开到很远很远的地方，其实还在这个城市。路边隐现一顶连一顶灰白大棚，如奔涌的层层波浪，田野传来几声公鸡打鸣，偶尔一两下充满惊疑的狗吠。如没面对过凌晨四点的城市，张广青同样没面对过凌晨五点的乡镇，有那么一瞬间，他竟生起类似秋游的兴奋。这兴奋稍纵即逝。

　　导航提示已到达目的地。张先骏靠村口牌坊停好车，再打开手机导航输入门牌号，凭借隐约记忆，和儿子一前一后向深处走去。灰白民居分布在道路两旁，表情黯淡像做旧的电影布景。应该是前面一户了，空地停着三四辆车，影影绰绰几撮人。门口有人缓步迎来，是一个穿唐装的瘦高个中年人，他问他们名字，语气毫不客气，仿佛老师点名。查看手机后，告诉他们排在第五，起码要等一个半小时，到时会喊号。这人也不多话，说完又回到门口站立，好像张先骏看到的是幻觉，他从来就没动过。

　　排队在前面的，全家都来了，四人并排，一对老夫妻和一对相拥的年轻人，小伙子在一身黑衣黑裙的女孩耳边低语。听到了什么，老夫妻转头注视着他们，老头把手搭在小伙子肩上，像鼓励，又像给他安慰。隔几米距离，一个戴鸭舌帽的中年人靠墙半蹲，吸烟不用手，空叼嘴中，像咬着根吸管，腮帮一鼓一瘪，持久地吞咽。从他圆肩、弯背、啤酒肚，以及满地烟头看出，他不在乎什么健康形象，可他又穿洋气的背带裤。他飞快划动手机，这局游戏，他不想输。紧挨他的瘦小老太，戴蓝花布头巾，脸如陈皮，她摸出个鸡蛋，剥掉壳，愁眉苦脸地劝他吃，他不接，她也不收回，来回胶着。一个绿头发少女背靠槐树，斜挎军绿旅行包，亮紫漆皮短外套印着"苏荷之恋"。她最多十七八岁，却满脸浓妆，腿细而直，脚踝处文着蝎子，眼睛埋入黑蓝的眼影，她看向这里，仿佛与张先骏形成了对视。一家三口站在车旁，小孩坐妈妈怀中吃着手指，得意地摇头晃脑。车牌苏C、苏A，还有浙B，显然是慕名远道而来的。张先骏张望他们，张广青却对陌生人不感兴趣，他凝视村路后的田野，菜地井然有序，浓绿灰绿色泽各异，呈现出平等而丰富的美。地平线浮沉几缕玫红天蓝的流光，一群白点从灰茫大地飞出，融入天空，那些心脏般的垂云，贴地面更近了，他有点失落，他不知道这种鸟的名字。

　　门开一边，挤出连续咳嗽声，穿唐装的瘦高个仿佛能听懂这个咳嗽，悠长地喊话，请刘建国家属入宅。先做了个请的手势，他侧身走进黑木铜环门内，那一家四口跟了进去。门无声关上。上次来好像也是早上，张先骏记不清楚了，他吃"百忧解"不见效，越来越少和人说话，几天说不到一句话，被妈妈硬拉到黄溪村。林大仙的盛名，妈妈从几位下岗同事那儿得知，她们提及时神情激动，这种完全信任的表情，生长在她们年轻时。她比她们更加激动，孩子的精气神漏了，心悸、失眠、多梦、健忘、困倦、惊惶，试过多种中西药，无论如何，相比医院精神科，林大仙传闻的能力与价格更实惠。关亡时，林阿婆和张先骏几次问答，彼此吓了对方一跳。张先骏迷惑于大仙话语漏洞，不知如何骗到这么多事主，原以为需熟读相书兼具心理学才能经营这等超现实业务，没想到几句话就能引起自己怀疑。林阿婆吃惊于她关亡遇到过关父母、关祖父母、关外公外婆、关儿女孙辈，甚至关宠物狗猫的，但第一次遇到关同学和关老师的，又非情侣，这怎么个关法，再说了，同学和老师关你屁事。她迂回试探，偶出几言，也不知是否切中要害。出门后，妈妈问他准不准。他说挺准的。那解决方法有用吗？可以试试，我好朋友是在南方，名字真的带五行之火和水。妈妈笑得舒心，她尝试了一次用古老的信仰来解决儿子的病，果然管用。一个原因，他不忍妈妈为自己焦虑；另一个原因，哪怕知道林阿婆在胡说，他确认获得了轻松，这可能与他看破而不说破有关，智力优越感油然而生——他亲历了人们如何解决现实挣扎的过程。

鸟鸣轻盈，凉风慢摇树梢，没发出任何声响。张先骏关照儿子，你冷的话把帽子拉出来。这句话张广青接受了，他套上卫衣帽子。世界的像素在变高，樟树叶子青绿，槐树叶子深黄，草叶慢慢亮出露水。门又开启，一家四口走出。老妻和儿子（女婿）扶着媳妇（女儿），她哭肿了眼睛，脚步绵软蹒跚，脱了力似的。穿背带裤的中年人放下手机，毫不客气地问，怎么样，准不准，准不准？无人理会。瘦高个送他们上车，不紧不慢回到门前，喊，请张金荣家属入宅。瘦小老太太整整衣服，领着因失了面子而唠叨的中年人进去。

呜呜呜几声，一辆电动车开来，穿保安服的老头把着龙头目不斜视。车篓里几根脏萝卜，随弹跳撒下泥渣。想必他对这些关亡的人见怪不怪了。电动车自带的喇叭正播新闻：到二〇一一年十月三十一日，地球人口突破七十亿大关，并且在二〇五〇年全球人口达到一百亿……张先骏重复道，突破七十亿大关，我上高中时才五十亿，人口增长得真快。张广青说，这有什么奇怪的，人就是地球的脂肪，地球已经是中年，它发福了。

他的这句话让张先骏愣了愣，这和儿子平时的表述不太一样，显得挺有深度的。

那对母子出来后，不停地说话，都有指责埋怨对方之意。老太太叹气，叫你听话你不听，早被你爸爸料到了吧！中年男子说，爸爸明明是怪你自作主张，你难道听不出来吗？那套房你要分成三份，给妹妹，给她管什么用，爸爸的意思是我来做主。家和万事兴，我当家，我来想办法和，不分房，我可以给妹妹钱啊，总之不会让她吃亏。他语速极快，老太太接不上话。中年男子说，他住得太挤，回去我们先烧两间别墅给他。老太太不停地点头。

瘦高个清清嗓子喊，请陈涛家属入宅。绿头发少女过来对他说了几句，瘦高个表情错愕，张先骏听到他绕来绕去的回话，大意是不退钱之类。她转身离开。她手插裤袋，下巴微抬，短皮靴踩响水泥路，面容颓废，嘴角却挂着睥睨生活的冷嘲，吸引了张先骏和张广青。仿佛担心这瞬间的私密欣赏曝光，父子俩同时瞥向对方，张先骏觉得不好意思，眼神滑至高处。阳台堆满旧棉被、断腿藤椅、马桶、破电视机之类，一顶摇摇欲坠的铁鸟笼悬靠扶栏，关着淡黄阳光。等到一家三口出来，已近七点，孩子趴妈妈肩头沉睡，小夫妻低语几句，丈夫面露难色，给儿子的衣服和奶粉怎么烧呢，衣服买真的，还是纸做的，奶粉呢，烧奶粉包装盒吗？又来了几拨人。排队的仪式感，瘦高个的苍白脸色和黑绸唐装，即将面对的未知，这些都加深了张广青的紧张，他进门时贴在父亲身后。

客堂不大，没开灯，窗帘拉满了，靠供桌的三根烛火照明，烟气弥漫萦绕。客堂中间一只搪瓷脸盆，锡箔尚存余温，一边熔化一边明亮。林阿婆端坐供桌旁的太师椅，膝边站匹纸马，如受香火供养的神像，不太像真人，看到他们进来，不带感情地说，来了啊，东西带了吧，先摆上来。张先骏认真打量她，疑惑多年未见，她倒是老样子，也可能从没看清过她，才有如此体会。摆在哪里？摆到香炉前面。供桌上有盘塑料苹果、云片糕和一碗清水，他打开拎包，一样样拿出妻子的东西，放上供桌，口红、袜子、腰带、保温杯、一双棉拖鞋。对了，青青，你把信给我。什么信？张广青显然还在适应这恐怖电影里才有的环境。你写给妈妈的信。张广青回过神来，从夹克内袋掏出折成鸽状的信纸，递给父亲。林阿婆颤巍巍离座，两指伸进碗里，画龙点睛般蘸水轻按张先骏带来的东西。依次按过，她点一炷香，擎过头顶拜拜，插入香炉，颇具威严地盯着父子俩，你们谁先跟尤薇艳交流。青青，你先来。张先骏交代完几句，隐入墙角的阴影，让儿子独自面对林阿婆。林阿婆伸指轻弹张广青额头，凉意沁入心脾。她从桌底摸出一袋纸元宝，掏只打火机给他，先给妈妈烧点买路钱。张广青将整袋纸元宝倒进脸盆，半蹲屈身点纸。林阿婆提醒，要跪的。张广青"噢"了声，双膝跪下。耳中"嗡"的一声，火光张牙舞爪像动画片里的鬼魂。眼前瞬间变亮，张广青看清了客堂的布局和林阿婆，纸马没有眼睛，她的脸像布满霉斑的落叶，双腮涂红，白发梳得缕缕分明，别支花哨的金簪。热浪扑面，满屋灰絮飞扬，他膝盖没动，上身往后退避，形成瞻仰的姿势。

林阿婆坐回太师椅，语速极快地念词，像猫腹的咕噜声，嗓门突然拉高，用与之前不同的尖厉腔调说，青青，姆妈想侬的，最近天冷了，你出门要多穿点衣裳啊！这不是妈妈的声音，但属于年轻女性，而且她和妈妈一样，苏州口音。张广青悚然站起，侧头寻找父亲所在，墙边暗处，张先骏面孔阴晴不定，指指嘴巴，示意他回话。张广青回复"姆妈"，我知道了。轻得好像害怕她听见。侬最近成绩怎么退步了，几次周考都没考好，语文要用点心，姆妈在下面替侬急，困不好。张广青告诉自己镇定，她在装神弄鬼，肯定是瞎猜的，成绩容易推断，要么成绩好，要么成绩不好，我要是成绩好，爸爸不会带我来的。他说，我会好好复习的。好好复习，好好复习，侬只会嘴上讲，现在我也没办法监督侬了，侬要自觉，否则要做青肚皮猢狲！好的，我肯定自觉。来回几句，他忽然觉得，这个"姆妈"很好敷衍，恐惧稍有减轻。

对了，姆妈帮侬买的书看了吗？张广青警惕起来，什么书？国际大奖丛书，《文化苦旅》《海底两万里》，我猜和以前一样，买了就堆书架，半年也不翻。我看的，《海底两万里》看到一半了。

怎么真的知道！张广青听到心怦怦乱跳，一件事开始怀疑真假时，已经有小部分相信了，这怀疑小心翼翼，又不受控制地迅速蓬勃。青青，侬看书看一半是个坏习惯，前面《水浒传》《西游记》都没看完，做事情要有始有终，我说过侬多少次了，五年级，马上小升初了，要拎拎清爽！张广青再次侧头，这些话父亲都听到了吧，怎么没反应，他不紧张吗？父亲不说话，静静地看着他，表情些许陌生，也可能因为视线昏暗，一切都变得陌生，香炉旁的保温杯、口红、信，像是别人的东西。难道他没听到，张广青眼下不确定父亲是否听到"姆妈"的话，我进入特定的空间了吗，只属于我的，与外界隔绝的听觉？他更不敢动了，生怕一动，一切化为泡影。像梦中考了满分，电光石火间猜测是虚构，可兴奋是真的，紧张是真的，只要不醒，和真实体验区别不大，所以这略带惊疑的幸福也是真的。你要听进去，不要左耳朵进，右耳朵出！我《西游记》已经看完了，《水浒传》后面写得差，我讨厌他们去打方腊征辽国。张广青着急妈妈的错怪，忍不住回嘴。连续数落他的"姆妈"咳嗽几声，默然许久，没再纠结张广青的阅读习惯，交代起其他事。姆妈还是想倷把钢琴继续学下去，起码考完十级，倷晓得为啥？如果对前面的发问，张广青的应答有应付、戒备，还有冲动，目前他开始琢磨她这句话的意思了。钢琴十级过关，是母子近一年对立的主要导火线，因其反复，争吵历历在目。他努力找另外答案，找不到，只好略带遗憾地说，你以前说过，同学们好几个都过十级了，我不争气，家长群里你最没面子。

看得出儿子钢琴考级对"姆妈"实属关系重大，她豁然起身，张广青以为她要靠近，不自觉退后一步。他还没准备好她真的和妈妈有关。她并未迈步，只是立在原地。现在，她是需要距离去感受和想象的妈妈，张广青担心靠得太近，这个模糊的妈妈会有变化，变成林阿婆还好，万一变成其他什么呢？

姆妈是说过气话，倷想想，会弹琴，就多一个永远陪倷的朋友，以后不开心弹弹，开心也可以弹弹，多好，倷对它多用心，它就陪倷多久，姆妈其实是帮倷轧朋友，倷朋友少，但钢琴一个可以顶十个呢，现在让我说中了，它比姆妈陪倷的时间要长吧。

大门隔绝了户外动静，光从窗帘四周空隙放射，给它镶了银边，闪亮的灰尘涌动翻滚。藏青色布被照成半透明质地，有微渺的事物从外面轻拱，布面愈来愈薄，吹弹欲破。这场景似曾相识，一部电影，女鬼不能见光，退缩茅屋角落，红日已然高升，书生拼命抱破木板去挡窗口。对一堆竹简大小的木板而言，窗口那么大，怎么挡得住呢？书生一点办法没有，只好用背去挡，窗口那么大，书生的背怎么挡得住呢？书生声声绝望的呼喊里，她正在一片片灰飞烟灭。室内可见度提升了，桌前青烟袅袅，洋溢千姿百态，身边曼旋纸钱黑屑，张广青更觉玄幻。对了，青青，上次姆妈打俫，懊恼得很，别往心里去，我当时太急了，俫啊晓得，过后我特别想道歉，就是不好意思，大人也会不好意思的啊，唉，啥人晓得后来会发生那个事。本来以为再也没机会了，这次能上来看看俫，真要谢谢林大仙，先骏，等会替我多谢几声林大仙。好的，你放心。张先骏在儿子身后回应。

"姆妈"的道歉使张广青不知所措，像做错事挨了训，头更低了。那天的事她都记得，确凿无疑，我在和妈妈的鬼魂交流。我已经对她说了一万次对不起了，每天一百次，几个月过去，肯定满一万次了，要可以当面说句对不起，少活十年，二十年也愿意，可现在面对面，我怎么说不出来？应该是我说道歉，我怎么说不出来。这时他发现，面对妈妈的鬼魂，自己的紧张和狼狈，等于面对妈妈。

你，你在那边还好吗？张广青问得生分，甚至害羞。挺好的，阴间和阳间差不多，都是过日子，我刚来，慢慢适应。那你头还疼吗，好点了吗？害姆妈的病叫脑出血，不疼，现在已经好了。锡箔燃烧殆尽，蜷曲的元宝如朵朵黑玫瑰，不像烧给妈妈的钱，倒像烧给妈妈的花，妈妈拿到花，比拿到钱更开心吧。他当然没说这些话，可也没其他话讲。

想姆妈的话，就给我逢节烧烧纸，生日上上香，知道我生日是几号吗？知道的，阳历五月十五日，逢节是什么节？清明节、七月半、中秋节、过年、地藏王菩萨生日、寒衣节。张广青记在心里，前几个节日他都知道，后两个陌生，他不好意思问，打算回去自己查。辰光差不多哉，青青，我再跟爸爸交代几句，慢点慢点，妈妈又想起什么，自责地轻拍膝盖，差点把最重要的事忘了！俫以后不要跟同学吵架，男子汉，动手没出息，记住了吗！好的，我记住了。是他们先说我坏话的。他想告诉妈妈打架原因，犹豫了会儿，还是没开口。妈妈却听到了他心里想的，俫不会哭又没关系，难受在心里，等于哭在心里，这些姆妈都知道的，他们不懂，不能理解，他们还是小孩，但俫不是了，姆妈不在，俫是半个大人了，大人不要和小孩计较。

又一阵没人说话。他站在有妈妈的寂静中，对世界不再防御，体内最柔软处，一根紧张的弹簧终于松懈，再以慢镜头收回复原，他想一屁股坐地上，最好躺平。这样的寂静能带走就好了，以后难过时，睡不着时再走进去。妈妈爸爸在寂静中低语，就像他们在卧室说话，说什么不重要，只要说就可以了。多么祥和而安宁的背景音，疲惫感更强了，他扼制住打哈欠的念头。他按照林阿婆的要求，完成最后的仪式。鸽子在火光中飞翔了一秒，垂首拢翅，很快化为黑烟，几支灰羽飘浮，优雅如雪花降落。他相信，这无非蜕掉的躯壳，真正的它早已衔着文字抵达阴间，抵达月之暗面，抵达天狼星系，稳稳落进妈妈的信箱。

外面世界与进来时有所不同，不仅更加敞亮，也更加深邃。那些等待关亡的人，贴在地面的身影形成入口，爸爸脚下也有，随他移动。父子俩沿田埂慢走，面容有淡淡疲惫。张先骏特地没马上返回，带儿子走走菜田。撒入心底的虫鸣，轻薄的水杉，各种喊得出名字的菜、小野花和落叶、废弃抽水机，他们被漫无边际的温柔包围，心存默契地脚步一致。如果从牌坊处往前看，慢慢靠拢的他们，貌似两个历经了长久跋涉远途而归的游子。

张广青若有所思地踢踢石子，捡了几粒银杏果又扔掉。他对父亲说，我肚子饿扁了。张先骏听他说得可怜，饿不死你，附近街上有羊汤店，我们喝羊汤去。他觉得自己做对了，关亡效果不错，儿子多少释怀了，至于怎么解释，留给以后吧，一代人有一代人的解释。其实他已经想好一套说辞应付儿子的质疑了，总之往科学上引，比如量子纠缠、信息残留、意识传递什么的，无非承认现实之外有更多的现实。会有一天，也许高中，也许大学，哪怕他不说，儿子也能明白过来，理解他的做法。但不是现在。如果儿子说漏嘴，他能想象那些家长会怎么议论他这个爸爸。青青，今天的事要保密，不然同学们会说你迷信的。我知道，我又不傻，他们算什么，我凭什么和他们说。

打开天窗，凉风掠过额前，一辆满身污泥的中巴车超过，车身刷着"车神物流"的字样。郊区早高峰路况复杂，他放慢车速，告诉儿子今天安排：等会早饭结束，回去先补个觉，中午万象城吃牛排，下午逛书店，奶奶家吃晚饭。她准备了你最爱吃的藕粉酒酿圆子和糟毛豆，晚上早点睡觉，养足精神，明天归队。我没问题，下午也可以直接去上课的。张广青翻开漫画书。今天我们放松，学校明天去，车上别看书啊，眼睛看瞎掉。好的。张广青答应着，眼睛却没离开书，并将漫画书捧高，挡住自己的脸。张先骏后视镜看得分明，被他的心不在焉弄得恼火，刚想骂他，记起什么，苦笑着摇了摇头，反正后面时间还长，慢慢来吧，存着以后再骂。好久没去田野走走了，怎么说呢，踩着泥土，他找到了久违的脚踏实地的稳重感。这么多年自己始终是个围着地球飘浮的宇航员，妻子和儿子是两根安全绳，断了一根，另一根亦有可疑的松裂，他要时时刻刻修补，牢牢抓住。他暂时滑到了安全之处。他想起给林阿婆打的那个长电话，整整一个小时，难为她记了那么多。面对生命的虚空和完全的无意义，人类身上也有一根若有若无的安全绳，为修补那根安全绳，人类发明了很多种办法，无论如何，林阿婆的存在算一种办法。林阿婆才是"灵魂的工程师"啊，有些，只能算"灵魂的拆迁队"或"灵魂的装修工"，张先骏自觉形容准确，满意地摁高一格音乐。

张广青走出烟云缥缈的屋子后，的确有那么几分钟，他深感疑惑，等身上烟气渐消，疑惑随之在田野中散去。那么多蛛丝马迹，轻易发挥下柯南的能力，很快找到了唯一答案。此刻，他被爸爸的用心感动，也哂笑爸爸幼稚。看来，爸爸真以为我会相信，他那么容易相信我会相信，太自以为是了，他快五十岁了，怎么还如此幼稚呢！爸爸的幼稚让他心生不忍。不过，好久没人对我讲苏州话了，好久没听到苏州话了，以后身边再也不会有人讲苏州话了。复杂而猛烈的委屈拍打着张广青的心怀，胸口酸苦难抑，他终于忍泪失败，躲在《幽游白书》后，紧蹙眉头，悄然无声地哭得泪流满面。

原载于《上海文学》2023 年 3 月号

热带刺客

赵　挺

1

这个夏天，我有时候活在圣洛都时间里，有时候活在北京时间里。

那些白领、蓝领、小老板、小领导、爸爸、儿子、孙子和混子，在圣洛都时间里，都是悍匪、大盗、阴谋家、诡计家、英雄、天才、富豪和上帝，大家或单打独斗杀人越货，或拉帮结派拯救世界，干着北京时间无法实现的事，而我在圣洛都里严重违背游戏精神，经常干一些毫无因果逻辑的事情，比如破坏搅黄那些飞天入地的计划，或者就在顶楼看看日出日落。我在里面的唯一要求是尽量活得长久些，因为复活需要二十四小时。于是我这样的人就被称为圣洛都里无聊无知无耻的玩家，简称圣洛都"三无"人员。

2

这一天，我偷了一架直升机。

我从圣洛都东部海湾飞到北部海湾，俯瞰了一上午，就像海岸警卫队，什么事情也没干。中午的时候，我暴力降落在杰克大道，损坏了建筑物，直升机冒黑烟。我把几个试图揍我的热心市民打了一顿，随手抢了一辆猎豹复古跑车，决定再去偷一架飞机。此刻，窗外的高架上车水马龙。所有人都在北京时间八九点钟的太阳里开始了一天的生活。在他们忙忙碌碌而碌碌无为的时候，我又偷了一架飞机，这时候的圣洛都已经是傍晚。

我从北部海湾起飞，直升机继续冒着黑烟，我才发现偷的是同一架飞机。我迎着巨大的落日俯瞰圣洛都，听着野牛乐队的歌曲，南方乡巴佬的唱法，温暖粗犷，虚幻迷离。这时候，后座突然出现一个人，爬到前面。我说，你谁？他说，给大富豪修飞机的，上来后临时上了个厕所，回来就被你飞到这里来了，赶紧换我来开。我说，这是要坠机了吗？他开着飞机说，不要坠到大富豪的家里去，都是用美金买来的。我往下看了一眼说，这坠到他家的概率也太小了吧。他把持着飞机说，你现在看到的都是他家。我说，美金玩家，真有钱啊。他说，五金厂打工的，工资全投圣洛都里了，成了这里的富豪，我就靠给他修飞机汽车游艇赚美金。我说，那还能飞多久？他说，已经没有升力了。我说，我不是美金玩家，就随便玩玩，没想到你在这里。他拿起对讲机呼叫，好了，进入射程范围了。他看着前方说，只有被打成碎片，才不会撞击大富豪家。我说，我们的命难道比不上富豪的房子吗？他说，你不知道圣洛都美金永远比命值钱吗？我说，太对不起了，你要和我一起死了。他说，别这么说，有弹射座椅。我说，那还好，按哪里弹射？他说，副驾没有，只有主驾有。说完他就蹿出去了。随后几枚火箭弹飞了上来。我妈大喊，快点，来不及了，再不去小外公说不定就没了。我淡定地看着屏幕，轰的一声，一片火光，强制关机。

我毫无印象的小外公躺在床上，我妈和小外婆聊了小外公年轻时候的事迹。她们聊得正酣之时，我妈示意我说几句以表礼貌。后来我就没插上一句话。在我插不上话的时候我们也没走成，热情的小外婆硬留我们到午饭后。小外公这时候就突然被送到了抢救室，我和我妈又在走廊待了一下午。小外婆安慰道，别担心，已经三进三出抢救室了。傍晚的时候小外公就在炎热的天气里走了。我说，我们终于可以走了。我妈告诉我哭不出来没事但不要开口。我参加了陌生的小外公的葬礼。这期间，我给小悦发了信息，只要你愿意嫁给我，我就去买海景房。我也不相信，她也没有回我。我就这样在人与人之间莫名其妙的仪式当中度过了与我无关的大半天。

炎热的晚上，我照例泡在北京时间破旧的泳池里，和那个沉默寡言的管理员老头谈十多年前发现的一颗小行星，估计在几个月后会撞击地球。南极又发现了6亿年前的极小人类化石，推翻了达尔文的进化论。太阳已经进入了中老年，100亿年后它也要死掉了。老头拿着拖把一边认真拖地，一边说，是啊是啊，快完了。

3

这一天，我跟踪了一条狗。

因步行太慢，我抢劫了一辆哈瓦那摩托车。哈瓦那车主试图反抗，我一脚油门让他躺在了地上。他就在那边很文明地骂我，做人要讲良心，不能像动物一样，圣洛都也是一个讲法理的地方，哪怕你是一头牛。我骂得比他凶，简单粗暴，结果一个字也显示不出来，他骂我是牛，是因为猪狗也显示不出来。我就骑着这辆哈瓦那摩托车跟着那条飞奔的狗。哈瓦那摩托车自带低音炮，听着节奏明快的音乐，一路无视所有交通规则，一直跟它到北京时间的中午，圣洛都时间的傍晚。那条狗来到了一个偏僻的河堤旁。一群一眼就能看出的悍匪聚在一起。悍匪说，为什么一直跟着我的自动摩托车？我说，我以为这是一条狗。对方说，你才是一条狗。我忙道歉，不好意思，那我先走了。他们拿枪对着我说，按照规矩，看到蒙面帮的脸，就不能活着回去了。我说，我是瞎子，现实中就是一个瞎子。对方说，你以为我们也是瞎子？我说，但我是个好人。对方说，但我们是坏人。我说，我现在马上可以变成坏人加入你们。对方说，卡宾枪还是AK47你选一把吧。我想这入帮派真快，于是说，AK47吧。对方说，好。然后就把卡宾枪给了我。我很纳闷，这算什么规矩。对方说，你走吧，需要的时候我叫你。我忙道谢，转身离去，走了一百米，对方喊住我，好，就站那别动，我看看AK47能不能爆头。说完唰唰唰子弹就飞过来了。

他们朝着我继续补枪的时候，我手机响了。我三舅问我快到了没，刚关电脑的我说快到了。闷热的中午，我去了三舅给我介绍的一个工作单位面试。我妈托了三舅，三舅很为难地又托了很多狐朋狗友，最后介绍我在一个食品配送公司做理货员。我自己照着电线杆上的电话就能搞定的事情，却用了这么曲折离奇的方式。对面的人一本正经地问了我很多令我茫然的问题，譬如自我介绍，职业规划，对实体零售的看法，是否能接受三班倒。我给他递了一支烟，卡在了自我介绍上。我本来想把我三舅介绍一番，想了想他那模糊的脸庞还是走了。

我继续躺在游泳馆的躺椅上降暑，思考到底什么样的谎言小悦才会相信，想来想去也想不出什么。周围陈旧昏暗，水面平静，皮肤平滑，只有那道阑尾炎手术留下的刀疤格外显眼。管理员老头扫地扫到了我身边。我舒了一口气，摸着那条疤痕说，前几年我们这里有个狠人，沉默寡言，六亲不认，作风狠毒，杀人越货什么都干，绝招一字断魂刀，被他盯上，九死一生，一天晚上，我和他交手，被他的一字断魂刀给砍了，不过我也砍了他一刀，他逃了，我也没追，至今不知道去哪里了。我想了想为了增加真实性又说，这个狠人名叫三无，认识不？

管理员老头点点头说，认识啊。

4

这一天，我迷路了。

我就一直看日出夕阳。这时候我妈说，北京大学啊，北京大学啊，快点，小侄子一家都在等我们，家族的光荣啊。于是我纵身一跃，圣洛都的景色在我眼前如大雪纷纷落下。

大雨滂沱的傍晚，我参加了小侄子的升学宴，几十桌人都在庆祝他考上了大部分人都没听说过的北京的大学，大家高谈阔论，觥筹交错，假装熟悉。我拿着可乐，在一堆不认识的亲戚朋友当中，晃来晃去，嗯嗯啊啊。有一个略微面熟、看起来有着初中文化水平的中年人对我说，一看我就是一个青年才俊，以后小侄子要向我学习。客套话我听了不少，这种客套话我还是听得少，一时间不知道怎么回答，只好低头把邻桌不要吃的海参汤和大闸蟹给吃了。听了大半辈子客套话的我妈则从容说着，哪里哪里，都是靠他自己。我想但凡靠点别人也不至于现在这样。看起来具有初中文化水平的中年男子高瞻远瞩地举起酒杯说，我猜你啊，培养培养，两斤白的没问题。

我给小悦发信息说，你和你爸妈说，海景房我马上买，上午领证，下午买房，当天一条龙交易。反正小悦也不会回我。

晚上躺在游泳馆的躺椅上，醒来的时候，一个人都没有了。管理员老头给我拿来一条毛巾，我说，三无这个人，目前看来没有对手，没有人能够打败他，刀法精准狠毒，行踪神出鬼没，可能说着说着他现在就在背后站着了，没等你回头，已经挨了一刀了，上次我反应极快，所以只挨了半刀，另外半刀被我挡住了，我可能是唯一和他交过手、相互留下刀疤的人，他那绝招叫什么，专业名字我忘了，反正一刀毙命。

老头说，一字断魂刀。

5

这一天，我捡到了一把加特林。

我思考了很久该怎么使用它。杀人越货拯救世界都与我无关，最终决定，去圣洛都中心广场，用加特林扫射出一个爱心，里面再扫射出我和小悦的名字，然后拍照发给小悦，这是我能想到的除海景房之外最好的礼物。我走到中心广场，观察了很久，最佳扫射点就是那尊雕像顶部。于是我扛着加特林爬到了那尊雕像上。我骑在雕像的脖子上，拿出加特林。突然周围涌现出很多人。满屏的字幕：亵渎伟大的圣主，永久枪毙，永久封号！我扛着加特林，贴着圣主的大脸说，别误会，我在给圣主打扫卫生。带头的喊，你骑到圣主脖子上了知道吗？我说，那我换个姿势啊。于是我立即踩在了雕像的肩膀上。带头的说，你不知道攀爬圣主是死罪吗？我说，站在巨人的肩膀上看得更远，爱因斯坦知道不？带头的说，我们不爱爱因斯坦，我们只爱圣主。我突然想不出什么话。我说，报警吧，让警察来处理啊。带头的说，警察不管这些，现在我们准备射杀你，黄金子弹射杀，你就要被永久杀死，永久封号。他们叮叮叮朝我开了好几枪，我挂在上面以圣主的大脸为掩体左躲右闪，圣主的脸被打了几个洞后我终于被击中。我双手扣住圣主的脖子，双腿悬空，努力挣扎。这时候我妈急匆匆拿着勺子过来说，人家小琴不要房不要车，长得文静秀气，工作稳定，别让人家等，早点去等人家啊。我死死摁着键盘，晃荡了三秒，最后雕像崩裂，圣主的头和我一起掉了下去。

我在一家咖啡吧里和小琴见了面。她问我喜欢什么，我看她长得还行，就说喜欢西方现代哲学史。于是她就从维特根斯坦的分析哲学开始给我讲起。我对西方现代哲学史的理解停留在只认识"西方现代哲学史"这六个字上。在她讲到索绪尔的结构主义运动的时候，我说，我还喜欢美食譬如鸡腿饭。她表示我兴趣广泛，问我是做什么的，我想了想不能说无业，就说是创业，她问我的收入，我说还在回本阶段。

我重新注册圣洛都账号之后，又回到泳池那张慵懒的躺椅上。我在犹豫应该选择小悦还是选择小琴，虽然两个人都不理我，但是这不妨碍我陷入沉思。我给管理员老头发了好几支烟，他见我一副忧心忡忡的样子，点起烟主动开口，这样的功夫，我电视里都很少见到，这刀法，这速度，这力度，比子弹还厉害，这一定有内功，来回这么快，肯定还有轻功，你这条伤疤，绝不是普通人随意砍的。

老头看我一脸疑惑的表情说，我说的是三无。

6

这一天，我准备去看夕阳。

作为一个刚注册的新人，我和之前一样一无所有。我准备去圣洛都最高的大洋中心银行楼顶看夕阳。我一走进大门，就被保安拦住了。我告诉他要去厕所，他说要陪我去。于是在厕所我趁其不备，用花盆将他打晕，换上了保安服。电梯里一位穿着银行制服的人和我点头示意，并且发给我信息，让去35楼。我没有理会他，直接坐到了顶层。突然枪声连连，爆炸声四起，我不知道发生了什么，坐在天台看下面的世界一片混乱。

夕阳快要落下的时候，那位穿着银行制服的人跑上来说，我们已经成功抢劫大洋中心银行。我一脸茫然。在对方的解释下，我发现我的保安服内置了指挥芯片，他们相互不认脸，都是根据芯片来进行调动指挥，而那个保安就是指挥官。他告诉我，下面已经被警察包围了，现在带我去安全出口。我被他带到一楼大厅，一群警察就把我包围了。"银行制服"对警察长官说，他就是指挥官，芯片在他衣服上，然后对我说，不好意思，我是卧底。我又被警察带到了警局，长官拿走我的芯片说，不好意思，我也是卧底，是指挥指挥官的人，祝贺抢劫成功。我脑子一片混乱地说，我可以走了吗？长官说，现在就灭口吧。我说，不是自己人吗？长官说，圣洛都只有任务，没有自己人。我说，那我明天就可以复活吧？长官说，不会死，关到私人监狱，这样你注册不了新号，一进来就在私人监狱，一直在，直到你放弃来圣洛都。我说，还有这种玩法？我心想，要做最后的反抗，去私人监狱的路上，要利用一切机会逃跑。这时候，有人拿着喇叭在楼下喊，着火啦，着火啦，快下来！长官走到门外说，这里就是私人监狱，再见。说完就把门关上了。

我打开门，楼道里还没有烟雾，也不知道哪户着火了。我想了想，回去拿了笔记本电脑，衣服裤子来不及穿了，穿着一条短裤就跑了出去。此刻，我清醒意识到火灾不能坐电梯，于是就从楼梯跑了下去。我赤裸上身抱着电脑飞奔出楼梯口，拿着喇叭的人吓了一跳，他说，你7幢的？我喘着粗气点点头。他拿着喇叭冲我喊，7幢的急什么啊，不是说了1~5幢先演习，这都通知多少遍了。然后又看了我一眼说，演得跟真的似的。

闷热的天气里，我就这样直接去了游泳馆，躺了大半天。这次换管理员老头给我递烟了，我略感无聊地点着烟说，告诉你一个秘密啊，这三无啊，虽然武功高强，来去无踪，但是呢其实已经死了，不然现在为什么没有他的消息了？你不要告诉别人，其实是我杀的，他当时没逃走，要置我于死地，我就拿出枪，一枪崩了他，记住，不要和任何人说。

老头拿着拖把看着我说，那你是杀人犯？

7

这一天，我遇上了圣洛都的灾难日。

我在想如何逃离私人监狱。突然，房子剧烈晃荡，墙体开裂，整间房子坍塌了。我看到圣洛都的人都在乱跑。天空中飘着富豪们的飞艇。很多串着人的绳索被吊进飞艇，也有人不断从绳索上被打下来。与此同时，地面枪声爆炸声四起。圣洛都的灾难日，也称为重启日。富豪们的飞艇需要不停地在灾难日救人，以救的人数来分配重启之后的土地，于是各大富豪纷纷争抢人头。想要在数量上领先，不仅要自己抢，还要阻止人们上其他富豪的飞艇。为了避免人们成为竞争的牺牲品，大家签署了严格限制富豪们用武器阻止人们上飞艇的协议，于是富豪们临时雇用人用武器去阻止上其他飞艇的人，这就导致大家身份转换极快且混乱。现在的圣洛都有的为了躲避自然灾害，有的为了争夺飞艇舱位，有的为了阻止对方上飞艇，像我这种瞎跑的人，起初为了躲避地震，跑到了中心广场的空地上，后来为了躲避洪水又爬上了中心广场的旗杆，接着被飞艇抛来的超级绳索围住拉到了飞艇内，里面的人发给我枪和防弹衣，让我去杀对面两只飞艇下的人。我连良心发现一下的机会都没有。他们的枪顶着我的脑门。我扛着枪飞奔到另外两艘飞艇下，枪头刚朝上，飞艇上面就密密麻麻射来子弹，我都来不及担心生死，突然又拥出一批人说，不想死就跟着我们去打对面的飞艇，我一看那是之前发我枪的飞艇，但也没时间犹豫，又随着他们到了原来的飞艇下面，枪头还没朝上，又拥出一批人说，别打了，我们联合去打东边最大的飞艇，于是我们又急忙朝东飞奔而去。队伍快速而散漫地前进之时，有人说，先把他们打了吧，有人说，他们是指谁？有人又说，别打自己人。大家纷纷说，谁是自己人？此刻，地震洪水余威不断，大家情绪茫然又激昂，不知道谁开了第一枪，于是大家相互射击。我边跑边开枪，还捡了很多平时根本看不到的武器，这是我玩圣洛都以来最紧张的时刻，鼠标和键盘都快被我按裂。我蹚过水，跳过大裂缝，一路往圣洛都峰跑去。北京时间的午后，伴随着电风扇呼呼的声音，汗水顺着我杂乱的头发流到我紧绷的脸上，而我依旧边跑边漫无目的地射击。跑到圣洛都山腰的时候，电扇电灯电脑突然全部熄灭。我透过被刘海遮住的双眼，隐约看到电脑黑屏里的自己。

我就这样走出停电的房间，去剪不得不剪的头发。几个昏昏欲睡的理发师打足精神围着我，给我介绍离子烫、空气烫，中分、三七分，美版、韩版，保养、护理，等等，在那些奇形怪状的发型中，给我设计了一套价值 2899 元只收 998 元的方案。剪发期间，我拍了几张照片给小悦看，最后付了 30 元钱走了。

我在昏暗的泳池里游了五十米便气喘吁吁地上岸。管理员老头叼着烟一直坐在旁边。他分了我一支烟说，来无影，去无踪，功夫高强，深不可测，这样的人竟然活在我们这个社会，难以想象。我点着烟才略微反应过来说，是啊，的确厉害。管理员皱着眉头看着泳池说，你竟然还能把他杀了。我猛吸一口烟说，是啊，要保密啊。管理员老头看着我说，我没和别人说，但是和我们老板说了。我夹着烟看着他说，然后呢？老头说，老板也认识三无，想见你。

8

这一天，我被全城追杀。

在灾难日，我没被救也没死。因捡来的那些武器而遭到各路人马追杀。我把武器全部扔给他们，他们依旧紧追不舍，但又不一枪毙掉我。我用各种交通工具夺路而逃，奔走了小半个圣洛都，翻墙进入一个花园，躲了一阵子，周围终于没有了动静。我喝了一口水，才发现这花园有点美丽，还有一幢大建筑。我绕着房子走了一圈，跨进了洞开的大门，室内奢侈豪华，空无一人。我楼上楼下走了好几遍，从白天走到了黑夜，全屋灯光自动亮起。北京时间晚上六点，我拿起手机拍了很多照片，发给小悦，告诉她准备买下这样的房子。我盯着屏幕里自己在圣洛都的形象，思考了很多，譬如我和小悦坐在沙发上会聊一些什么，晚上我们在哪个房间睡觉。我走到夜幕中的花园里，发现花园外聚集了一批牛鬼蛇神。他们见到我，立即扛着各种武器对着我。带头大哥挥了挥手说，都放下，又不打，装什么装。大哥隔着花园的栏杆对我说，出来吧，这样你也逃不走。我说，杀了我得了，反正明天又可以复活。大哥说，杀了你就不知道其他武器在哪里了。我说，我真的没武器了。大哥说，圣洛都混的怎么能轻易相信人。我说，怎么样才能相信我？大哥说，圣洛都混得怎么样都不能相信人。我说，赶紧开枪吧。大哥还没反应过来，我就被后面的子弹射中了，大哥一惊扭头说，这是大富豪的家你都敢打，到时候圣洛都里不能混，圣洛都外都不能混了，撤撤撤……

当他们撤走，我也静静地躺在了花园里。我的手机铃声响起。对方是民事权利委员会，告诉我正在非法入侵私人住宅，马上过去一趟。我百思不得其解，北京时间里的我明明在自己破小的房间里。因民事权利委员会是一个很厉害的组织，我只能关机前往。

我在明亮的办公室里被告知，私闯圣洛都民宅是违法的，会被处罚，而且他们看过我圣洛都账号的记录，说我有私闯私人领地的前科，曾在圣洛都里被处罚过。我说，圣洛都只是一款虚拟游戏而已啊。他们说，圣洛都的资产也是用美金买的，违法照样接受处罚。我说，怎么处罚？他们说，根据圣洛都法律，经过原告允许，双方协商解决，房主让你赔款一万美金。我说，圣洛都违法犯罪事情那么多，每个人都要被处罚吗？他们说，具体事情具体对待，有些在圣洛都里处罚，有些需要在这里进行。我说，我被一伙人打死在花园里，他们不需要处罚吗？他们说，你在圣洛都不是美金玩家，那命是免费的，一文不值，杀你不构成犯罪。我说，一万美金太多了吧。他们说，没钱，只能拘留15天了。我说，是15天不能登录圣洛都账号吗？他们说，是你这个人要去关半个月。我说，现在虚拟世界和现实世界不分了吗？他们说，你要明白世界就一个世界，不分虚拟和现实。我说，一万美金能按揭吗？他们说，根据条例，按揭需要支付利息。他们扔给我一张纸，上面写着具体按揭多少天，利息多少。我看得昏昏欲睡，便同意了。

这一天将近北京时间晚上十二点，我一进泳池的更衣室，管理员老头拿着扫把说，来了？我说，老板呢？老头说，在泳池边。我和老头一起朝泳池走去。泳池比平时昏暗了一些，我回头发现老头正在脱衣服，我说，老板还没到？老头说，先一起游一圈。我说，你也会游泳？老头说，二十年没有游了。此时，我发现老头腹部也有一条和我类似的伤疤，我盯着他的腹部说，你也和我一样？老头说，和你不一样，我是阑尾炎开刀留下的。

原载于《作家》2023年第7期

夜 空

刘 汀

事情是这样一个逻辑：首先，其次，再次，然后。

首先，我躺在急诊室的床上打点滴，大夫正对着看片灯观察一张胸部彩超片子。我也看见了那张片子，是一颗心脏的造影，银灰色血管在半透明的特制塑料胶片上蜿蜒，让我想起航拍镜头下的山脉与河流。因为侧身的关系，我无法看见全貌，但有角度的凝视恰恰使得片子上的影像和头脑中的影像显得更为相似：底片与照片。前一天，我在机房里剪辑的正是这个画面，只是那时，我脑海里并未浮现"地球其实就是一颗大心脏"这类比喻性念头。

在足够高的位置俯瞰，河流和山脉一样，是静止的，大地上的一切都像是儿童用黏土捏塑的，线条粗大、模糊。

我点了下光标，景物被放大，河水就缓缓流动起来。其实仍然看不到水的流动，让你觉得它在流动的，是晃动的波光。我继续放大画面，一块巨石从屏幕上凸显出来，那是我曾无数次攀登的青阳山……这时，我的心骤然收紧、钝痛，身体蜷缩如熟虾。我的手费力地在怀里摸索药瓶。很幸运，我找到了，并且迅速倒进嘴里一颗——瓶子有专门的设计，每次能让刚好一颗且只有一颗药落进口中。药丸顺滑地滚进腹部，甚至没用水的辅助。只是，心脏的症状并没有如以往那样快速缓解，滞痛感仍在，但似乎，没有加重也没有扩散。三十年来，经历过数十次类似的状况，我能判断出，这是自己和死神之间距离最近的一次。

我挣扎着，把刚刚剪好的片段保存起来。那些山河瞬间消失，屏幕上出现一个旋转的光圈。那是机器硬盘在工作，它在存储几个 T 的影像，包括不同的镜头所拍摄的山、水、人、夜空、村落，以及后期所有调色、配音、配乐等。光圈并不显示保存比例，如果我想知道进展，必须到软件的后台查看。事实上，保存比例毫无意义，只有两种——零或者全部，百分之九十九，也等于零。

我几乎已经适应了心脏的褶皱感。人是这样的，有很多病痛无法彻底治愈，但是你可以习惯它，比如牙疼、偏头疼、腿疼，只要不发展到痛不欲生的极端程度，在一次又一次承受之后，你就会习惯它，就像习惯吃难以下咽的早餐。疼痛变为日常，日常就会成为一种恒定的规律。我们总是倾向于按自己的规律生活。

我拨通了一个号码，她属于我的经纪人夏佤。鬼知道她为什么要起这么个名字，这肯定不是她本名，但几年前我认识她时就这么叫了，甚至她的身份证上也是这两个字。可我就是觉得，她原本一定是个极为普通的名字，叫张小花李小梅什么的。

夏佤看到我发的996三个数字，会立刻叫一辆救护车，火速赶到机房。这是我们的暗号，99就是求救，6指的是地点。如果是995，则是在我家里。她已经靠这种方式把我送到医院三次了，轻车熟路。夏佤曾经抱怨说，每次看到你的数字短信，我都不知道自己到底是去救你，还是去给你送别。

我还跟她说过，这三个数字的排列组合，就是我手机、银行卡、网络账号的密码。万一我真的死掉，她可以凭此来处理我仅剩的那点儿积蓄，只是需要费点时间，一个组合一个组合地试，直到真正的那个。

我躺在急救室病床上许多次了。这是第一次看见心脏上的山川河流。我说的是看见，你懂吧，就是以前也看，但并未见，现在我看见了。看见是我的生存方式。哦，忘了说，我是一个电影导演，青年导演。曾在几个国际影展和国内的First影展上得过奖，小有名气，所以才有机会拿到投资，拍自己的第二部长片《夜空》。

这一处山河就是《夜空》中的空镜之一，取景自我的家乡。

趁点滴匀速滴落，心脏正在恢复正常的收缩频率和幅度，病人和医生都进入了静默期，我来说说这部电影的情况吧。

故事不复杂，讲的是我故乡的事儿，准确点儿说，讲的是我小时候的事儿。

说，有一个乡下孩子，突然有一天对天上的星空产生了兴趣，凉风习习，大地静谧，他躺在村后的山丘上夜观天象，发现了一个小行星。从此之后，只要能见度够，他每天都会仰望星空，观察这颗行星的运行。多年后，这个孩子通过努力成了某大学天文系的学生，有机会用学校的高倍望远镜真正观测浩瀚星空，看来看去，却找不到那颗星星了。老师和同学对他所描述的那颗星大摇其头，认为并不存在这颗星，至少现在全世界的望远镜都没有观察到，那应该是他误认了另外一颗星，甚至只是他童年时的一个幻象。但是男孩坚持认为自己的确看到了一颗没有被编号和命名的星体，他甚至画出了它这些年的运行轨迹，十五年里，这颗星正在远离地球。他试图找到证据，但是他的理论水平不足以让他直接推导出一颗星来，而无论用什么望远镜观察，也都再也不能看见它。最有趣的是，每当他回到故乡的山巅，那颗星星就会出现在天幕上。后来，连他自己也开始怀疑那只是一个幻象，一个头脑所虚构出来的星子，或者犹如海市蜃楼，是某个明亮的发光体通过特殊的方式，折射在故乡的夜幕之上。

我已经拍完了所有镜头，正在做后期。根据和制片公司商定的时间表，我需要在两个月内完成全部后期，才能赶上把片子送往戛纳电影节的一种关注单元参展。据看完内部剪辑版的专家和影评人说，很有希望获得一个奖项。

两天后，我感觉自己已经休整好，便又回到了机房。这一次，夏伅放下其他工作，陪我一起，她担心我再次因为心脏问题晕倒，那样的话，不但是我个人的末日，还是整个剧组的末日。如果无法赶上参展，后续的所有发行都将受到影响，那么，影片的档期、宣传、上线时机也要随之改变。这是不可接受的。一开始，老板们会说，艺术电影嘛，就按你的想法拍，赚不赚钱不重要。但到了最后，你会发现，钱依然是更重要的因素。钱是艺术的骨头。

只用了不到二十天，剪辑和后期提前完成，顺利得有点超乎所料。就在庆功酒会那晚，老板让我上台致辞，我突然做出了那个决定——我不参加戛纳的影展，但影片可以去。

所有人都在问我为什么。我说，作为导演看，这是一部合格甚至非常优秀的电影，但是作为自己，我并没有找到那颗星星——电影里，主人公最后发现，他所谓的那颗星体，只是一颗卫星残骸。经常观测天象并且有常识的人对此已经习以为常，而他从小在山区，并不知道卫星残骸会留在太空之中。影片结尾抒情而忧伤，但是主人公并未因此消沉，他失去了一颗想象中的星星，却得到了爱情。并且，就是在这时候，他的天文望远镜中真的出现了一颗从未被观测到的小行星。

而我，我始终没能找到那颗星星，哪怕是卫星残骸也没有。最后一遍完整地看完成片之后，我失去了对电影的那种狂热之爱，这有点儿像潮水，来的时候汹涌澎湃，去的时候干净利落，因为我看见了这部电影创作者的虚伪——自说自话、自我满足、自我陶醉。

我甚至产生了一种生理性的反胃。尤其是当我想起，童年时在打谷场上看露天电影的情形，这种感觉就会愈加强烈。

一块幕布被两根长长的杆子支起，幕布两边各有两根绳子固定杆子，四个角的力量相互牵扯，让幕布在刮风的天气里也能支撑很久。放映机在幕布前方七八米远，影师用手转动胶片倒带，然后把胶片卡在放映机齿轮上，灯光亮起，咔咔咔，胶片转动，影像投射到幕布上。影师开始调整镜头的角度，好让影像刚好契合荧幕。有时候，片子本身是宽荧幕，但幕布是窄的，便只能看见影像的中间部分。有时候，片子是窄幕而幕布是宽的，幕布便会在两边留下两条空白。

我通常站在放映机的旁边，伸手去挡一下放映机的光圈，幕布的影像上便出现一具巨大的手的黑影。人群一阵躁动。我的脑袋被影师拍了一巴掌。

影师是一个中年人，寸头，戴绿色解放帽，红脸膛，酒糟鼻比脸颊还红。放映电影的傍晚，主家通常会请影师吃饭，有肉有蛋，那就必然要喝酒，于是他的脸就更红了。酒糟鼻像熟透的草莓，随时要烂掉。

在别的地方，他们被称作电影放映员，但是在我家乡，人们都叫他们影师，也就是放电影的师傅，或放电影的老师。我的家乡喜欢把很多事物简略起来，宰杀猪的师傅，人们叫宰师；铡草的师傅，人们叫铡师；垒墙的师傅，人们叫垒师。所以，外乡人初到这里来，会觉得异常恐怖，似乎所有的老师都将在此死于非命。只有影师令人充满想象：放映电影的魔术师。这是我拍电影的最初起源，那个大爆炸的奇点。

其次，我回到了那个点，一切的发生地。

我这次回来，是要重新做回影师。我要重现当年在打谷场——如今已经是水泥砌的广场了，扭秧歌、跳广场舞、开村民大会之所——集体看电影的场景。并不是怀旧和迷恋童年，而是我相信，电影需要重新走进人们的生活里。以电影的原初的方式，而不是手机、电脑，是要现场感，一个人挨着一个人坐着，能看到放映机的光束照亮的尘埃，能感觉到夜空。而且，你知道身边是谁。这才是我心中的电影。

夏俍已经把我拉黑，她的最后一条语音留言是：去死吧，再也没人带着救护车去救你了。我理解她的愤怒，毕竟，因为我突然撤出，《夜空》只能由制片人带着去参加电影节，获奖云云，自然从可能变成一个笑话。只是我没办法跟她说清楚我的感觉，为什么不拍了以及为什么要回来。

用自己仅剩的那点钱——《夜空》剩余的导演费当然不可能再拿到了——我购买了投影仪、幕布等设备。我想买老式放映机，但不好寻找不说，主要是现在的电影已经不再使用胶片拷贝，都是电子拷贝了，而我不过是去乡村放电影，又不是院线，也不可能拿到拷贝。我只能采用现在最通行的方式，在网上把电影下载（有时是盗版），然后用投影仪放映。好在，我并不执着于过去的形式。

当我找到当村主任的小学同学禾贵说这件事时，他笑得把嘴里的酒都喷了出来。禾贵连忙用手去捂住嘴，那是一瓶好酒，我从城里带回来的五粮液，他一滴都不想浪费。禾贵的笑是有理由的，他怎么会想到，这年头还有人疯到要跑回乡村去放露天电影。如今，人手一部手机，只要有网，随时随地可以看各种大片。

然后，禾贵发现我并不是开玩笑，尤其是看在那瓶五粮液的分儿上，他端坐如钟，严肃起来。

禾贵说，我不能说支持，但也不会阻拦。关键是，你得说服村民们同意，因为那个广场，晚上是属于所有人的。跳广场舞、打牌，小孩子滑轮滑、跳绳，尤其是现在很多人在这里搞直播，你得说服他们。

禾贵说得对。他继续对付那半瓶五粮液，我来到了村广场。

它的热闹已经超出了我的设想：两盏大灯在夜空中闪亮，光芒超过更远处的星辰。至少有三分之一的村民都在这里，有人支着一张方桌打扑克牌，有人在响亮的音箱伴奏下跳广场舞，小一点的孩子玩滑板和轮滑，大一点的拿着手机组队打王者荣耀，还有踢毽子、抖空竹的（这玩意是什么时候传到村里的呢）。并且，其中闪烁着无数手机和圆形照灯，我知道那是一些视频博主在录像或直播。那是我最痛恨的行为，那是毁掉所有光影艺术的掘墓工具。

最开始的几分钟，我一直在跟自己作斗争。说来惭愧，我本意是要说服村民们同意我放露天电影，但是一进入广场，我便立刻信心不足起来。不仅如此，我还要努力抵制自己加入他们活动的冲动——几乎每一种活动都对我构成了吸引，这是怎么回事？我可是一个以先锋著称的青年导演啊，我可是连续四十八小时不间断拉片法国新浪潮电影的人啊，我可是把伯格曼、黑泽明文在胸膛的人啊，怎么会被广场舞歌曲弄乱了步子呢？步子的确乱了，不仅是因为广场舞曲牵引我的运动神经，还由于那些滑板和轮滑唰地一下飞过，又哗地一下返回，我跟跟跄跄地躲着这些鬼魅一样的影子。走了几步之后，我惊讶地发现，其实根本不用躲，那些小鬼比我灵活得多，他们在密集的人群中穿梭，却从不会碰到任何人。甚至，他们能在广场舞人群不断移动的身影中来去自如，唯一的意外就是彼此相撞。我为自己的杞人忧天而脸红。

我的说服很失败，虽然不是全面失败，至少关键部分是失败的。没有谁愿意放弃现在的乐趣，跑到这里来只是看一部电影。只有几个孩子表现出了些许兴趣，因为放露天电影只在他们父母的聊天中才会偶尔出现，而且，他们热衷于所有的集体性活动，这是孩子的天性。只有一点，让那些无意搭理我的人显出了犹疑，那就是我夸张渲染的巨大幕布和投影仪、音响，他们认为，如果有了这些设备，就可以一边跳舞一边欣赏自己的舞姿。或者说，可以在幕布上看到自己的直播。

我守住了底线，拒绝了他们这种要求，当然，他们也拒绝了我的请求。

我并未放弃，万事开头难。后来，我开始逐家游说亲戚，我的叔叔伯伯大爷大娘们在迷惑的同时表示了支持，我知道，纯粹是因为亲缘和我带去的礼物，让他们不好意思拒绝。然后是邻居。邻居也点头同意了，他没办法不同意，到现在为止，他家里用的水，还是从我家的井里抽去的，吃人嘴软，只得同意。但是，当我让他们在"广场舞使用知情同意书"上签字或摁上手印时，他们都摇头了，说不会写字，或者举起一双长满老茧的手说，你看，我干活干的，指纹都磨光了。

我走投无路，又拎着最后两瓶五粮液去找禾贵。

禾贵拍着我的肩膀，说，我现在明白，你为啥是导演，我为啥是个农民了。你比我执着。当年读书时你就比我执着，明明考上了一个金融学校，却不去读，非要复读考电影学院。我服你。

你先别佩服我，帮我想想办法。我说。

他拿出手机，点开一个天气软件，让我看。

我看了看，无非是夏日的温度，只不过高温比较多，最高达40度。

禾贵见我还没明白，提醒说，咱们小时候看露天电影，都是因为啥？

因为……我忽然懂了。那时候，是有人家过寿、娶媳妇、过满月、庆祝升学，主家才请影师来放电影，如果都不是，就只有一种情况，那就是求雨。

村里已经干旱很久，大地焦渴，禾苗枯黄。每天晚上，人们热衷于到广场去活动，也是因为广场地势高，上面会有风吹过，带来难得的一丝凉爽。天气预报显示，两周之内这里一滴雨没有，而且持续高温。

所以，我可以以求雨的名义放几场电影。

禾贵说，这事他不能张罗，他是村主任，这种封建迷信活动怎么能出头，不过，他肯定也不会阻拦。他给我出主意，让我去找村里最老的老人邹发去张罗，许多年前的求雨，都是他张罗的。

临走时，我放了两盒中华烟，把那两瓶五粮液拎走了。我知道邹发只喝酒，不抽烟。禾贵又拍拍我肩膀，说，学会变通了。

老邹发这里很顺利，他已经多年没有张罗过类似的事情了，内心一直期待着重新扮演这个角色；而且，他不会用新型的手机，还是一个老手机。"那些新手机，像个妖怪盒子。"他说。我猜想，他其实是对自己无法掌握它感到不甘。

我们俩一拍即合。我们的分工是，他去挨家挨户说放电影求雨的事，我来具体执行放电影。

再次，广场上再次竖起幕布，不同的时间在空间中相遇了。

三天后，求雨仪式正式开始，它比我想象得复杂隆重。小时候，我们只顾着看热闹,不知道背后有这么多程序,好在,我都用随身携带的录像设备拍了下来(这是我这次回乡唯一拍摄的东西):如何选定日子和时辰,如何集资购买一头猪杀掉,如何用全村最大的锅炖肉,如何让全村人都来广场上一起吃喝,如何供奉龙王的牌位,如何跟它磕头祷告……我录得兴致勃勃,一边看着镜头里忙碌的村人,一边想,《夜空》拍得太匆忙了。

手机里充斥着夏侲发来的图片和小视频,此刻,他们穿着隆重地走在戛纳的红毯和海滩上,还有媒体放映场里,据说《夜空》的风评不错。

"你的缺席,成了影片的亮点。"夏侲有一条语音说。我心里五味杂陈。

那天晚上,广场上人头攒动,但是比以往安静许多。人们坐在小板凳和垫子上,等着电影开场:成年人的记忆被激活,纷纷说起多年前看露天电影的往事;孩子们茫然而兴奋,唾液让棒棒糖飞速融化,带来一种甘甜。

我和几个人竖起幕布,微风让白色幕布轻轻向南鼓起,形成了一个奇异的弧度。投影仪已调好焦距,按下开关,一束光影投注到幕布上,电影开始了。第一部影片是我精心挑选的,《天堂电影院》,这是所有电影人写给电影的情书,没有比这更好的开场影片了吧。那边在举办戛纳电影节,我们这里就举办乡村电影节嘛。

微微弯曲的电影幕布,让一切都显出了某种弧度——不只是上面的光影,还有置身的世界,我忽然理解了之前完全无感的所谓的黑洞理论,或者爱因斯坦相对论里,那些所谓的时间和空间的扭曲的理论。现在不就是吗?幕布、乡村、夜空、意大利、戛纳、此刻、过去、现实时间、电影时间、拍摄时间,一切都交融在这块弯曲的幕布之上。我有些激动,觉得自己做了一件了不起甚至伟大的行动。我似乎在凭借一己之力在撬动整个星球。

电影放了不到五分钟,和影片里相似的场景出现了。电影里,那些挤不进电影院的人开始喧哗、叫骂,广场上,人们虽然还没有开骂,但也人声鼎沸,都在纷纷议论,质问这到底是什么片子,为什么色调一点儿也不明亮,到现在为止,既没有爆炸追车大场面,也没有一个笑点。更重要的,竟然是没有配音的外国片子,谁愿意看字幕呢。我强压着心里的恐慌,假装没有听见,我心想,只要等到那场烧毁电影院的大火出现,形势陡转,人们一定会重新安静下来,再然后,只要男女主人公的爱情戏开始,他们就会渐渐沉迷其中,这部电影就能顺利放完了。

我们不看这个。

立刻无数人附和起来：对，不看这个。

有人拍我的肩膀，是禾贵。

禾贵嘴里喷洒着五粮液的味道，据说，中午吃大锅菜的时候，他陪着邹发喝掉了那两瓶白酒。

赶紧换片子，禾贵说，否则真有人敢打你，我可拦不住。

可这是好电影，这是我的启蒙电影啊。我做最后的挣扎。

别启蒙了，再启你就被人捶蒙了。禾贵说着，伸手暂停了投影仪，画面在幕布上停止在熊熊烈火的场景。整个世界有了短短的一秒钟的暂停，仿佛天上遥远的星星都不运转了，广场上也有了转瞬即逝的安静。这一刻，我的大脑一片空白。

那天晚上的电影，是以《我和我的家乡》结束的。最后散场时，我跟他们达成了一个协议，明天晚上给大家放《战狼》，但是前提是必须先看完我想放的一部片子。

一部有关越狱的片子。我说。这个描述让人们有了些期待，并且我还答应，只要明天大家继续来看电影，我会给孩子们送西瓜苹果辣条，给大人们每人两瓶啤酒。

第二天，我找了一辆三轮车，一大早就到附近的瓜园里买了二十个大西瓜，还有一箱苹果；又让村里的小卖铺到镇子上拉回五箱啤酒，放在一个石槽里，用井里打上来的凉水浸泡着，以备晚上给大家饮用。

因为有了赠品，因为约定，这天的第一部电影《肖申克的救赎》（我特意选了配音版的）放得比较顺利。尤其是当人们看到安迪和那群囚犯在屋顶上享受片刻阳光、微风和啤酒的时候，他们也适时地把啤酒送入嘴中，夜空不如昨天清澈，但依然显出沁人心脾的深蓝色。电影里有一段，安迪闯进广播室，用大喇叭放起钢琴曲，整个监狱的犯人都驻足谛听，这时候广场也显出了绝对安静。莫扎特的名曲《费加罗的婚礼》响彻整个乡村，除了我，没有人知道这是什么曲子，也没有人知道谁写了它，谁演奏了它，但是这一刻，我们和影中人共享了这首音乐。我热泪盈眶，这正是我想要的。

突然，哇地一声号哭，把宁静击碎了。是一个孩子，他因为睡着而尿了裤子，并且尿湿了他身下的母亲的腿，被母亲抽了屁股一巴掌，于是哭起来。人们仿佛解开了静止的穴道，瞬间涌起窸窸窣窣的声音，不响，但是密集，像是半夜起身的人，怕吵醒谁似的。

无论如何，这部电影看完了，我和观众都长出一口气。接下来，放映《战狼2》，枪炮声响彻夜空。偶尔抬头，我看见有乌云聚集。仍然喝醉的禾贵在旁边一张躺椅上打了鼾，我拍了拍他——我终于有机会拍他了——喂，你看是不是要下雨？他睁开眼睛，瞥了瞥天空，嘟囔了一句"早着呢"，又继续睡了。音响里此起彼伏的枪声和喊叫声，一点也不打扰他的沉睡。观众们比昨天安静，不知是因为之前那部电影影响了他们的心情，还是天气的阴沉所引起的自然而然的身心反应，他们只是全神贯注地盯着屏幕，却没有昨天看《我和我的家乡》时诸多捧场一样的喊声。

果然，散场时，乌云全部散去，一颗明晃晃的月亮挂在西天上。临近午时，四野寂静如石。人群离去后，我独自躺在广场的台阶上，抬头仰望夜空。月亮太亮了，以致几乎看不见任何星星。脑海里一些画面起起伏伏，电影拍久了，连回忆都是分镜头式的。

夏仄说，戛纳那边正在揭晓奖项：《夜空》呼声很高，如果得奖，你不在这里，可能是史上第一次。我回了她一条：没戏。她打了一个问号过来。我没再回复她。现在，我已经知道那部电影缺少什么了。

最后，雨真的下来了。

就在第三天即将放电影之前，并不厚实的乌云笼罩了整个村子，包括前后左右的麦田、玉米地、大豆田，还有树林、山丘。空气中充盈微微的湿润味道，其中混杂泥土的气息尤其明显，人人都知道，要下雨了。我点开手机里的天气预报软件，上面显示，晚上六点半左右，小到中雨。所以，之前那个两周的炎热是个谎言？或者，真的是我的电影赢得了龙王的认可，然后降雨了吗？

广场上只有我一人，幕布在风中弯出了更大的弧度，侧面看去，仿佛一个即将临产的孕妇的肚子。我不能食言，打开投影仪，继续放最后一部电影《活着》。

一个人放，一个人看。这比我预期的更好。

雨下来了，并不大，但足够淋湿一切。一开始，雨滴落在地上会溅起一小团尘埃，尘埃更轻盈的部分便飘浮起来，钻进人的鼻孔、肺部，让人觉得仿佛在吸吮地球的乳汁。后来，足够量的水把大地覆盖，尘埃就消失了，你只能闻到来自天上的云朵的味道。夜空消失了，头上剩下连续逼近的雨幕，也无法抬眼去看，因为雨水会滴在眼睛里。

光影显出艰难，因为它必须穿过雨幕，才能抵达同样湿漉漉的幕布。有些什么，消失在半路上。

幕布上，福贵的亲人一个接一个死去。福贵没有眼泪，但是幕布上的雨水恣意横流，让里面所有的人都有了眼泪，连同那头看破一切的老牛。

我的脸上也是一片水。

手机响起，来自夏佤的越洋信息：功亏一篑，不过，海外版权谈下来了。

我长长出了口气，身体一下轻盈不少，毛孔舒张，神经似乎突然间灵敏许多倍，开始更清晰地感受到雨的气息。投影仪进水了，刺啦一声，青烟腾起、熄灭，所有的光影立刻消失了，只剩下雨。

远处有一个人影扑嗒扑嗒踏水而来，我知道那是禾贵。他走到我身边，抹了一把脸上的水，小声说：你个神经病。我没有闻到酒味。

几天后，我回到北京，把所有的放映设备和幕布都留在了村里。夏佤带着我和制片方重新接洽，我们一起重看了《夜空》，讨论了上线放映和发行问题。制片方说，如果我对这个版本不满意，可以重新剪辑，甚至补拍一些镜头也没问题。我摇摇头，说，不用，我想拍的已经全部拍好，也不用重新剪辑，保持原貌。

中秋节时，禾贵给我拨视频，透过镜头，我看到广场上热闹非凡。幕布再次竖起来，投影仪换了新的，没有播放电影，那上面是六七个手机屏幕。每一个手机屏幕上，都是一个直播场景。我看见其中一个镜头，是一个十三四岁的少年，正在大声朗诵："你知道，有些鸟儿是注定不会被关在牢笼里的，它们的每一片羽毛都闪耀着自由的光辉。"视频配的 BGM 是《费加罗的婚礼》。

你的电影怎么样了？禾贵问。

老样子，我说。

一个又一个影子，从禾贵的手机镜头前滑过去，好像夜空的流星。

春天果然短暂

马小淘

1

我妈告诉我，胡铁刚再婚了。听到胡铁刚这个名字，我甚至反应了一下，大概有十年没有人提起过他了。他是我姑父，准确地说是前姑父。这些没有血缘的所谓亲戚关系，听起来是那么回事，其实链接是非常脆弱的，比如舅妈、姨父、姑父、婶儿，只要我真正的亲戚和他们离了婚，他们立马就失去了亲戚职称，如果有新亲戚被提拔上来，他们简直算得上"不带走一片云彩"。

十几年前，我姑姑坚决地和胡铁刚离了婚。我妈曾在电话里苦口婆心地劝，彼此外边都没有人，没什么原则性的问题，又有孩子，胡铁刚好歹不是个坏人，凑合凑合一辈子就过去了。姑姑非常沉稳地听着我妈在电话里输出，临了只说了一句：我和他实在没有共同语言，我的心已经粉碎了。

我清楚地记得这句有点琼瑶的台词，也记得我妈当时脸上的表情——震惊、不解、心疼，非常复杂。此前的一两年，我姑就在电话里罗列了很多要离婚的理由。比如胡铁刚异常自私，大夏天买个小西瓜回家自己吃，等她和孩子回去时只剩下一垃圾桶西瓜皮；比如胡铁刚胆小怕事，邻居家的狗总在他们家门口撒尿，让他去找邻居说说，他推三阻四，其实就是不敢；比如他脚臭还不爱洗；比如他呼噜声特别大……听起来当然没有包二奶、养小三、赌博、嫖娼那么糟心，但是细想也确实很难一起生活。我妈本着宁拆十座庙不毁一桩婚的腐朽思想，总是劝我姑要心胸开阔。劝不动

194

的时候，她也会突然厉声呵斥我姑：当时都说这个人除了老实没什么能耐，不是你自己急三火四要结婚的吗？

每次放下电话我妈都和我爸复盘一遍，我爸总会隔空数落我姑一番，虽然我姑根本听不见。我妈第一次告诉我爸我姑动了离婚的念头时，他几乎想也没想就给我姑打了电话，因为他认为我姑一定是被胡铁刚欺负了，比如家暴之类的。他要第一时间了解情况，为他妹妹做主。然而事情并没有他想象得那么鸡飞狗跳，只是鸡零狗碎而已。感情还行的夫妻其实对严酷的婚姻生活缺乏认识，他们以为只有暴力、黄赌毒让人绝望，并不知道还有水滴石穿般的失望。

我之所以掌握了这么多细节都是假装不经意蹭听的。毕竟那时候我还在读中学，他们认为我不该懂这些。但是我对姑姑的事总是格外上心，中学时的我正在叛逆期，几乎讨厌过身边所有的亲戚，比如我舅舅爱随地扔烟头，我小姨说话基本不算话，我舅妈总喜欢烫各种令人毛骨悚然的丑头，但我从来没烦过姑姑，也可能是因为我们不生活在一个城市。

小的时候姑姑带过我，我三岁到七岁的四五年中，姑姑住在我家。彼时，十九岁的姑姑没考上大学，或者更准确地说是根本没有参加高考，我爸说她不喜欢学习，上课就头疼，到食堂就自动康复，问她学校怎么样，她说白馍馍做得不错。那时我爸已经和我妈结婚五年，并且安顿在了他们读大学的北方城市，也是我妈的老家。有一天他们忽然收到了我爷爷即将到访的电报，而后没两天我爷爷就出现了，还带着我姑姑。据我妈说，我爷爷言简意赅地告诉我爸，家里要翻修老房，没地方住，让我姑在我家先住一年。我爸要带着我爷爷玩两天，我爷爷勉强玩了一天就返程了，留下了并不是十分痛快的我爸和有点不知所措的我姑。

姑姑是我爷爷家唯一的女孩，我爸作为她的大哥，比她大了十来岁，其实两人并没有太多共同成长的经历。她当时一嘴中原口音，在语言面貌非常接近普通话的我们那儿，一听就是外地人。最关键的问题是，我们家当时住的是一屋一厨，根本没有多余的地方做我姑姑的闺房。最后还是我妈找了一层层关系租了我们家一楼的一小间房，我们家住二楼，姑姑住一楼。我总是在一楼和二楼两头流窜，找到了一种住别墅的感觉，虽然那其实是个邻居无数的筒子楼。那时候租房这事并不普及，所以姑姑的房子算是借的，给单位交一些钱，借那间房。现在回想，借这间房可能也给我爸妈造成了不小的经济压力。但不知道是工作不好找，还是他们心疼姑姑，反正那几年姑姑并没有上班，主要就负责看着我。

当时我还没上幼儿园，白天都待在我妈单位的托儿所，我性格有点孤僻，能感受到阿姨们并不十分喜欢我。于是，我从托儿所退学，和姑姑在家待了一年。那一年我们俩总是形影不离，十九岁的她，和三岁的我。

据我妈说，那时候的故事有两个版本。我们院里的人总看见我欺负姑姑，诸如当众哭闹非要买烤鱼片；诸如把皮筋一头绑树上一头让姑姑拽着；诸如把娃娃塞进姑姑洗袜子的盆里，姑姑洗着洗着露出一只手，吓得踢翻了盆，反正是任性的我和无奈的她。而我姥姥家的人总看见因姑姑的失误而遭罪的我，比如我在前边跑，姑姑在后边追，即将抓住我的瞬间她没控制好力度把我推倒了；比如她把我抱在沙发上换裤子，我推着她的肩膀大头朝下栽下去了，我姥姥说她当时听到咚的一声，不敢相信那是我头部触地的响动，几乎展开了我即将变成一个弱智的恐怖想象。两个版本应该都是真的，我一直是个暗搓搓调皮的鬼心眼小孩，我姑姑也多少有点粗心大意。这些事我都不记得了，但我隐约知道即使是三岁，我也明白我在家里的优先级排在姑姑前边，作为我爸妈的嫡女，我清楚自己的优越性。所以那时候我常常威胁她——我要告诉我爸妈你对我不好。

其实姑姑对我特别好，纵容溺爱就是我能真切感觉到的好。那时候流行一种儿童羽毛球，球拍是一个圆形的动物脸，球能吸附在球拍上，两人对打时可以直接将球吸着接住。我没注意过别人是怎么玩的，我和姑姑玩的时候我只负责站着，姑姑会瞄准我的球拍把球扔过来。所以我四岁正式上了幼儿园后为此出了丑，老师问谁会打羽毛球，我跃跃欲试，被选中后我直挺挺站好，等着对方将球精准投喂。老师和小朋友被我的僵直姿态震惊了，让我到场边稍事休息，我看到大家满场奔跑奋力接球，才明白我其实不会玩这种球。

姑姑接送我去幼儿园，回家的路上会给我买一盒巧克力豆，我妈说表现好的时候可以买，姑姑认为我每天的表现都很好。我和姑姑都不喜欢喝牛奶，我妈却每天逼着我俩喝，姑姑总是表情苦涩地咽下去，我有时候会想办法倒掉。我长大了依然没习惯牛奶，每次拒绝我妈，她都会说"和你姑一样！"

幼儿园阿姨告诉我妈我发不好平翘舌音，经常数出"一二山是"的发音。这其实是东北小孩非常容易走上的"邪路"，并没有什么可大惊小怪的，但是我妈却异常心焦，作为大学老师，她坚持说一口比较标准的普通话，不能接受我不三不四的发音。于是我妈每天反反复复地教我数数，我姑也跟着配合示范，结果我妈发现姑姑说的虽然不是"山是"，却好像是"森似"，"四"勉强可以，"三"实在是另一种噩梦。于是我妈革除了她助教的身份，号召她和我一起学习，一时间走廊里总是回荡着我和姑姑一起努力"思安三、思义四"的饶舌声。

那几年我和姑姑一定还发生了很多故事，只是我已经记不大清楚了，我能有打羽毛球和一起"三"一起"四"的印象，都已经被认为记忆力超群了。谁能指望一个四五岁的孩子记下事情的全貌呢！想起姑姑，好像有很多记忆在我脑海里盘旋，却又想不起什么具体的事情。

我只记得姑姑走那天，我们并没有道别。就是平平无奇的一天，去幼儿园接我的是爸爸，不是姑姑。到家后，妈妈说姑姑回老家了，奶奶给她找了对象。我号啕大哭，不能接受从此要孤身面对两个统治阶级。妈妈抱着我安慰了很久，还承诺她放暑假会带我回老家找姑姑。

姑姑那次回家就是奔着胡铁刚去的，两人彼时刚刚相识，即将迎来热恋。

此前姑姑也曾回过一次老家，也是号称回去见对象，却在我爸的暴跳如雷中收场。那次好像也是我奶奶张罗的，奶奶二十一岁生下我爸，在她眼里女人过了二十头等大事就是结婚生子，姑姑再蹉跎下去可不是开玩笑的。姑姑被召唤回去相亲，却没相中对方。我奶奶向我爸告状，说我姑挑三拣四，在城里待几天就不知道自己是谁了。姑姑一言不发只在电话里泣不成声，我爸本着没有调查就没有发言权的严谨态度回了趟奶奶家。他去见了见我姑的相亲对象，没忍住对我奶奶大喊大叫了一番。那不是个傻子吗？你给你亲闺女相了个傻子！第二天我爸把我姑领回了家，回来后我爸我妈我姑三人揶揄了我奶和那个傻子好几天。我问谁是傻子？他们说大人的事少打听，又忍不住告诉我，姑姑差点要和一个傻子结婚。

我奶奶认为，我爸阻挠我姑的婚事，是希望她能在我家干活儿，是自私自利。但事实上我妈那时候并不忙，也觉得我姑做事粗枝大叶，并不指望她真干点什么。然后，我奶奶不屈不挠地给我姑推介了胡铁刚，两人先通了信，互寄了一张照片，一来二去就真产生了所谓的爱情。

胡铁刚的家在另外的镇上，此前和我奶奶家并无交集，反正是通过七拐八拐的介绍和我奶奶搭上了关系。他是三代单传，家里还有一个姐姐，据说家庭条件不错。奶奶见他浓眉大眼，几乎可以算是一眼相中。不过，有了病急乱投医能凑合傻子的前情，奶奶的相中也不具备什么参考价值。姑姑怕胡铁刚也是个呆头呆脑的大傻子，和奶奶说要先通信了解。于是，那阵子我总看到姑姑靠在床边，开一盏小小的台灯，她在读信。这个春心荡漾的场景过于清晰了，越清晰就越可疑，我总有些怀疑它是假的，是我成年后幻想出来的。

反正，不久之后，姑姑和胡铁刚就建立了比较明确的恋爱关系，然后姑姑就走了，对我来说是不告而别，对大人们来说大概是一切按计划进行。

2

好在放暑假的时候，妈妈真带我回了奶奶家。其实幼儿园是不放暑假的，暑假是作为老师的妈妈的暑假。那个暑假过后我也要上小学了，上了学就会拥有属于自己的暑假。

来迎接我们的除了姑姑还有胡铁刚。胡铁刚身材微胖，面白无须，头发是自来卷，看起来既不铁，也不刚。我觉得他名字起得文不对题，他看起来特别像个主食，叫胡馒头、胡豆包之类的可能更合适。我妈假笑着打量了他一番，没有显露出明显的好恶。他说起话来吐字发音不太利落，词语在嘴里好像经历了过度咀嚼，都连成了一片。我揣测我妈不会十分喜欢他，毕竟她那么喜欢普通话。

待了几天，我妈就回去了，说是让我在奶奶家玩，过一阵我爸来接我。于是，我彻底放飞自我，每天招猫逗狗，当然大部分时间还是小尾巴似的跟在姑姑屁股后边，也少不得常常和胡铁刚接触。

我妈走后，姑姑又郑重地把胡铁刚介绍给我。好像他头几次的亮相都是彩排，这回才是正式公演。他们要去市里逛街，我忘了是原本就计划带着我，还是我看不出眉眼高低没拿自己当外人，反正胡铁刚来接姑姑的时候，我自动跟了出去。

"他是姑父。"姑姑颇有些严肃地对我说。

"我知道啊，他不是叫铁刚嘛！"我自以为懂事地转向胡铁刚，"胡姑父好！"

"不用带姓，就是姑父。"姑姑纠正着我自以为是的礼貌。

后来想想，这中间的微妙差异还真有点意思，有胡姑父，就好像还有王姑父、刘姑父、李姑父似的，带了姓的姑父立马降了档次，不是亲姑父了。那时候他俩其实还没领结婚证，这简单的介绍足以证明姑姑对他的认可。

我们先是骑了自行车，而后坐了大巴，到了市里。姑姑很有些得意地告诉我，胡铁刚在市里上班，是自行车厂的质检员。我们先是逛了大集，又逛了百货公司。姑姑好像对百货公司更感兴趣，而我喜欢大集。胡铁刚给我买了糖人、糖稀、糖葫芦，还让我骑在他脖子上。细密的汗珠隐约渗出他卷曲的头发，我能听到他有些粗重的呼吸。他既诚恳又局促，大包大揽卖力表演一个称职的姑父。

"姑父你累吗？"

"不累。"他发音含混又语气坚定地回答。

我迅速被感动，认为他是个善良的大人。我妈不让我吃糖人、糖葫芦，她说那些东西不卫生，也不许我玩糖稀，她认为糖稀这个东西就不应该存在，除了拉低人的气质毫无其他意义。所以，对我来说，那是一个打破禁忌、忘乎所以、所有愿望都被满足的好日子，我沉浸在放纵的快感中，非常幸福。

姑姑也有收获，胡铁刚给她在百货公司买了一本蓝粉花封皮的笔记本，在大集上买了两个发夹。两人一路上一会儿羞涩地对视，一会儿默契地看向远方。我觉得姑姑和平时不太一样，她时不时发出过分清脆的笑声，有点做作，又有点紧张，而胡铁刚的笑是无声的，他巴结地看着姑姑笑，好像贴了一张微笑面具，时刻保持着笑容可掬。毫无疑问，他们都很快乐，空气中涌动着糖果般甜美的气息，初夏的天空碧蓝如洗，所有人都兴高采烈。

下午我们去一个公园划了船，湖水被船桨划破，忽然传来青蛙咕咕呱呱的声响。我被青蛙叫催了眠，恍恍惚惚在船上睡着了。等我醒来时，已经在归途的大巴上。姑姑抱着我，我的腿搭在胡铁刚腿上，两人咕咕哝哝说着悄悄话，看起来不是在议论是非，就是在互诉衷肠，当然我基本确定是后者。即使睡了一觉，我依然感到疲惫，看他俩演了一天的青春恋爱戏，我好似一个丧失了新鲜感的旁观者，觉得在这对爱侣旁边有点寂寞。

第二天傍晚，我奶奶问我对胡铁刚印象怎么样。我不能完全听懂奶奶浓重的口音，需要姑姑翻译一些关键词汇。我说，胡铁刚是个好人，给我买了很多好东西。姑姑一边翻译一边温柔地看着我。

而我忽然意识到糖人、糖葫芦都已经新陈代谢了，糖稀也玩完扔掉了，胡铁刚对我的大方只留在了昨天，如今什么也没有剩下。还是姑姑比较聪明，和花钱买吃的比起来，还是买物件更容易得到持久的快乐。我坚持要看看姑姑昨天买的发夹。姑姑从裤兜里掏出一块手绢，手绢里包着那两个发夹。

"给我戴上试试呗。"我倚在门框上，提出的其实不是申请，而更像一种要求。

"这个不适合小孩。"姑姑略有些为难地看了我一眼。

说实话，我几乎是有些震惊的。姑姑极少拒绝我的要求，可以说，她的一切都愿意和我分享，我也把对她的侵略当成了一种日常。一般我只要说给我看看、给我试试，她都会说给你吧。而且那两个发夹一个是紫色的叶子形，一个是一串彩色的心，看着真没多成熟。客观地说，"不适合小孩"基本不成立。

"我又没说要，就给我看看总行吧？你现在怎么这么抠啊？"为表不满，我有点阴阳怪气地说。

姑姑把发夹递给我，其实我相中了那一排彩色的心，以为只要稍加暗示，姑姑就会主动把它送给我。

情况和预料出入略大，我只轻描淡写地扫了两眼，故作姿态以掩饰自己的小心思。我迅速把发夹递回到姑姑手里，眼睛看向了别处。姑姑也似乎想回避我，接过发夹往外走。不知道是我递得不结实，还是她接得太草率，那个紫色叶子形的发夹掉到了地上。姑姑已经启动的双腿有了行走的惯性，一只脚说时迟那时快地踩了上去。都不用捡起来，定睛一看，我就发现紫色的发夹裂开了。

姑姑捡起发夹，对着门外抬头细看，月光从发夹的裂口清冷地穿过。

"噢，踩坏了吧！不舍得给别人看，掉地上踩坏了吧！"我一时有些尴尬，竟选择起哄来掩饰。其实我心里非常内疚，我知道紫色发夹的意外是

200

我非要侵占它的私心造成的。但我不敢面对，又想假装和自己无关。我看了一眼就还回去了，我只是想看一眼，是姑姑自己没拿稳，并且踩上去的也是姑姑本人。我是目击者，不是嫌疑人。

可能不算报废，但至少也是重伤，发夹以一种残破的姿势躺在姑姑的掌心里。

"哈哈哈，踩坏了!"不知道我为什么要假装幸灾乐祸，好像不说点什么无法证明自己无辜一样。

忽然，我看到姑姑眼里的泪水。她捡起发夹，眼中含泪，默默走了。

月光清亮，姑姑伤心的背影被拉得有点长。背影上看不见眼泪。忽然来了一阵风，院子里只有一棵树，树梢上叶片缓缓抖动，好像一声声轻轻的叹息。

我感觉非常糟糕，为了掩饰窘迫，抓了几个奶奶刚炸好的丸子喂狗。狗为突然的好运欢欣狂吠，奶奶愤怒地端走了装丸子的盆，还对着我说了句大概是令行禁止的话。翻译不在，我没有听懂，全靠意会。

没过多久，姑姑牵着我去吃晚饭。她好像已经整理好了情绪，无辜开裂的紫色发夹好像从未存在一样。我们谁也没有再说起过它，不是仅仅那天晚上、那个暑假，而是一直。直到我上高中后收到一条十四块八的手链，我一下子想起姑姑包在手绢里的两个发夹。那晚姑姑的泪水一下子涌上我的眼眶。

3

再后来，姑姑和胡铁刚结婚了，姑姑生了个女儿，姑姑去缝纫机厂上班了，和胡铁刚一起在市里生活。我上了小学、初中、高中，隔几年才会在过年时见姑姑一次。我们好像变得生分了，一方面姑姑有了自己的孩子，是别人的妈妈了；一方面我渐渐长大、学业繁重，不再是一个需要陪伴和照顾的小女孩了。

最后一次见胡铁刚，大概是我小学五年级时吧。也是春节，二叔生了二胎，姑姑心思都在她三岁的小女儿身上，家里好几个五岁以内的小孩，我和他们只是血缘上的亲人，因为年龄差距根本玩不到一块儿。大人们进进出出忙着张罗过年，我发现我没那么喜欢奶奶家了，小时候喜欢的那些土路，那些苹果树，那些奔跑的鸡鸭鹅狗，都变得乱哄哄的。我忽然无法忍受农村的厕所，也看不惯很多乡亲有随地吐痰的坏习惯。在热烈的节日氛围中，我时不时装出有点兴奋的样子，其实有些形单影只。同样略显格格不入的还有胡铁刚，据说他不太擅长家务，于是姑姑请示了我爸我妈，让他带我去了县城。他又胖了一些，可能是皮肤太白，显得不太结实。

"姑父你这肚子好像也能生个孩子。"我拿食指戳了戳他突起的腹部，他敞怀穿一件藏蓝色的羽绒服，里边是一件紫红色的毛衣，应该是姑姑织的。

"再过几个月就生了。"他腼腆地笑笑，以最大可能的幽默配合着我。

县城大集上暴土扬长，有一种既喜庆又糟心的热闹，胡铁刚含混的口音让我几乎听不清他在说什么，只是嗯嗯啊啊地敷衍着。我已经对糖人、糖稀、糖葫芦都没什么兴趣了，并且非常自然地认同了我妈的观点，它们看起来确实卫生情况存疑。胡铁刚问我要什么，我显得犹犹豫豫，异常矜持。最后，他给我买了一兜黑枣和一个纸灯笼。

我一路吃着没洗的黑枣，发现其实所谓讲卫生也不过是一种心理状态，你觉得它脏，它才脏。我拉着姑父温暖干燥的手，像握着一块暖烘烘的大砖头。

再后来，姑父这个形象在我记忆中就模糊掉了。我上了初二之后就没有真正的假期了，爸妈告诉我，我的任务只有学习，其他所有事情与我无关。连看一集电视剧都必须配以自责的表情，我也确实没心思关注别人的日子。偶尔听到关于姑姑的消息也不过只言片语。到我考上了北京的大学，不辱使命地完成了学习任务，才在复盘中拼凑出了姑姑那些年的经历——姑姑下岗了，缝纫机慢慢退出了普通家庭的日常生活，当然也就不需要缝纫机厂生产那么多缝纫机了。胡铁刚也下岗了，也没有那么多自行车需要他质检了。我无从深究到底谁先谁后，我妈也记得并不十分牢靠，总之安稳体面瞬间崩塌，变故仓皇劈面而来，坚决要扫他们全家的兴。我记得我妈有阵总去邮局寄包裹，都是给姑姑的衣服和床单被罩之类的。但哪怕寄的都是香奈儿，大概也难以抚慰姑姑的崩溃吧。姑姑给街道办扫了一年院子，又在饭店里刷过碗，最后做了家政，比较稳定地当了住家保姆，那家的孩子是个哑巴。胡铁刚开了一阵中巴，干过保安，还和我姑一块儿刷过碗，都是干一段就被辞了，间歇性地打着零工。所谓贫贱夫妻百事哀吧，两人之间的不痛快也在两手空空时凸显出来。准确地说，主要是姑姑不痛快。胡铁刚已经被失业打击得心力交瘁，不理解姑姑为什么还有闲心嫌弃他吧唧嘴、抖腿、打呼噜。

拉锯了几年，姑姑带着女儿从胡铁刚的房子里搬了出来，租了一间平房。这中间，我爸、我奶都曾试图力挽狂澜，我奶的理论是包办婚姻都能生儿育女一辈子，怎么自由恋爱还说散就散呢！我爸的逻辑是胡铁刚不曾跌破底线，他虽然烂泥扶不上墙，但至少还是一堆泥，不是什么更脏的东西。甚至他认为胡铁刚非常无辜，是姑姑没事找事。他对姑姑说，他原本就是个不争气的东西，又不是忽然变坏的，你当初选错了，现在就该吞下苦果。姑姑平静地听了他们的意见，然后一意孤行地拽着胡铁刚去了民政局，变成了离异妇女。

姑姑离婚后我曾经问我妈，为什么非让姑姑回老家，怎么不让她在我们这边结婚呢？她要是嫁到这边，也许就是另外的故事了，我也可以常常见到她。

我妈特别无奈，她说当时大家都挺保守，把户口看得挺重。"你记得咱们楼下那个脸色焦黑的老于吗？有癫痫，三十多岁了也没对象，老是面目狰狞地蹲在院里。他们家人竟然来找过我，问我能不能让你姑和他交往。当时我就急了，直接翻脸把他们撵出去了。想什么呢这帮人！但是我也意识到现实有多势利，你姑姑是农村户口，没有学历，没有工作，虽然她干净立正的，找上门的却都是些乱七八糟的玩意儿。后来你姑喜欢胡铁刚喜欢得五迷三道的，你爸看不上胡铁刚，但我觉得两个年轻人挺真挚的，我们不该干涉。谁知道这个胡铁刚，还真是恨铁不成钢！最后哪哪儿都指望不上。"

4

我大二那年的寒假，和我爸一起去了姑姑家。那时候姑姑已经攒钱买了两限房，算是从低谷中重新扑腾了回来。那房子谈不上装修，四面白墙配水泥地，陈设简单，毫无个人情趣、特色，仿佛居住者随时准备撤离。更重要的是，也无法违心地说那房子整洁，地面上有毛球和水渍，踩上去黏糊糊的感觉让人心中一凛。卧室、客厅、阳台都放有大小各异的纸箱子，纸箱子外部有肉眼可见的灰尘，窗台上放着书本、蜡烛、塑料袋、一碟剩菜，有的抽屉没有关严，插线板上有一层浮尘，桌子上有抽纸、卷纸、手提包、针线盒以及各种凌乱小物件，椅子背上搭着各色衣服，门口的穿衣镜不干不净，似乎正在朝照妖镜进阶，整个房子好像小偷刚刚离去的盗窃现场。姑姑穿着一身浅紫色运动服出来迎接我们，看起来清清爽爽，简直是淤泥中的花朵。

姑姑拍了拍我的头，我冲她笑笑，我们彬彬有礼，像历史剧里两个上朝的大臣，端庄正派，说面合心不合简直也可以。然后，我们一起吃晚饭，说了很多无关痛痒的话。席间我爸又习惯性地批评了姑姑好几轮，从她家的脏乱差环境推导出她自暴自弃的结论，他天生就是一个心眼还行、做派烦人的大哥，不由自主爱给别人上课，把所有好意表述得不怀好意。

"姑，你家真是不太利索。你还号称干家政的，工作能力令人担忧啊。"回去的路上，我半是好奇半是没话找话地对姑姑说。

"就是每天都在收拾屋子，回家就不想收拾了。不然我整天除了收拾屋子就没别的事了，一辈子都在重复收拾屋子。正好你妹假期去她爸那儿了，我就彻底不收拾了。"

我好像有些理解了，却依然觉得姑姑家太乱了。

第二天我们一起逛了街，我看上任何东西姑姑都觉得太贵了。我们去了百货大楼，我相中一件外套，已经比北京便宜不少了。我正打算掏钱，姑姑却和服务员拉扯上了价格。我几乎是落荒而逃，觉得在商场讲价有点难堪，伤害了我少女的虚荣心。逛了俩小时，我渴了。我要买两瓶饮料，姑姑说她一点不渴，并且一把按住我的钱包，执意为我那瓶结账。我喝着姑姑买的饮料，傻乎乎冲姑姑笑，一时间不知道说什么好。

我们漫无目的地在商场转着，我不敢看任何具体的东西，目视前方，几乎可以称之为巡逻。转到商场顶层，我发现有个小型录像厅。一个小包间，三小时，可以点一到两个电影，三十五块钱，赠果盘。我邀请姑姑看电影，她表情犹疑，显露出既有兴趣又想拒绝的神色。

"我们好像没一起看过电影呢，看一次嘛。"我挽着姑姑的手，发现她的手指很是粗壮，摸着既有安全感又让人心疼。

而后我们又为了谁掏三十五块钱撕扯起来。姑姑有一种长辈的执拗，好像让我花钱是不道德的。我不得不苦口婆心地告诉她，我虽然还在上学，却已经有些收入了，我想请她看电影。

我们看的是《泰坦尼克号》，那个录像厅的片源实在有限，除了武打片，就是爱情片，没太多选择的空间。这片子我六七年前看过影碟，姑姑却是第一次看。杰克和露丝那经典的船上飞翔姿态，让我想起来多年前和姑姑、胡铁刚一起逛大集的时光。胡铁刚把我高高举过头顶，大抵是为了巩固在姑姑心里的地位，彻底占领她的芳心，他对我也爱屋及乌有些谄媚。

姑姑哭得乱七八糟，到后来杰克沉入水底，她几乎是在呜咽。我小心翼翼坐在旁边，非常轻地往嘴里塞了一片苹果，其实我不是真想吃，我是每每无所适从就做出声东击西的举动。苹果还没有咽下去，我也哭起来。为了姑姑，为了胡铁刚，为了爱情，逝去的爱情就像留在对方手里的把柄，让人饱受折磨、黯然神伤。

电影结束，姑姑泪眼模糊地抬起头，突然打掉我放在嘴边的手，"跟你说过多少次了，咬指甲不卫生。"那个瞬间我仿佛穿越回了四岁，一下子感到了熟悉的踏实。

我们说起一些我小时候的事，姑姑说有一年春天，我们去江边野餐，带了面包、香肠，坐在草地上。然后忽然下雨了，我们跑着去躲雨，我爸戴着一副那时候流行的大墨镜，边跑边抱怨天气预报不准。我记不得姑姑说的春天野餐了，但也能轻易想象那画面。春天总是特别短。

"姑你为啥非要离婚呢？"

"害怕，我一想到以后就害怕。我们当初都太小了。他没见过女的，我没见过男的，糊里糊涂就感觉爱得可深了。后来一想爱他啥？不知道。我们从来没有一起做过一件年轻时候曾经谈论的事情，除了生孩子。当然了，谈恋爱还是挺好的。我记得我从你家走的时候正演《红楼梦》呢，还没播完我就回家了，你奶奶家又没有电视，我刚回来天天琢磨林黛玉和贾宝玉怎么样了。但是我能见到胡铁刚，挺高兴的，也就不那么惦记电视了。但是日子一长，发现他的脑子就是一团糨糊。你哭了，他问谁欺负你了；你翻个白眼，他觉得你是困了；你说钱不够，他说那别买了。干保安嫌累，开车嫌苦，和他一起下岗的给人装空调挣了钱，问他去不去，他说怕摔死。老说等他以后有钱了，老盘算一夜暴富。他又懒又笨，还自私，我就越来越烦他，觉得他什么忙都帮不上，还总添乱。我在外边当保姆还挣钱呢，我在家伺候他能不抱怨吗？让我下最后决心的是，有一次你二叔送来一只烧鸡，他随便夹了一块给孩子，自己把两个鸡腿全吃了，我不需要他把鸡腿留给我，但他至少要分给孩子一个吧。我再看他，觉得就是头猪。"

"婚姻这个炼丹炉把你烧成了火眼金睛了。奸懒馋滑，随波逐流，没有责任感。和这种男的走到半路就已经对目的地产生了恐惧，对吧？"

"对，还是你们有文化的会说。"

"你不能依靠他，又不想领导他。干脆算了吧！"我那时正是意气风发的年纪，热衷于对各种事评头论足。

"我发现，我不惦记这个人了。年轻时候担心他吃饱了吗？他累吗？后来我发现他无论如何也能吃饱，他根本不会累着自己，日子再紧，他也呼呼大睡。我对他的牵肠挂肚都没了。也未必是他多么不好，但我就是忍不住想修理他、数落他。我变得特别厉害，我发完脾气静下来想一想，也不知道自己在干什么，再这么过，互相折磨，对他也不是好事。"

"姑父辜负了你。"

"我倒也没觉得自己被辜负，也不想总结。他没做什么坏事，只是不好，不香不臭的。"姑姑皱着眉，努力和我说清复杂的心情。

"最好的办法就是他也做自己，你也做自己，你们分头做自己。"

"很多人都觉得是我不对，觉得我非要离婚是瞎折腾。说别人都是这么凑合过来的，我太矫情了。我不明白为什么所有人都说不可以离婚。"

"可能他们那些人觉得，家庭稳定有利于社会稳定。"

"我又不是离婚后去打砸抢，我一个人也依然遵纪守法啊！并不是要有一个男人才是一个家，我和你妹也是一家人家。你不知道我离婚之后晚上没人打呼噜，吃饭没人吧唧嘴，那个安静啊，刚开始我都忍不住停下来仔细听，真没怪动静了，都有点不敢相信。解脱了，离了心里透亮多了。农村里很多老太太，挨了一辈子打，也就那么过来了，最后儿孙满堂，七十八十的时候也会办个寿，好像和和美美的，还挺心满意足的。但我不想过那种生活。"

"姑，以后我给你办，在五星级酒店，给你办个大寿。你好好活！"

"我不稀罕那个。"

我觉得姑姑就是温水里最机警的青蛙，在被烫死之前跳出来了。别的青蛙还都议论她；你看她一惊一乍的，跳出去干啥！

5

"你知道胡铁刚结婚了吗？"我忍不住给姑姑打了视频电话。

"我告诉你妈的！"姑姑脸上竟然是掌握了第一手情报的得意和炫耀。

"你怎么知道的？你还偷偷关注人家？"

"你二叔告诉我的。他那个破房子拆迁了，得了点钱，就找到了对象。非常好啊，我也希望他能有好日子过。"

"人家拆迁了，你后悔不？哈哈哈哈哈哈。"

"那你可太不了解你姑了。"

她像祝福路人一样祝福前夫的新婚，大概只有不和他一起生活，才有可能谅解他。

我想起几个月前与姑姑一起吃饭，她穿着我妈给她买的白衬衫黑裙子，端庄得像个退休干部，让人想不到她做过缝纫机、扫过大院、刷过碗，最终赖以谋生的工作是保姆。我问她考不考虑找个男朋友，她说前几年认识了一个，但是对方有个女儿总是提防她，她处了一阵觉得没意思，就算了。姑姑在手机相册里翻出那个前男友的照片给我看，一个白胖老头戴个眼镜，智商不高又很爱思考的样子。十几年来，那是我第一次听说姑姑的情感生活有了风吹草动，却竟然已经是过去式了。

生活好像不曾给姑姑留多少余地，很多事她自己说了都不算，她仿佛攥着一把受潮了的火柴，费尽心力，也照不亮前路。她想安稳上个班，但她下岗了；她想扫个大院，都得到处赔笑脸。唯有婚姻是她自己选的，她喜欢过胡铁刚，后来不喜欢了，于是她干脆利落为自己作了一次决定。

我觉得姑姑可能还是挺寂寞的，建议她去上老年大学。

"我不喜欢上学。"姑姑不屑地表态。

"老年大学不一样，都是消遣、画画、写字、唱歌、跳舞，还可以交朋友，不排名、不考试，也没人让你考老年研究生，没压力。"

"那也不上，我从小就不喜欢学习，也不喜欢画画写字唱歌跳舞，老了也不花钱找罪受。"姑姑撇撇嘴，一脸拒绝，"我有那闲工夫，还不如再找点活干，你不知道，我可有劲儿了！"

姑姑把头发往耳后掖了掖，我发现她鬓边有了明显的白发，眼角也已经有些耷拉了。一看就是被生活折腾过的样子，地位、伴侣、钱，她一个都没有，陌生人眼里她可能很不起眼，乏善可陈。姑姑年轻的时候，我们院里邻居说她长得像栗原小卷。我记得栗原小卷演过一个叫《生死恋》的电影，她在里边打了网球，死于爆炸。

吃完饭，姑姑送了我一幅十字绣，她一针一线给我绣的。三朵颜色各异的大牡丹，说实话乍看我觉得挺难看的，但是我揽在怀里假装很喜欢。走出饭店，我忍不住把十字绣又拿出来看了看。从前，姑姑并不多么心灵手巧，女红一般。我知道十字绣都有图纸，几乎不算原创，却依然感觉到了姑姑的气息。那三朵大牡丹，开得凡俗饱满、不管不顾、勇敢赤诚，好像用尽力气要盛放出一个热闹的春天。

原载《北京文学》2023 年第 11 期

辑四

所罗门王的指环

大头马

1

一九八六年初秋，正是南京的雨季。南京中医学院研究生楼 218 号女寝的最后一张床位空置了许久，也没有人搬入。寝室共四张床位，分属不同专业方向的四个人，其余三人只知道那张床是有主人的，却不知道主人是谁，叫什么名字。人虽然没来，床位已经铺好，被子整整齐齐地折在床头，拣的是一张上铺，不妨碍任何人。整整一个月后，寝室里三个女生已经熟得都有了昵称，才见到第四张床位的主人。那人长着一张娃娃脸，中等身高，和后来比，那时身体还有些虚胖，语音比南京本地人说话更软一些，不像南京人说话，一开口和吵架似的。她说话声音不高，音色柔亮，头次见到同寝室的其他人，张口便问"阿吃过啦"，脸上笑眯眯的，一点也不拘谨，好像也早已和她们玩成一片似的。紧接着，她们才知道，她的名字叫作舒晓英，来自扬州下面一个地方，叫作江都，南水北调的起点便在此处。又知道了她晚来入学的原因：一个月前她的小孩刚刚出生。刚做了母亲的人是这样的，见到谁都特别和善、明亮，没有防备，全世界都是她的家一样。舒晓英给大家留下的最初印象就是这样。

寝室的四个人里，舒晓英是年纪最小的，刚满二十四岁。这是因为她是本科应届生，直接来读的研究生，不像其他人多少都工作过几年，才来继续深造。也因为她缺乏临床经验，所以研究生只能选择中医基础理论方向。寝室里年纪最大的那个姓桂，来自山东聊城，经历也最传奇，她没上过大学，原本是个农民，后来在医学院一边做清洁工，一边旁听，最后以同等学力考上了研究生。此人极勤奋，张仲景《伤寒论》记载的 113 剂经方，她可以倒背如流。后来她分配回山东，几十年后成了当地最有名的中医，每天四点即起，看病到夜里，坚持把最后一个病人看完，门诊费两元钱，数十年不变。另外两位也各有所成。一位学温病学方向，后来和老公去了赤道几内亚开诊所，很快声名鹊起，连总理都登门造访，隔壁利比亚的病人也坐船过来看，只因她当时带去了一样珍贵的药剂——青蒿素。因为这项抗疟药物的发明，屠呦呦于二〇一五年获得诺贝尔奖，这是另话了。他们夫妻俩在赤道几内亚待了五年，赚了四百万元人民币，便回国炒股，再不从医了。最后一位女生是所有人里目标最明确的，她学的是针灸，那时正逢出国热，她想要去美国，料想中医去美国没有竞争力，而针灸是肯定能吃上饭的，果然后来便去了美国开了针灸诊所，大钱谈不上赚到，立足是立下来了。那时，寝室四人各人有各人的想法，舒晓英虽是成家最早的，但她们晓得她还没有打算就此立业。她们见过她老公，他来看望过她几次，两人是大学同学，对方比她年长几岁，是沈阳人，学的是计算机，已在沈阳本地就业，公安系统，吃的是皇粮，属于铁饭碗。舒晓英研究生外语选修的是日语，打算毕业后去日本留学读博士。沈阳离日本近，那时不少东北人都有东渡的想法和门路，舒晓英既然把家安在了沈阳，想去日本深造，也十分合理。在大家看来，每个人都有光明的前程。研究生三年时光，共度得十分愉悦。哪怕有一些相处上的龃龉或不快，事后看，也都被逝去的青春抹去了，留下的只有美好的回忆。毕业后，大家各奔前程，分处不同的经纬度，少有联络。

　　几人再见面已是十年之后，一九九九年春天，借着校庆，研究生同学便办了一场聚会。地点在向阳渔港，浙江人开的馆子，旁边就是月牙湖。大厅能坐几百桌，南京人从来没见过这阵势的餐厅，要不怎么说浙江人会做生意，许多人来这儿吃饭就为了见识一下千人吃饭那个盛况。中医学院本来就是小学校，研究生前后几级连师带徒加一块，也凑不满百人。百人包场千人厅，好哇，更阔气，反正有人掏钱，不用操心。按照常理，大学同学要比研究生同学情谊深厚一些，毕竟同属一班，朝夕相处，研究生阶段，大家跟着不同的导师，除了一个宿舍的，同级学生往往见不到面，三年下来叫不上名字的也不乏其人。同学聚会便很少能办得起来。这次算是人最齐的一次。218 号女寝的四个人，三个都到了，在美国开诊所的、在赤道几内亚给总理看病的、在医院当主任医师的都抽工夫飞机转火车地回来了，唯独少了舒晓英。三人见面一聊，才发现谁也没有她的联系方式，也才知道，毕业后谁也都没再见过她。同学会上，大家都说不晓得她的下落。连她的导师转过桌来祝酒时都抱怨，这个学生怎么一毕业就像人间蒸发了一般。按理说不该啊。

此事倒也算不上有多蹊跷。那时手机还不普遍，联络方式本就原始，除了座机电话、BP传呼机，邮政通信仍是常用的手段。如果不是多么亲密的朋友，或有什么因缘际会，大部分同学也就是毕业即失联。大家呼啦啦地聚散离合，好像彼此只是对方人生卡尺上的若干道刻度。低效的通信浓缩了友谊的纯度，人们许久不见，再次见面，便如蜡封的酒罐口被揭开，彼此的面容从里面流淌出来，既新鲜，又浓烈，带着独属于他们记忆的气味。其实都已经是完全不同的人了，所以那气味也只能维持一顿饭的新鲜，再久就臭了。舒晓英假如按预想的计划那样，去了日本留学，音信相隔，也合情理。同学会也有几个没来的，各种情况都有，忙的，病的，甚至死的，还有就是不想来的。不过回到舒晓英身上，这事儿确实又有些突兀，至少对她寝室的另外三个人来说是这样。有家庭的人往往是相对神秘一些，不过，她们哪一个不比她更有理由归隐？

归隐。是的，她们不约而同地认为，舒晓英是主动选择的失联。大隐隐于市的那种。从赤道几内亚回来的那位说，至于吗，连我都来了。她回国后买了新浪的股票，一元钱买入，四十元卖出。四百万元又翻了四十倍。她有资格说这话。不过也就是到此时，这话才点破了宿舍的三个人对舒晓英真正的、统一的认识：毫无疑问，她是她们那个年级最聪明的学生。

这件事在当时就已十分明显，只不过同窗时期，或由于彼此暗中的竞争，或由于女性之间的羞怯，或因为这个事实太过明晰，总之，从来也没有人正式提出过。冷不丁地夸一个女孩聪明，怪怪的，而且好像在表达另一种意思，听起来不像什么好话。这个词语不属于大家熟悉的口语词汇，说得更多的，是务实、肯干、踏实、大方、质朴、节俭、勤快，听起来都是一些灰扑扑的词语，像是在形容某种物美价廉的面料。人就是要像那种结实愚钝的面料一样才好，不能太贴身，显出形状来。幸好，舒晓英自己好像也意识不到自己的聪明。在大部分时刻，她的存在感微弱，面目模糊，只有在某些展露才思的时刻，她的主体才会吉光片羽般惊现。这种时刻发生之后，通常也就被轻易地滑了过去。既不会有人鼓掌，也不会有人赞叹。好像什么都没有发生。那个"我"出现之后，所有人都想赶紧把它消化掉，让"我"回到"我们"之中，否则，"我"就变成了"你"。那就不妙了。舒晓英在这方面还算大智若愚。无论是男同学还是女同学，提到舒晓英，都会说她是个不错的人，至于怎么不错，就不用深究了。不错已经是一个很好的评价了，足以对一个人盖棺定论，定一个性。它表示既笼统又全面的认可，在任何场景都适用，如同一个盖了章的通行证。分配工作时，这个人得到的评价是不错，那么这份工作保准就没问题了；婚配介绍时，别人说这个人不错，被介绍人也就吃下了一颗定心丸。一定得是不错，很好就过头了，惹人怀疑。别的单义词汇就更不行了，比如聪明，那会让人觉得这个人肯定有其他方面的问题，而且问题不小。所以，在舒晓英和大家相熟的时间里，没人说过她聪明。当然，不错这个评价对舒晓英来说也有些多余，她已经是一个母亲了，再不错又能怎样呢。她已经不在任何一个市场上了。所以，说她不错的人很多跟她也没有太多的交往，这个不错给出去也便宜得很，就算她不是不错，而是错了，那也不能怎样。

此时，因为舒晓英的缺席，也因为十年过去，时过境迁，不知谁第一个说了句，舒晓英这人别的没什么，就是脑瓜子灵得很，人们才像城头变幻大王旗般地，七嘴八舌陆续讲起几件小事。

研究生那时我们不都要上通识课《中医基础理论》嘛。舒晓英晚来了一个月，第一次上课，教课的老师问了一个问题，在场无人能答，舒晓英举手，老师见是陌生的脸，还以为是来旁听的，没抱什么希望让她作答，没想到她答得一点不错。那是还没有学到的内容，后来才知道她来上学之前就把教材从头到尾看完了。

医古文那门课你们记得吗，不知道多少人没考过去，结果舒晓英拿了最高分，我到现在还记得，88分。而且她的卷面上除题目正常问答外，还有自己的发挥和思考。老师极为惊奇，公布分数时专门问，舒晓英同学是哪位。她站起来，不好意思地低着头。老师说，你答得很好，大家都认识一下。我就是那个时候才知道同学中有舒晓英这号人的。

我和舒晓英是同门，有一回我俩和大师兄跟着导师坐门诊。来了一个病人，治肝病。导师不在，大师兄便自作主张给病人开了一个小柴胡汤的方子，舒晓英突然开口说，这方子不能这样开。因为这个病人吃小柴胡汤已经吃了十多年，但张仲景的原方中，强调是不能这样常年吃一种药的。大师兄虽然有些恼火，但也承认她说得对。最后就改了方子。导师回来后夸方子开得好，至今不知道中间还有这茬儿。

还有这回事？我怎么不记得。那个当年的大师兄恰好也来这桌吃两口。说话的人白了他一眼，你现在坐镇大医院的门诊，多少也有点名医的意思了，当然不会承认。大师兄没想到小师弟这么不给面子，找补了两句，便蹿去了别的桌。小师弟说完也意识到自己喝得有点多，现在虽不做医生，转从事药行，但将来难保不会求到师兄头上，不禁有些后悔，为一个行踪不明的女同学辩这个白干吗。

聊到这，有闲听的人插嘴，你们说的这些，只能说明舒晓英这个人爱学习，擅长考试，记忆力好，但也不见得她有多聪明。这个时候，有人便说道，她还有一项能力，神得很，这件事恐怕知道的人不多。

什么能力？

她可以跟动物对话。

2

《圣经》的《列王纪·上》第四章第三十三节里说到大卫的儿子智慧之王所罗门"讲论飞禽走兽，昆虫水族"，这后来演变成一个传奇故事，传说所罗门王有一只魔戒，戴上之后便能与动物对话。八岁的时候，康拉德·洛伦茨在学校里听到老师说这个故事，便站起来说，这有什么，我不需要魔戒，也可以与动物对话。

他说的是真的。一九〇三年，康拉德·洛伦茨出生于维也纳，是家中的第二个儿子。他的父亲阿道夫·洛伦茨是一个著名的外科医生，声名享誉国际，连当时的美国总统罗斯福都是他的病人。阿道夫·洛伦茨并不是那种拿着手术刀的外科医生，他最为人称道的技艺是在骨骼矫形方面，因为对苯酚严重过敏，他没法进行传统的外科手术——当时，切开病人的皮肤或组织，需要使用大量的苯酚来进行消毒，所以后来就往骨科矫正方向发展，人们尊称他为不见血的手术医生。康拉德·洛伦茨在维也纳上学读书，度过了少年时代。在父亲的要求下，一九二二年，他远赴美国哥伦比亚大学学习医学预科课程，但次年便回到维也纳，在维也纳大学继续学习。一九二八年，成为医学博士。这之后，他师从当时最有名的动物学家奥斯卡·海因洛特，于一九三三年，获得了动物学博士学位。

洛伦茨家在维也纳附近的阿尔滕堡有一座巨大的庄园，其中一栋梦幻般的新巴洛克式的豪宅后来被康拉德·洛伦茨所继承，这幢建筑与其说是豪宅，不如说更像是一个动物园。成年之后，康拉德的一生几乎都在这里度过。

康拉德·洛伦茨自小便表现出对动物的热爱，他的保姆是一位农民的女儿，特别擅长饲养动物。上小学前，康拉德就在阿尔滕堡的乡间长大。阿尔滕堡位于下奥地利州中部的一座几乎是蛮荒的小岛上，多瑙河流经此处，这里常年河水泛滥，大片大片的湿地长满芦苇，成百上千公顷的死水覆盖了整片谷地，文明和农业在此触礁，不过，这里却成为野生动物的乌托邦。除了常见的狍、鹭、鸬鹚、麝鼠外，还有奥匈帝国的国父弗朗西斯·约瑟夫一世在位时引进的几百头北美马鹿的后代。这块蛮荒的滨水谷地，被康拉德形容为古老欧洲的最后一块处女地。从斗鱼到僧帽猴，从渡鸦和松狮犬，还在维也纳的公寓上学读书时，康拉德便开始在家中圈养各式各样的动物，此举不仅没有遭到父母的反对，反而得到了他们的大力支持。一九五二年，康拉德出版了第一本科普性质的著作《所罗门王的指环》，这本书后来畅销至今，经久不衰。在书的第一章里，他没有先讲动物给自己带来什么样的快乐，如何开启了他对科学观察的兴趣，而是先讲了动物给自己带来的麻烦，"从一个人对这些麻烦事的忍耐程度，就能看出他对动物的喜爱程度。我永远感谢我的父母，他们总是很有耐心"。

在阿尔滕堡康拉德的邻居眼里，这是一个举止古怪的男人。他们常能看到各式各样的飞鸟从那栋建筑里进进出出，鹦鹉像一只忠犬般跟着房子的主人，停在屋顶上的渡鸦看到主人走出，会猛地飞下来掠过他的脑袋，发出嘎嘎大叫，示意他跟着自己一起走。春天在河边散步，当一群灰雁飞过此处，康拉德能准确认出其中一只少了羽毛的灰雁是他的灰雁，并且，当他回到家时，他的这只灰雁会在门口等他，伸长自己的脖子——这个动作和狗摇尾巴一样，都是表示欢迎的意思。为了搞清楚人工孵化出来的小野鸭为什么会害怕人类，而人工孵化的小灰雁会把它们看到的第一个生物当作自己的母亲——那天，圣灵节，一窝小野鸭刚刚孵化出壳，康拉德便开始竭力模仿野鸭妈妈的呱呱叫声，奇迹发生了，小野鸭不再害怕他了。不过，这还没有结束，为了让小野鸭能跟着他一起走，他不得不矮着身子，蹲在草丛里，走着"8"字形的路线，并同时持续不断地呱呱叫着。此举吓坏了一群来此地区旅游的游客。诸如此类的事情还有很多，一次，康拉德驯养的鹦鹉飞出门寻找自己的主人，最后却迷了路。当康拉德从维也纳开完会回来，刚下火车，便看见一只鸟在空中盘旋，他认出那是他养的鹦鹉，此时他面临着两种艰难的选择，一种是模仿大皇冠鹦鹉那种杀猪般的惨叫声把它召唤下来，另一种是就此看它高飞再也找不到回家的路。最终他还是选择叫了，鹦鹉张着翅膀，犹豫了一下，然后收起翅膀，一头扎了下来，落在了他伸出的胳膊上。这件事导致的后果是，康拉德差点被镇上的人当作疯子送到精神病院去。

所罗门王需要一只魔戒才能和飞鸟走兽对话，康拉德·洛伦茨不需要借助任何工具，便能和动物对话。这来源于他对动物在最自然的状态中体察入微的观察，"只有在完全自由的状态下，动物才会充分地展示它们的本性和行为，充分展示它们的个体多样性"。与其说康拉德在驯养动物，不如说他是和动物们生活在一起，在他的动物庄园里，动物们来去自由，又保持忠诚。"动物并不想离开你，只是想离开笼子。"

3

江都人从来不会认为自己是扬州人，就好像一个真正的聪明人从来不会愚钝到认识不到自己的聪明。舒晓英当然知道自己是个聪明人，不过从来没有真正在意过这件事，哪怕她来自一个小地方，是那里极少数一直延续学业直到考上大学的人之一，家里兄弟姐妹六个，一半都上了大学，这更加罕见，但对于他们自己而言，倒不觉得有什么特别。人若是与生俱来拥有什么东西，自然往往习焉不察。只有一件小事让舒晓英有些介意，同学之间介绍自己来自何处时，每当她说自己是江都人，对方多半都会再接着问一句，江都在哪里。这个时候，舒晓英就不得不拿出扬州作为参照，"在扬州附近"，这么一说，大家就都知道了。后来为了介绍起来简练，也就默认舒晓英是扬州人。只有一次，舒晓英提到江都这个地名时，对方没有显出疑惑的样子，而是说，知道，就是龙川嘛，江淮之水皆汇集于此。后来，舒晓英就嫁给了这个人。不过关于这点，她从没有和他提过。

舒晓英大学在外省念，研究生回到省内，再说自己是江都人时，许多时候便不用补充说明了。这时她也习惯有时说江都，有时说扬州。不再计较这种小事了。此时，她已经嫁了人，做了母亲，预计三年研究生毕业后去沈阳生活工作，还准备奋力一把，去国外读个博士。人生一切似乎都已有了指向，哪怕没有尘埃落定，也是早晚如此的事了。哪里想到变故会发生得如此悄无声息，莫名其妙。

舒晓英生的是个男孩。虽说那时国家开始提倡生男生女一样好，但心底里，多数人自然是盼着一个男孩。因此这点让她的丈夫和婆家都很高兴。他们唯一不满的是，舒晓英没有完成应有的自然哺乳责任，刚出完月子，便把孩子扔在家里，跑去学校报到了。这一点，成为日后夫妻俩矛盾的源头。也成了婆家怪罪她的一个重要理由。在舒晓英看来，这是一个经过各种权衡之后合理的选择，她凭借自己的判断，认为母乳喂养和奶粉喂养对孩子来说并不存在显著差异，而求学的机会不等人，如果她此刻被孩子拖住，可想而知，在孩子成长的每一个阶段，她都会因其他的理由被拖住。她会在这个阶段选择生下这个孩子，就是内心已经决定，孩子并不会成为她人生的全部。

舒晓英会这么想，在旁人眼里似乎显得有些冷漠。这是因为她自己就是在漠然的家庭氛围中成长的。她的父母都是农民，平时光应付农活和家事便要消耗全部的精力，对子女都是放养的模式。他们兄弟姐妹之间感情也淡漠得很，舒晓英排行倒数第二，与最大的长兄相差整十岁，生活几乎没有同步过，彼此各自飞鸟出林，成年便意味着陌路。家里只有舒晓英一人学医，其余人从事农、林、商，或嫁作他人妇，专事家庭，各有各的生活，彼此间关系松散。

孩子其实在三岁前就出现问题了。只不过，舒晓英也只有在寒暑假期间，才能从南京回到沈阳，与孩子相处一段时间。当时她只是觉得这孩子开口说话比较晚，别的孩子一岁多甚至不到一岁就会开口说话了，这孩子却迟迟没有张口说话，也不大爱搭理人。一直到她毕了业，回到沈阳，小孩才会说话。从这时开始，婆家就有了一些责怪的意思，他们认为，是因为孩子从小缺乏母亲的喂养和陪伴，才导致他发育迟缓。舒晓英自己也开始自责。除此之外，刚回沈阳时，一切看上去似乎还算美满。夫妻俩以前是聚少离多，现在舒晓英总算真正进入了家庭，也在沈阳找到了一份不错的工作——沈阳中医学院。双职工家庭，城市户口，一个男孩，几乎完美。

随着男孩长大，上幼儿园，上小学。之前大人们还能用来说服自己或责怪母亲的理由不再管用了。他明显地落后于同龄人。这种落后不仅表现在那些普通的课业上，还表现在与人打交道的能力上，他没法和同龄孩子玩到一起，也听不懂老师的指示，他会重复地在纸上画没有任何意义的画，或一直反复念叨着某个句子、某个词，沉浸在自己的世界里，如果强行纠正他的行为，他会尖叫，横冲直撞，砸烂东西。

沈阳的医院都跑遍了。医生给的诊断是，智力发育迟缓或认知障碍。简单来讲就是智障。医生只是没有这样措辞。那是一九九三年，大部分中国的医院都还没有接触过自闭症这个概念。唐氏综合征、脑瘫、自闭症，所有表现出认知障碍的患者统统被一个词语概括。舒晓英不接受这个诊断。直到这时，她才第一次如此清晰地意识到，自己是个很聪明的人。她的孩子怎么会是个智障呢？

怎么样叫作智障？这是先天的还是后天的？是大脑器质性病变还是一种精神疾病？它可能被改善甚至治愈吗？还是说，它甚至是一种退行性疾病，那么要怎么做才能阻止或减缓这种退行？舒晓英反复问着这些问题，没有一家医院的医生可以回答得了她。

很快，他也没法再被学校接纳了。小学三年级，学校直接找到夫妻俩，婉转表达了让孩子退学的意思，"他在这里学也学不到什么，还影响别的同学，不如把他送到特殊学校，那对大家都是好事"。有这样的孩子对大部分家庭来说都是一桩耻辱，是不体面的事，所以很多家庭都选择把孩子送去特殊学校，然后再生一个健康的孩子。他们去所谓的特殊学校看了看，那里本质上就是一个监护院，把所有有问题的孩子关起来，照管一日三餐，不让他们惹事就好了，不存在任何教育可言。那个时候，只要一个孩子被贴上"智障"的标签，人们便不再把他当作可以教化可以成长的人来对待了，谁会浪费时间教一个瘸子走路？舒晓英的丈夫倒没有直接这么说，但他也认为无论如何得再生一个，"不然以后我们老了，谁来照顾他"？也不能说婆家对孩子没有感情，而是他们接受了他是一个"智障"

的事实。

　　舒晓英办妥了孩子的退学手续，然后开始带着他到全国各地看病。她不相信中国这么大，没人能回答她的这些问题。在上海，她终于听到了一个词——肯纳症。一九四三年，美国的肯纳医师第一个发现了自闭症患者这个族群。此后很长一段时间，人们用肯纳症来指代自闭症。不过，上海的医院也没有办法确认舒晓英的孩子就是自闭症。即使确认了，也没有特别好的干预方法。医生推荐了一个民间的互助组织，那个组织是由自闭症患者的家属们共同组建的，人们在里面除分享资讯，相互学习外，更多的是共同对抗外界的不理解。

　　一九九九年，当舒晓英的研究生同学在南京月牙湖畔聚会时，她其实就在离他们不远的地方。一九九五年医学体制改革，还在上海的舒晓英接到了沈阳中医学院的电话，要她赶紧回来参加医师资格考试，否则她将无法再合法行医，而且，她这样长久地请假，医院也无法再保留她的职位。挂上电话，舒晓英只用了半天时间，便决意辞职。第二天，她带孩子回沈阳，和丈夫提出离婚。这两样事情都飞速地办妥了。

　　此后的路怎么办，她还没有想好。只是知道无论是工作还是婚姻，都不如这个孩子重要。这种转变回头去看，如果能重新选择，她也绝对会放弃上学的机会，从孩子一出世就留在他身边，不管母乳喂养和奶粉喂养究竟有没有差异。她不会放过任何一个能够让孩子走上另一条正常的、幸福的人生道路的机会。有时她想，会不会换一个丈夫就好了，孩子就不是这样了？可是换一个丈夫，孩子还是这个孩子吗？有时她想，万一是自己的问题呢，那是不是不生就好了，或者，自己都不应该出生？

　　她不可能一直待在上海，不可能待在沈阳，也不大可能回到老家江都。在上海的互助组织，她看到了一本书，书名叫作《星星的孩子》，是美国一位畜牧学家写的，那个女孩也是自闭症患者，但在母亲坚定的信念和她自己的努力下，她没有被疾病束缚，还成了一位科学家。这本书写的就是她如何与自闭症相处的过程。那个组织的所有自闭症患者家长都熟悉这个女孩的故事，天宝·葛兰汀。这本书于一九八九年出版，天宝·葛兰汀立刻成了美国最知名的人物之一。她为自闭症患者——主要是他们的家长提供了一种希望和可能，自闭症不是绝症，也不意味着终身残障，反而有可能是某方面的天才。一九八八年上映的美国电影《雨人》还为高功能自闭症提供了另一个更加动听的名字：学者综合征。舒晓英也像别的家长一样看了这部电影，她对孩子没有抱有那种不切实际的幻想，只是希望他能够成为一个普通人，可以在世上立足，等她死了，他也可以继续活。在了解了所有当时可以了解到的信息后，舒晓英决定回到南京，一方面南京的生活水平不算高，她可以养活自己和孩子，另一方面这里毕竟是省会，有一定的医疗资源，她可以继续想办法对孩子的病进行学习和干预。并且，她在这里读过书，还算熟悉，这儿离老家也不远。综合几方面的因素，她带着孩子在南京安定了下来。她没有送他去任何学校，而是决定自己来照顾和教育他。

4

在康拉德·洛伦茨的一生中，有三个人对他影响重大。第一位是塞尔玛·拉格洛夫，她撰写的《尼尔斯骑鹅旅行记》开启了幼年时康拉德对动物的憧憬和喜爱，尤其是野鹅这样一种动物。当时他迫切地想要得到一只野鹅，父母拒绝了他这个要求：母亲担心的是花园里那些花朵的命运，父亲则认为一个六岁的孩子不可能为一只小鸟负责。恰好此时，邻居有一窝刚孵出的小鸭，经不住康拉德的再三请求，母亲终于为他买下其中一只。虽然阿尔滕堡里花朵的命运不得而知，但是这只小鸭无疑没有受到虐待，它在康拉德的精心照顾下活到了十五岁，差不多是家鸭年龄的上限。这窝小鸭中的另一只，则被卖给了另外一户邻居家的小女孩玛格丽特，她后来成了康拉德一生的伴侣和助手。

第二个影响他的人是当时德国最负盛名的动物学家奥斯卡·海因洛特，也即他的导师。一九〇四年，海因洛特成为柏林动物园的科学助理，在此期间，他开始对鸭子和鹅的行为进行研究，最早发现了动物的印随行为——此后这一研究被康拉德拓展、夯实，最终提出了印刻（Imprinting）这个动物行为学中的重要概念。海因洛特将动物行为特征用在研究物种演化上的这种方法，对康拉德产生了深远的影响，激励他将比较行为学作为毕生的研究志愿。

第三个人，叫作尼可拉斯·庭伯根。他是一位出生于荷兰的动物学家，后加入英国籍。一九三六年秋天，在荷兰的一次关于动物本能的国际研讨会上，两人相遇了，这次相遇将被历史铭记。康拉德发现他和庭伯根的观点惊人地一致，而庭伯根在实验技术和分析思维上都更胜一筹。自此，两人开始合作研究动物行为学，共同提出了许多重要的概念，这些概念构成了动物行为学理论体系的基本骨架，开启了动物行为学的繁荣时代。他们一起研究鹅，包含野生、驯养及混合种。康拉德从这些研究结果中发现"当动物被驯化之后，进食和交配的欲望将大大提高，而社交本能的多样性将明显减弱"。康拉德开始怀疑"类似的退化过程可能会出现在人类文明中"。

随着动物行为学的发展壮大，它不可避免地与当时美国盛行的行为主义心理学产生了巨大的分歧和冲突。行为主义心理学认为行为是完全后天塑造的产物，与动物行为学的先天论倾向格格不入。行为主义机械式地将动物的行为视为刺激-反射的产物，最著名的例子是巴甫洛夫的狗的实验。那个时候，很少有科学家愿意像康拉德·洛伦茨一样全身心地投入动物在自然状态的观察中，人们对动物以一厢情愿式的高傲来认识它们。

二十世纪五十年代，欧洲人与美国人、生物学家与心理学家、本能理论家与学习理论家、野鸟观察家与老鼠操纵者之间掀起了界线分明的论战。尼可拉斯·庭伯根本是康拉德·洛伦茨最紧密的战友。而就在这个时候，两人因为一件事情决裂，并开始走向不同的命运。

一九三三年，就在康拉德获得第二个博士学位的时候，希特勒上台，出任德国总理。一九三八年，纳粹德国占领奥地利。对于这件事，康拉德欣喜若狂，并在写给老师海因洛特的信中说"我们都像小孩一样高兴"。康拉德主动报名加入纳粹党，并接受了纳粹政权之下的柯尼斯堡大学主席职务。他明确地支持一个建立在"科学基础上的种族政策"，赞成对一些"有碍于种族纯洁的人"实施绝育手术甚或消灭之。一九四一年，他被征召到德国国防军，作为一个军事心理学家被远派去波兰的波兹南，参加一项纳粹发起的人类种族研究，要他建立一个"科学的"标准，从波兰的德波混血儿中筛选出具有"德意志品质"的人，让他们"重新德意志化"。与此同时，庭伯根却因为抗议犹太教师所受的不公待遇，被纳粹拘禁了两年。

5

一九九七年，她开始感到自己的衰老。

在南京的头两年，她在一家私营中医诊所工作，其实就是一个地下诊所，在南台巷附近的小巷子里，老小区里的一间带后院的民房，一块低调的牌子上写着"专治疑难杂症"的字样。工资低廉，唯一的好处是以便宜价格租给了她一间独立的屋子，可以让她二十四小时看护孩子。她白天打杂、煎药、拔罐、开方，什么都做，孩子就自己待在房间里。闲下来时，她教他识字、画画、算术、下棋，什么都教，但收效甚微，几乎什么都教不进去。她一开始还盼望能让他成为一个普通人，后来希望逐渐减弱，只想着自己能够活得久一些。

她不知道怎么面对他。与人相处在她好像从来不算困难的事，你对人好，人自然会对你好，这是她从自己的母亲那里学到的朴素道理，这样用来应付大部分人际关系，便足够了。要是碰到怎么样都不喜欢自己，打不上来交道的人，那就不打交道好了。可这个人是她的孩子。而且，是他不愿意跟她打交道，而不是她。她跟他说话，他从来也不理睬，说得多了，便乱发脾气，手里抓到什么都往外扔。生气起来，他会拿头往墙上撞，一下一下，倒不是要寻死觅活，而像是哪个零件出了故障的机器人。他不是不会说话，只是自言自语，拒绝与人沟通，有时听到一个词，会突然像开启了复读开关似的，无穷无尽地复述下去，像一只鹦鹉。他的眼睛从来不看她，若强行把他的脑袋拧过来，那眼神也是空洞的，盯着别处，不管她的眼睛里投注的是深情还是怨气，偶尔有一秒钟眼神交会，那也是偶然所致，绝不是他真的注意到了她。他不喜欢她碰他，更别提拥抱、爱抚，这样过于亲密的行为。吃饭、洗澡都是困难的事，如果不盯着他吃，他会忘记吃饭。他害怕出门，只愿意待在家里，而且要安安静静的，任何一点噪声或环境变化都会让他发作。她本来说话声音就不高，对他说话便更柔声细语了，有几次她忍不住失声痛哭，换来的却是他抱着脑袋在一旁高声尖叫，像她是怪物一般。

诊所是一个老中医开的，没读过什么正经医学院，属于赤脚大夫。舒晓英刚来时，他也惊奇，你一个科班出身的医生来我这儿干吗，后来看到她儿子，就明白了，没再多说别的，只是说小孩别添乱就行。她在诊所工作一段时间后，老中医到底觉察到她的敏捷，有时病人上门，便假借去方便，让她帮忙坐诊。舒晓英嘴上不说，但心里明白，他也替她惋惜。这就是她没有和任何故交同学有往来的原因，她不想引来别人的同情。有次病人来，看到诊所只有她一个人，还误以为她是续弦，问她家那位去哪儿了。她这才意识到在这短短几年间她飞速地变老了。她心里一沉，觉得时间不多了，虽然此时她也不过三十多岁。空余时间，她除了带孩子出门散步、逛公园，便是去图书馆查资料，看医学论文，定期和互助组织的人通电话。这时她已逐渐明白，自闭症是一个广泛的谱系障碍，每个患者的情况都不一样，变化发展也都不一样。有的孩子已经二十多岁了，仍无法生活自理，有的孩子发现得早，干预及时，能勉强适应"正常的"生活环境。她的小孩现在属于哪种还不好说。

事情的转折是有一次，一个附近小区里的孩子捧着一只受伤的小鸟来诊所。老中医哭笑不得，说这里不是兽医院。舒晓英看到了，便说拿过去给她看看。那是一只红隼，被粘鼠板困住了，翅膀断了一只，但还有呼吸。舒晓英便回屋找来烧饭用的菜籽油，先把红隼身上的胶水用油溶干净，再用洗洁精兑温水，把油小心清洗掉，最后用温水再清洗擦拭一遍，然后用吹风机把鸟羽吹干。做完这一切之后，她找出医用绷带，用8字法将那只折断的翅膀固定好，然后找了一个纸盒，戳上几个眼，垫上厚毛巾，把鸟放在里面。

在做这些事情的时候，她果断而迅疾，如此专注，甚至没有意识到老中医和那个小孩都围在一旁，眼里充满了惊奇之色。更让她没有想到的是，平时总是待在房间里的儿子，也不知什么时候走了出来，站在一旁专心地看着她做的事情。你在做什么？他问。

她吓了一跳，他从来没有主动关心过任何事，说这话时，他就像一个正常的孩子那样，对世界充满了应有的好奇。她便解释说，这是一只受伤的鸟，她在医治它。她把那个纸盒放在房间一个温暖的角落，自此之后，他便整日关注着这只鸟，有时会和鸟说话。鸟的翅膀慢慢长好了，她把绷带去掉，又给它做复健。他也很好奇，还想自己上手来试一把，她便慢慢引导着他，教他怎么轻轻地把翅膀掰开，伸缩，复原，所有的动作都要慢慢的，否则鸟会疼。鸟康复之后，他们在一个野树林，放飞了它。他恋恋不舍，问，它还会回来吗？她说，不一定，不过它不回来也不是因为不想回来，是因为它不认识回来的路。他问，你怎么知道？

是啊，她怎么知道。她忽然想起了许多早已遗忘的事。在乡间长大，和动物为伴是寻常之事，江都属于平原，用她前夫的话，"江淮之水皆汇集于此"，有大片的湿地，除狗、猫、家畜外，野猪、獐子、乌鸦、夜鹭、雁鸭、鸲鹛等野生动物也伴生在此。镇上有个兽医，她常把受伤的动物送去请他救治，也跟着学会了一些粗浅的医治办法。她对医学感兴趣，就是那时候开始的。后来村里凡是有受伤的动物，都会送到她家来请她看一下。读医学院的时候，她救治过一只雄寒鸦，后来那只寒鸦干脆在她的宿舍窗外筑了巢，一只寒鸦又带来另一只雌寒鸦，变成一窝寒鸦，她走到哪里，寒鸦就跟到哪里，有一次上课的时候，寒鸦也跟着飞进来，搞得她不得不嘎嘎叫了几声，把它挥出去。她们宿舍的人引为典故，说她是可以与动物通话的人。但是，她从来没有想过要成为一名兽医，或动物学家。就像她也从来没有想过自己会生一个这样的孩子。人的命运往往就是这样，不是人选择了命运，而是命运选择了人。

想到这，她心念一动。之后一个天气晴好的日子，她带他去了动物园，以前她从来也没有想过带他去动物园，因为他基本上不愿意出门，又害怕噪声，她担心动物园会把他吓坏。动物园在玄武湖旁，他一开始也是不情愿的，吵吵闹闹的，可等一走进动物园，看到进门处的百鸟馆，听到叽叽喳喳的鸟叫声，他便呆住了。过了一会儿，他默默吐出一个词，红隼。他记住了曾救过的那只鸟的学名。他一进百鸟馆便走不出来了，要一只一只数清楚有多少只鸟。等到动物园快下班了，他才被她拉拉扯扯地带出去。三百四十五只，他说。她眼泪一下子掉了下来，莫名其妙的。多年后她第一次向别人敞开内心，讲述关于他的故事时，她才明白过来，那一刻她看见的是什么。她看见他在理解世界，以他自己的方式——他是可以理解世界的，当然了。他扭头看到她落泪这一幕，没有什么反应，又说了一遍，三百四十五只。

此后凡是有空，她就带他去动物园。不是每种动物他都可以接受——刚看到穿山甲，他就吓了一大跳，她需要在旁边引导他，告诉他那种动物是什么，有些什么特点，来龙去脉。他不一定听得进去。但似乎有自己的认识方法，一旦接受了，会把全部注意力都投注在那一项单一的物种上。

她为他从图书馆借来很多有关动物的书，他会拣其中某些看，并很快掌握了动物分类学的路径，从穿山甲那里他迷上了贫齿目，要她带他去动物园看食蚁兽。可是动物园没有食蚁兽。他为此闷闷不乐了很久。她也不懂食蚁兽，去查了资料才晓得食蚁兽分布在南美洲，整个中国的动物园都没有食蚁兽。

有一次，在灵长类动物馆，恰好饲养员进来喂食，食料盆放在地上便走出去了，那只长臂猿蹲在树干上，过了很久也没有下来吃饭。他突然掉头就走。她问，怎么了。他说，它害怕我们，所以不愿吃饭。还有一次在熊猫馆，熊猫躲在狭小的水泥地和围栏构筑的笼舍内，旁边有其他围观的小孩用手捧着动物园卖的那种喂食用的零食，大声地招呼要它过来，他突然高声喝止道，它不想被看到！在大象馆，那头大象在圈地里反复地徘徊，他说，它很紧张，所以才这样。后来有很长一段时间，他不愿意再去动物园了。它们很可怜，他说。

他的这些观察让她惊讶极了。要等到后来她进动物园工作，开始接触动物学领域的知识后，才确认他的这些观察不仅是对的，甚至远超大部分成年人对动物的认识，远超人类因为傲慢而对动物产生的偏见，他在无意之间讲出了一些深刻的真相：那就是，动物是有感觉的。动物的行为和情感绝非机械论的刺激-反应认知那样粗暴简单。

她突然意识到，自闭症患者的症状和一只没有任何毛病的动物对人的表现是一样的：害怕被触碰、随意发脾气、对过高或不正常的噪声极度敏感、刻板重复的行为，以及缺乏与人的情感联系。动物对人表现出这样的特征，人们视为理所应当，换到人身上，人们便认为他不正常。在她去图书馆的那些日子，她开始关注自闭症以外的——或者说，人类以外的那些书籍和资料。她读到一位名叫康拉德·洛伦茨的动物学家的书，大感惊讶，"只有在完全自由的状态下，动物才会充分地展示它们的本性和行为，充分展示它们的个体多样性"。许多句子让她震撼，"人们看到变色龙或食蚁兽，会嘲笑它们怪异的长相。有经验的观察者不会嘲笑动物身上的怪异之处，因为那是动物在无情地、讽刺地扮演我们；动物自身超出寻常的身体形状，也是神圣的大自然所赐，人们应当对此产生敬畏之情"。她想，人类不过也是一种动物，自闭症又不过是人类存在的另外一种样貌。谁来定义"人"，谁又来定义"正常"？她在一篇论文里看到，荣格说，动物就是没有进化成功的人。此人说话口气好大，她想。假如他的孩子也是自闭症患者，他是不是就会把他当成一只动物，一只胆小的豪猪，一只暴躁的山魈，一只无主的渡鸦，一只没有进化成功的人？

人和动物是一桩事物，她领悟到。动物和自闭症患者并不是无法与人建立情感联系，只是建立的办法不同。每一种动物都有独属于它自己的语言和情感的表达方式。狗听不懂人的语言，但拥有远胜于人类百倍的微动作捕捉能力。一只寒鸦会同另一只寒鸦一见钟情式地坠入爱河，而后订婚，再缔结永久的婚姻关系。这不是拟人化地对动物的行为做出形容，而是爱情这种古老的本能写在一切社群性生命的基因里，人类身上发生的爱情不过是动物性的一种体现。理解另一个人，和理解一只动物一样，都需要极为耐心的观察、无微不至的关怀，才能逐渐找到与对方建立联结的秘诀。而这个秘诀是如此简单：认可对方和自己一样，是生灵的一种。给予他们充分的尊重，充分的自由，充分的存在必要性。你和我不一样，也不必成为我。

6

曾经参与过纳粹行动是康拉德·洛伦茨一生中无法抹去的污点。不过在一九三八年的奥地利，支持纳粹是非常普遍的现象。康拉德的父亲、他的老师海因洛特在当时都是国家社会主义的支持者。那时他们还没有意识到这究竟意味着什么。从波兹南回来之后，他得知庭伯根被拘禁的消息，曾设法探望，但庭伯根拒绝与他会面。两人的分裂显然早就有迹可循。一九四〇年，康拉德发表了一篇文章，宣称纳粹禁止与非雅利安人通婚的规定是一种纠正"驯化所导致的退化"的有效方法，另一篇论文则直接论证了纳粹的优生学政策在科学上是合理的。这些动作都让庭伯根对这位工作上的伙伴兼生活中的挚友产生了深深的怀疑。一九四四年，康拉德作为德国军队的随军精神科医师，被派往苏德前线，但很快便被苏军俘虏。所幸因为他的医学知识，他仍受到苏军的重视，辗转多个营地担任医生，甚至在一所医院负责600张床位。在此期间，他获得了许多关于神经症与精神疾病的一手材料，完成了一部关于认识论的手稿，并驯养了一只欧椋鸟。一九四八年二月，在向苏联当局保证自己的手稿只涉及学术，绝无政治内容后，康拉德被获准释放。这时，距离他接受纳粹政权下柯尼斯堡大学的教职已经过去八年，他带着那只浑身泛着金属光泽的欧椋鸟重新回到了阿尔滕堡，那座曾经梦幻般的动物宫殿空空荡荡，衰落坍圮，动物都已离他而去。

战后，康拉德否认自己是纳粹党员，对自己曾经参与过的纳粹行动缄默不语，直到他的入党申请书被公开。他与导师海因洛特的通信也被公开，里面拿犹太人开玩笑的内容被世人所阅。二战期间，海因洛特仍坚守在柏林动物园，动物园几乎被轰炸殆尽，动物死伤大半，悉数出现在街头，园长在空袭前抛下所有的动物逃亡。一九四五年，海因洛特死于苏联的审讯和营养不良。他死后，妻子接手了柏林动物园，成为历史上第一位女动物园园长。冷战开始后，东柏林新修了另一座动物园，东西柏林的两个动物园开启了一场漫长的竞争——那是另一个故事。

百废待兴，恍若隔世。从人到动物，从思想到肉体，从科学到政治。那些属于自然历史的，以及这些属于社群动物的。一个人可以对一只鸟爱若圣灵，也可以对另一种族的同类视如草芥。

回到阿尔滕堡后，康拉德陷入失业的窘境，他的妻子放弃了医学学位的攻读，两人在阿尔滕堡重新开办了一间农场，以应付生计。他重新回到——也可以说，从未离开过——科学研究的世界中，动物们又重新汇拢在多瑙河畔。不久之后，他接受了德国的马普学会的邀请，建立了马克思·普朗克行为生理研究所。他有了新的学生，新的同行，新的朋友。二十世纪五十年代，动物行为学学派昌盛健壮，与同样研究动物和人类的其他心理学派产生了巨大的冲突和争论，尤其是美国的行为主义心理学。美国的心理学家对以康拉德为代表的学派发起了猛烈的批评，这时，康拉德的故交庭伯根站了出来，讥讽行为主义学派"就像被惊扰的蜂箱一样聒噪"。两人和好如初。

这之后，康拉德终于承认他在被纳粹派往波兹南进行人种学研究时，目睹了犹太人被送往集中营的事实。那时他才明白纳粹在进行的是一场真正意义上的屠杀。学术生涯的后半程，康拉德致力于研究动物的攻击行为，他提出，在拥有致命性武器的动物身上，往往同时存在着相应的抑制机制，正如德国的古谚，"一只乌鸦不会啄另一只乌鸦的眼睛"。这是物种为了保存自身所进化出来的适应天性。只有一种生物，拥有身体以外的、出自自身工作计划的武器，因此他的本能不会约束武器的运行，在运用武器时也就没有禁忌，这种动物就是人类。

一九七三年，由于康拉德在个体和社会行为的构成和激发方面作出的重大贡献，他和卡尔·冯·弗利、尼可拉斯·庭伯根一起获得了诺贝尔生理学与医学奖。长期以来，诺奖基金会一直对行为科学领域存在偏见——他们认为那不是"科学"，这是该奖项首次颁发给纯粹行为性质的研究，某种程度上，也可以被视为是心理学研究——诺奖从来没有为心理学单独开设一个奖项。庭伯根称康拉德·洛伦茨是动物行为学之父。在奥地利最近一份画报周刊的民意调查里，他被看成是奥地利的"真正的"科学家，其名望排在了薛定谔、维特根斯坦和弗洛伊德的前面。

一九八八年至一九八九年，庭伯根、康拉德、海因洛特的妻子，那年代最富声誉的动物学家们相继去世。在康拉德生命的最后几年，他支持新生的奥地利绿党，并成为康拉德·洛伦茨人民运动的领袖，该运动是为了阻止在多瑙河畔的海恩堡附近建造一座发电厂而成立的。康拉德留下的遗产中除了他位于阿尔滕堡的庄园、莱茵河畔的雁鹅工作站之外，还有一份以他驯养的第一只寒鸦"娇客"（Tschok）所命名的信托基金。该基金将用以支持全世界所有致力于研究动物、改善动物生态、提高动物福利的相关工作，与德国、荷兰、美国等多个国家的大学合作设立了奖学金计划。得克萨斯农工大学是第一所提供动物学方向"娇客"全额奖学金的学校，该学校以顶尖的科学克隆技术闻名，人类历史上第一只克隆猫和克隆狗皆诞生于此。

7

二〇〇〇年，世纪之交。纽约皇后区的法拉盛，一间针灸中医诊所，坐诊的女医生接到了一通显示来自得克萨斯地区的电话。来电者自称是她的研究生同学，问她是否还记得自己。

当然了。这么多年你去哪里了？去年同学聚会大家都在问。

说来话长。

8

二〇二二年十一月月末，我在上海。那几天上海的天气都不太好，天阴沉沉的，小雨时断时续，气温逼近零度左右。一周之后总算放晴，出了太阳。这天我乘计程车从市内抵达虹桥火车站附近，上海市动物园正位于此。门票四十元。从大门进入后沿主路步行四十分钟，一路经过两爬馆、鳄鱼亭、蝴蝶馆、金鱼廊、鸟园、乡土动物区，穿过整个食肉动物区，在马来熊和塔尔羊之间的过渡地带，大食蚁兽出现了。它待在一个四壁以清水混凝土为表面的外舍，其中一面是全封闭的玻璃，供展示用。透过玻璃，你能看见一只相貌怪异的动物，长着狭长的吻部，扫把一般的尾巴，四肢和躯干粗壮，如不细看，会错把它的一只前肢当作它的脑袋，而把它真正的脑袋当作肩膀上长出的一只手。凝视过久，你的大脑会产生一种怪诞的、无法统一、不能解释的感觉，这纯粹是进化所造成的陌生感，你会直觉意识到这是一种上古神兽，非常原始，它所广泛生活的那个年代和你的时代相隔太远，乃是以地质学家和天文学家所使用的时间尺度计量，远远超过了历史学家的解释范畴。此时我听到一个男人在一旁说话，"大食蚁兽是独居动物，是贫齿目家族里唯一一个列入《世界自然保护联盟》濒危物种红色名录易危的物种，一天能吃三万只蚂蚁"。他并不是动物园的工作人员，穿着一件志愿者的背心，在向一群孩子做介绍。介绍时的样子有几分奇怪，因为他并没有看着那些孩子和家长，只是盯着食蚁兽，仿佛在自言自语。我走向他，没有伸出右手，只是站在离他一人距离的位置，"你好，我是一位作家。"我说。他没有什么反应。我继续说，"我母亲姓桂，和舒园长是研究生同学。我想写一篇关于你母亲的小说，我能跟你聊聊吗？"他终于开口了，说，"不能。"我想了想，说，"那你能告诉我关于大食蚁兽的故事吗？"

"乐意至极。"他说。

原载于《小说界》2023 年第 2 期

新 岛

郭 爽

到五岁都没开口说话，哑巴才被认定是哑巴。跟同村男仔一样，他攀在栏杆上看驻岛部队放露天电影，偷废铁凿开礁石上的牡蛎。硬壳被撬开的牡蛎储着一汪海水，盐的味道让肉更鲜甜了。哑巴的舌头尝味，脑子记忆，只是耳朵听不清晰。海浪拍打礁石，男仔们被巨响震得喊起来，他还趴在石头上凿牡蛎。哑巴贪吃，蠢，人人这样说。

哑巴究竟是什么性情，要父亲把他带到海对岸的县医院才知道。医生拿个摇铃，在哑巴左右两耳测试。又把电筒戴在头顶，探看哑巴的耳孔。医生说，这是先天听力缺损。1961 年，县医院的医生再尽力，也不能给哑巴装上助听器。慢慢地，哑巴真的成了哑巴。他嘴里呜呜哇哇发出声响，能哭，也能怪怪地笑，跟老婆打架喊起来时虽盖不过女人的尖嗓，但音量也足以让村邻们知晓，哑巴今天又揍人了，或者，哑巴今天又挨了揍。虽是残疾，但哑巴除了不会说话，身体倒是壮实。财政补助领着，地种着，岛上有什么新政，也要抓哑巴去立标杆。但对男人老狗来说，哑巴尤其值得羡慕的是，虽说不出话，但什么事也没错过——喇，连老婆都娶了三个。

哑巴的世界却不是这些。他失去了声音的乐趣，却被补偿色彩、气味与直觉。对他来说，岛屿的主人从来是植物和猕猴。猕猴皮毛温热，躯体安静。而植物，尤其是木麻黄树，躯干内的汁液奔腾汹涌，从深埋沙土的根系一跃而起，往空中冲上去三十米，直达圆锥形的树冠，将婆婆枝叶伸向空中，与小岛互换能量。整座岛，因为植物周而复始、喧腾热烈的歌唱，从来是快乐的，奔放的。哑巴的嗓门因此比旁人更大，性子也更急。没说两三句话，脸就涨得通红，像他那些木麻黄树朋友一样，要从脚底到头顶，活泼热切地完成他的歌唱与光合作用。

虽没什么要紧事做，哑巴的日子却满满当当。每天早晨，天还未亮，哑巴就起来生火了。木麻黄树遍布全岛，一些遭了虫害的树被锯倒、劈砍成块，晒干后是上好的炭料。也公认了，柴火烧出来的饭菜，就是比电炉的香。木柴噼噼啪啪在炉膛里燃烧，水烧开，哑巴有了今天的第一口茶。妻子只穿件短裤，配条黑纱裤子，而哑巴光着膀子，两人就在灶房里、凉棚下，享受清晨的芬芳。上午，哑巴去地里干活，妻子划船出海。太阳毒辣起来时，她通常就回来，不管有没有渔获。他则要劳作到中午。午饭后，哑巴振作精神去镇上，妻子睡个午觉就去妹妹开的小卖店帮忙。这些年来，镇上给哑巴补助，也安排给哑巴工作。用城里人的分类法，哑巴被安排的工作，不是公共事业，就是公益事业。那些常人觉得枯燥的事，哑巴做得专心，慢慢地，这类事就都找哑巴做了。

去镇上要骑摩托车，哑巴突突突骑着车攀过岛中央的高山，兜兜转转，再冲下坡去。没有谁像他这般了解这个小岛，他给猕猴送食，打捞作废的航标，修剪旅游景点的灌木。晚上六七点，夜色降临，他会跟工作队的人喝上一杯。天气不那么好的时候，他们有时会看电视。

岛上一年四季温暖湿润，夜晚格外动人。箃榄花椒的清香从树林里阵阵溢出，虫鸣清脆，人们靠闲聊传递消息，打发黑暗中的时间。夜未深就要散去，明天的劳作在等待。有些日子，男人女人也尽享彼此的身体。哑巴在老年的过渡期里安稳生活，他有自己的土地，对自己劳作、妻子讨海的分工很满意。

妻子出生的渔村世代讨海，无论男女，一人驾一叶宽而扁的小船出航。下网，等待。野生海产总带着鲜丽的色泽，跟箱笼养殖的截然不同。渔获多的时候，哑巴会骑摩托到港口，把妻子捕获的鱼放在大盆子里卖。鱼像盘子，摊平了摆在盆里，眼珠黑白分明大大张开。运气好的时候，鱼活着就被买走，往往是个好价钱。去卖鱼的时候，相邻的摊贩帮哑巴出价，总是高于哑巴手指比出的价钱。卖水果的看见哑巴骑摩托车要走了，也伸手招徕。哑巴买一袋苹果，红彤彤，顶上两个白送的梨，绿油油。买橘子，一袋金黄色中也夹杂着摊主送的两个乳白番石榴。

是从什么时候开始变成这样的呢？父亲死后，还是弟弟死后？若仔细回想，弟弟最风光的时日，给香港人的渔船打工、出远洋、挣美金，都没有给哑巴带来庇佑。人们只想把钱从弟弟口袋里掏出来。哑巴的前两次婚姻也不如意。他不抱怨女人，但她们对他是个什么样的人没有实在了解的兴趣，还总有超出他本身的要求，他不舒服，他不是傻子。

直到遇见阿琼。人生过了六十年，只有在阿琼面前，哑巴才如常人被看待，被对待。哑巴跟阿琼去做主日弥撒，努力看她的嘴形，无论她是在见证还是祷告。跟在家里一样，阿琼不觉得哑巴不懂这些话，她流畅、自信又谦卑地说着。教会里的人让哑巴知道，阿琼在属灵上是无可指摘的。慢慢地，哑巴在依恋之外，对阿琼生出某种感激。妻子拥有一个他所不知的世界，但一定跟自己拥有的那个世界一样，可让人安稳。甚至，最开始哑巴还没察觉这一点，只是本能地知道阿琼似乎听得懂他，容得下他。他有点怕，怕这么一个自己留不住阿琼，于是耍了点滑头。

跟我结婚，你就要决志信主。你愿意认耶和华为我们的救主吗？

哑巴点点头，嘴里呜呜发出声音。

好，那我们一起来祷告。我们在天上的主……

有时候，哑巴骑着摩托车带阿琼在岛上逛。他们六十岁了才结婚，已不在意岛民会不会笑话他们老来发姣。摩托车爬上陡峭的山间公路，在人迹罕至的滩涂或杂草堆中碾印下车辙。他们走过的地方有醉人的风景，风景中自有奇特的镇定力量。时间在山野迷宫里走失，车前草和蒲公英织成绵延的地毯，桉树白中带蓝的树干切断视线，山顶的黑色巨石提醒人不能知道的历史和力量，就这样，已经消逝的时间重返眼前。作物，农舍，大头船，渔村。这些人的痕迹与峭壁和沙滩间杂，但同由阳光照拂。在超自然的魔力里，哑巴领会到一些从生下来就懂得，或者血液里遗传自先祖的物事，一些在他处徒劳无功寻找不到的东西。就像日头最灼人时，蒲公英的一头绒毛发出的耀眼白光。

头天夜里，哑巴早早上了床。阿琼回娘家了，说是村中有大事需商量。哑巴没生火，从保温瓶里倒点热水泡开冷饭，稀里呼噜吃了几口。少了女人的屋子，夜更长。哑巴翻看手机，女儿存了照片在里面。主要是外孙的，也有女儿女婿。还有他，在锄草、抽水烟筒、喝茶。也有阿琼，抱着外孙，跟女儿女婿一起。

哑巴用食指在屏幕上划。

女儿生了孩子后，跟阿琼的话越来越多了。每次回来，两个女人密密匝匝说到夜深。哑巴有哑巴的忧愁，再这样下去，女儿就要被带去教会，泡在水池里，认耶和华为父了。

口头允诺了妻子入教后，哑巴拖延受洗。拖得久了，阿琼跟他闹，不是说好的吗？哑巴没有像平常那样呜呜哇哇一阵，手臂在空中扑腾，做激烈的表达，只是走去屋檐下，躬身坐在矮凳上，咕噜咕噜抽他的水烟。哑巴的头几乎要钻进水烟筒里去。已经很久，他没有动手打过女人了。可是刚才妻子的嘴开开合合，十字架的阴影压在他眼皮上，他差点就举起手来。他快忘了自己是什么样的人了，耶和华又让他记起来。

他用扁担打弟弟。扁担断了。他又伸手揪住弟弟头发，想要用耳光把他抽醒。

弟弟早已没有眼泪，只说，打！你打死我吧！活下去又有什么意思呢？

后来弟弟真死了，却是半句遗言没有。只剩两个拖油瓶女儿。

那时，哑巴的第二任妻子跟人跑了。哑巴是怎么把三个女仔带大的，全村人，全岛三十九个村的人，各有说法。最常听到的一种是，驻岛部队的食堂阿姨跟哑巴同村，好心的士兵留馒头给阿姨，阿姨把馒头悄悄放到铁门外面，等女仔们来拿。三个地地道道的南方女仔，吃部队的馒头长大，竟都长到了一米六几，成年后到了岛外，工作在城里、嫁人在城里，做了城里人。有这样三个女儿，哑巴早早戴上了洋牌助听器。

哑巴是恨弟弟的。不光因为给父母烧纸上坟，从此无人真正可以做伴。还因为，弟弟死了，他身体里的一部分也跟着死了。健全、聪明、曾经最乐观的弟弟死了，他只能留下来料理余生，把弟弟的人生也过完。他们之间，原本哑巴才是那个作废的人呐。

哑巴的村子主姓梁。梁氏宗祠依山而建。梁氏世代以舟楫为生，宗祠正脊两端也就高翘似龙舟。几十年来，村里渐渐有了钱，宗祠不断扩建，直至碧墙灰瓦，三路两进，跟村居的低矮白墙兀然相对。哑巴却不姓梁。从小，他跟随父母给石柱进香，事后总要被同村男仔奚落，喊他"石头仔"。连哑巴的学名黄定豪，也被喊成"石定豪"。

哑巴的父亲原本姓黄，入赘做了梁家女婿，生两个男仔都随岳丈姓梁。外公过世前，应允父亲，"两个男仔，你选一个姓黄"。父亲喏喏，最后选了哑巴。但更早的时候，远在入赘之前，父亲就认了石柱做父。父亲大字不识，只晓得种地。他是浅见的农民，冬去春来，四季里播什么种，完全随风气而变，指望丰收、俏市，趁势而上。这样一个父亲，嘴里不变的却是"石头契爷"。似乎他的儿子叫梁定豪还是黄定豪，并不太紧要。

父亲可以认石柱做父，哑巴却受不了这荒唐。何况还有村人的讥笑。他带着弟弟，两注童子尿浇在石柱上。滋滋滋——滋。又把弹弓绷紧了，射出一块块软泥，让石柱像游街的"大毒草"，被砸上菜叶子和烂泥。

这岛本是蛮荒之地，目力所及，几无"四旧"可破。岛的北角，圣人墓园被捣毁，石棺被砸烂，圣人挖出的水井被扔满石头。岛中央呢，梁家村所在，村民烧香敬拜的石柱也就成了目标。怪的是，石柱虽非活物，却像生了根，任人如何拉、拔、劈，石柱只是歪了，却不曾倒塌。哑巴看村人做这些他想了许久却不敢做的事，心中痛快得很，全然不顾父亲在屋里哭泣。父亲的头发早被剃秃，脸也肿胀，只知道哭。

父亲死前，跟哑巴和弟弟说了两件事。你们的奶奶是被日本人杀死的。就在我们家门口。奶奶刚把我藏在渔网下面，走到院子里，就被刺死了。日本人杀死你们奶奶的时候，我才六岁。日本军该死，杀人、砍树。百年的榕树他们也敢锯开，榕树爷一"发挥"，就要索他们的命。

我三四个月大的时候，生病了，妈妈背我坐船过海到镇上去找医生看。那个医生是新加坡回来的，留过洋的。妈妈背我去给他看，求他救命。医生看了说，这小孩没得救了！这种病，我们这里没有药治。你把小孩背回去吧。妈妈把我背回来，只好把我背回来，放在墙角，想等我断气了找个地方埋一埋。这时候有人就跟妈妈说，喂，你怎么不去求求石头契爷呢？听说它能救命，你去问问它是不是能救你的小孩。

妈妈就来梁家村，烧香跟石头契爷祈求说，救救我的小孩啊救救我的小孩。妈妈只会烧香磕头，乡下女人，连祈求都不会。一些村民过来笑她。妈妈就说，你们怎么不帮帮我，帮我想想怎么求石头契爷？有人就来教妈妈掷笅杯，说你要先发问，掷出圣杯就是石头契爷同意了，你再问。妈妈就问，石头契爷，求求你救救我的小孩，你是不是有办法可以救？掷出的是圣杯。妈妈说，石头契爷，你救救小孩，我请戏班给你唱三天三夜的戏好不好？笅杯掷下去又没有圣杯了。妈妈问，大家都叫你石头契爷，你救救小孩，小孩认你做契爷，小孩活着一天，给你供养一天，好不好？

掷出是圣杯。

妈妈说我的命是石头契爷给的，人活着一口气，对神明说过的话要算话，不然命就被收回去了。现在我要死了，很快就要死了，跟石头契爷的约定也没有了。但是你们两个要知道，爸爸的命，是石头契爷给的。

哑巴看父亲的嘴开开合合，突然掀开被子，握住父亲的手。那只手干枯，冰冷，像木麻黄树锯断的枝干。后来弟弟跟他说，阿爸问的话是，你们谁来一辈子供养石头契爷，你傻啊，听都听不见，你点头点头！点个猪头啊你这只傻猪！

哑巴应承了临终的父亲去供养那根石柱。一年过去，两年过去，结婚生女，离婚，再结婚。直至第三任妻子到来，哑巴有了新的理由去或者不去供养。糖水般甜的时日里，不去。争吵打架的时候，去。女儿问哑巴那么厌恨那根石柱，为何有时候又跑了去。哑巴挥挥手，习惯了。但这一年来，他不太想得起石柱了。他不太想得起父亲，甚至弟弟，他们渐渐定格成黑白遗照般不声不响的纸片人。哑巴觉得，可能自己开始老了。

这个妻子不在家的夜，哑巴靠在竹椅上抽水烟，抽着抽着竟打起瞌睡来。半梦半醒间，石柱的阴影投在他脸上。哑巴猛地醒了。

手臂和膝盖凉飕飕的，哑巴起身，找出孙女留在这里的铅笔和练习簿。他算账。这么多年，他储蓄在石头契爷那里的供养，折给阿爸，折给阿妈，折给弟弟。阿爸病死，阿妈病死，弟弟在远洋船染上毒瘾最后自杀而死。四舍五入，负负得正。两清了吗？

哑巴盯着自己用铅笔在纸张上写出来的数字和汉字。五十几年前，从省城返岛养老的乡贤给梁氏子弟开蒙，七岁以上的孩童都在祠堂中分得一张凳子，哑巴也在其中。耳朵不管用，哑巴就努力用眼睛，描红本上的字一个个活过来，笔画铿铿锵锵，字和字比武，使兵器。先生对父亲说，哑巴学得不慢。

哑巴合上练习簿。他不懂这秘密的算账可叫作日记，只觉得四肢慢慢恢复了生气。

他躺到床上，把脑袋贴近妻子软而小的枕头。

妻子村中的大事，是镇上接到通知，要把由教堂改作的村小学改建成博物馆。这十几年，年轻人都离了岛去城里打工。出息的，去到省城或者上海北京，岛上慢慢只剩些老人。村小学招不到学生，也就荒废了。这么一座荒废的建筑，改作他用，原本无可指摘。至少在哑巴这么一个外人看来，不是什么了不得的大事。但妻子村中老人说，博物馆是什么？要纪念，纪念什么？日本人来时，占了它，烧了它，我们没有放弃过，现在要建什么新的，我们为什么要同意？妻子也算半个老人了，虽跟同村七八十岁的耆英相比，还年轻得很。她静静听老人们七嘴八舌，又听干部们动员安抚，话锋来回，刺出她琐细的记忆来。她听家人讲过的，讲过很多次，这两栋房子和这个围着矮墙的院子的故事。

她是在这里读完小学的，所以，这坐东向西、朝海而建的院子，对她来说格外熟悉。再穷再饿的时候，村里的女仔都是上学的。就像父亲说的，不识字，不读经，不能听主的话语，属灵的生命枯干，人白白活着不过是浪费粮食。

进学堂，远远就能看见拱形山门。白色山门上阴刻大字刷了朱漆，"佑华小学"四字写得敦厚雄健。山门左右延伸出围墙，墙体由石块叠筑而成，青砖和花岗岩石条压顶。岛上多台风，岛民世代摸索，用红糖混合黄泥砂浆筑墙，一年数次台风，房子也不塌毁。这围墙和山门费了功夫与心力，形制算不上气派，材料和手工却扎扎实实，抵住了百年的风雨。校门脚下是石头砌的台阶，一共八级。先长高的男生女生，可一步两级蹦上去。

这岛虽靠近大陆，离得最近的镇子不过十海里之外，但毕竟是个小岛，孤悬海上，船开出去十几海里就到了公海。整个南中国海域，这里是日本人最早登陆、最晚撤离的地方之一。教堂原本叫露德圣母堂，日本人来之前，是岛上信天主的教众弥撒聚会之处。日本人数次登陆后，最终选中岛的北角做战略部署，教堂也改作"南支海防军挺进队基地指挥所"。

那是昏黑的日子，日军的军舰从黝黑的海面驶来，火力凶猛，上岸后为了迅速攻占及控制小岛，往往焚毁房屋、残杀岛民。岛虽小，却有密林和高山。岛民们躲到山里去，日军撤退后才回到已变作废墟的家园。

等到日本人第二年再来，岛上已有了壮丁组成的自卫队，用自制土炮偷袭日军，敌不过，村庄还是被焚毁，也有刚烈的壮丁当场被杀。

战事炽烈，日军的军舰在海面徘徊不去。讨海的人，风险再大也要出海寻回一家的口粮，只好结伴而行，几艘渔船夜里驶向深海。最惨烈的一次对抗，就发生在海上。渔船与日军舰艇突然相遇，渔民们冒死用鱼炮、土炮把舰艇轰沉，是夜逃回岛上。第二天日军军舰开至岛上，大肆报复，烧毁村民泊于岸边的渔船，劫持岛民前往大陆的渡船。渡船被劫后，四十多个乘客被驱逐落海，大多溺死水中。

岛民可躲避、武装、反抗、赴死，也可泅泳、捕鱼、种植、猎获。他们的先祖从中原一路迁徙到这小岛上，早已学会如何从自然中求取口粮。当野蛮袭来，他们可以复归另一种野蛮，只做一个求存的肉体。但神父不能如此。最开始，表面上相安无事。这个中文名叫江能士的神父出生于苏格兰格拉斯哥，三十四岁时来到中国。在北回归线以南的炎热地区，他和其他神职人员一样，入乡随俗，穿中式的长袍马褂，戴竹编的斗笠或瓜皮帽。他们办学、看病、收孤、传教，坐牛车马车行在乡间土路上。战争爆发后，他们并未撤离。江能士神父也还在岛上主持弥撒、听取告解，为信众洗礼膏油。直到日军第三次登陆，在他五十七岁的冬天，他们不再理会他嘴里的言辞和信条。这些黄色军服绿色头盔下的肢体，原是信别的。战事至此，生灵涂炭，任你金发还是黑发，他们都只视作一团死肉。江能士被杀后，他主理的露德圣母堂被焚毁。

村里的小学生们都知道这里曾是教堂。院子不寻常。教堂虽被烧毁，墙基和圣坛却留下来。圣坛半月形，白色花岗岩打制。建造这教堂的工人，应是从大陆购置石材，押运过海，安置在这小岛北端的平整地段。还有柱子，如今只剩八个柱础，同为白色花岗岩材质。沿墙基北侧成两排摆放，只有少许残损。还剩什么？一口井。井壁青砖砌成，圆形井口。战后，教堂旧址不远处，同在这院子里，修起一座坐南朝北高两层的建筑。信众在此弥撒，后来做了小学。

如今，说要把这废了又起、起了又废的院子和楼改作博物馆，请省里的专家来勘察设计。村里耆英们说，这是给外人做门面，跟我们有什么关系？镇干部说，那这楼荒在这里，草都长到齐腰高，不也是作废？老人们摇头又摆手，我们可不是那梁家村，你们要搞旅游就搞旅游，挖开了路，钱又下不来，最后草草用平价石材铺了地，让人笑话。终究，吵吵嚷嚷，谁也不肯退让。

阿琼听了一晚上，第二天一早回来就急急跟哑巴说这些。争论的过程简省略过，却讲起别的事来。

阿琼说，她梦见过教堂被烧之前的样子。白色外墙，顶上有十字架。日本人渡海时航错方向，被深水湾两股激流困阻，最后放弃登陆。你的奶奶从没遇见过日本人，更没有被日本人杀死。你父亲也没有认石柱做契爷，后来也没有入赘给梁家。他很长命，活到现在。你弟弟被他管教，跟你一样，只种地，不出海。所以你弟弟也就活到现在。江神父后来回到英国，他的后代也活在英国。所有人都还活着。

哑巴像是听懂了，却不作声，埋头抽水烟。

阿琼见他无响应，追一句道，是时候了，今天主日，你去吧？

哑巴起身，从墙上取下草帽，又拎起靠墙摆放的大剪刀，出门去了。

哑巴不敢跟妻子讲，昨夜他梦见石柱倒了。不是天公作威雷神劈倒的，也不是哑巴发狠租了挖土机终于把它铲了，而是海水涨起来，一点点漫过石柱，石柱醒了，长长吁出口气，蛇一般滑进水里，头也不回游走了。

哑巴停了手，任心绪浮动，沉至胸口，再任其流走。木麻黄树就是这样，吸进来，任其停驻，再任其流走，就是这么吐纳，就是这么活着的。这么像树一般呼吸着，过了会儿，哑巴胸口轻松了，他睁开眼，继续咔嚓咔嚓修剪灌木。

灌木是丛生的变叶木，间杂几株簕杜鹃。一年前，连同帆船形状的木牌被运到村口。镇干部指挥哑巴和其他村民，按图纸把石基、木牌和灌木围成设定的图案。然后，又运了几块石头来，错落布置在木牌和灌木周围。变叶木很美丽。叶片紫红色，遍布金黄斑纹，叶片虽薄，却皮革般柔韧有光。哑巴修剪变叶木，却不舍得剪掉簕杜鹃顽皮的枝条。簕杜鹃总是胡乱生长，像头发没干就去睡觉的男仔，醒来时顶着爆炸的发式。枝条上缀满艳丽花朵。哑巴听见花内部的歌声，就停了手，坐到石头上歇气。

太阳升高了，不远处，石柱投下的阴影在缩短、变圆。哑巴眯着眼望去。怕自己眼花，两只手卷成个人造望远镜，又望过去。一个人影贴着石柱在绕圈。

哑巴扔下剪刀，想了想又捡起来，提着剪刀跑过去。

是个生面孔。比哑巴高些，瘦些，细白脸，手里拿卷尺在石柱上量着。哑巴呜呜哇哇喊出些声音，指指卷尺，脚用力跺在地上，手胡乱挥舞。

男人往后退两步，看清楚哑巴，站定片刻，躬身从放在地上的背包里掏东西。男人摸出个黑色钱包，取出张红色百元钞票，卷了卷，递给哑巴。

哑巴伸手接过，剪刀头朝下靠腿放着，两只手哗啦一声抻开钞票，对着阳光检验人头水印和金线。

男人见哑巴不再大喊大叫，放松了些，向前走半步。

哑巴举起三根手指，冲男人晃晃。

男人笑了："三百块钱，你带我去沙滩。铁丝网拦住了，我进不去。"

哑巴眨眨眼，黑白分明的眼珠在帽檐下转动。

男人脚下除了一个黑色双肩包，还摊着张图纸。

"来都来了，我想去沙滩看看。"男人又说。

哑巴举起四根手指，对着男人晃了晃。

男人从钱包里再掏出一张百元钞："先给两百元，看完再给两百元。"

哑巴把钞票卷好，塞进贴身兜里，掉头就走，手在身后摆了摆，示意男人跟上。

这岛上，长长短短的沙滩不下十余处，哑巴知道只有一段值四百元。那是岛西面一处避风塘前的海滩，这些年，岛外的人陆陆续续来，在沙子里挖出文物古瓷，随后就围蔽了。不时，镇干部们就领着各种考察队去海滩参观。哑巴见过那些人。他们多半只是走走看看，拍几张照片。木头和铁丝网搭成屏障，久而久之，这片海滩越发荒凉。干部们让哑巴去收垃圾，把海水冲来的废弃轮胎、塑料瓶塑料袋、儿童玩具甚至铁丝网清理干净。哑巴半月去一次，去的次数多了，也捡拾到几片好看的古瓷。他不晓得这些碎片有什么用，只觉得好看，别处寻不得。

哑巴领着男人抄小路去海滩，走了大半拐出去乡道上，沿着柏油路向前。走到村口小卖店，哑巴示意男人等等。柜台不见人，只两个年轻男人坐着喝啤酒。见哑巴来了，两个男人喊一声叔，探身往小卖店深处喊了几句本地话。

一个肤色黝黑的女人跑出来。哑巴看着女人一边碎步跑，一边把湿答答的手往裤腿两边蹭，眼里不觉带些爱怜。

"你怎么来了？男人懂什么？每天好多事情忙的！"

哑巴掏出烟卷般的两百元钞票递给女人。

女人看哑巴一眼，右手挽了挽垂落的发丝，"别以为给我钱就打发了"！

两个年轻男子笑起来。

女人一把抢过钱，"走吧走吧"！

哑巴转身，对在凉棚下歇息的男人招招手。

女人冲着凉棚下的男人喊："是省城来的吴老师吗?"

男人说是。

女人说："我听教会姊妹说啦，吴老师你住在她的客店。我们家可以招待吃饭，都是自己打的海鲜，你来呀。"

吴老师点点头。

哑巴和吴老师走出十来步开外了，女人在后面喊："我叫阿琼！我男人叫阿豪啊！"

吴老师问哑巴："这小卖店是你开的啊?"

哑巴摆手。

吴老师又说："挣了钱就上交，老婆对你好吧?"

哑巴点头。

"你们这里消息传得快。我昨天下午才到的。"

哑巴不言语。

阳光下，两团黑影子拖着两个身子，从柏油路拖到水泥路，又从泛白的水泥路拖到浅黄色的沙滩。

木麻黄树几乎与沙滩融为一体。树干从不知有多深的地底探出，细密枝叶层层叠叠，自成屏障；枯枝败叶厚厚堆积，掩盖了人或兽的脚踪。兴许是故意，小路入口处堆了些垃圾，让人恍然觉得这是尽头，而非入口。哑巴自顾自走着，也不解释，绕过垃圾就深入密林。赫然一条人脚踩出来的小道，在林中蜿蜒。两人不说话，只埋头往前走，不时伸手破开低垂的枝条。木麻黄树的叶子擦在脖子上酥酥痒痒，吴老师顺手想折一枝，却发现这枝叶看似柔软，实则强韧，根本无法轻易折断。背包、衣袖摩擦出沙沙声，慢慢地，汗水从额头渗出，渐强的海浪声掩盖了一切。等到树木全然退居身后，阳光重新落在脸上，一片绵长平整的沙滩跃然眼前。

哑巴在前，吴老师在后。两人在沙滩上踩出深深浅浅两串脚印。沙滩既被围蔽，禁止闲人入内，就只剩风与海浪的力，将这绵延近五百米的海滩上的瓷器残片从沙土里剥离而出。沙滩背靠坡地，坡地巍然而起，高近四十米。山势绵延，不断升高至陆地深处。这一面朝大陆、背临高山的港口，如合抱之羽翼护住一湾海水，是平静深阔的天然避风塘。

哑巴不确定要不要喊他。那个妻子唤作"吴老师"的男人，一踏上沙滩，就拿望远镜出来，把远近四周仔细看了十来分钟。跟着就迈开步子，往有碎瓷片的地方去了。他像是在脑子里标记了隐形的区隔图，从铁丝网栅栏最东端起始，一寸寸一格格往前推进。一个多小时过去，男人从海岸线推进至高出海平面几十米的半山腰。山被刨开许久，断面犬齿般起伏，黄褐色的泥土上，青花的瓷色和质地更突兀清晰。

哑巴静静看吴老师捡拾、拍摄、摩挲那些碎片。他想告诉吴老师，没有人找到过完整的。这片海滩挖出来的都是碎片，红的绿色，白底蓝花的，还有酱色的。看得出是碗底，大盘子的一角，罐子或壶的一块。常见的图案有花有鱼有神仙，哑巴自己捡了藏起来的，一块是龙，一块是凤，还有一块上面有大半个十字架，捡回去给阿琼欢喜的。哑巴觉得这东西像小时候阿爸去港口跟走私船买的新加坡垃圾。成袋的万宝路烟蒂，用了半罐的万应止痛膏，过期的速溶咖啡粉，还有给他和弟弟买的弹力球、铁皮公仔。东西本是好东西，做出来也是讨人欢喜的，但不知怎的到了哑巴手中，就跟自己一样，半残。他不喜欢这些脏污怎么都擦不干净的东西，不喜欢阿爸蹲在昏暗低矮的檐下，凑着柴火堆一个接一个嘬那些烟蒂。

哑巴总是干干净净的，别的男仔一天冲一次凉，他早一次，晚一次。

不知怎的，他突然对躬身擦碎片的吴老师满怀怒气，吃饱了没事做，才把这些垃圾当宝。洋垃圾也是垃圾。

哑巴愤愤起身，一脚踢开一个空易拉罐。易拉罐轻飘飘地跃起，划出条抛物线，噗一声闷响扎进沙子里。哑巴追上去，准备给它第二脚。

哑巴刚凑近，一群苍蝇轰地惊飞，撞击他的胳膊、脸颊，有一只险些撞进哑巴眼睛里。哑巴更生气了，拨开草丛，要寻找元凶。

几个杧果，黄色表皮上布满绿色白色灰色的霉菌，果实早已腐败，甜腻的汁液混合了油脂浸出。一只苍蝇钻在果肉深处忘情吸食，没有随蝇群飞走。变质的甜腥气让哑巴一阵恶心，他趔趄着退几步。是哪对贪吃的情人，把水果带来这片禁足的海滩，躲进树荫下，最后留下这被遗忘的果实呢？哑巴怔怔望着被黑色斑点和绿色霉菌吞噬的表皮，还有一两处仍鲜活着，是明亮的黄色。但更旺盛的、在活跃繁殖着的是霉菌。杜果奄奄一息，霉菌却在歌唱、在生长。哑巴听到杜果内部微弱的脉动，有些不安，憎恶这丑陋的场景。弟弟也是这么一点点发黑，发臭，一点点衰弱下去的。

哑巴转身走进树林。木麻黄树的枝叶擦洗着他的身体，镇定着他的神经。这些长了霉的果子甚至不能埋进土里，霉菌在泥里也能活下去，会弄坏土地。

哑巴张开嘴，喉咙深处一声呜咽。火化时，弟弟躺在轻飘飘的铁皮上，布满针孔的胳膊像炭化的树枝。他闭上眼，直至听到杜果呼出两口气。一口短促，停了几秒钟，一口悠长。然后彻底静止。

哑巴走回那堆腐败的杜果跟前。它们是在等待他吗？等待他来见证最后的死亡？如果今天他不来，它们还要撑多久呢？

霉菌的墓穴不再让哑巴不安，他俯身捡起易拉罐，塞进裤兜里，嘴里碎碎念着只有自己能明白的祝祷与哀思，只有他会吟唱的安魂曲。跟人相比，岛上的植物们才是他的血亲与兄弟。他又一次被提醒自己早已懂得的事：在岛上，他本不需要做任何事，只需细看自然的法则显形。

他转身朝向男人的方向，渐渐变弱的光线中一个转淡的人影，那个人懂的，是什么呢？

"一上岛，导游劝你去烧香吧？佛啊，妈祖啊。"阿琼把三双筷子分别放到三人面前。

"我没有导游。"吴老师笑笑道。

"你雇了导游，他会告诉你，这个岛上最值得去的景点是哪些哪些，其中就有几个庙。等你去了，他又会说，你如果没去呢，就一切平安，但你去了，就必须烧香，不然的话……就不好了。怎么个不好法，你自己想。"

"这是骗钱吧？"

"谁知道呢。说不定他们真的相信。"

"相信？"

"有人信妈祖、信佛，这个村信石柱、信祖宗。"阿琼调整着桌面上的盘子，海鲈放正中，小鱿鱼挨着海鲈，焖柚子皮和虾酱炒通心菜放一边。

"你们也信石柱吗？"

哑巴刚拿起筷子，这下又放下来。

"我？我们村是信天主的。岛上只有我们村。其他村的人觉得我们奇怪，很奇怪的。"阿琼说。

"你娘家不是这个村？"吴老师说。

"嫁了阿豪我才来的。"

三人沉默着吃了一会儿。阿琼让吴老师尝尝焖柚子皮，吴老师夹了一块，放进嘴里却半天吞不下去。

"不习惯呵？"

吴老师扒口白饭把柚子皮咽下去，又端起玻璃杯喝了口茶，才缓过劲来。

哑巴埋头默默吃，把一盘小鱿鱼夹得干干净净，葱油酱汁倒进碗里捞饭。鱼却没怎么动。吴老师在边上看着，只见阿琼把一根根鱼刺慢慢抿出，摆到桌上，鱼头更是吃得慢。原来阿琼爱吃鱼。

哑巴吃好了，用脖子上挂的毛巾擦干额头的汗，不动也不作声。直到阿琼也吃好了，他从裤兜里掏出钱来，摆在阿琼面前的桌上。

吴老师放下手机，对哑巴、阿琼说："我还要住几天，能每天带我去今天那片海滩吗？"

阿琼捡起钞票，塞进裤兜，犹豫了一下说："那里不给人进去的，吴老师。不是我们不想带你去，要是发现了，阿豪那份工就……"

"我明白，我明白。"

"这个村姓梁，阿豪姓黄……"

"没事的，没事的。"

"你想找什么呢，吴老师？那片沙滩翻过几次了，大一点的东西都清走了。现在还有的，今天你也看见了。"

吴老师吞吞吐吐像在考虑："你们常去那里，有没有捡到过有字的？"

"有字的？什么字？"

吴老师从背包里掏个文件夹出来，翻开，里面夹着打印出的一页页图片。

哑巴突然伸手压住图片，比比心口。

"他欢喜，想看看呢。"阿琼说。

吴老师笑了，翻转文件夹，把图片朝向哑巴。

"红彩，绿彩，黄彩。这些是彩瓷。蓝白色的是青花，有粗瓷，有细瓷。都是这片海滩上挖出来的。"

"这个不怎么蓝。"阿琼说。

"带点紫色，是吧？应该是烧的时候掺了回青料，发色就沉稳些。"

吴老师一一指给两人看缤纷的图样，锦地纹、花瓣纹、锯齿纹、璎珞纹、凤纹、鱼纹、兔纹、扁菊纹、折枝纹，图样在抽象与具象间往复，如珠子落盘，叮叮咚咚，各美其美。

翻多几页，哑巴指着图册哈哈笑出声来。吴老师见哑巴开心，也笑起来，指着那活泼动人的图样下的小字念道："仙人乘槎、高士行吟、婴戏仕女。"

哑巴手指戳戳其中一样，阿琼说："这我知道，狮子滚绣球！"

"这个有字。这个也有。"阿琼说，又杵近了看道，"正德，嘉靖。吴老师，这是什么意思？"

"这是明朝皇帝的年号，有这个字的，就是明朝时烧的。"

"你要找的有字的，是这种吗？"

吴老师直了直身子道："不是，我要找的，不是汉字，是这样的。"随即将图册翻至最后几页。

"这个像外国字。"阿琼说。

"你知道？"吴老师看向阿琼。

阿琼起身进里屋，木衣柜呀一声拉开，再呀一声关上。她抱着个饼干盒，铁盒受潮长锈，用匙羹柄才撬开了。她依次取出三块瓷片，摆在灯光最强处。

吴老师从背包里取出放大镜，细细看。

"这些都是阿豪捡回来的。"阿琼说。

哑巴应了两声。

"有十字架那个，是他送我的。"阿琼边讲边看哑巴，忍不住笑，"十字架也算是国外字吧？"

吴老师没应声。

"吴老师，我听人讲，这些陶瓷，是坐船出洋卖给鬼佬的？"阿琼说。

吴老师放下放大镜："你说得对。里面有些成色最好的，是个叫阿尔瓦雷斯的葡萄牙人五百年前向中国人定做的。他拿到货，船从这里出发，走得远的陶瓷，去到英国啦，中东啦，送给皇帝、女王、王子、贵族。"

"哇！我们这些也是吗？"阿琼问。

吴老师翻动图册，指着其中一组数张的图片，是完整的铭玉壶春瓶，底部字样被放大显示，"有阿尔瓦雷斯名字的外国字的，才有身份证。没有的话，是普通陶瓷"。

过了会儿，吴老师指着铭玉壶春瓶图片，逐字念道："在葡国，他们拥有比黄金和白银更有价值的东西——瓷器。它精美光洁，像玻璃和石膏一样。他们用蓝花装饰瓷器，其图案如青云一般。"

哑巴听得认真，格外安静。

"外国字是证据。"阿琼说，抬头看一眼哑巴，又说，"吴老师，你是来找证据的。"

吴老师一愣，看着阿琼。

"找到证据，有什么用呢？"阿琼问。

"对啊，有什么用呢？"吴老师像在自问自答，过了会儿才喃喃道，"只能找些看得见的东西罢了。"

阿琼跟哑巴对视，两人默默起身，走去院子里，留吴老师独自在灯光下看那三片碎瓷。

吴老师临走前，阿琼捡起一块瓷片，扯张纸包一包递给他。

"吴老师，这个阿豪说送给你。他今年来老是脸黑黑，今天见了你，出太阳啦！"

吴老师连连摆手。

"这块上面没有字，你当个纪念吧。"

哑巴跺脚，冲阿琼比画着。

"我说不能去了就是不能去了。"阿琼坚持道。

吴老师拎起背包，想了想说："这个我不能收，心意我领了。来这里，只是我自己的兴趣。找得到也好，找不到也罢，来看看都好。"

"那你收下吧，这都是阿豪捡回来的。他高兴送给你。"

虫鸣阵阵，吴老师的人影闪进黑暗里。

直到他已经走出院子，走到了村道上，哑巴才追上来。黑暗中，哑巴

246

把一个纸卷塞进吴老师手里，不待对方反应，转身就跑。吴老师看清不是钱，就把纸卷揣进裤兜里。等回到暂住的农户家，他进房间打开灯，才看清上面的字：

吴老师，你知道陶瓷是怎么来的，你也知道石柱是怎么来的吧？可以跟我说说吗？谢谢你！黄定豪。

第二天是星期一，哑巴和阿琼按惯例一早起来就各自出门干活。天黑前，两人比平时都早些回到家，心照不宣地在厨房择番薯苗、切西瓜。

天一点点黑下来，直到乌漆麻黑要点灯了，也不见吴老师来。

阿琼说先吃。两人对坐，嘴里嚼着米粒，想各自的心事。

第三天晚上，阿琼回来告诉哑巴，姊妹说，吴老师已经坐船离岛了。

哑巴走去院子里，站定，摘下助听器。这样，夜、植被、昆虫和岛就不再言语了。

星期六，梁氏宗亲大会。阿琼说不去。阿琼在生气，她当然可以生气。哑巴本也不想去，但辈分是侄儿的村主任来家里打招呼，他只能独自去。

祠堂前的百人宴，荤菜有西洋菜汤、咸香鸡、五味鹅、焖海参、白灼虾、焖大蚝、烧猪肉和蒸沙白。素菜有莲藕、菜花、鲜菇和生菜。把这些吃下肚去，人就餍足了。全族男女老少等看戏。如今的戏班子，流行歌、滑稽小品轮着上，最后大戏唱完才散场。不知是否穷的日子久了，如今不怎么穷了，办起这种大事来，还是露怯，像要给谁看一般，处处用力，祠堂正门也披红挂绿。

除了开蒙时念书，哑巴没有进过祠堂。此刻，他像棋盘格里下场的棋子，独自从战局中逃跑，慢慢绕到祠堂背后，往半山上走。阿琼一句话没怪他，可他有些怪自己，是不是自己提到石柱，让吴老师不高兴了，才招呼不打就走？也许跟他一样，跟每个人一样，吴老师也有自己的苦衷，但他当时没有想。他只是像小时候那样，想知道，到底那根石柱子是不是真的？还是像其他人拿来骗他的话一样，只是阿爸编的故事，想要诓他，框住他？给他立个规矩，他就不会像弟弟那样短命？

哑巴边走边拔起一根斗鸡草，把草茎叼在嘴里。这山上有孤坟。没人扫墓，又有些年头了，草高得把坟包埋住，哑巴一不小心就差点踩上去。

是那些外省女人。一度，小岛上钱作祟，但当时整个国家都沸沸腾腾，不止这里。伺候伺候远洋的水手，从更偏远省份来的年轻女子做皮肉生意。码头边，大通铺，女人白花花躺在上面。后来又打赌场的主意，毕竟，几十海里外就是澳门。再后来，所有这些污浊营生都被打掉后，岛民可以像全国其他农村百姓一样，开农家乐。变幻，来去，钱如紧箍咒，人日夜不得安宁，像讨海人的噩梦——漂流在太平洋深处，做人做鬼都不得归家。

讨海人只争朝夕。在岛上，一年中的绝大部分时日，太阳都炽烈照耀，人内部的哀乐，在让万物都无所遁形的光照下，显得矫揉造作了。此刻，哑巴容许自己哀愁，他开始老了，或许他的秉性生就如此，只是此刻他开始真的领受。他想这些原本他不该想的事，想了也不觉得负累，只是慢慢走下山，找到自己的摩托车，突突突突，骑了去找他的妻。

夕照让海面金光闪闪，几乎无法睁开眼睛。老妇人在金光下补渔网，斗笠投下的阴影落在她飞舞的手指上。房屋的背阴面，戴眼镜的老人就着天光在看一张纸，细密的文字。觉察到哑巴路过，老人抬起头，对他点头微笑。

他来得少，阿琼村中人不认识他也寻常。村舍门都敞开，哑巴沿水泥铺就的窄巷向前，鳞次栉比的屋脊直铺到山脚下，远远地仍能看见，苍翠山麓上耸立着一幢白色建筑。阿琼村人把山叫圣山，梁家村人却喊鬼屋山。阿琼村人口中的圣人生前是司铎，在这座岛上去世，死后遗体运去印度葬在印度。梁家村人却说，鬼佬啊，几百年前的鬼佬啊！闹鬼啊！

梁家村人从不来这里。哑巴不知自己是否多少信了这些鬼话才不太来，还是别的原因。路过一间村舍，在一楼堂屋里贴了圣母像。穿白袍，白袍的帽子遮住头发，圣母举起的双手和身体罩在光晕之中。圣像彩印镀膜，跟二十世纪九十年代的明星海报一样尺寸和材质。

哑巴跟那海报对视一会儿，若无其事继续走。

讨海的人也有分野。岛上其他村的，跟阿琼同辈的人，就有不惜贷款也要砸重金出远海的人。讨海本身已仰赖天气时运，砸钱远航至太平洋，更是赌徒的魔性。用岛民口中的话说，是搏命。这村子却恪守不远航的祖训，抑或是公约，总之，每天早晨驾一艘小船，最远去到唤作赤楠洲的小岛水域，就不再进深。撒网等待，渔获拉到码头去卖，野生濑尿虾可卖到四五十元一斤，野生白鲳也可卖到三四十元。就这样不起眼的一条小船，养活一家人不说,余裕处还能让他们负担起在县城买房的成本。信天主,已让这村人在岛上格格不入。再加上钱作祟,这十几年来,争端愈多了。

跟阿琼结婚前,哑巴听过,听过很多次。

——喊,大年三十都不给祖宗供饭烧香的人,你同他们讲什么?

又或者——他们可是说买房就买房,钱从天上来?说不定是从前老番埋下的宝。

他没想好,中午在百人宴上听到的话,要不要跟阿琼讲。

梁家村人说,建博物馆需征用土地,全岛十九个村,无一积极。博物馆是什么来的?可比不得宾馆、浴场、游乐场。打听下来,省城的博物馆都是不收门票的。不收门票,他们这个小岛的财政可是补贴不起,到时恐怕又是一本烂账。最后投票,几轮投下来,"他们世代出海,也不种地,土地应该有空余""他们最靠近圣山,老番最中意,博物馆这等洋派玩意,要搞就搞在一起"。

这些话说来说去,只一个字——钱。这些话说给阿琼听,有什么用?

阿琼站在娘家小楼二楼的阳台上。哑巴仰头看她。

阿琼问他,你不怕鬼了吗?

哑巴笑了。

两人骑车回家。夜晚的风清凉,温柔,绵延不绝。哑巴从院子里摘几朵鸡蛋花,拿去水龙头下让流水冲走花蕊上的小虫,都洗干净了,摊在手心里,珍惜着送给阿琼。鸡蛋花洁白,芳香,阿琼的躯体也花瓣般打开。

待阿琼睡熟,呼吸轻柔平稳了,哑巴独自走去黑暗中。

跟这座岛一起活了六十多年,哑巴以为自己对它已经足够熟悉,岛上的一花一木跟自己的身体发肤一样,细微,平常,如呼吸般自然。某种意义上,它们彼此相连。哑巴从没离开过岛,他身体里的每一粒原子,早已跟构成的岛的原子颗粒进行了上亿次交换。他和岛,互为彼此了。

可是这个夜晚,他独自来到海滩,像是重新发现了岛。海滩上空无一人,他像是独自拥有了岛。这静谧足够大,足够广袤,让他可以跟岛的精魂和实存进入某个不受打扰的结界之中,又或者是真正进入岛之中。不对,不是进入,是彼此持续地交连,你来我往,互通电流的气泡。

夜空非常晴朗,出奇地晴朗。星星闪着光,其中有些最亮的,精钢般寒光闪闪,暗些的,则晕染出红光或蓝光。他确定岛正在移动,可能因为星星连缀成的大屋顶正在移动。他知道星星们跑得很快，所以，岛必然也在飞速跑着，他才能原地不动。岛连带着他一起，在飞翔。

他听见心脏咚咚跳，平稳，规律。而岛的深处传来相同节拍的鼓声。岛说话的方式有许多种。风吹过树冠，沙——沙沙沙。海浪拍打礁石，哗——哗哗。椰子垂落——咚！花破蕾，鸟破壳。加上他新发现的，霉菌生长繁殖——嘶嘶嘶。他听进去，记住了，学会了，不再孤单。有一天他死了，他的身体会湮灭在土壤深层，与岛屿慢慢融为一体。有一天岛将从海面上消失。他在电视里看到过。那么，曾构成他的那些颗粒，也将闪着光去往别处，在别处再浮出水面，或浮出地表，成为新的岛或夜空中的一颗星，继续发出声响。

哑巴觉得，自己是被深深祝福的。

他向石柱的方向望去。他可以讲石柱的故事。石柱原本立在水里，后来填海成了平地，土壤异常肥沃，岛民开始聚集在石柱附近，成了岛上的大村。村民拜石柱为神，小孩子拜石柱为干爹，世代兴旺。但这石柱是断的。早年石柱还在水里时，被渔民当柱子拴船，生生拉断，不当回事。后来才被当作宝贝。人哪里记得这些。有专家来考察过，石柱据说是葡萄牙人带来的，立在水里做葡萄牙皇室的标记。五百年前，航船到中国的葡萄牙人，到此一游的标记。为什么要千里迢迢带这么一根柱子？没人答得出。慢慢地真成了故事。这个夜晚，他知道了，这种故事，他可以不讲。

过了几个月，哑巴收到吴老师从省城寄来的书。里面有石柱的图片、文章。女儿帮助哑巴看懂文章，知道许多学者费了功夫找证据，目前可以确定，这根石柱跟葡萄牙人无关。

说不出什么原因，哑巴觉得轻松了。在此之前，他已经轻松了。

原载于《钟山》2023 年第 3 期

夜游神

史玥琦

一

叶子女士敬启：

　　来稿已阅，感谢关注。奉主编之命，我本应给您写一封言辞恳切的退稿信，首先鼓励您文笔流畅，叙述有力，完成度颇高，再笔锋一转，谈些人物描写不足、尚欠缺文学性之类的套话，最后做小结，希望您多改多练，笔耕不辍。

　　我不打算按此常规回复，而是借本信"越界"，说些心底话，原因有二：一是此故事足够打动我，在我看来，有些笔法恣肆蔓延，但叙述仍够冷静，我很快看了进去，也能捕捉到叙事空隙中有幽小情感在暗流涌动；二是刚刚填写信封时，又想到您和我是老乡，我来自哈尔滨近郊的双城堡，前年全家也搬到市里，大学考到南方，毕业后落脚上海做了编辑。这里东北人并不多见，看到您的投稿，小说描绘的地理风貌，尽是我在哈尔滨市区念高中时所熟悉的，心间温暖。我想这第二种原因也解释了我第一种感受。

　　您的这篇《夜游神》，我不太想用概括性的语言破坏掉它，究竟讲的是救赎、绝望，还是兼而有之？我不敢去猜，我想编辑的工作并非如此，我需要的，大概是尽全力帮助作者完成一些暧昧的时刻，让它自己生长出来。我的一点困惑和纠结在于，您已隐晦地表明了伤痛，企图用"非人"的方式揭开伤疤，但因为太多限制，仍在事实的外围打圈。我想，如果它们都化身成人，这又是怎样的故事和场面？

我不清楚，但我似乎明白那是切肤之痛。我思索再三，还是决定写信给您，小说或许是最真诚的镜，尽管现实千疮百孔，我们仍能用书写去记录、讲述，因此您的笔触不必忌讳。也许那是您最不愿讲述的，但我坚信，换一种写法，总有勇敢，让我们再次喊出自身存在的意义。

上午看稿太久，眼睛酸痛，我走到阳台，在一排枯槁废弃的花盆间，望向远处，阳光从梧桐枝叶的缝隙钻出来，令高楼间的天色更加清澈透明，很多颜色从心底涌起，而我面前像一场虚空。刚刚读到的许多来稿，只有您的故事像地缝间的草根挤出来，反射雨后多变的虹光，这和您笔触的色彩有关，也与我自身相连。好的小说是有生命的，你能摸到它，感受它慢慢在体内长成一棵树，因而，我的建议也只是培育的方案，如何浇灌，全凭您的手。

写下这些，我很忐忑，但还是从容落笔。因为一些变故，我本想夏末离职，不再坚守这块行将就木的阵地，文学日益不受欢迎的今日，我像个垂垂老矣的守门人，背后是一座逐渐成为博物馆的大酒店。今天看到您这一篇，我希望等一等，帮一帮您。您不必负累，也不必在乎我的期待，只要真心去修改它，就好。

感谢您看到这里，客套话不说了，如果您希望再次投稿，可直接邮寄给我。地址照旧，只需注明给小穆就行。(随信附上一片梧桐叶，刚刚我展开双臂趴在阳台上，它突然落到我手上)

顺颂文绥。

《大众》文学编辑部小穆

2017.3.20

二

一九九七 (《夜游神》一稿节选)

第三个年头，我们并没泄气，从文化宫散场往回行的路上，决定扩大地处来寻。那晚放的是《霸王别姬》，蝶衣在大幕布那头喊：差一个月、一天、一个时辰，都不算一辈子！底下传出几声小心翼翼的啜泣，我们顺着椅脚，擦着老姑娘们的脚腕子，静悄悄钻进八角形的活动楼后身。犄角堆满废弃的单双杠，月下锈光闪闪，我们从容地蹑脚越过，步向犄角处。

铁皮在这零落，形成一个见方的窝，被瓢子泛黄，仍堆在里面，棉花外翻，有几条慵懒的长虫趴伏。我们不由自主地撑出爪子，抓死它们，又嗅四周，没人来过。我刨走小窝前发蔫的花茎，老三叼来新鲜的狗尾巴草，一瘸一拐，扔到上面，随后都呆站在那。愣了半晌，后面幕布上乒乒乓乓，鼓琴声响，我们呜咽了两下，就跑开了。

饲养员老周说，米粒那天是衔着花走的。至于什么花，他给忘了。我们便每隔一周换一个品种，花叼到她爱去的地处，包括当年发现她的小窝，市内松花江以南的花全试个遍。主意是老二出的，她说狐狸不像咱们，鼻子灵着哩。我反嗔道，她古灵精怪，走丢了更难说了。尽管如此，每晚我还是跟着她俩，沿着民生路向东，或再顺和平路朝北，七拐八绕，钻进所有胡同，嗅察蛛丝马迹。遇到人来，我们立刻隐进黑暗中，不怕别的，担心吓坏他们。比如现在，从后面看，老三说不清是什么生物，哪怕反复端详，也很难讲她是只狸花猫。

爆炸以后，她被按着做了七八次手术，虽足以活命，但皮毛全脱，像没生下的死胎，光溜溜，血涔涔，她一下切断同过去猫群的联系，谁也不见，只容许我们几个探望。我叼来街角拣选出的半块油酥饼，呜呜地同她一起哼泣，帮她舔舐伤口。她左后腿截了半条，全身几乎没有一块光滑的表皮了，凹凸不平，反着冷光，如碎烂的豆腐，粗糙蠕动。裂痕处依稀有新长出的绒毛，皮肤下面依稀可见血管，赤红的溪流努力地游动。我舌尖的毛刺勾到她尚未结成的血痂，她抖了一下，转身夹着尾巴靠到角落中。

我们伤势大体相当，被分在一个笼舍，除了老周，没人敢近前。早先他在社会上招了个徒弟，帮忙料理后勤，小子号称从小跟家里杀猪，胆子大，见啥怪物也不打怵。头一天给我们送食，他穿过大楼昏暗的长廊，皮鞋啪嗒作响。老三尾巴竖着，一瘸一拐地到门口张望，他"嗷"地大叫，一下坐到地上，饭也扣翻。我冲他叫两声，然后轻咬老三耳朵，把她拽到后面，从此我们再没见过他。

老三在前面慢慢踱步，我们绕开人群，从与群乐街平行的通乐街往回走。到废品站附近，她一下跳到满布油渍的垃圾箱上，东翻西找，扯出一长帘黑塑料袋，照例落到地上，打个滚，袋子熟练地卷在身上，老远望去，成了黑猫。她向我们眨了眨眼，我们照做，披上伪装。街灯昏暗下来，这堵老旧的红砖墙细影闪闪，除了蚊虫还有不耐烦的风。过去我喜欢盯着两边红墙整齐的反光，随着大伙眼珠从圆到尖，墙面因周围二十世纪五十年代建筑的形状投出变幻的阴影；闲下来时，我跑上楼顶，呆望一整天。我伸着懒腰，企图如此这般消磨到死，冬日阳光晒向我伤痕累累的肚皮，我的橘色软毛仍茂密地生长，盖住被烧坏而荒芜的部分，我舔着只剩一半的左爪，感受热在身上蔓延。其他猫也过来了，在楼顶的阳台，我们互相望着各自奇形怪状的脸，鲜少说话。那点事早在半年前便讲尽了，剩下的只有重复，以及对外面世界难过的臆想。老二打破沉默，念叨着可能找不着了，再不就得出市，可我们这个样子，走不远。老三用胡子蹭了下她，说别放弃，先慢慢扩大范围，总有线索。米粒无缘无故地失踪三年，我们一直注意周围人的作息、动向，甚至走遍市内每一块狐皮大衣的广告牌，看谁比较可疑。此刻，我们踅进一条没灯的胡同，往前走，好像以后的生活也将灰暗下去。

米粒刚来的时候，我们没什么指望，甚至说着，断奶之前要送出去。在废旧铁皮的窝前，她母亲呼吸微弱，眼睛半闭，从体内传出恳求的呜咽。她背上的伤口尚未愈合，因为灰尘太大，再次病倒，费尽气力，产下这团雪白的绒球。那天下午我们将自己遮得严严实实，本来想趁夜里去文化宫凑热闹，在民生路主路上，一个男孩跑跳四顾，发现了我们，向后面的人大喊，快看呐！塑料袋成精了！在屋檐上长脚自己跑！我们只好转向小路，绕到大院的后身，从狗洞进去，便听到角落里的寻救。她太小了，一直睁不开眼，鼻翼翕动，静悄悄地团着。白狐强撑着气力说，她父亲被炸死了，我现在唯一想的，她能活下去，替我看看世界。我们眼睛圆睁，不知所措，一齐凑过去舔舐母女俩，不一会儿，更多的血水从她白肚皮下流出来。咽气以后，我们将她叼到树旁，活动楼的舞会喧闹得很，我们没去看一眼，径直带小家伙回了我们高耸的黄色笼舍。

过了半个月，她仍没睁眼。老二揣度，大概和猫不同，狐狸另有讲究，我们把她安置在几个窝中间，方便轮流探望。我舔着她脑袋顶不多的软毛，叹气，她真看见我们，还不吓回娘胎了。结果像顺着大家期望，那条眼缝一个月也没开启。老周心领神会地给我们笼舍多送了牛奶，她的身子倒率先长起来，渐渐有我四分之一大，团着睡觉时，她老实得很，模样喜人，像颗晶莹的大米粒。她逐渐熟悉我们的气味，常常凑过来哼唧，眯缝着眼，在整幢楼摸瞎闲逛，甚至认了两三只花猫当干妈。三个月，老周请来后楼医疗中心的人，都蒙着眼布穿过长廊来看。手电筒在她眼前晃了半晌，一个年轻的声音说，娘胎带下来的，角膜有问题，就这样吧。我感到一些不应该的欣喜，回头看老二，她正咬开身上的袋子，外头来人，并不避讳。

　　我们仨再次站上这一路口，身披塑料布。散场后一小时，没有人再来胡同闲逛，这是属于我们的一方天地。三年前的初冬，还没落雪，我们在他脚旁大叫一刻钟，老周一拍脑门，才意识到米粒那晚还没回来。他掸了掸身上的烟灰，小跑到院门口，指向西边。这条大路曾繁华一时，有几家能在门口捡吃食的饭庄，爆炸以后，兴建伤病动物集中笼舍，便纷纷搬迁，避开这里，此处成了家长吓唬小孩的地方。这条街荒废下来，与两侧的民生路、文景路相连的路口被堵住，只有狭窄的胡同可钻行。老三急得跳来跳去，老周并不看向我们，说，就是这儿，我以为她找你们玩去了。那小瞎白狐，叼着花，什么来着，颜色我都给忘了，这破记性。
　　老二在前面胡同口停住，提醒着我们留神。竖起耳朵，有人在打架，是被捂住嘴巴发出的惨叫，我俩蹦跳着过去，借着外围新修高架桥上的灯光，从堆积的杂物缝隙间望去，有人影闪动，而这头电线杆上，米粒的寻狐启事被扯下来一半，剩下半张摇摇欲坠，雨水冲刷，只剩下"七岁"依稀可辨。我向后退两步，借力跳过去，将纸咬下来，说，找了三年，还是要找，我们每晚都这么走，一直走，走完每一块砖，走不动为止。她俩表示默许，问要不要过去看看。我率先跑了过去，跳到酸菜缸顶，还看不清楚，就又顺窗沿，跳到再前面的破旧自行车筐里。前面两个壮小伙，挡死路口，面前瘫倒一个孩子，口含一长条麻布，正努力地想叫出来。
　　其中一个猛地抬腿端他，说，我明明看着你往兜里揣那一百块钱了，你给哥赶紧拿出来，我俩不往死里整你，不然你今天回不了家。那男孩只是哭，长长的泪痕在微光下发白，我想起米粒不顾命似的疯耍起来，也像一道模糊的白。另一个将长麻布从他嘴里拽出来，说，你别以为我俩不敢下手，你是不是吞肚了？吞了我拿刀剜出来，要不你就痛快点赶紧给我俩。男孩打着哭腔说，大哥，你们真看错人了，那是我同学，一百块钱是交学费，他妈给他拿多的。对面给上一耳光，说，真能撒谎，我就看见你一个人。男孩定了定，突然起身，扬起一把沙土，两人大骂，挥着膀子踹他，他双臂抱头，动弹不得。突然一声大叫，老三从比我更高的矮房檐径直蹦下来，扑向他们。她已脱了外皮，昏黄的光下像块红色的水晶。几乎同时，我和老二也大叫着往上奔，老三已一把抓到其中一人脸上，被一掌打飞。我俩正紧紧钩着另一人的衣角，他突然失去重心，摔到地上。他们大喊着，操，真有怪物，有怪物！随即连滚带爬，鬼哭狼嚎地跑远了。二十秒后，男孩站起身，盯着我们，眼睛里一如既往地恐惧，但总好像多些什么。我哼了一声，转过身，翘着尾巴，和她俩一起隐进黑暗中。

三

叶子阿姨吾念：

首先恳请您原谅，直到收到您再次来稿，我才意识到几个月前的自己有多冒昧、鲁莽、迟钝。有时我在安静的夜晚，听到小区流浪猫叫，也会想起您这篇小说，在想它们如此执着的情感出口，究竟为何她们要对养女如此看重。我没有发现，其实自己也陷入了一种执着当中，对于某类逻辑真相的执念，让我过分在乎背景现实。看到您坦诚的叙述，洗去所有修辞地复刻真相，我由衷敬佩，倍觉惭愧。我企图让您撕去全部隐晦，还原的现实就是如此，我反复问自己，为何要这样做呢？

或许世间人们的悲苦，总是无法共享前提。当您寄过来的二稿如此清晰地告诉我后，我陷入了相当长的自责中。您在二十五岁所遭遇的灾难，我在哈尔滨读书时其实有所耳闻，但从未如此感同身受。那次二十世纪八十年代末的亚麻厂大爆炸，在我读书时，演变成了一个轻巧的城市恐怖故事，以及男孩子为了壮胆逞能的证明。故事您或有所耳闻，讲的是一个卖豆腐的流动小贩，遇到一个男人赊账，买两块豆腐，男人称下次出门便还，然后拎着袋子走了。小贩看见他转进街角，打开把角第二扇门，进去了。过了几天，小贩仍在四周贩卖，却总不见男人，心下恼火，横着心去敲那扇门，长敲不应。过路有老太太问，你来错了吧，这是亚麻厂分配的宿舍。这屋没人，男人在厂子里被炸死了，女人难产死了。小贩汗毛倒竖，硬砸开门，只见院内桌椅摆放齐整，毫无人迹，只桌上放着两块发霉的豆腐。对您来说，这似乎是人们遗忘的开始，外面的人们，用一则寓言、一段逸事，消解掉具体的苦难、具体的人和情感，我想，这是全人类的过错，文学是我们可坚守的最后阵地。

这样想来，您的来稿，我无权给出意见，它们相互补充，形成您独有的生命。我也意识到您叙事的前后用心，在于米粒成了"我"余下生命的眼睛，而这一状态，正是用她的"盲"换来的，所以寻找成了必要，是故事仍要继续下去的动力。如果您认同一二，可以将更多的笔触伸向共处的美好，哪怕十分短暂，但它是我们这一故事最鲜艳的底色。叶子阿姨，我不敢说，我多么能体会您的痛苦，但希望我们这一文学沟通能保持下去。离职的事情我准备暂缓，上回所说的变故，是在警队的男友执勤时受伤，他瞒掉了父母，没瞒过我。虚弱的声音出卖了他，但我在南方无能为力，想到在这里和人们的虚幻想象打交道，我总是很烦闷。但您的书写，让我相信我在给人提供出口，哪怕是一小点，哪怕是一个时刻。

最后，感谢您随稿寄过来的红肠和鱼肝油，办公室立刻香气四溢。按说我们是不能接受作者赠礼的，但我看是商委红肠，老哈尔滨人都知道，只那一家，没有分店，心想您一定是托人，或者自己蒙着全身，在马路旁排了半天的队。保质期在即，寄回也会坏掉，我咬下去第一口，泪就长到脸上了。鱼肝油的意思我也明白，因我上次好像提到了眼酸，您这么留心，我实在惭愧。不过我是先天弱视，也影响到了神经，以至于我记事很晚。想小时候，世界总是模糊的一片，什么都记不得，对外界的第一印象是某个冬天哈尔滨江北的焰火。大约十岁，家里东拼西借，为我做了角膜移植，那是一位白血病患者捐献的，因为保密，我无法得知他的姓名。我高中时视力又恶化，到了大学才逐渐好转，现在要定期疗养，不过不大碍事，鱼肝油是常备的。啰唆一堆，无甚主旨，只为尽快和您说上话。我这次用的大信封，塞进几只羊毛毡，分别是橘猫、三花和狸花，上个月等您来稿时扎出来的，希望叶子阿姨别嫌弃。

《大众》文学编辑部小穆

2017. 6. 8

四

一九八七（《夜游神》二稿节选）

一开始，我们都没日没夜地哭，根本止不住。他们说，爆炸是三月十五日凌晨两点三十九分发生的，我能记得吗？我记得这串数字有什么用？我们能回到那之前吗？谁都不敢回想，因为那天太普通了，跟平时没什么不同。有什么预兆吗？我想了想，和事故调查组的人说，没有，和往常一样。

车间的灰还是很大，我们习以为常，只需多加一个棉口罩。下工的时候，再一起到浴场洗净身上的纤尘，头发、脖子和鼻孔，照例趁主任不在相互泼水玩。邹洁泼得最凶，她是厂花，所有人都得意她，男工还集资为她买巧克力。她说，最近嗓子痛，明天要多戴一层口罩。还有明天吗？她边做工边发着呆，瞬间被一个巨大的火球推倒在地，口罩在她脸上熊熊燃烧，瞬间融化掉一切。我很久以后问她，你当时想的什么？她那模糊不清的脸冲向我，说，姐，我忘了。我好像啥都没想，但是我好像又哼着啥。我不说话，看向她，她穿着男式的二背心，为了露出伤口。我想起她用温度刚好的热水偷袭我们，那时她真美啊，才十九岁，身材比我们娇小，像只打湿羽毛的白天鹅。阳光在她身上照射一半，暗中如同还有那个美丽身影，那半截腿还存在，而不是因为严重炭化而截肢。她突然说，姐，我想起来了，我哼的是你们传唱的那小曲，你们当时惊讶我来做工前怎么没听过：远看一团火，近看一枝花，亚麻厂的姑娘到我家。

直到现在，我分不清美梦和噩梦，都说梦是反的，人活着的盼头和生活本身不也是反的吗？亚麻厂是哈尔滨的骄傲，产品营销世界，不光全中国第一，全亚洲也是第一。进亚麻厂工作是所有人艳羡而梦寐以求的事，吃穿住行，儿女未来，厂里全包。女工能买到世界上最流行的尼龙绸，回家做出最漂亮的裙子。刚进厂时，我胸前别着红花，主任组织我们到文化宫看二十世纪五十年代的工业纪录片。傍晚，夜空又晴又蓝，幕布里走出新中国第一代纺织女工，她们白裙白帽，个个微笑着向厂门口走，披着夕阳，在分配的职工宿舍互相试穿布拉吉。看完电影后，我们学唱苏联歌曲《纺织姑娘》：在那矮小的屋里，灯火在闪着光，年轻的纺织姑娘，坐在窗口旁。

那年，我二十一岁，我努力呼吸文化宫上空清凉的空气，几颗星星半闪，我感觉未来只是一瞬间的事，做工、嬉戏、找个像样的男人，生儿育女，和这些建筑一样，光洁粉红。我从没想过，这幢看似永远不会倒的大楼会在三年后坍塌。那天，是最普通的一天，我凌晨上工，火从天上糊下来，钢筋水泥筑成的墙壁瞬间破碎，车间那些牢靠的几十吨的机器被抛到空中。电全停了，我周围滚烫，漆黑一片，被浓烟呛得咳嗽不止。我大叫着，往外跑，可什么也看不见，借着隐约的火光，我沿着机器间的小路走。天寒地冻，浑身战栗，我想出去。

大火呼啸，数不清有多少人没跑出去，倒在无法到达的路口前。烧伤医院立刻满员，向省院借调人手。我醒来时，周围都是缠满纱布的同事，我想说话，感到喉咙被堵住，拼尽全力，只发出了呜呜声。"声带受损，先别说话。"邻床别过脸，全身被包成了粽子。她说，你不认识我了，姐，我，王亚丽，六车间压布机线上的。我努力想扭过头，却无可奈何，只得继续呜呜地叫。

因为上了那年报纸，年底，王亚丽当真和那男人领了证，风头一过，便不再让他找她，三个月后就离了婚。她是伤势最重的一批，三度烧伤面积百分之九十三。

半年后，事故原因出来时，我们已经搬离医院，住进政府新建的两栋安抚楼，专门安置亚麻厂烧伤女工，就是后来哈尔滨人口中的"鬼楼"。楼是淡黄色的，远处看像长颈鹿，两楼夹一院，中间搭个平房，作为活动中心。在我的申请下，王亚丽和我一间，还有厂花邹洁。她从轮椅上罕见地站起，手拿报纸，单着腿蹦过来：姐，说是粉尘爆炸，静电导致的，没有人为，就是厂子建这么久了，从来没疏理过，一直是苏联的技术。我捏过她的手，让她坐下。王亚丽说，天天落在我们身上的粉，那么致命？我们很快不再去想，只是涂花玻璃，每天呆坐着，避免看到自己。一个月后，另一栋楼有孕妇要生产，我们互相蒙起周密的黑纱，十几位姐妹，赶过去帮忙。那大夫若有所思，表情凝重，隔着口罩，看向我们眼睛，问，保大还是保小？她轻声哭喊：各位姐，我丈夫在厂里被砸死了，我在这无依无靠，这么活着已经没有希望。我必须保小，我只求你们，别把她送到孤儿院。

那年冬天雪格外大，一个清早，我们向老周打了报告，全副武装，套上比黑无常还繁重的纱衣，抱着她去江边。江北烟火起伏，已是郊外，此后每年三月十五日，我们都在安抚办的组织下去对面的黑天鹅度假村联欢，那是片人迹罕至的景点，南方人普遍不知道。这些年来，伤员女工像定时炸弹，撕过亚麻布，砸过车间的机器，因此我们成了重点安抚对象。我们望着冰面，大人小孩你追我赶，爬犁车一辆挨一辆，不时有晨起抽陀螺的人望向这边，猜测我们的身份来处。雪在冰上轻柔地散开，像之前我们身上每日清洗掉的粉尘，王亚丽打着寒战，冲着褓裸说，孩子，你还能睁眼看看不，看雪。她睡得很熟，在我怀抱里，像块散热气的白发糕，安静地喘息。因为母亲的长期用药，她视觉功能受损，始终没法睁眼瞅我们，只伸着小手，摸向我们仨的鼻尖。邹洁在远处喊我们，一抬头，她站到了两尺宽的护栏上，背对我们，拐杖扔在地上，那截腿下的义肢不住晃动。我说，你快下来，别摔着！她不理会，转了个身，将一把雪一下撒出来，落在我们头顶和她的眼皮上。邹洁喊着，谢谢你，姐，有了她，我们就有希望！我和王亚丽点点头，看见一群候鸟正掠过江北，排阵向市中心飞去，隔着面纱，日光正在我们衣服上慢慢亮起来。

五

叶姨见信如晤：

多谢您肯定我的手艺，您说做得和三位主人公一模一样，恐怕是谬赞。当编辑让我唯一为自己和别人确保的是，凡落笔者，本于内心，看到您的三稿处理，我涌上一种说不出的感动，刚要下笔千言，竟一时噎住，溢出几颗泪滴。于读者而言，信这种写法是最能代入情感的形式。您的叙述不急不缓，梦和现实糅在一起，有一瞬间，我竟认定那说的是我，可能因这和我的经历相似，感谢叶姨给我这些眼泪，它是最好的擦亮眼睛的圣水。

有一阵，我甚至很喜欢哭，想把过去看不清的，没打湿眼眶的，全找补回来。我捧着各色言情小说，专挑悲情的结尾，结果哭坏了失而复得的眼睛，很早又戴上眼镜。曾几何时，对我而言，世界只是无数的声音，沉默中什么也没有，故事连成了我心里的山。常常，看云的时候，我想，它们为何要飘浮，如果注定不会落到我头上。在您的来稿中，我看到了云的用意，其实有时我看不见它们，但总有人，在世界的某个角落，注视着你。

除了"照单全收"外，我还是希望和您斟酌，正如您也希望我一定回信一样，小说的结尾，您最后处理成了一种哀悼式的平静，但是否会有可能的转折呢？我们虚构一个作品，除了真实的力量外，或许可以增加想象的纬度，甚至排开"我"这个人称，去看其余主体，我想，这或许是给人希望的办法之一。当然，您尽可以反驳我，因我这一发问的前提是您不满于现状，但通过您的文字，和三种文本，我清楚您面对世界的坦然，这是我目前做不到的。

您想多听些我的故事，尤其关于恋爱，这也是我想和您倾诉的。和我一样，我的男友也是哈尔滨人，左侧有颗很可爱的虎牙，我们是高中同学，但高考之后，并无联系。那时我每天去眼科医院做康复治疗，很少和人交际，留下的朋友也不多，只剩下半屋的书。他考去了警校，毕业后留在队里工作，是很偶然的一次，夏天他在南岗周围执行任务，遇到了正在公园读小说的我。那时我母亲癌症过世，我办了离职，回家休养半年，每天深居简出。我年迈的父亲让我别闷在家里，我只得遵命，顺便散心。我们碰见以后，他就时常陪我绕湖散步，偶尔讲些奇怪的话，又支支吾吾，大约都是他碰见的各类案子。这半年我重新认识了这位老同学，我坐火车南下时，他大包小裹来送我，塞给我一只外层镀金的万花筒，沉甸甸的，里面一直有各色的花在盛开，在车站的大钟下，我们确定了关系。

他平常话不多，但已不像小时那么发闷，聊起来也刹不住。他说因为从小受欺负，所以想当警察，心思极重，逻辑分析能力也强。有时他讲，你应该多出去走走，想想自己真实的经历，以及未来，不能老活在小说里。我当时不以为然，还反驳他没有文字的敏感度。现在想想，他说得很有道理，我爱看的，也是扎根在生活里的故事。因为执勤的原因，我们只有休年假才见面，他每次都给我带一大兜维生素A、胡萝卜干、鱼肝油之类，我开玩笑说，你真是给我上眼药了！如果时间够长，我想我们会一直在一块儿。一转眼，我们都快三十岁了，他现在升了警阶，开始接触一些大案要案，有时抓获犯罪集团，我总想着，有一天要回到哈尔滨，换家杂志社上班。可他并不赞同，只是希望我在南方开心就好，不用担心他，直到现在，我仍在犹豫当中。

辛苦叶姨听我倒这通苦水，我边吃您寄过来的菇蒌，边写下这些话，它们饱满多汁，每一颗都像太阳般金黄，我意识到已经很多年没尝过了。如您小说所写，它也让我想起很多个哈尔滨的秋天，既熟悉，又陌生。

另：按您的请求，给您附上我两张照片，都是由拍立得翻拍的：一张是大学的毕业照，另一张是读您小说之后，我在阳台上的自拍。不过我不会像您所说，不想见到您的样子，人们说见字如面，我想，面和字都是相通的呀。希望我过年能回乡，和您见面。

《大众》文学编辑部小穆

2017. 9. 13

六

二〇〇五（《夜游神》三稿结尾）

亲爱的小米粒：

这是你离开的第三千六百天，算起来你今天该成年了。

我常常想，此时此刻，你可能在哪里？会出现在外面世界的哪一个角落？你无法看见，你会听得清吗？周围人们的语言，有些笑中带着恶，有些蜜里掺着毒，他们会有恶意吗？会否对你报以微笑？但我知道，你很善良，你会摸每个陌生人的脸，说，你真美。如果两个阿姨同时出现在你面前，你会说，你们一样美。

是的，小米粒，你走之后，我们也学会了美。千禧年后，王妈妈带着我们化妆，我们描过眼线，涂过粉底，买面膜，买防晒霜，做头发，尝试各种新式的烫发，我们都说，等小米粒回来了，要让她也试试，过去只给你梳马尾，现在长大了，可以玉米烫、离子烫、陶瓷烫、爆炸烫，怎么高兴怎么来。你还记得王妈妈吗？你喜欢她抱你，她的手臂因常年皮肤发炎而肥肿，摸上去肉墩墩的。秋天早上下雾，她会带你去楼下骑老树，把你抱到较粗的杈上，她故意打趣你，说，米粒，你能看见远处的烟囱吗？你说，我看到啦。她问，烟囱是什么形状的？你说，是螺旋形的。她又问，那你知道王妈妈是什么形状的？你说，王妈妈是椭圆形的。

我曾暗自庆幸，你的面前是一团虚空，这样我们不必每天装扮，披着厚重的黑纱衣见你。从我们相遇到你跑丢的七年里，我不止一次忐忑，如果你去上学，谁去接你？你可能永远无法理解，你的三位妈妈不能见人，我们的真实面目，将吓坏大家。对你而言，遇见只是声音的传递，肌肤的触碰。我想，到时我只能拜托你周大大，我会说，妈妈的声音会伤害到其他小朋友，只有你是免疫的。你会问我，为什么？我却不忍心说，因为你看不见妈妈呀。

在我们没意识到你不能看见时，曾很多次在你熟睡时偷偷跑出来哭。大晚上，你邹妈妈将拐杖横到院前的石椅上，使劲拿那只假脚踢着石墩，她抽泣着说，我不想让米粒觉得她妈妈是个女鬼、丑八怪，谁见谁害怕！而当我们最终决定面对时，你却封死了这件事。有时我想，这是老天爷在这么对待我们之后施舍的最后一点幸运吧。老周说你天生如此，不会后悔看不见，让我们放宽心。我们便大着胆子，和你坦然相见。你喜欢拉着我那只残手，伸另一只手抚摸我断指的关节处，你总好奇地问我，为什么你只有两个手指？我说，每个人不一样，有的人多一些，有的人少一些。你脑筋转得很快，央求我找一个比你多的，我把你带进活动室，让你周大大配合我，你从左往右，一一细数，四、五、六，你喊，你骗人，这是火腿肠，好吃的！我一下把你抱起来，吻你面颊，你回我一个。我说，嫌妈妈脸糙不？你说，只要是妈妈，就喜欢。我说，那一直和妈妈在一起，好不？你说了个我们从没说过的词，一辈子。

小米粒，我停了一阵笔，因为一直在哭，弄湿了信纸。这个已经卷边的脏兮兮的本子，记满了你可能去过的地方、遇见的人，从街道到饭店，包括只带你去过一遍的圣·索菲亚教堂，我们本着受伤女工权益应得到保护的原则，走遍了市内的公安局，把所有路口能调的监控都查遍了。第一次去派出所时，一个愣头青看我们在监控面前愣愣地站着，补了一句：不排除失踪儿童有可能已经遇害的情况。你王妈妈顿时沙哑地大喊一声，伸手要摘掉面罩，被我和你邹妈妈拼死拦下。我想，倘若她真露了脸，那小伙突然一见，可能会吓出心理疾病。

我们这一找，就找到现在，找了十一年，从你七岁失踪，找到你十八岁。头两年，总能碰见地痞流氓欺负人，你的三位妈妈不需上前，只远远地露个脸，对面的人便闻风丧胆，狼狈逃窜。有时我们相互打趣，人生多可笑，前二十年做人，后半生做鬼。好在鬼是无所顾忌的，只要出现，人们就起敬畏之心。小米粒，你是从生命开始就在我们身边的，是你给了几位妈妈另一种人生的视角，尽管只有七年。

　　小米粒，你何以消失了这么久呢？老周说你拿着一束花，叫你也不应，以为是要送给我们谁呢。我们无数次自责，不该一齐进活动室帮忙，至少留一个照看你。那是一次相亲，当时出台政策：乡下小伙与亚麻厂残疾女工结婚可解决城市户口问题。有个来务工的年轻人过来和一个伤势不算太重的姑娘聊，那人已和姑娘认识半年多，态度诚恳，姑娘那年二十五岁，未经世事，想让我们把把关。他俩现在孩子很大了，和你一样，认为世上妈妈最美。

　　米粒，我常常做梦，梦到你回来了，像平时一样枕着我的肩头，央求我为你讲故事。你最爱听故事，更爱问温暖和热有什么区别这些让我也得思索一会儿的问题。你的眼球虽然混浊，但装满了聪明的想法，你多爱听故事呀，听我讲故事的时候眼睛就有了光。妈妈从你一岁半开始，就每个月买一本故事书，读给你听；等你大一点，开始买小说，现在妈妈还保留着这个习惯呢，屋里的小说快堆成山了。读过以后，我便学着写，希望把妈妈自己的故事也读给你听。可听故事的人，又跑到哪里去了呢？我想，你现在回来，肯定已经出挑成一个大姑娘了，要比你邹妈妈当年还美。想跟你说件不幸的事，也是我写这封信的原因，我一直不知如何开口，但今天你成年了，我想告诉你，邹妈妈在去年已经离开人世了。我们夜游持续到第十年，她当年因为输血得的血液病复发，吃不下饭，也彻底下不来床，她的最后心愿，是希望能看你一眼。我和你王妈妈说，一定能把你找到，让她过来见你。她攒下的积蓄不多，都留给我们两个，我想着你哪天回来了，一定和我们去哈平路祭奠她。楼里的人集资为她弄了块不大的碑，上面是她在厂里跳绳大赛上的照片，我昨晚去端详，她真美啊，和你心中的一样美。

　　米粒，我还有太多的话，我说不完，爆炸十几年后，生活彻底停摆了，有意思的是，据说厂里当时爆炸的时钟也定格在那个时间。我们仍旧每年春天组织活动，就在爆炸发生那几天，去你小的时候带你去过的黑天鹅度假村，那里面有温泉游泳池。我想，我喜欢那片泳池，我们可以坦然地赤身裸体，唱一些过去的歌。

该说再见了，小米粒，这封信我永远不会寄出去，因为我不知道寄给谁。今晚我仍会和王妈妈披挂好，在这样的深秋夜游；楼里的姐妹们仍会一圈又一圈地搓麻将，直到困意袭来。这两栋楼越来越丑，外墙面脱落，广告横生，渐渐就成了哈尔滨过去的脚注，被人遗忘，但我和你王妈妈，还有邹妈妈的灵魂，随时欢迎你回来。如果注定找不到你，我想我也不会歇脚，我们已经足够疲惫，穿过空荡荡的街和夜，我感到繁星般的满足，我们是这座城市的夜游神。

2005 年 10 月妈妈

七

叶○○：

对不起。现在我去找您，我自己能找到。

《大众》文学编辑部小穆

2017.12.15

八

二〇一一（《夜游神》四稿节选）

二〇〇九年从公安学院毕业后，我没顾家里反对，入职刑警队工作。刚接手的都是档案整理、指纹入库的活，大约过了一年，冬天，副队长响应上面要求，命令翻出快超出诉讼时效的案子，查漏补缺，大部分是二十世纪的各类诈骗案，受害人多已换过手机，通知不到。其中有一桩一九九五年的儿童拐卖案格外扎眼，上面红笔标注了"重要"，我打开档案夹，看到受理该案的民警李哥在案情报告的附言写：报案人不好对付，慎重。我心觉有趣，跑到李哥的办公室，他处于半退休状态，正在无聊地对着计算机屏幕钻研川剧变脸。李哥拍了拍锃光瓦亮的脑门，说，这事你可以追，当时很有名，受害人的监护人不听劝，坚持每晚去找，半夜在马路上晃悠，找孩子，神佛难挡。第二年国家严打，但因为她们，整个民生路段都很太平，不过你别瞅见她们，能给你吓出阴影。

我做好心理准备，开车往南，顺和平路拐进老亚麻厂厂区。听老人说，这地方曾盛极一时，可我停到路边，感到这已是城市边缘，路口堆着撤掉的公交车站牌，路灯也见稀。顺亚麻二胡同往里走，是一片开阔的空地，地上一些红炮仗皮，表明有孩子，空地上摆两尊石膏雕塑，是纺织姑娘，身上布满了裂缝，感觉死冷寒天，也站不了多久。再往前探，左拐，就瞅见那两栋黄楼，老远看破败，榆树和白桦的枯树枝正张牙舞爪。

跟楼下岗亭的人沟通，老头姓周，正襟危坐，却和和气气。他抿了口保温茶杯里的茶，再次发问，你当真要见？她们岁数开始大了，可能就这么着了，追不着也是念想。我摘下皮手套，说，大爷，你看我这手背上的茧子，咱遇着人间的强盗多了，啥都不怕，为这才干这一行，跟鬼反而亲近。老头笑说，我看你是真没遇见过鬼。他摸了下窗沿，从那捻出一把钥匙，锈迹斑斑，递给我，说，靠西那栋楼，第二个门洞，别找错了。我们这小区特殊，一户门一把锁。

我往二楼奔，顺着地址簿的指示寻门，穿过长廊，漆黑一片，只有前后两头有幽黄的钨丝灯。轻轻敲门，发现没锁，刚要推开，却受到阻力。里头问谁，是沙哑的女人声。我照实说完，她让等会儿，过了一刻钟，才拉开门。眼前是两个黑无常，蒙面蒙身，啥都看不着。我被领着脱鞋进门，屋里整齐利索，沙发还套上白纱罩，茶几几乎挨到跟前，没有空隙。其中一个说，实在不好意思，我们平常都没客人，说着将那白纱罩摘下来，示意我坐。我切入主题，说，没事，姨，不用麻烦，我说一下情况，了解下诉求，两句话就走，咱们谁是当年主报案人叶姨？稍瘦一点的站前一步，着另一个去厨房烧水。我俩坐下，她说，我知道是时效到了，但这几年，其实也没人追，不是吗？我现在其实也就是走访。她说，那你们还能给点时间过过流程不？我说，能，姨，你有要求我肯定得往上反映。茶端上来，她在黑袍子下缩着一条胳膊，用另一只手端到我面前，还吹了口气，说小心烫。她说，感觉你这孩子态度不错，你不怕我们，真是难得。我咽一口茶水，说，本来也不怕，其实你们不用挡，我啥都不怕看。叶姨笑，说，那我摘了，你要是怕，就走吧，我们也没啥诉求，这么多年了，我们也没了个人，多少是为了找而找了。要是你吓着了，就算我最后跟你们发泄一下不满吧，委屈你了，孩子。她说着缓缓抬手，我才注意到只有两截手指，凑起一掐，随后面罩脱落，五官只稍微显露，右颊有深深的缝合痕迹。盯着她的眼睛，我感到脊背发凉，脑门奇热，无数星尘向我涌来，我扑通一下跪倒，大喊，姨，当年是你救了我，我那时快被打死了！

之后三个月，我按叶姨手头存的绘图和笔记，反复琢磨。她甚至安慰我说，过了追诉期也没关系，我知道她在哪就行了。其间，我站在亚麻胡同和民生路路口扔掉十几盒烟头。女孩走丢在冬天，手里拿的花一定是室内盆栽，也可能是别人给的。我顺着这个思路，找到一九九五年的哈尔滨市区图，把里面花卉市场走了个遍，其中大部分已经倒闭，有三家还开着，且在离亚麻厂步行两公里内。我驱车调查，几个老板都感到匪夷所思，上哪记得十五年前的客人去，何况店面也来回易手几次了。我不信邪，几经周折，强要来他们当年的通讯册，由于早期都是家族经营，上面密密麻麻一大厚本，记满了 BP 机号，我利用整理档案的闲差，成天成宿地对查，整整一个月，果然被我找见和平路 75 号的花店，通讯录上有涉嫌几宗人口拐卖的嫌犯，一九九六年被捕，当年被枪毙。

过完年，我顺着他的案底，查出四起十岁以下的女童拐卖案，全部是拐到双城堡。联合警校的同学，我又筛查了三十多个二贩子，大多已经服刑期满，直到找到一个现在在双城南大门摆水果摊的，是个农村妇女，我开门见山：我不抓人，也不找麻烦，打听出来，五百块钱拿走，够你摆两月摊的了。她捂了捂自己的头巾，呼了口长气，说她尽量。我说，一九九五年、一九九六年那阵，有没有瞎子，女孩。她愣了一下，将面前的冻梨胡乱摆了摆，说，倒是有一个，以为卖不出什么价钱，结果被一家大户买走了，姓穆，女方不生，得了绝症，说孩子有病给治，她们请仙家看过了，越盲越灵，能延寿。

将近入夏，我查好户籍，发现是她，一阵惊悸。找一个下午，往她们家走，开门的是她父亲，印象里我没见过她家长，高中我们做过一学期同桌，后被分开，她总看不清黑板，被调到最前排。那老头看着快七十岁，我差点当成她爷爷，我的借口是，许久不见，叙旧，我得绝症了，想和之前的同学都见上一面。老头突然抬头，请我进屋坐，我说，不用，叔，你就告诉我她在哪就行，见一面就走。

按照指示，我步行到南岗的文化公园，从正门的牌坊径直走，一路石栏林立，上面小兽各式各样。穿过两排杨树，有不少孩子在人工湖边吵嚷着捞鱼，只有一个穿裙子的在那埋头看书。我从后面走过去，拍了下她肩膀，说，小穆同学，这么用功？她愣了很久，突然眼神放光，那光像刚从心脏涌上来的，说，你怎么在这！我说，五六年了，你没变样，我便衣执勤，经过这。

随即一阵沉默，我顿了顿，忽然说，那时候我蔫淘，在你自习课看的小说里放带鬼的图片，也吓不着你。她又愣了一下，然后站起来，掸掸裙子，好像我们昨天刚见过，说，我当时眼神不好，谁放啥我也看不清。我指着她手里，说，为啥能看清字？她说，字是读出来的，不是看的。我点点头。

随后我们有一搭没一搭地聊着，水面弯弯曲曲，不紧不慢地波动着，像她新烫的鬈发。天气炎热，我脱掉外套，披在身上，有一段时间，我不声响，走在她后头。这才想起来，上大学以来，我们互寄过一次明信片，她在上面写的啥，全忘记了，包括她提起的我们的同桌记忆，对我而言，好像磨成黯淡的一块，被人工湖里新下放的金鱼群抢食了。我俩晃晃悠悠走到凉亭，她突然站住，转过身盯着我，说，你是来做啥任务的？我说，保密。但我一直有个问题想问你，刚刚转了一大圈，才想起来。她那双大眼盯着我，示意我问。我说，每个人的记忆是不同的，十岁之前，你记得多少，尤其是你看见的事。她将头别过去，朝向水面，我注意到她那书上的字奇小无比，远处看像一群群蝌蚪，随时可以长大，吞没整片湖。她说，我感觉，我什么也记不住，全是别人的故事。我眼睛突然放光，说，以后，我们就这个点，在这见，我给你讲更多故事，行不？水面一阵波动，我们朝那边看，孩子们齐力拽上了张巨大的空网。

也许很多年后，我能理解叶姨彼时的选择，当天下午我疾驰到亚麻厂安抚楼，告诉她我破获了整场案件。她看着我手上她的照片，先是吃惊，凝视，然后慢慢垂头。她说，如果她真不记得，就当没这回事吧。我踢了下院中老旧的石墩，说，那怎么行，我得去跟她说。叶姨在面纱下竟流出哭腔，好孩子，人得有指望，但指望不能落地，你看她顺眼，就多陪陪她。我说，那您呢？她将那残手捏着我的手腕，像青蛙的表皮一样冰凉：我快死了，如果哪天我决定最后告个别，会用我的方式告诉她我们的事，你走吧。

我突然感到一阵空白，半年来的追索结束了，叶姨披上黑风帽，颤颤巍巍地上了楼。两座烧伤楼之间，什么也没有，没有云彩，没有鸟儿，也看不见一个人。夏日炎炎，我却感到天寒地冻，即将入夜。

我想起三个月前，追查二贩子时，叶姨电话过来，要我来江北一趟，黑天鹅村。凌晨，我驾车飞驰而过，那里悄无声息，许多尚未开发的工地在冬夜间静默。我赶到时，一群人披着黑衣，黑压压的，已集合在度假村的大门口，我辨认不出叶姨，看了眼表，两点三十九分，那群人注意力立刻转移到天上。与此同时，烟火嘶吼着在空中散落，万色交替，像无数无名的花朵，被夜空捧出，照亮周围寂静的冰雪。我知道，这是独属于她们的庆典。今晚，有人抽烟，有人喝醉，有人哼唱，有人发呆，我知道，过了今晚，寒风依旧吹彻。未明真相的孩子，会将"妈妈"两个字用眼泪打湿。陪我夜游半辈子的星星，不会告诉我，她和我很近，她会穿过整条河，在一个温暖的地方安全坠落。

原载于《收获》2023 年第 4 期

隐　语

薛超伟

一

远处有铛铛声，我想象那声音是一种饰物，悬挂在古城上空。古城终日在翻建，每日都比前一日新些，但又在某些方面尽力做旧，像一场无用功，又像跟时间做抗阻运动。

我坐在灯谜馆的前台，等待可能的访客。林亭在后面的房间，守着贵重展品。没人的时候，我们会互相喊话。她说得最多的话是："简秋榕，我好无聊啊。"她总说想换工作，但又怀疑找不到更好的。我可以理解她的烦恼，但不太懂无聊是一种什么状态，面对那些空白的时间段落，人并不需要做什么事情来填充它。它们那样空着就好，很自在。

下午外面刮大风，一会儿下起了雨。路人在街上跑动，有几个躲到馆里来。我让那些人在访客表上登记。他们本不是来参观的，登记完，也自然而然地参观。

展馆很小，一共三间屋子，馆内挂着很多灯笼，四方或八角的宫灯，里面是灯泡，晴天的时候也亮着，雨天格外明亮，映着灯谜。玻璃展柜里摆着一些古代留下的谜书，布展或维护时，我会借机翻一翻。林亭待的后屋有块大端砚，一人高，砚中有数块小砚，小砚里外包罗万象，有山水，有楼阁，有人物。似乎专为引起人的惊叹，它立在那里，无用而庄重。他们都与它合影。

他们参观完，雨还没停，便来回踱步，看看雨幕，又走回去。我坐在那里，暗自偷笑。与阑风长雨对峙的时候，人会争胜，于是，就很难取胜了。

雨渐渐停了。跟很多事一样，它们开始占据你的时候，就会停下来，这是它们的善意。避雨的人陆续离开，馆内又变安静了。天亮起来一点，又正式黑下去。

檐漏滴答，放晴了，檐头还下着残雨。我望着，想到"漏卮"① 这个词，这个词后来被一名古人制成了谜，在《诗经》里找到了对应的谜底："不可以挹酒浆。"②《诗经》里本义说的是北斗。从酒具到星斗，路途遥远，借诸谜语，倏忽间也就到了。我从窗户探出头，在天上找，能看见几颗星星。我分不清星宿，不知道哪几颗算北斗，但假装都看见了，可不是，它们肯定都在那。

"简秋榕，下班了。"林亭把我喊回来。我同她清查展品，锁好馆门。在路上，她说："我有种感觉，有时候你站在那里，其实并不在。"我说："这是什么意思？"她说："就是，哎，我也不知道，就是这种感觉。"我们走下一条长长的坡道，坡道底下有小菜园，几个小孩拿着铲子在挖雨后的泥土，一只黄狗在旁边兴奋地绕圈。我凶他们："这么晚了，囡仔还不转厝③，在这迌迌④。"他们回嘴："要你管！"林亭跟我哈哈笑。到十字路口我们分开走。我家在文庙前大广场的东巷里，属于景观的一部分，所以门户被改造得很漂亮，每次走到家门口，看着路灯晕染的淡淡红砖墙，我总是开心。

听到我回来，我爸把事先备好的食材下锅，开始做菜。以前他不等人，自顾自先吃完，我回来只能一个人对着墙壁吃饭。不知道什么时候开始，他变了性子。林亭说男人老了都这样，开始想对家人好了。她阿公，使唤了一辈子她阿嬷，有一天突然帮忙收拾了。如果是这样，那我宁愿我爸不要变。

我很小的时候我妈就跟他离了婚，两人都没怎么管过我，是我阿嬷把我养大的。他和阿嬷也吵架，跟那些在古城只有一面之缘的游人倒是处得不错，喜欢和他们聊天，五湖四海的方言都学一点。有一天，我爸说他这

---

① 渗漏用的酒器。

② 采自《诗经·小雅·大东》，"维北有斗，不可以挹酒浆"。挹，舀。

③ 转厝，闽南语，回家。

④ 迌迌，闽南语，音同"剃头"，意为玩耍。

是在挑女婿。他说："会有人因为跟岳父聊得来而娶他的女儿吧？"

我忍不住笑，说："你这话有逻辑问题。"

"会有吧？"他说。

他总是别别扭扭的，喜欢拐着弯邀功。本来，他跟年轻人聊天，帮我留意潜在对象，这两者都没什么问题，但非要联系在一起，就叫人不舒服。但我知道他一直是那种人，也很难怪他。吃饭的时候，他又提起这个话题。

我说："我不是没人要。"

"我知道，你得积极一点。"

"我也没有坚持什么不婚理念。只是现在还不想。"

"所以你要想，而不是不想。一年又一年，到最后就没得挑了，你姨婆当初……"

"嫁到山里去了，过得很苦。"我接过话。

"我知道，你忙，你研究谜语。以前有个人，天上在下炮弹，他躲在家里研究谜语。你们这些人，世界上有那么多重要的事，总是拣最不重要的去做。"

"那个人后来呢？"

"你看。"

"后来怎样了？"

"还能怎样，被炸死了。"

"他结过婚吗？"我绕回来问，避重就轻。

我爸不说话了。

晚饭后我回到房间，坐在靠窗的书桌前。很多个夜晚，我这样坐着，翻开桌上的本子，上面抄写着我从谜书上记下的谜语。展馆的线装谜书中，有一本《嗜痂记》，此书记载作者平生与谜友会集，猜射为戏的旧事。作者叫"味辛老人"。馆里收藏的是手抄稿，根据专家判定，是清人纸墨。誊抄人只留了个"揭云居"的称号。所以我知道揭云居是清人，味辛老人是他同代或更早之前的人，除此之外，对他们生平一无所知。这书倒是寻常，但是我在末几页发现了疑似不属于正文的内容，我猜是揭云居抄完书后自己写下的。他先是写了一篇短文，说的是，某天他在书斋闲读前人高隐的笔记，这位叫高隐的古人在野外发现了一只小动物，它只有狸奴大小，周身豹纹，头似圆盘，乌睛白眉，四肢若骏犬般有力。它在草丛里跑跳，停下时发出"厌厌"的叫声。他悄然接近，那小东西一下就窜远了，不知所踪。高隐猜那是古人说的驺虞，但回去翻书，书上说驺虞大若虎，肯定不是他看到的那般小。他凭记忆把它画下来给友人看，友人们都说不认识。他带人去荒地里找，搜寻几日不得见。想到它那天厌厌有声，就名之为"厌厌"，记载下来，待后人探究。揭云居在文章里感慨，天下只有高隐一人见过厌厌，实为遗憾，现在他不知道厌厌是什么，耳畔却能听到它的叫声，仿佛那厌厌就藏在眼前的书页中，只是常人看不到其形貌。四时变迁，万物都会陨谢，但总有一些方式可以将它们保存下来。揭云居受到启发，于是自制谜语游戏，用一物去镌记另一物，以慰忧物之心。

　　此后，他闲暇时，就写下一些事物的名称作为谜面，慢慢找谜底。谜底须有典故做支撑，不然猜谜就没有难度可言。这种制谜方式有些特殊，一般是先发现二者有勾连之处，再去探究有无成谜的可能，而他却是任意写下谜面，随缘去寻谜底，自己是自己的出谜人。他在书卷中读到"罗敷"二字，觉得念来很有韵律，便随手记下作为谜面。过了一段时间，他与友人们踏秋，在黄栌下设宴，饮清茗赏花叶，诵"秋"之赋之诗之词，以助秋兴。一友人吟诵欧阳修的《秋声赋》，到"夫秋，刑官也，于时为阴"，揭云居拊掌笑，众人惊异。揭云居解释，他猜到了一个谜的谜底，"罗敷"射"夫秋"正好，因为罗敷的丈夫叫秋胡，有李白的《陌上桑》为证。

　　靠类似方法，他造了一些谜语，比如"江南省"射"宁俭"（《论语》），"雅音"射"乌号"（《淮南子》）。有些谜难解，他在文章中也没有解释。比如，"皋"，射"接余"，我想不明白。后来我查了《诗经》，有毛公作注：荇，接余也。皋荇，大概是"高兴"的谐音？这竟也可以。那天想到这个谜，揭云居肯定很高兴。

　　手稿上还有些谜，未写下谜底，就那么空在那里了。可能是揭云居还没想出谜底，也可能是他刻意空着，留给后世像我这样的闲人去猜射。那么，如果我想到了谜底，就不仅是物与物相随，彼此镌记了，而是我与他也产生了联系。我记下他的几个谜。其中"裂素"这个谜面是我最喜欢的，我时时揣摩。"裂素"出自李白思念儿女时写下的诗句"裂素写远意，因之汶阳川"。谜底须用典，也就是说谜底在所有的古书里。那可能要找一辈子，也可能像他找"罗敷"的谜底一样，与友聚会即可偶得。无论如何，我不着急，只是闲暇时随意地找一些书看。我虽然喜欢谜，但对谜的悟性很低，也没有足够的知识量。但，谜底总能找到的吧，找不到也没关系。

二

在阿嬷的店里，我接过她递来的面，自己加卤菜，用剪刀剪一小截猪大肠和一小段猪软骨，多加了些素菜，自家的店，更要节制。我找自己的小桌坐下，吃着面，跟阿嬷说话。跟阿嬷说话就是，阿嬷的话我可以不接，我的话阿嬷也可以听不见，没有人急着追问，没有人觉得不快。

店面位置偏僻，在古城副街的街尾。街尾有街尾的人来吃，多是老食客。常常不知道他们什么时候进的门，悄无声息，发现时，就已经坐那了，他们不专门点单，等待一会儿，阿嬷就把干拌面端上来，要加什么料，加多少，很少出错。错了也将就。他们有称呼，但缺少名字。比如附近食杂店的阿伯，我多年来都喊他阿丘伯。有一天阿嬷告诉我，那人不叫阿丘，阿丘是他阿公的名字，阿丘早不在了。这明明不是什么叫人开心的事，但阿嬷说话时的语气，让我觉得很好玩，我就一直笑。阿嬷瞪我："查某囡仔，没礼貌哦!"我问："那他叫什么?"阿嬷歪头想了一阵，发现自己也不知道，我又忍不住笑。这次遇到，我依旧喊他阿丘伯，他依旧应着。总有一些东西延宕下来，拖着旧时虚影，恒久存在着，连名字也是。

门口的木麻黄树长得毛躁，树底下停着一辆摩托车，车身银钢色，车座红黑拼接，伏在街边。我不懂车，也觉得好看。车是阿嬷的，阿嬷六十多岁突然买了摩托车，引街坊诧异，为此我爸还跟阿嬷吵过。我记得我爸问："哪个老阿嬷会骑一辆这么凶悍的摩托车?"

"山里头的老阿嬷人手一辆摩托车。"阿嬷说。

"这里又不是山里头。"

"行远路，早做准备。"

没见阿嬷行过远路。我曾想过，阿嬷是不是要骑着摩托车到处走走，比方说环游世界。但几年过去了，阿嬷始终没有启程，那辆摩托车，也只是拿来代步。

把面碗端到厨房，我看着阿嬷。阿嬷曾是个粗壮的女人，但再粗壮，老了后，也像烧了一半的纸，蜷起来，身上腾起一缕叹息。我抱抱阿嬷，说我要走了。阿嬷说："去吧去吧，多大了还撒娇。"

我没跟阿嬷说过，我或许见过真正的阿丘伯。不仅是阿丘伯，我见过很多遗落在过去的人。他们影影绰绰，在古城的面馆、茶楼里，在某个不惹眼的角落，甚至在大街上。我出生长大的这个小城，跟谜语是相合的。那些人那些物的本义消解，转换成另一种形式依然存在。阿福家的四果汤还是那个味道，换了店铺，从城南来到了有竞争力的前街。小时候从自家门前抬头就能看到的女儿墙不见了，现在在文庙周围建了一圈带女儿墙的小楼，会有人倚着三楼栏杆，跟底下的游客互相窥看。文庙里的千年古柏，在二十多年的短暂时间里，只是把南枝往前伸了一些，并于去年拥有了一个新修的树围。路过，我就会去文庙里拜拜，我看过的谜里，有太多他老人家①的语录，常受教诲。更早，与老人家不熟的时候，我就来玩的，只当他是一个更高大的尊像，与那些故居里的、牌坊上的人像无异。在被管理员训斥之前，爬过几次基座，摸摸老人家的袖子。

那个时候我顽皮，为了消耗过剩的精力，一个人瞎热闹，不然会胡思乱想，想念爸爸妈妈。记得爬过闲谭巷的围墙。有一段挨着一户人家的阳台，那户人家经常有麻将局。我爬上去，站在上面，想着妈妈是不是在那个阳台后头，能不能偷看一眼。她跟爸爸离婚后，我很久没见过她。结果走两步就摔下去了，幸好被一个大人接住。我吓得扯住他衣领，眼前是白头发，往下看，是白胡茬，是一个阿公。他把我放下来。我等着，以为他会训斥我。结果他没有，有点奇怪，不像别的大人。我说："阿公，以后我不乱爬了。"我记得他说："没关系，囡仔想玩什么就玩什么，但别太入迷了，玩的时候，要留一部分神，照看好自己。"我用力点头，仰头看他，他很亲切，长得像我们家的人。但我们家的男老人都不在了。他捏捏我的脸，笑一笑，转身走了。以后就再也没见过他。好像他就专门出现那么一下，就为了接住我。会是我的一个祖先吗？

在灯谜馆，我问林亭有没有见过自己的祖先。她说我头壳坏去了。我说："某一个时间，你一定见过，只是你不知道。"她见我讲认真的，想了

---

① 指庙中供奉的孔子。

想，走过来跟我说："还真是，我小时候看着我太公的照片，能听到他讲话。后来才知道，照片挂在墙上的人是不会讲话的。"我说："那你怎么知道那就是你太公的声音？"林亭说："我也不清楚为什么会这么想。"我说："你见过你太公吗？"她说："出生的时候见过，但我不记得了。他不久就过世了，我有时候会想念他。想念一个没讲过话的人，奇怪吧？"我说："不奇怪。"

三

我爸退休后，把攒下的积蓄和老厝的拆迁补偿款拿去给中间人放贷，每年收一些利息，也够家里的生活费。他在家待了两年，突然跟我说想要做点投资。他说："做个好业人，女儿才能嫁好人家。"他又以我的名义干一些自己想干的事，但追究起来，那话里也有一些真。他的投资理念一直保守，拿了钱只想存银行，能拿去做借贷，也是被人劝的。他现在肯定是真的想挣点钱。

我说："爸，老实说，我目前的状况，就是只能养活自己。你一定要做投资，我也支持你。万一亏了，还有我呢，我换个赚钱的工作就是。所以，你想做什么，就做吧。"

我爸笑着，说好。

过几天，他跟几个外地来的朋友见面，聊合作的事。之后还要去蜜柚园考察，看值不值得投资。我也跟着去饭局，给他壮壮声势。酒桌上的几个人给我爸讲现在蜜柚的销路好，在原来的蜜柚基地边上，又开辟新的种植园，还要做对应配套项目，比如农家乐，很有前景。他们拿出蜜柚园的照片满桌传看。我爸听得兴奋，频频敬酒，也被敬酒，喝了很多。我帮他挡了几杯，他们说，我干了，你是女孩子，少喝一点。我在很多场合听过这话，但第一次在我爸的饭局上听到。我几乎没跟我爸一起参加过饭局。

投资的事聊完了，他们开始聊些这边的风俗名物，聊得很杂。有人说起闽南方言里"有"的发音像普通话里的"无"，觉得这一现象很有意思，比如"只有你"音似"肌无力"。接着谈到"酒干倘卖无"这句歌词，一般正常的说法，是"酒干倘有卖"。还有"水有饮勿会完"，不直接说"水饮不完"，要先加个"有"。以有说无，以无说有，很有闽南人闲适的性格。我听出很多错误，忍不住插话："闽南话'有'跟普通话'无'发音相似是巧合，在语音流变过程中，两者发音偶然碰撞在一起，并没有那么多门道。"被反驳的人似乎想接话，看看我，又犹豫起来，只是笑。爸爸打圆场："喝酒，喝酒。"他们说："你女儿厉害的哟。"

吃完饭，他们搂搂抱抱，告别话讲了很久。我问好他们的目的地，分别给他们叫了车。坐在车里，我问我爸，刚才直接呛他们是不是不好，会不会不礼貌。他说："没有，你是女孩子，不会怪你的。"我想了想，虽然我不喜欢这种说法，但如果真有这样的好处，好像也挺不错，至少在这个场合，我没有牵累我爸。我跟我爸分析了他们的个性，从他们的言谈举止，能看出一些东西。但如果一定要说他们不懂语言学也就不懂投资，在这处夸夸其谈就会在那处大吹大擂，也不公平。

"总之，再观察吧，做个参考。"我说。

"对，要多方观察。放心吧，借出的钱拿回来也要一段时间，爸不会这么快被骗的。"我爸说。

"那缓缓被骗？"

他笑得很大声。

洗完澡，我回到自己的房间看书。吃一顿饭几乎掏空了我的能量，我的能量来自静物。比如一只小狗很可爱，我会远远看着它，如果它向我跑来，那种可爱马上会变成负担。

对面有几扇窗开了一半，不下雨，有些人家就把窗彻夜敞着，接纳夜风和飞虫，也借窗外的景。路灯下，剥了漆的门不再被修缮，委灰中显出一点轻轻的红。

爸爸敲了敲我的房门，问可以进来吗。我打开门，让他坐。他闻了闻房间里的气味，可能是香水味，似乎想到应该与成年的女儿保持距离，说："要不要到外面聊聊？乘个凉。"我心想，乘什么凉。从阿嬷的老厝搬来跟爸爸一起住，四年了，我们还是没学会父女间应该怎么相处。我说："就这里吧，咱俩也很久没聊了。"除了嫁人的话题，我想。他在房间里走动，看我的书架，又翻翻我桌上的书，说："这书好看吗？"

"也不是好看才看的。"我说。

"啊？不好看为什么要看？"

"我找谜底。"

"谜底在书里？还要找？谜不是猜出来的吗？"我爸带着酒意问我，有点像吵架。

"是的，我猜的那些谜，谜底都要有出处，有典故。"

"为什么要有出处？"

"要有个目的地。"

我爸若有所思地点点头。又问我："现在在研究什么谜语？"

我觉得再跟我爸相处四年，他也猜不出谜底，但又不能不告诉他。以为父辈什么都不懂，嫌烦，拒绝他们进入自己的世界，矛盾就是这么开始的。

我说："谜面是'裂素'两字，谜底在古籍里，指的是所有的古籍。"

我爸说："所有的古籍。"

我点点头。

我爸说："我都没看过几本。"

"所以咯，很难的。"

"你要一本一本看，看完历史上所有的书吗？"

"也不是，就是给自己一个看书的借口。谜底找不到也没关系，我头脑不算好。反正有很多时间。"

我爸说："谁说的，我囝仔头脑好着呢。"

我爸又跟我讨论了很多问题。我发现我也很乐意解答。我们聊到了往事，妈妈，阿嬷，我们的老厝，这座古城，他小时候古城的模样。我还知道，他年轻时候也算是个文化人，做过报社印刷工人，钱少，后来才去的汽配城。

临出房门，他找我要纸和笔，让我把谜面写下来。我给他写上"裂素"二字，想了想，又在下面做了备注：谜底须用典故，典故在古籍中找。

四

我跟阿嬷说："爸爸变得比以前好，会照顾人了。"阿嬷说："你爸找你了？没有烦你吧。"我说："没有，他还挺好玩的。"

我看着门外的木麻黄树，阳光抚过它的毛躁，使之显得温和。摩托车也温和，它不动的时候，像一只被染发的小狗。

"你有个骑士阿嬷，好酷哦，她会在夜里炸街吗？"以前，朋友这么跟我说过。当时我哭笑不得。

我从阿嬷手里接过面碗，又送回去，我说："我要阿嬷帮我打卤菜，好吃的，大块的。"

阿嬷笑着摇头，说："囡仔小时候可是很懂事的，现在怎么越来越娇惯了。"

我嘿嘿一笑。因为过得开心，才能娇惯。因为面对的是阿嬷。因为在这间小店，无事发生，世上所有的痛苦都隔绝掉了。在这里，时间也不再流逝。

小时候，天还没亮，阿嬷就起床去备菜了。我也要起，阿嬷让我好好睡，囡仔缺觉。我问阿嬷怎么不缺觉。她说，人老了就这样，老天爷会匀一点时间给你。我说，那越老就匀得越多，以后阿嬷一百岁的时候，就有很多很多时间。

我吃着面，想起来，我几乎问过阿嬷所有的问题，聊过所有的话，有一个还没问。我说："阿嬷，姨婆是什么样的人？"

"怎么突然问起你姨婆，你都没见过吧？"阿嬷说。

"对啊，你们不来往。她可能都不知道世界上有一个我。但不知为什么，我会想起她，会想她。"

阿嬷跟我讲了姨婆的故事。

姨婆爱玩。这个"爱玩"，是旁人的描述，姨婆本人并不认可。几十年前，她交了一个男朋友，经常跟着他在外面溜达，玩到夜里才回来。阿嬷这个做姐姐的，看在眼里，很心急。她叫了一伙人堵他，打到半死。

"幸好没打死，不然我会愧疚一辈子。"阿嬷说。

之后姨婆还是跟那个男人好，在床边照顾他。但他是怎么都不敢要她了，等清醒能说话的时候，就让她走。我姨婆说："你如果愿意继续跟我好，我们就找一个没人认识我们的地方过日子。你如果更喜欢这里，我也跟你留在这里。如果再出现伤害你的人，我会杀了他。"他说："我只希望你走，求求你。"

我姨婆走了。

姨婆后来负气，嫁了个山里人。男人是诏全的，虽然归属同一个市，实际相隔六百里。家里人都反对，那里不只条件艰苦，还落后，女人进不了宗祠。姨婆还是坚持嫁给她。阿嬷说："你可以嫁过去，我们从此不要再联系。"

姨婆不吭声，点了头。

阿嬷讲完，我不知道怎么安慰她。时间太快，很多事都不一样了。故事里，姨婆是单方面受苦的那个人。但其实，回到那时候，阿嬷也有那么做的理由。

我走到阿嬷身边，轻声对她说："阿嬷，你是好人。妈妈跟爸爸第一次闹离婚，你还偷偷给妈妈出钱了。你以为她要远走，想着，查某上路还是要带些钱的。"

"囡仔怎么知道？我没跟人讲过。"阿嬷说。

"你上一次跟我说了。"我没跟阿嬷说，上一次是什么时候，这是我一个人的秘密。

我走出阿嬷的店，走在路上。古城到处都在翻建。在建的新楼，都是记忆里的老样式。旧时南洋带回的五脚基建筑，被摆在主街。常有女孩子站在红砖柱子前，定定地看着前方，忧郁或浅笑，闪光灯过后，从失神里醒转，重新欢悦起来。二楼往上又是传统的窗与槛。木质窗扇，与外墙红成一色，又与砖柱区别开来，两扇向外开，常与风合谋，吱吱呀呀，调戏过路的鸟。窗棂是一块块菱形的空，连缀在一起，或许就是李渔说的欹斜格。谜里也有格，梨花格、卷帘格、解铃格之类，仿佛跟窗棂是一件事。若与人说，这是梨花格的窗，谁能听出破绽呢？

中西合璧的建筑，让我想到一个同样中西合璧的谜，谜面是"谭"字，谜底是"西言曰十"，不仅把"谭"拆分得恰到好处，而且还扣合了西语中"十"的发音 ten。我每次想到这个谜，就会笑。因这个"谭"字，我就常往闲谭巷走。宁愿多拐些弯，也要穿巷。走在巷子里，麻将声无缘由地漏下来，如不细究，那声音是叫人安心的，从小听惯。旧城改造以后，收租的人多了，终日打麻将的人也多了。我妈就在其中。

她跟我爸离婚后，嫁了一个，又嫁了一个。要论优点，都比我爸好。但没我爸滑稽。都是些得意扬扬的男人，我爸也得意，收着得意。我妈喜欢跟我讲我爸的坏话，说在我小时候，他对我多么不在意，曾经把还不会走路的我，独自放在高高的灶台上，他自己溜达到不知哪里去了，任我手脚乱抓，险些掉下去。这个故事，我妈讲了七八遍。起初我奇怪，多年过去了，还这么恨着吗？后来想明白了，她跟我已经没有话题了，她就是想跟我说说话。

有时候我会坐在一座工地对面，看着缓慢生长中的建筑，把它盯到羞涩，等将来它落成了，可以跟它说，你是我看着长大的。工人大多是中年人，有几个年轻的。年轻人跟年轻人一起玩，或蹲或坐，在一起看手机。我跟其中一个年轻工人搭上话。他说他家在菜场附近，旧城改造时没拆到，那一带仍像过去一样脏乱，家里也改不了民宿。我问他为什么要干工地。他说，你这话问的，挣钱嘛，难道是爱好啊。他说他有很多想做的事，这头一件，就是让母亲过上每天打麻将的生活。她每天睁开目瞑，发愁的事情，就是牌路。

"那不是很空虚？"我说。想到林亭，她总喊着无聊。

"空虚好啊。比方说，空心砖，都用在不承重的部分。做空心砖，多快乐。"

我心里高兴，被一个小年轻说服了，突然觉得妈妈那样过一辈子，也挺好的。开心总比不开心好。

走在路上，麻将声听着也悦耳了。我在谜书上看到过一个谜，"雀戏"射"载弄之瓦"。大概因为麻将也称为"麻将瓦"，而古时又将这类娱乐场所称为"瓦市"。有了这层联想，我觉得麻将声里也添了古意。不过我更喜欢另一个谜，"棋声丁丁"射"子路有闻"。不只棋声丁，雀声也丁的。

五

我坐在灯谜馆，外面又下雨了。

新闻上说，诏全山区发洪水，板凳、家禽，就连摩托车都被水冲走。新闻说，山区里，人们的重要代步工具就是摩托车。

我想，原来，阿嬷买摩托车，是要驶去诏全的。她坐在那辆红黑车座的摩托上面，双手搭住车把，银发扬起，行驶六百里，中间加了一次油，最后歪歪扭扭地在泥泞山路上骑着，目的地是姨婆的家。她把摩托车停在姨婆的院子里，不用说什么，姨婆就明白。姨婆会说："阿姐，你来了。我等了你五十年。"

然后，那么那么多年的嫌隙，就此消解。

但阿嬷始终没有启程。

我问阿嬷为什么不去，心心念念的，为什么不去看一看。

阿嬷说："刚开始想去，后来拖着拖着，就算了，还是不要去打扰她。想着，是不是太轻易了。如果轻易被原谅，就糟糕了。"

我不懂阿嬷的意思。

阿嬷说："人这一生，总会有一些不好，怎么会事事尽好呢？活得问心无愧，对我来说不敢想，甚至有点可怕。"

我听了，有些想哭。我抱着阿嬷，把脸埋在她衣襟里。我跟她诉说这些年的歉意。我没有做的事，我做了的事，因为她不在了，每一件事都是遗憾。

阿嬷说："囡仔，不用道歉。人啊，怎么活都可以，顺你的意就行。可以听爸爸的话去结婚，也可以不听他的话。怎么选都会有遗憾，那就可以忘记遗憾。"

我摇头："不能不结婚。如果阿嬷当初不结婚，就没有爸爸，也没有我了。被生下来，存在着，真的很好。"

"会有的，都会有，只不过从别的地方长出来，不叫阿华，不叫秋榕。叫个别的。"

我点点头，作为这一个简秋榕，这唯一一个，唤着阿嬷，一声接一声，直到最细声时，丰盈的拥抱变成虚无。

我希望所有人都永远存在。永远存在下去。

我回到灯谜馆，一直掉眼泪。林亭走过来，问我怎么了。我说："梦到阿嬷了。"她给我递纸巾，轻轻拍我的背说："你去后面展馆吧，我来接待。我会插上耳机，你如果想哭，就继续哭，如果需要我，就叫我。"我向她道谢，交换了座位。

古城慢慢暗下来。

晚上回到家里，爸爸看我。我别过头，用长发遮住，他又拐着弯看我。

"囡仔，怎么哭了？"

我说我没有，又说："看了一本感人的书。"

"你哪会在上班时间看书？你宁愿坐那发呆。"

"嗯？你怎么知道。"

"我会路过。"

我没多问。

他说："给你讲件高兴的事，爸爸猜出谜底了。"

"谜底，什么谜底？"

"裂素的谜底。"

"这么快？怎么可能，这才过了几天？"

爸爸拿出上次那张纸，摊开来给我开。他看看字，又看看我，小心地问："这个谜底，你觉得对不对？"

裂素，陈玄。

良久，我问："爸，这'陈玄'两个字，是出自古书吗？"

"是，唐代韩愈的《毛颖传》。"

我想起来了，那是篇简单的古文，上学时还学过。陈玄是墨水的意思。"裂素"著文，需要用墨水，也需要在绢纸上列出玄色的字。且不论是不是真的谜底，是不是揭云居所想的谜底，这两个词作为谜面和谜底，总归是和融的。我说："爸，这是对的，你猜对了。这是正确的谜底。"爸爸的眼神一下子亮了。

我问："爸，你怎么知道谜底在这篇文章里？"

"你馆里有块砚台，我经常去看的，解说词上说，砚台也被称为'陶泓'。我就想知道这说法哪里来的，去找，就看到了。"

"你还去参观过，我怎么不知道？"

"你不知道的可多了。"

我笑了。他见我笑，伸手捏捏我的脸。我轻轻拍开他的手。我说："哪个爸爸会捏自家老姑娘的脸啊？"

他笑笑，看着纸上的谜语，说："裂素，陈玄。白色裂开了，陈列出黑色。意思是，拔断白头发，现出的是黑头发。"

"才不是这个意思！"我笑着说。

"这谜挺好的，好像时光会倒转。"爸爸说。

我看着爸爸，看着他的模样，头发白了一半，胡子也白了。曾经，我们家的男老人都没了，都变成照片挂在了墙上。现在，又有个男老人慢慢长成。

我突然知道他是谁了。我的意思是，我知道我的爸爸，以后会变成谁了。

"爸，原来你老了长那样。"我说。

"嗯？"他说。

不知道爸爸找过我几次。在那同一天。不过，他为什么要找我呢？找那时的我。

我知道了。跟我找阿嬷的理由是一样的。

原来，时间没我想象中那么多。

晚饭后，爸爸又要去广场，去找他那些年轻的远方的朋友，会那一面之缘。我跟着他去，这是我第一次同他一起来到夜晚的广场。家门口就是景，但我没跟他一起散过步。星星全部落在广场中央的水池里。我跟爸爸讲起我第二喜欢的那个谜语。

只要我愿意，我可以直达星斗。但此刻我哪里都不想去，这里就是我需要存在的地方。

原载于《当代》2023 年第 1 期